宫本武藏

剑与禅 【三】 经典珍藏版

【日】吉川英治 ◎ 著
冯莹莹 杨田 范楠楠 ◎ 译

哈尔滨出版社
HARBIN PUBLISHING HOUSE

无限江山

一

永禄年间（日本室町末期的年号），冢原卜传和上泉伊势守是关东地区武学家的代表，而在上方（今以京都、大阪为中心的近畿地区）一带能与之抗衡的，就数京都的吉冈门和大和柳生两家。

此外，另一个武学大家就是伊势的桑名（位于日本三重县北部）太守北畠具教。此人不仅在江湖上颇有名气，还是一个名声甚好的地方官。

即使他去世多年以后，当地百姓仍称他为"贤官"，念念不忘他为桑名带来的繁荣和稳定。

北畠具教跟随冢原卜传学习一刀法，卜传的正统武功虽然没能在关东地区发扬光大，却在伊势一带生根开花。

冢原卜传之子冢原彦四郎虽然承袭了父亲的武功，却没能学到秘传刀法——一刀法。父亲死后，冢原彦四郎离开家乡常陆前往伊势拜会北畠具教。

他对具教说："家父曾将一刀法传授与我。听家父生前说，您也学得此刀法，在下想与您切磋一二，看彼此所学是否相同。不知您意下如何？"

当时，具教就察觉到彦四郎是来偷师的，但他还是爽快地答应了。

"好！你看好！"

说完，他就向冢原彦四郎展示了一刀法的绝技。

尽管彦四郎学会了一刀法的一些要领，但他只学到了皮毛，却未仔细研究刀法的精髓。因此，冢原卜传的武功在伊势地区得到了更好的发展。时至今日，当地也是武林高手辈出，可谓人才济济。

只要来到此地，必然会听到当地人对家乡的溢美之词，这些话要比那些胡吹乱侃的话顺耳多了，同时也加深了外地人对这里的了解。此时，一个骑在马上的人正从桑名赶往垂坂山。他听着马夫对家乡风土人情的夸赞，不断

火之卷

点头称是。

"原来如此！原来如此！"

时至十二月中旬，伊势的天气虽已逐渐回暖，但那古海边吹来的风依旧寒冷彻骨。那马上的人穿了一件奈良白布制成的汗衫，外罩一件无袖的羽织。看起来相当单薄，并且也有些脏了。

此人脸色黝黑，头戴一顶破旧的斗笠。头发因多日没洗已乱如鸟窝，他只是随便绑成一束。

（这人能付得起乘马的钱吗？）

马夫暗自担心。并且，这人要去的还是偏僻、人烟稀少的深山里。

"客官！"

"嗯？"

"我们中午能到达四日市，傍晚抵达龟山，要到达云林院村，可能就得半夜了。"

"嗯！嗯！"

"您要去那儿办事吗？"

"嗯。"

无论马夫说什么，此人只是点头不语，他被古朴的海滨风景深深吸引着。

他就是武藏。

从暮春时节到数九严寒，他一直四处跋涉，皮肤因风吹日晒而粗糙不堪，只有那双眼睛依然炯炯有神。

二

"客官，去安浓乡的云林院村，还要沿着铃鹿山脚向里走二里地，您去那么偏僻的地方干什么呢？"马夫又问道。

"去拜访一个人。"

"那里只有樵夫和农夫呀！"

"我在桑名听说，那里有一位链子飞镰（日本古代兵器之一，连接镰刀柄的铁链，另一端装有秤砣）的高手。"

"啊！您说的是宍户先生吧？"

"嗯，叫宍户什么来着？"

"宍户梅轩。"

"对！对！"

"他善于打造镰刀，听说他使用的是链子飞镰。这么说来，客官您是游学武者喽？"

"嗯。"

"与其去拜访梅轩，倒不如去松坂，那里有一位闻名伊势的高手。"

"谁?"

"一位叫神子上典膳的人。"

"哦!是神子上啊!"

武藏点点头,他久闻此人大名,所以没再多问,只是默默地坐在马背上任其摇晃。远处四日市的客栈屋顶,已经越来越近。没过多久,武藏就来到一个镇子,他想找个小摊吃点东西。

他的一只脚上绑着纱布,走起路来一跛一跛的。

原来是脚底化脓,所以今天才以马代步。

武藏平时十分注意身体保健,但途经人群嘈杂的鸣海港时,还是不小心踩到了一个木板上的钉子。因此,他昨天发起了高烧,脚肿得像个柿子。

(难道这是不可抗拒的敌人吗?)

即使一颗小小的钉子,武藏也会联想到胜败之事,他把钉子想象成一名武士,对自己的粗心大意深感耻辱。

(很明显,那颗钉子落地时是朝上的,而自己竟会踩到它,这表示自己不够专注,警觉性不高,并且自己还是整只脚踩上去,这说明自己的身体不够灵活。要是自己的功夫到家,当草鞋碰到钉子的一瞬间,身体就会察觉到。)

一番自问自答后,他得出一个结论:自己武功尚浅。

自己还远远没做到人剑合一,光是练就一手好剑法,还不能实现身体、精神的高度统一。他深感自己武艺尚有不足,因此闷闷不乐。

自从今年暮春,匆忙离开大和柳生庄后,时至今日已过去半年时间。在这段日子里,武藏并未浪费光阴。

他走访了伊贺、近江路、美浓、尾州,然后又来到这里。他踏遍万水千山,一心只为寻求剑之真理。

(什么才是武学的最高境界?)

有好几次,他自以为找到了剑之真理。但过后又发现,这种真理并非存在于闹市或山野间。这半年来,他在各地遇到了数十个习武之人,其中不乏高手。但这些人,不过是刀法纯熟、技艺上乘而已。

三

人海茫茫,到哪里去寻找人中之龙?尽管世间各色人等应有尽有,但自己心仪的武学大家却难以寻觅。

武藏游学各地之后,深有感触。每当暗自感叹时,都会不由得想起一个人——宗彭泽庵。他不愧为人中豪杰。

(能遇到他,是上天对我的恩宠。我决不能辜负这段机缘。)

每当想到宗彭泽庵,武藏的手腕和全身不由得阵痛起来。这是当年自己被绑在千年杉上时留下来的后遗症,那刻骨的痛楚已深深烙印在武藏的

火之卷

记忆里。

（等着瞧吧！总有一天我也要将宗彭泽庵绑到千年杉上，然后站在树下讲道理给他听。）

武藏经常这样想。不过，这种感情既非出于怨恨，也非想要报复。武藏知道，深悟禅理的宗彭泽庵对人生的理解已臻于至高境界。他一直抱有一个愿望，就是借手中的宝剑参悟到更高的人生境界。

即便无法超越宗彭泽庵，武藏也希望不断提高自己的武学造诣，为了有一天能把宗彭泽庵也绑到千年杉上。如果真有那么一天，自己也能站在地上对他说教一番，宗彭泽庵会在树上说些什么呢？

武藏真想知道。

也许他会面带微笑，说一句："善哉！善哉！我愿足矣。"

不！宗彭泽庵说话肯定不会如此直接，也许他会半开玩笑地说："小子！干得好！"

对于宗彭泽庵，武藏除了感激之外，还有一些难以言说的情绪。总之，他一定要让宗彭泽庵看到自己的成绩，还要让他俯首称臣。

不过，这些想法仅是他的愿望而已。现在，他刚刚开始人生的磨炼，想要成就非凡的人生还有一段漫长而艰辛的路要走。

（超越宗彭泽庵谈何容易！）

空想无济于事。

虽然武藏没能见到柳生谷的武学大家石舟斋，但对方高洁的品德也让他心生敬意。在遗憾、难过的同时，他也看清了自己不成熟的地方，自此再也不敢轻言武学、剑道。以前，他一直认为世间之人都是无聊而又市侩的，现在他才突然发现社会有多么深奥、多么复杂。

（现在还不是讲大道理的时候，剑法并非纸上谈兵，人生也不是动动嘴皮就可以的。付诸实践才最重要！）

想明白这些道理后，武藏便隐居深山。只要看一看他下山时的打扮，便可猜出他在山里过的是怎样的日子。

当时，他的双颊瘦削，遍体鳞伤。由于经过瀑布的冲刷，头发毫无光泽，蓬乱不堪。因为经常以地为床，所以满身泥垢，只有牙齿白得瘆人。所以当他重返人群时，才会如此狂傲不羁、自信果敢，这次下山，他就是为了寻找能与自己匹敌的对手。

之前，他听说桑名有一个人的刀法很好，便想去拜会。在途中又得知一个叫宍户梅轩的人擅使链子飞镰。不知此人是难得一见的高手，还是泛泛之辈，反正离新年还有十多天，于是武藏决定去京都的途中，顺道拜会此人。

四

武藏抵达目的地时，已是深夜。

他付了雇马的钱之后，便对车夫说："你可以回去了。"

但是马夫却说天色已晚，并且此地是深山不便赶路，所以希望武藏带他到要拜会的朋友家借宿一晚，然后明早去铃鹿山口驮个路人回去。更何况天寒地冻，他又累又饿，已经没有体力赶路了。

这附近群山环绕，伊贺山、铃鹿山、安浓群山上都是白雪皑皑。

"那么，你也跟我一起去找找看吧！"

"是宍户梅轩先生的家吗？"

"没错！"

"我们一起去找！"

梅轩是个铁匠，如果是白天肯定很好打听到。可此时已夜深人静，村子里看不到一处灯火。

到达这里的时候，武藏和马夫就听到一阵"铿！铿！"的打铁声，两人循声寻去，终于看到一户亮着灯火的人家。

更难得的是，这户铁匠正是他们要找的宍户梅轩。这户人家的房檐下堆满了破铜烂铁，厢房的墙壁也被熏得乌黑，一看就是铁匠铺。

"你去叫门！"

"好的。"

马夫打开院门，走了进去，院中有一大片空地。虽然已到休息时间，但风箱里的炉火依旧熊熊燃烧，一位妇人背对着炉火洗衣服。

"晚上好！很抱歉打扰您啊！真暖和！能让我烤烤火吗？"

妇人见一个陌生男子突然走进屋，还要上前烤火，不由停下手里的活儿问道："你们是谁？"

"我是桑名的马夫，载着一位客人走了很长的路才到达这里。"

此时，武藏也走进屋里。

"是吗？"

妇人很不以为然地瞟了武藏一眼，微微皱起了眉头。也许有很多的游学武者上门拜访，她早已习惯了这些人的打扰。这个妇人三十多岁，长得颇有几分姿色，但说话却十分蛮横。她用教训小孩的语气对武藏说："把门关上！孩子见风会着凉的！"

武藏回答了一声："是！"

他听话地关上了门，然后坐在火炉旁的一个木桩子上，环视着这间小屋。屋里十分狭窄，他身旁是一个被熏得乌黑的铁匠作坊，紧挨着作坊的一块四五米大的空间应该就是正房，地上铺着草席。武藏看到墙壁一侧的木板上挂着十来把链子飞镰，以前他只听说过这种兵器，却从未见过。

火之卷

（那就是链子飞镰吧？）

想到这儿，武藏眼前一亮。他此行的目的就是要见识一下这种特殊兵器，并向对方讨教几招。

妇人放下捶衣服的木棒，走进那个铺着草席的房间。武藏以为她要去倒茶，没想到她竟然抱起被窝里的孩子，喂起奶来。

"这位年轻后生，你是来找我丈夫比武的吧？你会没命的。不过幸好他不在家，你也算捡了一条命。"

妇人边说边笑了起来。

五

妇人的话让武藏很生气，自己特地跑到深山里这座铁匠铺，难道是为了受这个妇人的讥讽？很多妇女都会在人前夸耀自己的丈夫，但这个妇人却把丈夫当成了盖世无双的武林高手，实在有些可笑。

武藏不想与她争执。

"您丈夫不在家？那真遗憾。请问他去哪儿了？"

"去找荒木田先生了。"

"荒木田先生是谁？"

"你来到伊势，竟然还不知道荒木田先生？哈哈哈！"

妇人又大笑起来。

此时，正在吃奶的孩子突然哭出声，那妇人毫不在乎外间的客人，唱起了摇篮曲：

睡吧，睡吧，
我可爱的宝贝。
不要半夜啼哭，
让人心疼，好心疼，
妈妈好心疼。

带着乡音的摇篮曲，听起来颇有韵味。

本来武藏是顺着灯火找到这儿的，并非受人之托而来，如今只好放弃了。

"这位大嫂！那墙上挂的链子飞镰是你丈夫的兵器吧？"

武藏想要仔细看看这种罕见的武器，便开口征求妇人的意见。那女人抱着孩子打起瞌睡，听见问话就迷迷糊糊地点点头。

"可以吗？"

于是，武藏伸手取下一柄飞镰，仔细端详起来。

"原来如此！这就是最近很多人都在使用的链子飞镰。"

拿在手上，它不过是一根一尺四寸长的木棒。棒子一端有个铁环，上面挂着长锁链，锁链的尾端系着一个铁球。如果将此铁球掷向对手，足以砸碎对方的头骨。

"哦！原来镰刀藏在这儿。"

只见棒子侧面有个凹槽，里面卧着一把寒光四射的镰刀。武藏用手指将镰刀抠出，刀刃的锋利足以轻松取下对方的首级。

"嗯，应该怎样使用呢？"

武藏左手握刀，右手抓住锁链一端的铁球，想象着与敌人交手的场面。他一边思考，一边摆着各种架势。

此时，里屋打瞌睡的妇人不经意看了他一眼。

"哎呀！不是这种姿势。"

妇人掩好胸口，走到外屋。

"你如果这样拿刀，早被对方的大刀砍死了。链子飞镰应该这样拿！"

说着，她夺过武藏手里的兵器，摆出了正确的姿势。

"啊！"

武藏顿时看呆了。

那妇人刚才喂奶时，尽显女性温柔的一面，但当她拿起飞镰时，顿时英姿焕发、威风凛凛，武藏被这种英武之美深深震撼了。

只见青黑色的刀身上刻着"宍户八重垣派"的字样，十分醒目。

##

妇人亮刀的架势十分漂亮，武藏看得入神。此时，妇人收招定式。

"是这样使用的哟！"

说完，她把刀身折进木棒里，将飞镰重新挂回墙上。

短短的时间里，武藏没能记住她的招式，暗自遗憾。

（真想再看一遍。）

他心里这么想着，可妇人已不再理会他，径自去洗衣服，接着又去厨房准备早饭。

（连他的妻子都深谙飞镰刀法，那宍户梅轩的武功一定更为高强。）

想要见到梅轩本人的愿望变得更为迫切。那妇人说梅轩赶往伊势去拜会荒木田。

此刻，他又想起妇人嘲笑他来到伊势竟然不知荒木田为何许人的事情，一阵羞辱感涌上心头。于是，他悄悄问马夫："荒木田先生是伊势神宫的神官（供职于伊势神宫的神职人员）吗？"

那马夫倚在炉旁的墙上，昏昏欲睡，听到武藏问他，便含含糊糊地说了一声"是"。

（原来他真是神官，只要去神宫便可一探究竟。好！就这么办……）

武藏下定决心。

当晚，他们二人席地而眠。第二天，铁匠铺的伙计早起开门时，吵醒了他们。

"马夫！你能载我去山田吗？"

"您要去山田？"

马夫张大眼睛问他。

他心想，这人昨天爽快地付了钱，今天应该也不会赖账，于是答应下来。两人即刻登程赶往松坂，黄昏时分终于来到了伊势神宫。武藏远远就看见了那绵延数里地的参拜大道，和道路两旁高大的树木。

由于正值隆冬时节，街边的茶馆生意十分冷清。几棵被风雨刮倒的树木横在路旁，街上路人稀少，几乎听不到马铃声。

武藏在一家客栈打听到荒木田的住址，于是赶到那里询问是否有一位叫穴户梅轩的人住在这儿。

管家回答，并没有这个人。

（是不是自己搞错了？）

武藏十分沮丧，此时脚伤也隐隐作痛，那伤口又比前天受伤时红肿了许多。

客栈里的人告诉他，用豆腐渣拧出的汁泡脚，伤口会好得很快。于是，第二天武藏一直在客栈养脚伤。

（已经是十二月中旬了。）

一想到这儿，他不免有些心急，开始怀疑这个偏方是否真的有效。前段日子，他住在名古屋时已将挑战书寄至吉冈门，如果到时脚伤未愈，那可如何是好？

而且，武藏在信中写到对方可以决定比武的日期、地点。另外，他还必须遵照信中约定，于正月初一之前赶到五条大桥。

"如果不来伊势，直接赶往京都就好了！"

武藏有些后悔，看着泡在温水里的伤脚，他仿佛觉得脚已肿得跟豆腐一样厚了。

七

客栈的人很关心他的脚伤，经常给他拿来一些祖传秘方和偏方。但武藏的脚却日益红肿起来，他觉得那只脚就像木头一样沉重，只要把脚一伸进被子里，就剧痛难忍。

他想起从自己懂事以来，就不曾因为患病而卧床超过三天。小时候，头顶月代的地方长了个疖子，脓肿发炎，现在还留有黑色的疤痕。因此他一直没剃月代发。除此之外，真不记得自己曾得过什么病。

（病魔也是人要面对的强敌之一。怎样才能制伏病魔呢？）

武藏躺了四天之后隐隐感觉到，自己的敌人并不仅限于身体之外。

（再有几天就到新年了。）

武藏翻看着日历，想起与吉冈门武馆的约定。

（这样下去可不是办法！）

想到这儿，他的心跳突然加速，胸膛猛然一振，那只肿如木桩的伤脚一下踢开棉被。

（如果我不能战胜病魔，还如何打败吉冈门呢？）

为了战胜病魔，他强打精神盘腿而坐，好疼！那剧烈的疼痛，几乎让他窒息。

武藏面朝窗户，闭目养神，那张因剧痛而涨红的脸慢慢恢复了平静。他用顽强的信念战胜了病魔，头脑也逐渐清醒了。

武藏睁开眼睛，神宫外的一片参天古木顿时映入眼帘。树林之上有一座山，这座山的东面就是朝熊山，两座大山之间耸立着一座陡峭的山峰，远远望去就像一把宝剑，俯视着群山。

"那就是鹫岭。"

武藏眺望着那座山峰。他每天躺着养伤时，触目可及的就是鹫岭。不知为何，他一看到这座山就会充满斗志，燃起一股想要征服它的欲望。当他每晚被脚伤折磨得难以入眠时，就会想起这座不卑不亢、傲然挺立的险峰。

鹫岭鹤立鸡群般屹立于群山之间，山顶直插入云霄。看着这座伟岸的山峰，武藏不由得想起了石舟斋。他就像这座鹫岭一样，让自己望尘莫及。此刻，武藏突然感到，石舟斋正高踞云端，嘲笑自己的软弱。

"……"

凝神鹫岭的时候，武藏忘记了脚伤，当他回过神来，突然感到那只伤脚就像被人放进炉中烤一样疼痛不已。

"哎哟！疼死我了。"

他忍不住用手举起脚，猛摔下去。仿佛那只肿大的伤脚已不属于身体的一部分。

"喂！来人哪！"

武藏再也无法忍受这钻心的剧痛，开口喊着客栈的女仆。

可是半天也没人过来。他握紧拳头使劲捶着榻榻米大叫："喂！来人哪！我要马上离开这儿，过来算账！再给我准备干粮、炒米和三双结实的草鞋！"

神泉

一

《保元物语》①提到的伊势武者平忠清就生于这座古城。如今,路边的卖茶女俨然已成为织田信长古市②的代表。

这些茶馆多用竹子搭建,草编的悬窗用以遮挡风雨,茶馆四面围着褪色的幕布。街上,数不清的烟花女在招揽着客人。

"客官,进来歇歇脚吧!"

"客官,进来喝口茶吧!"

"那边的年轻客官,进来坐坐吧!"

"各位赶路的客官,进来坐坐吧!"

她们不分昼夜,招揽着往来的行人。

这条街是通往内宫("伊势神宫"的别称)的必经之路,即使不愿意也必须从这些浓妆艳抹的女人中穿过去,稍不留神还会被对方抓住袖子,以致无法顺利通过。武藏离开山田客栈之后,皱着眉头、咬紧牙关,拖着伤脚一跛一跛地走过这里。

"喂!练武人!"

"您的脚怎么了?"

"我们帮您治一治吧!"

"我来替您按摩吧!"

那些女人抓着武藏的袖子,不让他过去,有的人甚至还抓着他的斗笠、手腕不放。

"男子汉大丈夫怎能如此害羞呢?"

武藏的脸涨得通红,一语不发。这样的对手,让他始料未及,只能一个劲儿地说:"不用了!不用了!"在这些女人眼中,忠厚老实的武藏就像一只可爱的小豹子,于是更想捉弄他。最后,武藏不得不狼狈逃走,连斗笠也不要了。

女人们的笑声,仍从背后传来。那些白皙的手臂扰得武藏心神不宁,他热血沸腾,久久无法平息。

对于女人,武藏并非毫无兴趣。他也会在漫漫旅途中的某个夜晚,突然

---

① 镰仓初期的军事题材小说,分上、中、下三卷。
② 据日本古书记载,古市是指山田宫与宇治宫之间的繁华街巷,多见妓院娼馆。现位于日本三重县东部,伊势市的街区一带。

想起女性的脂粉味儿，以致血脉喷涌、难以入眠。这种感觉完全不同于比武较量，不管自己怎样努力，熊熊欲火依然无法平息。他只有通过对阿通的种种想象，才能发泄体内蓄积的情欲。

幸好，他的一只脚受了伤，才逃过这一劫。他勉强支撑着又走了一段路，那伤脚每走一步，就像踩进火盆里一样，刺骨的疼痛从脚底一直蹿入头顶。

武藏决定离开客栈之前，脚伤就已经发作。现在，他每走一步，就必须用尽全身力气才能抬起那只用大毛巾包着的伤脚。因此，那些烟花女诱人的红唇、蜂蜜般黏人的玉手，以及迷人的发香很快就被抛在脑后了。他又重新恢复了清醒。

"倒霉！真倒霉！"

一步、一步，他就像踏着火山的岩浆前行。大颗大颗的汗珠，从额头上滴落下来，全身的骨头也快要散架了。

当武藏蹚过五十铃河，踏入内宫的一瞬间，心情变得豁然开朗。此处草木茂盛、鸟语花香，恍如仙境。虽然他不知道是否真有神明，但此处恬静优美的景致绝对是世间少有。

"哎哟……"

武藏再也忍不住阵阵剧痛，他强撑着走到风宫①前的一棵大杉树下，一下子栽倒在地，抱着伤脚，痛苦地呻吟。

二

过了好久，武藏动也没动，就像一块石头似的。由于伤口化脓，他体内仿佛烈火在烧，而体外却感受着刺骨的寒风。

"……"

又过了一会儿，他终于失去了知觉。他料想到自己离开客栈会更加受罪，但为什么一定要离开呢？

武藏和其他病人一样，无法忍受久卧病榻的滋味，但他如此鲁莽的行动，只会加剧脚伤的恶化，最后把自己弄得苦不堪言。

然而，他的精神却异常兴奋，不多时他又恢复了知觉，抬起头，目光炯炯地凝视着天空。

天空下，神庙里的高大杉树被风儿吹得沙沙作响。此时，一阵古乐之声传入武藏耳中，那乐曲是由笙、筚篥（雅乐用管乐器）、笛子合奏而成的。

他侧耳倾听，伴随着乐声还传来一个孩子轻柔的歌声：

给我打节拍，

---

① 位于日本三重县的伊势市，是"丰受大神宫"的别宫。

父亲吩咐我。

使劲打节拍，

节奏要整齐。

即使和服袖子破了，

也不能让腰带断了，

也不能让节奏乱了，

不要乱了。

可恶！武藏咬紧牙关挣扎着站起来，他双手扶着风宫的外墙，像个螃蟹似的横着往前走。

远处神殿的悬窗里，隐隐可见灯火，还时时飘来仙乐般的歌声。那里是子等之馆，是奉职于神宫的清女（女性神职人员）们的住所。刚才的乐声，可能是她们在练习天平年间的祭祀古曲。

武藏一步一步，慢慢挪到子等之馆的后门，往里面张望，却没见到一个人，他稍微松了口气，解下腰带，和包袱系在一起，挂在了内墙里的衣帽钩上。

现在，他身上没有任何负重，双手撑着腰，一瘸一拐地向别处走去。

过了很久，一个赤身裸体的男人，出现在附近河畔的一块大石头旁。这条名为五十铃的河距离子等之馆有五六百米远，他哗哗地拍打着水花，洗着澡。

幸好没被神官发现，否则肯定会被骂是疯子。

如此一丝不挂地在河里洗澡，旁人看了肯定以为他精神不正常。据《太平记》[①]记载，很久以前伊势有一个名叫仁木义长的莽夫，擅使弓箭。他攻占了神领三郡，并占领了伊势神宫。自此，他遍尝五十铃河里的鲜鱼、神路山里的飞禽。然而，正当他耀武扬威之时，突然被恶鬼附了身，发狂而终。

今晚，在河边洗澡的裸体男子，不免让人联想到故事中的人物。

不久，男人从河里走出来，坐在石头上，穿好了衣服。

他正是武藏。

岸上异常寒冷，武藏的头发都被冻住了，一根根如针一样直立着。

三

武藏心想，如果无法克服肉体上的疼痛，又怎么能战胜今后的敌人呢？人生充满变数，必须时刻抖擞精神迎上，而自己马上要面对的一大劲敌就是吉冈门。

自己与吉冈门宿怨已久，这次对方为了保全颜面，一定会想方设法置自

[①] 该书描写了自后醍醐天皇即位的文保二年（1318），至细川赖之开始辅佐将军足利义满之间长达半个世纪的战乱故事。其书名所流露出的讽刺意味，也为日本史学家、文学家津津乐道。

已于死地。现在,他们肯定是以逸待劳,等待决战之日的来临。

武功高强的武士,经常把"拼死一战"、"不惧生死"这样的词挂在嘴边,但武藏却认为这些话没什么意义。

就连武功平平的武士,在决战之时,也会抱定拼死一搏的决心。这是人的一种本能。而所谓的"不惧生死"是一种高层次的精神状态,这不是什么难事,因为任何人被逼入绝境时,都会自然爆发出这种潜能。

武藏早已将生死置之度外,现在他考虑的是如何取胜,如何抱有必胜的信念。

此地与京都相隔不远,还不到四十里地,如果脚程快,不用三天就能到达。但是,心理准备却无法在短短几天内完成。

自从他在名古屋给吉冈门寄去挑战书之后,他一直在想:自己是否已经准备好了?是否有十足把握战胜对方?

他不得不承认,在自己内心深处还藏有一丝畏惧。

他深知自己学业未满,个性不够成熟,远远没达到武术大家的境界。

武藏时常想起奥藏院的日观老僧、柳生石舟斋和宗彭泽庵和尚,每当他要沾沾自喜时,这些人就让他清醒很多。他发现自己粗犷的性格中,隐藏着很多弱点。尽管认识到自己的不成熟,他依然要深入虎穴,并且还要大获全胜。真正的武学者不能一味地好勇斗狠,获胜才是终极目的。只有保全性命,才有机会不断向世人展示自己顽强的耐力。

想到这儿,武藏为之一振。

"我一定要赢!"他对着巨杉大声喊着,迈步向五十铃河上游走去。

前面出现一座山,山石层峦叠嶂。武藏像原始人一样,爬上了这座山,来到了一片人迹罕至的原始森林。这里有一条悄无声息的瀑布,原来水流已被冻成了冰柱。

四

武藏如此费力前行,到底要去哪里呢?

是不是刚才在神泉中洗澡,受到了神明惩罚,如今真的发疯了?

"怕什么!怕什么!"

他如同孤魂野鬼一般,毫无目的地游荡。他攀上岩石,抓住树藤,把巨大的山石踩在脚下,一步一步努力向上爬。如果不具有超乎常人的毅力,根本无法攀上如此陡峭的绝壁。

距离五十铃河浅滩两公里远的地方,有一条溪谷,此处暗礁密布、水流湍急,据说连香鱼都无法游过这里。溪谷的前面是一处陡峭的断壁,恐怕只有猴子和天狗才能爬上去。

"嗯!那就是鹫岭。"

武藏精神异常亢奋,在他眼里没有征服不了的绝壁。

原来他将随身物品都放在子等之馆，就是为了便于爬山。他抓住崖壁上的一条树藤，一尺一尺地向上攀爬。他的力气大得惊人，仿佛冥冥中有一股神力在慢慢往上拽他。

"我做到了！"

武藏终于登上了绝壁，他站在崖顶大声欢呼。从此处望去，五十铃河恰如一条白练，河流尽头的两个浅滩也隐约可见。

夜色中薄雾缭绕的森林，就在他的脚下。之前在客栈养伤时，他每天都能看到这座高不可攀的山峰，而现在自己终于征服了它。

在武藏心中，这座山就象征着石舟斋。所以他才会拖着伤脚毅然离开客栈，在神泉中沐浴，又费尽千辛万苦攀上这座山峰。此刻的他目光炯炯，因为柳生石舟斋这个高不可攀的伟人，已不再成为他的心理负担。

住在客栈的那几天，武藏一直觉得那座山在嘲笑自己为脚伤所累，所以他非常讨厌这座鹫岭。经过几日深思熟虑之后，他终于按捺不住，决定要登上这座险峰。

（石舟斋也没什么可怕的！）

此刻，他赤脚踩在地面，内心无比畅快。如果连这点自信都没有，根本不可能战胜吉冈门！

所有踩在脚下的草木冰雪，都是他的敌人，他的每一步都是对胜败生死的考量。刚才在神泉沐浴时，五脏六腑的血液仿佛都被冻僵了，现在全身血液犹如温泉般涌动起来，毛孔中冒出腾腾热气。

这座鹫岭的荒坡异常险峻，就连登山者都望而却步。现在，武藏却紧紧抓住山石，继续往上攀爬。有时当他用脚试探岩石时，石头会突然崩塌，滚落到山脚下的树林里。

一百尺、两百尺、三百尺，在苍穹的衬托下，武藏的身影越来越小。此时，有朵白云飘过来，当白云飘走时，他已融入了夜空中。

鹫岭犹如一个矗立于天地之间的巨人，漠然注视着武藏的一举一动。

五

武藏就像螃蟹一样，抠住岩石，奋力攀爬。眼看着，他就爬到了接近山顶的地方。

他小心翼翼，生怕稍有疏忽，就会摔得粉身碎骨。

"呼……"他全身的毛孔都在拼命地呼吸着。

此刻，武藏的心脏剧烈跳动，似乎要跳出喉咙，每向上爬一点，都必须停下来喘口气，他还经常低头看一看自己所征服的山路。

神苑的原始森林、五十铃河、神路山、朝熊山、前山诸峰，还有鸟羽渔村和伊势海，这些全被自己踩在脚下了。

"马上就到山顶了！"

温热的汗水，顺着面颊流下。武藏突然想起，儿时依偎在母亲怀抱的感觉。此时，他已感觉不到山石的粗糙，只想依偎在大山的怀抱里，美美地睡上一觉。

　　"嘎吱、嘎吱！"武藏大脚趾踩着的一块石头，突然有些松动。他心头猛然一惊，立刻抽脚寻找下一个踩踏点。生死存亡仅有一线之隔，这种惨烈程度绝非笔墨能形容。此刻就像决斗的关键时刻，要么杀死对方，要么被对方所杀。

　　"快到了！只差一点了！"

　　武藏再一次抓紧岩石，拼命向上爬。

　　如果此时意志力与体力稍有懈怠，将来必然会倒在其他武者的剑下。

　　"该死！"

　　他的汗水打湿了山石，脚踩上去几乎有些发滑，身上的汗水不断蒸发，形成了一团云雾般的热气，他看起来就像一大片白云。

　　"石舟斋老儿！"他诅咒般地喃喃自语。

　　"日观老儿！宗彭泽庵臭和尚！"

　　他想象着，自己踩着这些杰出人士的头顶，一步步向上攀爬。他已然与大山合二为一。如果山神看到有人如此钟情于自己，肯定非常惊讶。突然，一阵狂风袭来，武藏眼前一片飞沙走石。

　　他仿佛被人用手捂住了口鼻，几乎无法呼吸。为避免大风把自己刮走，他双手紧紧抓着石头……很长时间，武藏一直紧闭双眼，身子紧贴着石壁。

　　尽管如此，他的内心却高唱凯歌。偶尔，他会张开眼睛，看一眼广阔无垠的天空，还有那映着朝霞的云海。

　　"看！我终于做到了！"

　　当他意识到自己已登上顶峰时，整个思想就像被割断的琴弦一样，彻底松懈下来。狂风夹杂着沙石，不断地打在他的背上。

　　这一刻，武藏感到一种难以名状的愉悦，他已达到了物我两忘的境界。那被汗水湿透的身体，紧紧贴着大地。在这曙光初现之时，山性、人性都在大自然庄严的怀抱中得以重新孕育。武藏的意识逐渐恍惚起来，不多时便沉沉入睡。

　　过了很久，他猛然惊醒，一抬头，觉得头脑如水晶般清明，身体就像一条小鱼一样充满活力。

　　"啊！再没人可以俯视我了，我已经征服了鹫岭！"

　　瑰丽的朝霞染红了山顶，也染红了他。武藏像原始人一样，向空中伸展双臂，然后又低头看了看帮助自己登山的双脚。

　　突然，他发现一件事，自己的伤脚竟奇迹般地消肿了，皮肉里的脓液似乎都已流净，脚已不再散发恶臭。在这澄明、清净的世界里，他只闻到自己

火之卷

身上的味道和恶疾尽除后的芬芳。

冬日幻像

一

住在子等之馆的妙龄神女（侍奉神的未婚女子），当然都是清女。她们年龄最小的十三四岁，大的二十岁左右，全都是处女。

她们演奏神乐时，穿的是正装，上身是白绸小衫，下身是红绸和服裤子。平时在馆内学习、干活时，都穿着宽松的棉布裤子、短袖和服上衣。每天早上做完分内工作后，她们会各拿一本书，去祢宜（日本神社的神职总称）荒木田大人的私塾学习国文及和歌，这是每天的必修课。

"咦？这是什么？"

几个清女陆陆续续地走出后门，其中一人看到了墙上挂的东西。

那是昨夜武藏留在这儿的随身物品。

"是谁的？"

"不知道。"

"像是武士的东西。"

"我当然知道是武士的，但是，是哪位武士的呢？"

"一定是小偷偷了东西，忘了带走。"

"哎呀！还是不碰为妙。"

大家都瞪大眼睛，似乎见到了那个身披牛皮的盗贼，每个人都争相发表意见，又不时紧张地咽着口水。

其中一人说道："我去告诉阿通姑娘。"

说完，朝馆里走去。

"师父！师父！不得了了！您过来看看吧！"

小神女来到馆舍的栏杆旁，仰头喊着。此时，阿通正在房里练字，听到喊声随即放下笔，打开窗探出头问道："什么事？"

小神女手指着后门方向说道："那边，我们发现了小偷留下的刀和包袱。"

"可以把东西交给荒木田先生。"

"可是，谁也不敢碰那些东西。"

"你们真是大惊小怪！等一会儿，我下去拿好了。大家别在这儿浪费时间了，快去私塾吧！"

过了一会儿，阿通走到外面，大家已经走了，只留下一个做饭的老太婆和一个生病的清女看家。

"阿婆，你知道这是谁的东西吗？"

阿通随口问了一声，就伸手去拿那个包袱。

谁知，她一下竟未拿起来。那人把这么重的东西绑在腰上，还能走得动吗？

"我去一下荒木田先生那里。"

对看家的阿婆交代完之后，阿通双手抱着那个包袱走了出去。

两个月前，她和城太郎投宿到伊势神宫的社家（神职世袭家系）。当时，他们为了寻找武藏已走遍了伊贺路、近江路、美浓路。寒冬将至，一个女子很难冒着风雪翻山越岭，于是她只好暂时栖身在鸟羽（日本三重县东端）一带，以教笛为生。祢宜荒木田先生听闻此事，便邀请阿通来子等之馆指导清女们吹笛。

阿通来到这里，并非只为教授笛子，她也想多了解一些当地的古乐。而且，她很喜欢和清女们在幽静的禅林中生活，于是就决定暂住于此。

可是，随行的城太郎却带来了小麻烦。尽管他还是少年，却不被允许住在清女们的房舍里。不得已，只能让他白天打扫神苑，晚上住到荒木田先生家的柴房里。

二

冬季的神苑里，一片肃杀景象，寒风吹着光秃秃的树干，飒飒作响。

稀稀落落的林子里，一缕晨烟袅袅升起，宛如神仙的化身。阿通立刻联想到，在清烟飘出的地方，城太郎正拿着竹扫帚扫地的模样。

她停下了脚步。

（城太郎一定在那儿干活呢！）

她心里想着，脸上不由露出微笑。

那个淘气鬼！

那个不听话的家伙！

不过，最近一段日子，城太郎还算听话。尽管爱玩，也能老老实实地完成本职工作。

"喀嚓、喀嚓"那是折断树枝的声音。阿通双手抱着沉甸甸的包袱，来到了林间的小路。

"城太郎——"

阿通呼唤了一声。

不一会儿，远处传来"哟——"的一声。

那是城太郎，他的声音永远那么朝气蓬勃。很快，阿通就听到他跑下山的脚步声。

"是阿通姐姐呀！"眨眼间，他已来到阿通面前。

"哎呀！我还以为你在扫地呢！你穿着短褂、手拿木剑在干吗？"

"我在练剑呢！我把那些树当成对手，自己练习剑术。"

"你练剑是可以的，但这里是神苑，是清净、祥和之所，是我们日本人的精神寄托之地。这一片圣地供奉的女神，被称为百姓之母。所以，那块告示牌写着'禁止攀折神苑林木、滥杀鸟兽'。你是负责打扫神苑的人，就更不应该砍折树木了！"

"我知道了。"

虽然嘴上这么说，他心里却对阿通的说教很不以为然。

"既然知道，为什么还要砍断树枝？要是被荒木田先生看见，肯定会挨骂的！"

"可是，我砍断一些枯枝应该没关系吧？难道连枯枝都不能砍吗？"

"不能！"

"你在说什么呀？那么，我有一件事要问阿通姐姐。既然这个神苑如此重要，那么现在的人们为什么没有好好爱护呢？"

"这是一种耻辱。因为很多人的心灵早已荒芜了！"

"仅仅是荒草丛生还不打紧。有些树木遭受雷击后，树干已经腐烂；还有些大树被暴风雨连根拔起，就任由它倒在路旁枯死。再看看神社里面，到处是鸟窝，很多屋顶在漏雨，厢房已经破败不堪，灯笼也挂得歪歪扭扭。这哪里像一个无比重要的神社？阿通姐姐，我想问你从摄津外海看到的大阪城是多么璀璨夺目，德川家康也开始在全国各地修筑城池。在京都、大阪等地，任何一个将军或有钱人的宅院都修造得非常气派，听说他们的庭院不是利休风格的就是远州风格的。还有，他们的茶杯里也不会掉进一粒灰尘。但是，再看看我们这里，这么一大片神苑，只有我和耳聋的老爷爷这两三个人在打扫。"

三

阿通轻轻点了点头，说道："城太郎，你这些话怎么和前几天荒木田先生在课堂上说的一模一样呢？"

"啊？阿通姐姐也去听课了吗？"

"我当然去听了。"

"穿帮了！"

"你现学现卖是行不通的。不过，荒木田先生的这番话的确是语重心长。当然，我对你的卖弄可是毫无感觉哟！"

"全白说了……听了荒木田先生的话，我觉得织田信长、秀吉、家康这些人，一点也不伟大。虽然大家都称颂他们的丰功伟业，但他们取得天下后，就把自己凌驾于万物之上，所以我觉得他们并不伟大。"

"不过，织田信长和秀吉这两人还说得过去。虽然他们爱拿时势做借口，但对京都的天皇还存有几分敬畏之心，同时也能博得民心。倒是在足利氏的幕府时代，尤其是永享至文明这段时期，那才真是民不聊生呢！"

"咦？那是什么景象呢？"

"那段时期发生了应仁之乱①。"

"是的。"

"正因为室町幕府无能，才导致内乱四起。当权者只想不断扩张势力，老百姓没过过一天安稳的日子，根本没人为国家大局着想。"

"你指的是山名氏与细川氏争权的事吗？"

"没错！他们为了一己之私而发动战争。当时，荒木田先生的祖上荒木田氏经②任职于伊势神宫。当时，很多自私的武士都为贪图私利而争斗不休。因此，自应仁之乱以来，参拜神社的人日益减少。承袭于古代的祭祀仪式，也逐渐荒废失传。见此情景，荒木田氏经先后二十七次上奏朝廷，要求重修神宫。但朝廷经费不足，幕府并无诚意，而那些武士更是自私，只顾着争夺地盘。结果，根本无人重视荒木田氏经的建议。在这种困境中，氏经先生既要和当权者周旋，又要四处游说人们，同时还要克服生活上的种种困难。在他的努力下，神宫终于在明应六年的时候，迁往临时宫殿进行修缮。你说这件事是不是很可笑？但仔细想想，我们也是长大后就淡忘了母亲的养育之恩哪！"

城太郎等阿通一口气说完后，拍着手跳起来。

"哈哈哈、哈哈哈！你以为我不吱声，就不知道吗？原来阿通姐姐也是现学现卖呀！"

"哎呀！你知道？真是调皮！"

阿通作势要打城太郎，但手上的包袱太重了，只追了几步便停下来，站在那儿微笑地看着他。

"咦？那是什么？"城太郎跑过来。

"阿通姐姐，那是谁的刀？"

"不行！你不能拿，这是别人的东西！"

"我不是要拿，借我看一下嘛。好大的一把刀啊！看起来好像很重。"

"瞧你的表情，明明就是想拿。"

四

此时，阿通听到身后传来"啪嗒、啪嗒"的草鞋声，原来是子等之馆的一个小神女朝这边走过来。

"师父、师父！祢宜先生在找你呢！好像有事要拜托你。"

---

① 始于室町时代的应仁元年（1467），终于文明九年（1477），是一场以京都为中心，历时十一年的内乱。

② 生于庆永九年（1402），卒于长享一年（1487），为伊势神宫的神职官员。

看到阿通听到了自己的话，小神女又按原路回去了。

此时，城太郎似乎受到了什么惊吓，不停地张望着四周的树林。

冬日的阳光透过树梢照射进来，在地上形成一个个闪烁不定的光斑。城太郎站在地上一动不动，陷入了沉思。

"城太郎！你怎么了？你瞪着大眼睛，在看什么呢？"

"没什么。"

城太郎若有所思，咬着手指甲。

"刚才那位姑娘突然喊'师父！'我还以为是叫我师父呢，所以吓了一跳！"

"你说武藏哥哥？"

"啊、啊！"

城太郎支吾着。此刻，阿通突然感到一阵难过，鼻子一酸，差点儿哭出来。

城太郎为什么要提起这个人？他的无心之词深深刺痛了阿通。

阿通对武藏一时一刻也没有忘怀，这正是她的痛苦所在。自己为何不能挣脱这感情的枷锁呢？那个无情的宗彭泽庵和尚曾说过，她应该寻找一片与世无争的乐土，然后结婚生子，过普通女人的生活。但是，阿通却觉得宗彭泽庵是一个不懂感情、只会说教的和尚，反而同情对方。她对武藏的思念与日俱增，即使连做梦都想着他。

恋爱就像生病一样，总会给人们带来无法言说的伤痛。如果暂时忘记此事，阿通也能过得很好，但只要一想起武藏，她就会茫然自失，想要踏遍世间的每一寸土地找到他，然后靠在他的胸前大哭一场。

"唉！"

阿通默默地走着。在哪里呀？你在哪里呀？最让世人感到焦虑、苦闷、烦恼的事情莫过于见不到自己想见的人。

阿通泪眼婆娑，双手抱着武藏的包袱，默默地走着。她不知道那紧贴着自己胸口、充满汗臭的包袱和那把系着破旧刀穗的大刀，正属于自己朝思暮想的那个人。

她不会知道，那包袱上的汗臭味正来自于武藏的身体。她只觉得那包袱异常沉重，此时她心里想的只有武藏，根本没留意到其他事情。

"……阿通姐姐！"

城太郎从后面追上来，脸上挂着一丝歉意。这时，阿通正要走进荒木田先生家的大门。看到她那落寞、无助的背影，城太郎快步追过来。

"你生气了？生气了？"

"没有，没什么。"

"对不起，阿通姐姐，对不起了。"

"不是城太郎的错，是我又犯了爱哭病。现在，我要去找荒木田先生，你回去把地扫干净，好吗？"

五

荒木田氏富把自己的府宅取名为"学之舍"，同时也作为私塾使用。来这里学习的除了天真可爱的神女外，还有神宫附近三郡的孩子，这些孩子来自于不同阶级，共有四五十人。

氏富所教授的是当今的一些冷门学科，也就是被人们遗忘的古学知识。来此学习的孩子，从中了解到伊势神木在整个家乡的重要地位和它光辉的历史。现在，很多人都认为武学的兴盛就代表了国家的兴盛，至于地方上的衰微根本无人提及。作为一直守护神宫的子民，荒木田氏富希望自己能在幼儿心中播下古文化的种子，并期待这些种子有朝一日能长成参天大树，从而带动精神文化的繁荣发展，他将终身致力于这项悲壮的伟业中。

凭借过人的耐心与爱心，氏富坚持每天为孩子们讲解深奥难懂的《古事记》①和中国的经书②。他的讲解深入浅出、用词生动形象，很受学生们欢迎。

荒木田氏富十几年如一日，孜孜不倦地教育着下一代，因此当地百姓对时势都保持着清醒的头脑。无论是被任命为关白（辅佐天皇处理政务的最高职务）的丰臣秀吉，还是被封为征夷大将军的德川家康，在伊势就连三岁的小孩儿也不会盲目地把这些昙花一现的英雄当成永恒的太阳。

现在，氏富刚上完课，从宽敞的教室走出来，额头上渗出一层薄汗。学生们也一窝蜂地走出教室，各自回家。这时，一个神女走过来对氏富说道："祢宜先生，阿通姑娘在那边等您。"

"哦！对了！"氏富差点忘记此事。

"我把她找来，自己竟忘得一干二净。"

阿通站在私塾外边，手里抱着个大包袱，刚才她一直在门外听氏富先生讲课。

"荒木先生，我在这儿呢！您找我有什么事吗？"

六

氏富把阿通让进屋，二人尚未落座，他就看到了阿通手里的大包袱。

"那是什么？"

阿通告诉他，这是今早神女们在子等之馆内墙的挂钩上发现的，不知是谁的包袱。她们都不敢碰，所以我把它拿来给先生看。听完阿通的话，荒木田氏富也觉得很蹊跷，他微蹙白眉，看着那个包袱。

---

① 由三卷组成，是日本最早的史书。

② 记录中国圣贤言行、教诲的书。

"好像不是香客的东西。"

"嗯，香客们一般不会去那里。并且昨晚也并未发现，是今早才发现的。看来这个人是半夜或天快亮的时候进来的。"

"哦……"氏富面露厌恶，喃喃自语。

"也许是冲着我来的，可能是神宫附近的乡士，故意针对我的恶作剧。"

"您认为做恶作剧的人会是谁呢？"

"嗯！老实说，找你来正是为了此事。"

"跟我有什么关系吗？"

"我说出来，请别生气。事情是这样的。神宫附近的乡士曾跟我提意见，说把你留在子等之馆不太合适。"

"啊！原来是我引起的。"

"其实，你并不需要有丝毫歉意。但是，以世俗的眼光来看，请别介意……他们认为你已经不是一个不懂男人的清女了，因此把你留在子等之馆会玷污圣地。"

尽管氏富说得轻描淡写，但阿通眼里还是蓄满了苦涩的泪水。她并非生气，而是觉得很无奈。她知道自己怀着一份刻骨铭心的感情四处漂泊，孤身闯荡江湖，肯定会被误认为城府、阅历很深的女人，可一个女子的贞洁是不容置疑的呀！想到这儿，她气得全身颤抖。

氏富似乎并未考虑这么多，总之他觉得人言可畏，眼看春天将至，所以他想跟阿通商量暂停教授清女吹笛，言下之意就是希望阿通离开子等之馆。

阿通原未打算在此地久留，现在又给氏富带来了麻烦，就更想尽快离开。所以她立刻答应了，并感谢氏富这两个月的照顾，她决定今日就动身。

"不，不必如此着急。"

氏富也很同情阿通的处境，但又不知如何安慰她，他把手伸进文卷匣（存放文具、信件等小型文件箱）里，好像在包什么东西。

城太郎尾随在阿通身后，也来到了学馆后面的走廊，此时他悄悄探进头对阿通说："阿通姐姐，你要离开伊势吗？我也一起走。我早就厌倦扫地了，正好趁此机会脱身。这可是个好机会呀！阿通姐姐。"

"这是我的一点心意……阿通姑娘，这些微薄的礼金就当作路上的盘缠吧！"

氏富从文卷匣里为数不多的银子中，取出一些来包好。

阿通脸上掠过一丝不安，并未伸手去接。她说自己虽然在子等之馆教清女吹笛，但也在此叨扰了两个多月，并深受氏富先生照顾。如果收下礼金，自己也应付住宿费，所以拒绝接受。闻听此言，氏富说道："不！你一定要收下礼金。因为我还有事相托。"

"您托付的事情，我一定照办。对于礼金，我就心领了。"

阿通把钱又推了回去。此时，氏富一眼看到了阿通身后的城太郎。

"喂！这个给你，路上买点喜欢的东西吧！"

"谢谢您！"城太郎立刻伸手接过来，然后才问了阿通一句，"阿通姐姐，我可以收下吗？"

城太郎先斩后奏，阿通也拿他没办法。

"真是劳您费心了！"阿通再三道谢。

氏富这才放下心来。

"我想拜托你，路过京都的时候，将此物亲手交给堀川的乌丸光广公卿大人[①]。"

说着，他从墙边的书架上取下一卷画轴。

"这是前年我受光广大人所托，绘制的拙作。当时大人曾说要在画上题字，所以我想给他送过去。如果派使者或委托信差，都不能表达我的诚意，所以想请你代为转交。你们一路要多加小心，千万别让画淋到雨或弄脏了。"

阿通觉得此事关系重大，她有些为难，却又无法开口拒绝。氏富拿出特别订制的盒子和油纸，准备把画包起来。可能对此画钟爱有加，或是不舍得把自己的作品交给别人，他并未包画，随即说道："那么，也让你们看看这幅画吧！"

说完，在两人面前摊开了那幅画。

"哇！"

阿通不禁发出一声赞叹。城太郎也瞪大眼睛，伸着脖子仔细观看。

因为尚未题字，所以无从知道这幅画所描绘的故事，但看得出是平安时期的生活场景。画中运用的土佐流笔法十分细腻，点缀上金粉更显得华丽大气，让人百看不厌。

就连对绘画一窍不通的城太郎也啧啧感叹。

"啊！这火焰画得真像呀！好像正在燃烧一样呢……"

"只能看不能用手摸哟！"

两人屏气凝神，都被这幅画深深吸引了。就在此时，管家顺着院子走过来，对氏富耳语了几句。

氏富听完后点头说道："哦……原来如此。看来他不是什么可疑人物。不过为了慎重起见，还是请他留下字据，再把东西还给他。"

说完，阿通拿起那个带有汗臭的游学武者的包袱，交给了管家。

八

子等之馆的清女们听到教吹笛的师父突然要离开，都显得依依不舍。

[①] 原姓藤原，曾在朝廷任侍从、左右少办、藏人等职，最后升为权大纳言。

"真的吗？"

"这是真的吗？"

大家围着阿通问道。

"您不再回来了吗？"

众人早把阿通当成了姐姐，此刻要与姐姐分别，不禁伤心不已。此时，城太郎在馆外大喊："阿通姐姐，你准备好了吗？"

他早就换下了白色短褂，穿上了自己的短上衣，腰上插着木刀。将荒木田氏富交代的那幅画用油纸包了好几层才放进盒子里，外面再用包袱皮包好，城太郎把它斜背在身上。

"哎呀！你动作真快呀！"阿通在窗口处回答。

"我当然很快，阿通姐姐，你还没准备好吗？和女人一起出门真麻烦！"

由于子等之馆禁止男性入内，所以城太郎只能站在馆外边晒太阳，边等阿通。他望着雾霭重重的神路山，伸了个大懒腰。

城太郎生性活泼好动，仅等了一会儿工夫，就有些不耐烦了。

"阿通姐姐，你还没好吗？"

馆内传出阿通的声音："这就出去了！"

其实，她早就准备妥当了。短短两个月的朝夕相处，她和这些神女早已情同姐妹，这会儿突然要离开，神女们很伤心，都不舍得让阿通走。

"我还会再回来的，大家要多保重啊！"

虽然阿通心里知道自己不会再回来了，但此刻也只能这样安慰她们了。

有的神女低声啜泣，有的说要把阿通送至五十铃河的神桥，大家围着阿通一起走到门外。

"咦？"

刚才一直嚷着要走的城太郎到哪儿去了？

神女们用手围成喇叭，大声喊着："城太郎！城太郎！"

阿通很了解城太郎的个性，所以并不担心。

"他一定是等不及，一个人先赶往神桥那里了。"

"这小孩真不听话！"

其中有个神女看着阿通的表情，问了一句："那个小孩是师父您的孩子吗？"

阿通没有笑，一本正经地回答："你在说什么呢？城太郎怎么会是我的孩子？今年春天我才满二十一岁呢！难道我看起来很老？"

"可有人这么说哪！"

阿通突然想起荒木田氏富说过的话，感到非常生气。但是，不管别人怎么说，只要那个人相信自己就足够了。

"阿通姐姐！你好过分！好过分！"

原以为城太郎先走了，没想到他从后面追上来。

"让人家等你，可你自己却一声不吭地先走了，真不够意思！"

城太郎嘟起了小嘴。

"刚才我明明没看到你嘛！"

"没看到我，也应该找一找才像话嘛！刚才我看到一个很像我师父的人往鸟羽街的方向走去，所以追过去看一看。"

"啊？像武藏的人？"

"可是，我看错了。我追到树林，老远看见那个人走路一瘸一拐的，肯定不是师父……真让人失望啊！"

九

两个人一路长途跋涉，城太郎几乎每天都在品尝希望破灭的痛苦。不管是擦身而过的路人，还是背影酷似武藏的人，他都会跑过去确认一下。哪怕是在街边住户的二楼上、渡船上、马上、轿子里，发现长得略像武藏的人，他都会一阵悸动，心想"会是他吗？"然后想方设法去看个究竟。可每次，他都是失望而回。一路走来，这样的事情已发生过几十次了。

因此，阿通对城太郎的话并不在意。

尤其当她听到城太郎说那个人是一个跛脚武士时，不禁笑起来。

"辛苦你了！如果刚一起程就情绪低落，那往后的日子可就难过了。我们还是高高兴兴地出发吧！"

"这些小姑娘是怎么回事？"

城太郎毫无顾忌地扫视了一眼那些跟在阿通身后的神女。

"怎么回事？难不成她们也要跟我们一起走？"

"没这回事。她们舍不得我走，要送我到五十铃河的宇治桥。"

"那真是辛苦她们了！"

城太郎模仿阿通的语气，逗得众人大笑。

本来情绪低落的送行队伍，却由于城太郎的加入，气氛顿时变得活跃起来。

"阿通师父！您走错路了，不在那儿拐弯儿！"

"不！我没走错！"

阿通绕到了神宫玉串御门的方向，对着远处的神宫正殿，鸣掌三声，然后低头祷告起来。

城太郎见状，嘀咕着："哦！原来如此，阿通姐姐在祈求神佛保佑呢！"

但是，他只是远远地看着，并未走上前。

神女们用手指戳着城太郎的后背、肩膀说道："城太郎！你为什么不过

去祷告？"

"我才不要呢！"

"怎么能说不要？小心烂舌头！"

"参拜、祷告什么的，让人多不舒服呀！"

"参拜神明怎么会不舒服呢？这儿的神明绝不同于那些市井中常见的，或是人们常接触到的神明。你可以把她想象成自己远在天边的母亲，这样不就很自然了吗？"

"这个我懂！"

"那你就过去参拜一下吧！"

"我不喜欢嘛！"

"你真固执！"

"你们这些臭丫头、多嘴婆！都给我闭嘴！"

"哎呀！他骂人！"

装束打扮一模一样的清女们，顿时瞪大了眼睛。

"哎呀！"

"哎呀！"

"这小孩好可怕！"

阿通遥拜神明之后，走了过来。

"你们怎么了？"

神女们正等着阿通回来主持公道。

"城太郎骂我们是臭丫头，而且他还说讨厌参拜神明。"

"城太郎，这可是你不对！"

"什么嘛！"

"你以前不是说，武藏哥哥在大和的般若原跟宝藏院众僧决斗之时，你曾合掌大声祈求神明保佑吗？现在，你也要过去参拜神明。"

"可是……大家都在看着我呢！"

"好，大家都转过头去，我也转过去不看"

于是，众人背对着城太郎，排成一排。

"这样可以了吧？"

阿通问完，没听到城太郎的回话，于是偷偷转头去看。只见城太郎跑到玉串御门前面，深深鞠了一躬。

风车

一

武藏面朝大海，坐在烤海螺的小摊前，整理着鞋袜。

"客官，我们的环岛游船还有两个空位，您要不要坐呀？"

一位船工走过来拉生意。

刚才，两个挎着篮子的渔家姑娘就一直站在这儿兜售海螺。

"这位客官，买点海螺吧！"

"您买点海螺吧！"

"……"

武藏解开一直裹在脚上的破布条，那布条上满是血污。原本疼痛不已的伤口，现在竟然消肿了，恢复了原状。由于布条裹得太久，以致那只脚的皮肤看起来又皱又白。

"不要，不要！"

武藏挥手赶走了渔家女和船夫，他试着把脚踏在沙滩上，一步一步地走向大海，让海水漫过双脚。

这天早上，他几乎忘记了脚伤，体力也完全恢复了，他的精神状态异常饱满。这不仅因为脚伤基本痊愈，更因为他的心境已与昨日大不相同。现在的他，对未来充满信心。

武藏请卖烤海螺的姑娘帮忙买来一双皮袜子和新草鞋，穿上鞋袜后，他试着在地上走了走。由于一直跛着脚走路，一穿上新鞋还有些不习惯，尽管伤口还有点轻微的疼痛，但已无关大碍。

"那边的船工在喊乘客上船呢！客官，您不是要去大凑（位于日本三重县伊势北端）吗？"

正在烤着海螺的老头提醒着武藏。

"是的。抵达大凑之后，就能找到开往津市（位于日本三重县伊势平原中部）的船了吧？"

"对！那儿还有开往四日市（位于日本三重县伊势平原北部）和桑名市的船哟！"

"老伯！今天是年底的几号？"

"哈哈哈！您真是贵人多忘事。竟连日期都忘了，今天是腊月二十四。"

"才腊月二十四呀！"

"真羡慕你们年轻人的无忧无虑啊！"

武藏快步跑到高城海滨的渡口，他觉得自己还能跑得更快。

开往对岸大凑的船上，坐满了乘客。与此同时，阿通和城太郎也在神女们的陪伴下来到了五十铃河的宇治桥头。也许此刻，她们也在挥手告别。

五十铃河向着大凑的方向流去，伴随着阵阵海浪声和摇橹之声，渡船徐徐前行。

武藏抵达大凑之后，立刻换乘开往尾张（日本旧国名，位于爱知县西半部）的渡船。船上乘客多半是旅客，左岸能看见古市、山间的水田和松坂街道两侧的林木，巨大的船帆被风吹得很满，渡船沿着伊势海的海岸线，缓缓前行。

此时，阿通和城太郎正由陆路赶往同一地点，不知他们谁会率先抵达。

二

如果到了松坂，就可以打听到那位生于伊势，号称"鬼才"的武士神子上典膳①。但武藏打消了这个念头，他在津市下了船。

在津市码头下船时，一个走在他前面的男子引起了武藏的注意。此人腰间挂着一根两尺长的木棒，木棒上卷着锁链，锁链另一端安有一个秤砣。此外，他腰上还插着一柄皮质刀鞘的无护手的短刀。此人年龄在四十二三岁，皮肤比武藏还要黑一些，略微发红的头发还有点自来卷。

"师父！师父！"

此时，有个十六七岁的铁匠学徒一边喊着，一边从船上跑下来。若非有人如此称呼，任何人都会把那个中年人当成一个流浪武士。武藏看了一眼那个脸上沾满煤灰的小徒弟，只见他肩上扛着一个长柄的铁锤。

"等等我，师父！"

"你快点！"

"刚才，我把铁锤忘在船上了。"

"怎么能忘记吃饭的家伙呢？"

"我已经拿回来了！"

"那是应该的！如果你敢忘了，小心你的脑袋！"

"师父！"

"你话真多！"

"今晚，我们要住在津市吗？"

"太阳还老高呢！先赶路吧！"

"真想住在这儿呀！偶尔出门工作，也可以顺便玩一玩嘛！"

---

① 生于永禄三年（1560），卒于宽永五年（1628）。原名小野次郎右卫门忠明，祖上为大和的十市氏族。因曾居于上总国夷隅郡丸山町的神子上地区，辅佐过里见义康，人们又将他称作"神子上典膳"。

"别净想美事!"

码头通往街市的一路上,礼品店鳞次栉比,为客栈招揽生意的人也是随处可见。

那个扛着大锤的铁匠铺学徒,光顾着看热闹,没能跟上自己的师父,正在人群中东张西望。终于,他发现师父在一个小店里买了个玩具风车,正朝自己走来。

"岩公!"

"是。"

"帮我拿着这个。"

"是风车呀!"

"拿在手上会被人碰坏,最好插在领口里。"

"这是礼物吧?"

"嗯……"

看来是师父买给孩子的礼物。外出多日回到家中,最高兴的莫过于看到孩子的笑脸吧!

走在前头的师父频频回头,大概是担心插在岩公领口里的风车会被碰着。

尤其巧的是,这师徒走的路线,正是武藏要走的路。

(哈哈……)

武藏心里有了数,一定是这个男人。

不过这世上的铁匠和携带链子飞镰的人毕竟不在少数,为了慎重起见,武藏不时走在他们前面或后面,悄悄观察着他们。当他们从津市的城下横穿过去,走向铃鹿山时,武藏已从二人简短的对话中充分肯定了自己的判断。

于是,他主动上前搭话:"请问,您是要回梅田吗?"

对方冷冷地答了一句:"是的,我们要赶回梅田。"

"请问,您是不是宍户梅轩先生?"

"嗯……你怎么知道我是梅轩?你是?"

三

翻过铃鹿山,由水口(位于日本滋贺县南部)赶往江州草津(位于日本滋贺县南部)。这是去京都的必经之路。几天前,武藏才从这里经过。他打算在年底之前赶到京都,并希望新年时在京都喝到屠苏酒,所以一路马不停蹄地直奔此处。

前几天他去拜访宍户梅轩时,正赶上对方不在家,武藏也未强求,只希望他日有缘再见。没想到竟在此地巧遇梅轩,这不得不说他与链子飞镰颇有宿缘。

"看来我们的确很有缘。前几日我曾到云林院村拜访您,当时见到了尊夫人。我叫宫本武藏，是一个学武之人。"

"啊！原来如此。"梅轩脸上并无惊讶之色。

"你就是那个住在山田客栈，说要跟我比武的人吧？"

"您听说了？"

"你去荒木田先生家打听过我吧？"

"是的。"

"我的确去荒木田先生家干活了，但并不住在那儿。我借用了神社街的一个朋友的工厂，在那儿完成一件只有我才能胜任的工作。"

"哦……然后呢。"

"我听说一个住在山田客栈的游学武者，正在找我。但我很怕麻烦，所以没有理会。原来就是你呀！"

"是的。听说您是链子飞镰的高手。"

"哈哈哈！你见到我的老婆了吗？"

"是的，尊夫人还让我见识了八重垣派刀法的招式。"

"这不就得了嘛！你实在没必要追着我要比武。链子飞镰的基本招式，内人也都表演给你看了。如果你还想见识更多的招式，恐怕没看到一半，就命丧黄泉喽！"

原来这对夫妻都是高傲自大之人。也许武学与自满天生就是一对孪生兄弟，但话说回来，若非对方拥有精湛的武艺，也不会如此骄傲。

现在，武藏的涵养功夫非常好，完全没把梅轩的话当回事。若是放在以前，他肯定不会任由对方这样奚落自己。在他开始人生磨炼之时，宗彭泽庵曾告诫他"山外有山、人外有人"，而探访宝藏院和小柳生城的经历，也让他颇有感悟。

武藏把自尊心和脾气放到了一边，容忍了对方的无礼。他仔细权衡着对方武功的高低，对待对方的态度也极为恭谦。

在摸清对方的底细之前，武藏谨言慎行，喜怒不行于色。

"是的。"他语气恭敬，像个初学者。

"您说的没错，光看尊夫人的招式，就让我获益匪浅。能在此相遇，实属有缘，所以在下希望向您请教一些链子飞镰的使用技巧，在下必将感激不尽。"

"如果是谈话。那当然可以了。今晚你要投宿在关市（日本三重县西北部）的客栈吗？"

"我是那样打算的。不过，如果您不介意，可否让我到您府上叨扰一晚？"

"我家又不是客栈，被褥不够呀！如果你不介意和我的徒弟岩公同住，那就来我家住吧！"

四

黄昏时，三人抵达了铃鹿山。

山坳里的村落，在金红色夕阳的映照下，宛如一片绚烂而沉寂的湖水。

岩公先跑回家送信儿，武藏看到梅轩的老婆抱着小孩出现在铁匠铺的屋檐下，那孩子手里正拿着父亲买的风车。

"快看！快看！爸爸回来了！看到爸爸了吗？爸爸！"

原本骄傲自满的宍户梅轩，一看到孩子，立刻变成了一位慈爱的父亲。

"喂！喂！我的小乖乖！"

他朝铁匠铺的方向不停挥着手，逗弄着孩子。梅轩回到家后，便和妻子带着孩子走进正屋，把随行的武藏丢在了一旁。

直到晚饭时，他才想起来还有一个人要在此住宿。

"对了！对了！把那个游学武者叫过来，一起吃饭吧！"

此时，武藏仍穿着草鞋，站在作坊里的风箱旁烤火。梅轩看到他，便吩咐了妻子一声。

那妇人一脸不悦。

"前几天你不在的时候，他已经来过了，还住了一晚。"

"就让他和岩公一起睡吧！"

"上次，我让他睡在了风箱旁的席子上。今晚也让他这样凑合一晚得了！"

"喂！小伙子！"

梅轩在炉子上温好了酒，他拿着酒杯问武藏："你喝酒吗？"

"能少喝一点。"

"来一杯吧！"

"好的。"

武藏坐到了过道和正房之间的台阶上。

"我敬您！"

说完，武藏端起酒杯一饮而尽，这是一种略带醋味的当地酒。

"酒杯还您！"

"那个杯子你拿着吧！我这儿还有酒杯。不过，年轻人。"

"是。"

"你看起来很年轻，今年多大了？"

"过了年就二十二岁了。"

"故乡是？"

"美作。"

话一出口，宍户梅轩突然瞪大双眼，重新打量起武藏。

"刚才你说……叫什么名字……你的名字？"

"宫本武藏。"

"武藏是哪两个字？"

"就是'TAKEZOU'（武藏）。"

此时，梅轩的妻子拿来了碗筷，还端来了汤和咸菜。

"请用！"

她把饭菜直接放到了草席上。

听到武藏的回答，宍户梅轩倒吸一口气，自言自语地说："是这样啊……"

"酒温好了！再来一杯吧！"说着，他又给武藏满上了酒。

"你从小就叫'TAKEZOU'（武藏）吗？"他突然问了一句。

"是的。"

"你十七岁时，也是用的这个名字吧？"

"是的。"

"那你十七岁时，是不是和一个叫本位田又八的人参加了关原之战？"

听到这儿，武藏心头一惊。

"看来您对我非常了解呀！"

五

"我当然知道了。因为我也参加了那场战役。"

听到这儿，武藏顿时觉得和对方亲近了不少，而梅轩也改变了态度。

"难怪觉得您很面熟，原来我们曾在战场上见过呀！"武藏说道。

"这么说来，你当时效力于浮田阵营喽？"

"当时，我们驻扎在江州的野洲河，与当地乡士一起组成了先锋营。"

"原来如此，那我们可能真的遇到过。"

"你的朋友本位田又八怎么样了？"

"大战之后，我们就再没见过。"

"你说的'战后'是指什么时候……"

"会战之后，我们藏在伊吹山的一户人家里养伤，伤痊愈后，我们就在那儿分手了，直到现在。"

"哦！"

梅轩对着已经抱孩子上床睡觉的老婆说道："没酒了！"

"你们已经喝得差不多了吧！"

"谁说的！我们还要喝！"

"今晚怎么喝这么多呢？"

"因为我们谈得很投缘！"

"已经没酒了。"

"岩公！"梅轩朝外间的角落喊了一声，隔壁立刻传来草席摩擦的沙沙声。

"师父，什么事？"岩公打开那扇矮门，探出头问道。

"你到斧作那儿借一升酒来！"

听到这儿，武藏立刻拿起饭碗说道："我先用饭了！"

梅轩急忙抓住武藏拿着筷子的手，说道："等一下，我们还没喝够呢！"

"我特地叫岩公去拿酒，等一下再吃饭吧。"

"请别为我劳心，我已经不能再喝了。"

"没关系！"梅轩十分真诚。

"对了，对了！你刚才说要问我有关链子飞镰的事，我一定知无不言、言无不尽。要没有酒，我们可怎么谈呢？"

岩公很快就回来了。

他把酒从坛子里倒进铫子（长把酒壶），放在炉上温着。此时，梅轩正为武藏耐心讲解链子飞镰在实战中的优势之处。

"使用链子飞镰很容易克敌制胜，因为它不同于刀剑，让敌人毫无可乘之机。此外，还可以在正式攻击之前，利用锁链缠住对方的兵器。就像这样，左手拿镰刀，右手拿秤砣。"

梅轩坐在那儿，示范给武藏看。

"如果敌人攻击过来，你可以用镰刀挡住对方的兵器，同时用秤砣去攻击他，这也是一招。"

说完，他又换了一种招式。

"如果是这种情况，就是敌人离自己较远时，可以先用锁链缠住对方的兵器，无论是刀、枪、棍、棒，都能用这招克敌制胜。"

说完，他又教武藏投掷秤砣的方法。他一连讲了十几招，包括锁链的蛇形舞动之法、飞镰与锁链的并用之法，此招可以起到干扰对方判断、反守为攻的效果。梅轩滔滔不绝地讲着链子飞镰的玄妙之处。

而武藏也听得津津有味。

他全神贯注，唯恐稍有遗漏，完全置身于链子飞镰的世界中。

武藏一边听，一边琢磨。

（人人有两只手，可宝剑仅用到一只手。）

他暗自思忖着。

六

不知不觉间，第二坛酒也见了底。尽管梅轩也喝了很多，但绝大部分都斟给了武藏。由于话很投机，武藏不觉喝过了量，醉得一塌糊涂。

"老婆！我们去后面睡吧。这儿的棉被留给客人，你去后面铺一下床！"

他的妻子原打算睡在这间屋,因此当两人喝酒时,她抱着孩子直接钻进被窝睡了。

"客人好像也累了,让他早点休息吧!"

从刚才,梅轩对待武藏的态度就突然变得亲切起来,现在又要让武藏睡在正屋,而让自己去后屋睡。她真不知道丈夫是怎么想的,另外被窝早已被捂暖,她实在不愿起来。

"你刚才不是说要让他跟岩公一起睡工具房吗?"

"笨蛋!"梅轩瞪了一眼从床上爬起来的老婆。

"那也得看是什么客人呀!别废话了,快去后面铺被子!"

"……"

他的妻子穿着睡衣,一脸不悦地走进里间。梅轩抱起早已睡熟的孩子。

"年轻人,这儿的被子虽不是很干净,但炉火很暖和。半夜若是口渴,这儿也有茶。快到被窝里,舒舒服服地睡上一觉吧!"

说完,梅轩就离开了。过了一会儿,他妻子过来换枕头的时候,已是面带笑容。

"我丈夫也醉得不省人事,再加上旅途劳乏,他说明天要睡个懒觉呢!所以你也不必急着早起,明早吃完饭再上路吧!"

"是。谢谢!"武藏只能说出这几个字,因为他早已烂醉如泥,就连草鞋和上衣都无法脱下来。

"那么,我就打扰了。"说完,武藏就钻进了妇人和孩子捂热的被窝。被窝里十分暖和,但武藏的身体比被窝还要热。梅轩的妻子一直站在里间的门旁,看到武藏就寝之后,她轻轻说了句:"晚安。"然后吹熄灯,离开了。

武藏的头就像箍着孙悟空的金箍一样,疼痛不已,太阳穴也剧烈地跳动着。

奇怪!今晚我怎么喝了这么多酒,武藏痛苦不堪,有些后悔自己贪杯过量。刚才,梅轩不断给自己敬酒,甚至还打发人出去借酒。而他那个冷冰冰的妻子,竟然也突然变得和蔼可亲,还让出这么暖和的被窝给自己。他们为何会突然改变态度呢?

武藏觉得事有蹊跷,但还没等想明白,眼皮就发沉了,因为觉得有些冷,他用被子蒙上头,不一会儿就沉沉睡去。

快要燃尽的炉火,偶尔闪动一下微弱的火光,照亮了武藏的面庞。看得出,他已进入了梦乡。

"……"

事实上,梅轩的妻子一直守在门外。直到武藏睡着,她才蹑手蹑脚地回到丈夫的房间。

七

武藏在做梦,同样的梦境总是不断出现,都是一些零零散散的片段。儿时的记忆就像虫子一样侵蚀着他的脑细胞,在每一条脑神经上划过,将那些发光的文字印刻在他的脑膜上。

而且,他在梦里总能听到一首摇篮曲:

睡吧,睡吧,
我可爱的宝贝。
不要半夜啼哭,
让人心疼,好心疼,
妈妈好心疼。

这是上次投宿时,听到梅轩的妻子唱的催眠曲。那充满伊势乡音的曲调,出现在武藏的梦境中,完全幻化成自己的故乡——美作吉野乡的小调。

并且,武藏看到自己变成了一个婴儿,被一个三十多岁、皮肤白皙的女子抱在怀里。那婴儿知道女人就是自己的母亲,他用稚嫩的目光看着乳房上方那张白皙、清秀的脸。

让人心疼,好心疼,
妈妈好心疼。

母亲抱着他,唱着摇篮曲。她憔悴的面庞,恰似梨花带雨。一眼望不到头的石墙上开满了苔藓花。土墙之上的树梢,被夕阳染成了金色,屋子里已亮起了灯火。

大颗的泪水从母亲眼中滑落,襁褓中的武藏不明所以地看着母亲。

你给我出去!

回到你娘家去!

屋里传来父亲无二斋的呵斥声,却不见他的身影。只见母亲跌跌撞撞地逃出家里那道长长的围墙,跑向英田河,她一边哭一边向河里走去。

襁褓中的武藏很想告诉母亲:危险!危险!

他在母亲怀里不停地扭动着身子,但母亲仍一步步地走向深渊。她紧紧抱着动个不停的婴儿,几乎都要把他弄疼了,母亲那湿漉漉的面颊紧贴着婴儿的小脸。

(武藏呀!武藏!你到底是父亲的儿子,还是母亲的儿子?)

突然,岸上传来父亲无二斋的一声大吼,母亲闻声立刻投入了英田河。襁褓中的武藏被扔到了满是石头的河边,他滚落到草丛里,哇哇大哭。

"啊!"

武藏猛然惊醒,才知道是一场梦。梦境变得模糊起来,他分不清那个女人的脸是不是自己的母亲,只是觉得那个女人一直在注视着自己,并唤醒了自己。

武藏已记不清那个生养自己的人长什么样了,他虽然非常怀念母亲,却无法刻画出母亲的面容。所以,只能借由别人的母亲来想象自己的母亲。

"为什么今晚我会突然想起这些?"

武藏的酒醒了,整个人也清醒过来。他睁眼看着被烟熏黑的天棚,红色的火光忽隐忽现。原来是快要燃尽的炉火映照在上面。

仔细一看,他头顶的天棚上吊着一个风车,正垂在空中。

那是梅轩买给儿子的玩具。除此之外,武藏还闻到了被褥上的母乳气味。一定是周围的环境,促使他梦见了自己已故的母亲。他看着风车,内心涌起无限怀念。

八

武藏既没完全清醒,也没再入睡。恍恍惚惚之间,他微合双眼,突然发现垂在空中的风车,有些奇怪。

"怎么回事?"

因为那风车竟然兀自转动起来。

风车本来就会转动,这也没什么奇怪的。但武藏却心头一惊,立即翻身起来。

"奇怪!"

他侧耳倾听。

远处似乎传来轻微的开门声,当门一关上,风车又立刻停止了转动。

估计刚才一直有人从后门进出,虽然动作很轻,但门在开关之际,还是有风透过隔板吹了进来,因此风车才会跟着转动。武藏觉得,风车上那薄如蝉翼的五色彩纸,好像蝴蝶一样,时而展翅飞舞,时而扇动翅膀,时而旋转,时而静止。

他本想一骨碌爬起来,但又轻轻缩回被窝。他全神贯注,用身体感知着屋里各种细微的动静。武藏全身的神经紧绷着,就像一只裹着树叶、预测天象的小虫一样。

现在他才意识到,刚才有多么危险。但是,他不清楚别人,也就是这里的主人宍户梅轩为何要暗害自己。

"难道是一间黑店?"

最开始,武藏如此判断。

但如果是黑店,对方一看到我少得可怜的行李,就该知道我不值得打劫。

"是仇人?"

应该也不是。

武藏百思不得其解,但他已切实感觉到危险正在慢慢靠近。究竟是按兵不动,还是先发制人?他必须尽快做出决定。

他悄悄伸手从地上找到草鞋,然后逐个拿进被窝。

突然,风车急速转动起来。在微弱炉火的映照下,那风车就像一个被施了魔法的诡异花朵,不停旋转。

此时,房屋内外响起了清晰的脚步声,他把被子拢高,做出有人睡在里面的假象。终于,门帘旁闪过两道凶狠的目光,一个人手握利刃半蹲着身子悄悄靠近,另外一个手持长枪,绕过围墙走向床铺。

"……"

两人听了听被窝里的动静,又看了看鼓鼓囊囊的棉被。这时,一个人从门帘里闪身进来,正是宍户梅轩。只见他左手拿着链子飞镰,右手托着秤砣。

"……"

"……"

一对、两对、三对眼睛……

三个人用眼神示意,同时屏住了呼吸,站在枕头旁的人率先发难,他一脚踢飞了枕头,站在对面的男人随即抄起长枪对准床铺。

"起来!武藏!"梅轩大喝一声,他手持秤砣和锁链,稍稍后退一步拉开了阵势。

九

然而,被子里毫无动静。

无论他们用武器威胁,还是大声喊叫,棉被里仍然毫无反应。因为,睡在那儿的武藏早已离开。

于是,其中一个人用枪尖挑开了棉被。

"啊……他跑了。"

每个人都被眼前的情景弄得很狼狈,他们急忙四下寻找。梅轩一抬头,突然看到急速旋转的风车,一下子意识到了什么。

"哪儿的门没有关!"

说完,他飞身跳到屋外。

"糟了!"另外一个人大声喊道,因为他看到铁匠作坊通往里间厨房的穿堂门大敞四开着。

室外各处都染上了一层白霜,犹如披上了一层薄如月光的轻纱。刚才风车之所以突然转动起来,就是因为寒风从这里吹进屋的缘故。

"看来那个浑蛋从这儿逃跑了!"

"门外把风的人是干什么吃的？把风的人在哪儿？"

梅轩急得大叫："喂！喂！"

他一气之下，跑到屋外寻找，只见暗处蹲着一个黑影。

"师父……师父！你们得手了吗？"那黑影悄声问道。

梅轩一听，不由怒火中烧。

"你们还有脸问！你们是怎么把风的？那个浑蛋早已听见风声逃跑了！"

"咦？逃走……什么时候？"

"还有脸问我？"

"真是怪事！"

"全是饭桶！"

梅轩在武藏逃跑的那个门口，进进出出看了好几遍，然后说道："他只有两条路可以走，一条是翻过铃鹿山逃往别处，另一条是返回津市的镇子。他现在应该还没跑远，我们去追！"

"朝哪个方向追？"

"我往铃鹿山方向追，你们奔津市方向。"

屋内外总共有十几个人，每个人都手握兵器，还有人拿着土枪。

这些人的打扮各不相同，拿枪的像是猎人，拿土刀的像是樵夫，其他人也都是类似的乡下人打扮。他们个个目露凶光，全都听命于梅轩，可见，梅轩在他们眼中绝不仅仅是一个普通的铁匠师父。

随后，这些人兵分两路，追赶武藏。

"一旦发现武藏，就立刻鸣枪！大家听到枪声就立刻赶到那里。"

这些人商量好后，就分头追了出去。

可是，他们才追了一刻钟（15分钟），就已累得精疲力竭，不得不放弃追赶。这些人灰头土脸地走回来，一路上互相埋怨着。

尽管每个人都怕被梅轩责骂，但极度的疲惫已让他们顾及不了那么多了。他们返回了铁匠铺子，谁知梅轩竟比众人早一步回来了。此刻他正低着头，呆坐在外间屋里。

"老大！没有追到！"

"太可惜了，就差一点！"

事到如今，梅轩也只得放弃。

"算了！"

他抓起几根木柴，用膝盖折断，那噼噼啪啪的声音似乎在发泄着心中的愤怒。

"老婆！还有没有酒？拿酒来！"

说完，他把木柴狠狠丢进火炉里。

十

半夜的骚动,吵醒了熟睡的婴儿,孩子哭个不停。听到梅轩要酒,他妻子躺在被窝里回答说没有酒了。于是,农户中的一个人说可以回家取些酒来,便走了出去。

这些人都住在附近,所以酒很快就拿来了。他们等不及温酒,就直接倒在碗里喝了起来。

"真不甘心哪!"

"这个年轻人不简单哪!"

"这个浑蛋!命倒挺大!"

大家你一言、我一语地说着一些于事无补的话。

"老大!请不要生气,这都是把风人的过失!"

大家想灌醉梅轩,以便让他快点去睡觉。

"是我太大意了!"梅轩无意归罪他人,只是苦着脸喝着闷酒。

"其实,要对付那个小子根本不用如此兴师动众,我一个人就足够了……但是,四年前在那个家伙十七岁的时候,连我哥哥辻风典马都死在他手里,所以我才没有轻举妄动。"

"不过,老大!这个游学武者,真的就是四年前藏在伊吹山阿甲家中的那个小子吗?"

"一定是我死去的哥哥在指引我找到仇人,一开始我也没多想,可是几杯酒下肚之后,他就泄了底,那个浑蛋肯定不会知道我就是辻风典马的弟弟野洲河的流浪武士辻风黄平。所以他说在关原之战那年,他叫TAKEZOU(武藏),现在改名叫宫本武藏……根据他的年龄、相貌,我敢肯定他就是用木剑杀死我哥哥的那个武藏。"

"本想着能够报仇,不料却让他溜走了。"

"最近,世道越来越太平,如果我哥哥活到现在,恐怕也很难维持生计,估计也只能像我一样靠打铁糊口,要么就是上山当山贼,但我一想到他是被一个毫不起眼的后生所杀,就气愤难平。"

"当时,除了那个武藏之外,还有一个小子吧?"

"对!他叫本位田又八。"

"对!对!当时本位田又八那个浑蛋就带着艾草屋的阿甲和朱实连夜逃走了……不知现在在哪儿呢。"

"我哥哥典马就是受到阿甲的迷惑,才会丧命的。所以大家平时要提高警惕,说不定什么时候阿甲也会像武藏一样突然出现。"

也许是酒劲儿上来了,没过一会儿,梅轩就坐在炉旁,打起了瞌睡。

"老大!回屋去睡吧!"

"老大!早些休息吧!"

大家把他扶到武藏刚才睡过的被窝里，还从地上捡起枕头，为他枕上。脑袋一沾上枕头，梅轩立刻呼呼大睡起来，种种的怨恨、愤怒也暂时搁在了一边。

"我们也回去吧！"

"该回家睡觉了！"

其实，这些农户过去都是流浪武士，靠在战场上偷窃物品为生，他们的首领就是伊吹山的辻风典马和野洲河的辻风黄平。时代变迁，后来有的人当了猎人，有的人成了农夫，但邪恶、贪婪的本性并未改变，时刻准备着大捞一笔。这会儿，夜深人静，这些人三三两两地走出了铁匠铺，踏着满地白霜各自走向家中。

十一

那伙人离去之后，一切又恢复了平静。屋子里只能听到阵阵鼾声和田鼠的吱吱声。

偶尔，还会从里间屋传来几声婴儿的咿呀声。不知不觉，孩子也渐渐进入了梦乡。

此时——

连接厨房和打铁作坊过道的角落里，有一个大柴火堆，柴火堆旁是一个土灶，破旧的墙上挂着蓑衣和斗笠。此时，在土灶和墙之间的暗影里，那件挂在墙上的蓑衣轻轻动了几下。

有一个人影把蓑衣挂回墙上，然后从暗影中闪身钻了出来。

此人正是武藏。

他一步也没有走出这间房子。

刚才，他从被窝里爬起来之后，便打开防雨门，罩上蓑衣躲进了柴火堆里。

"……"

武藏穿过外间的过道，来到屋内，宍户梅轩正在梦会周公。他的鼻子似乎有些毛病，那鼾声十分与众不同。黑暗中，武藏听着他的鼾声，不禁露出苦笑。

"……"

此时，武藏心里已经拿定主意。

与宍户梅轩的这次较量，自己已然大获全胜。

从刚才那些人的谈话中得知，这个宍户梅轩竟然就是野洲河的流浪武士辻风黄平，而且还是死在自己手中的辻风典马的弟弟。难怪他要杀了自己，给哥哥报仇。看来，这个流浪武士的心思极为缜密。

如果让他留在世上，以后必然还会想方设法地谋害自己。为了保全自身，也只有下手杀了他。可是，有必要置对方于死地吗？

"……"

武藏前思后想,终于想到一个办法。他绕到梅轩的床脚,从墙上取下一柄链子飞镰。

此时,梅轩依然睡得很香。

武藏看着梅轩的脸,用手指轻轻钩出镰刀,那白晃晃的刀刃和刀柄形成了一个直角形。

随后,他用润湿的纸包住刀刃,把飞镰轻轻卡在梅轩的脖子上。

(好了!)

垂在天棚上的风车,一动不动。若不是用纸包住了镰刀,明天一早,这家的主人肯定会身首异处,到时风车肯定会发疯一样旋转不停。

杀死辻风典马是情有可原的,当时自己刚经历了一场大战,正是血气方刚的时候。可是,如果现在杀死梅轩,他的儿子长大后必定会为父报仇,一切冤怨就会像这转动不停的风车一样,永无休止。

不知为何,武藏今晚总是想起已故的父母。看着这一家人睡得如此香甜,闻着空气中淡淡的奶香,他羡慕不已,迟迟不愿离去。武藏在心里默默祷告:"谢谢你们的款待。祝你们做一个好梦!"

然后,他轻轻打开防雨门,走了出去,随后又轻轻带上了门。在苍茫的夜色中,他再一次踏上了旅途。

受惊之马

一

人们在旅行最初的几天,总是满心欢喜,丝毫不觉得疲惫。

昨夜晚些时候,这两人才赶到关市的追分住宿。今天一大早,他们又迎着晨雾,从笔拾山赶往四轩茶馆,此时朝阳正从两人身后冉冉升起。

"哇!好美啊!"

阿通不禁停下脚步,欣赏着壮丽的日出。

她的脸上泛起一层红晕,显得精神百倍。不!此时万物复苏,天地间的一切生命都在展现着自己饱满的生命力。

"阿通姐姐!山上还看不到一个人哟!看来今天我们是最早通过这里的行人哪!"

"这有什么得意的!早来晚来还不都一样。"

"那才不一样呢!"

"按你的说法,如果先来,路程就会从十里变成七里喽?"

"我不是这个意思。我是想说,即便走路,也是走在前面的感觉好。要

是跟在马屁股后面，呼吸着满路的尘土，那可够受的！"

"话是这么说。不过，要是谁都像你这样昂首挺胸、得意扬扬地走路，那可够奇怪的了！"

"因为现在路上没人嘛！所以就感觉是走在自己的地盘上一样。"

"好吧，那我甘当你的马前卒，为你开路。现在，你可以尽情地耍威风了！"

说着，阿通在路边捡了根竹子，边走边唱："威武回避。"

本以为路边的四轩茶馆还没开门，谁知里面的人听到阿通的声音，便探出头来看。

"哎呀！糟了！"

阿通羞得满面通红，拔腿就跑。

"阿通姐姐！阿通姐姐！"

城太郎急忙追上前。

"你不能把大人丢在后面，自己先跑了呀！我会处罚你哟！"

"我不跟你闹了！"

"是你自己先玩的！"

"都是你害的。哎呀！茶馆里的人在看我们哪！一定把我们当成疯子了。"

"我们还是回四轩茶馆吧！"

"干什么？"

"我肚子饿了呀！"

"啊？又饿了！"

"好吧！那我把准备中午吃的饭团子分一半给你。"

"你要省着点吃哟！我们还没走出二里地，你就吃了好几顿了！估计你一天得吃五顿饭。"

"那是因为我不能像阿通姐姐一样，坐轿子、骑马呀！"

"昨天是因为要在天黑前赶到关市投宿，我才会骑马的。既然你这么说，今天我就不骑马了！"

"那今天换我骑吧？"

"小孩子骑什么马？"

"我就想骑骑看，好不好吗？阿通姐姐！"

"那就只骑今天一天，下不为例哦！"

"那我们去四轩茶馆看看有没有租马的，如果有，我就租来骑！"

"不行！现在可不行！"

"那你刚才是骗我喽？"

"你现在又没累得走不动，这样太浪费了！"

"那如果我走上一百里、一千里都不会累,就永远没机会骑马了……趁现在路上没什么行人,就让我骑一下吧!"

看来今天早起赶路,也没比平时走快多少。阿通还没点头,城太郎就已兴高采烈地跑向四轩茶馆了。

二

"四轩茶馆"的字面意思,指的就是四间茶屋。但这里的四间茶屋并不像老式房屋那样一字排开,而是分别建造于笔拾、沓挂等四个山坡,以便让往来于此的旅客歇脚。所以四轩茶馆是这四个茶屋的统称。

"大叔——"

城太郎站在茶馆前,喊了一声。

"你们这儿有没有马匹出租呀?"他大声问道。

茶馆刚刚开门,老板睡眼惺忪地看着这个精神头十足的少年。

"什么事啊?这么大呼小叫的!"

"我要租马。快把马牵出来吧!骑到水口要多少钱?如果能算便宜点,我们就骑到草津。"

"你是哪儿来的小孩?"

"当然是人生的小孩呀!"

"我还以为你是雷公生的呢!"

"那大叔就是雷公喽!"

"你这小孩,真会耍嘴皮子!"

"把马牵出来吧!"

"这匹马虽然还能驮东西,但它已经太老了,所以不能租给你。"

"真的不能租给我吗?"

"你这个小鬼,真啰唆!"

茶馆老板从蒸着馒头的炉灶里抽出一根燃着的柴火,丢向城太郎,但并没打中他,反而打在那匹被拴在屋檐下的老马腿上。

这匹老马长年累月地为主人服务,它翻山越岭、任劳任怨,老得连眼毛都白了,现在竟然挨了主人的打,它疼得一阵嘶鸣,不断用马背撞着墙。

"你这浑蛋!"

老板闻声从茶馆里跑出来,不知是在骂老马,还是在骂城太郎。

"吁吁——"

老板解开缰绳,把马牵到了房前的树下。

"大叔!就租给我吧!"

"不行!"

"有什么不行的?"

"我这儿没有马夫。"

此时，阿通走过来对老板说，要是没有马夫可以先付租费，到水口之后再拜托当地旅客或马夫把马牵回来。老板听完，答应了阿通的要求，把缰绳交给了她。

看到这儿，城太郎吐了吐舌头。

"大叔好狡猾哟！看到阿通姐姐漂亮，就答应租马。"

"城太郎，别背后说人坏话，要是这匹马听到了，它一发火，可是会把你摔下来哟！"

"我才不会被这样的老马欺负呢！"

"你会骑吗？"

"当然会……只是，我爬不上去呀！"

"你抱着马屁股往上爬，当然爬不上去了。"

"你把我抱上去吧！"

"你可真麻烦！"

阿通两手卡住城太郎的腋窝，把他放到了马背上。一骑上马，城太郎显得得意扬扬，他看了一眼阿通说道："阿通姐姐，要跟上我哟！"

"危险！你不能那样骑马！"

"没关系的！"

"那我们就出发吧！"

说完，阿通牵起缰绳。

"老板，我们走了！"

两人向茶馆老板道别之后，又踏上了旅程。

他们还没走出一百步远，就听到背后传来一阵急促的脚步声，还有喊叫之声。他们回头望去，只见远处晨雾缭绕，根本无法看清来人的模样。

三

"谁呀？"

"是谁在追我们哪？"

他们停下马，回头一看，只见茫茫雾气中一个身影越来越近，最后终于看清了对方的长相和年纪。

如果此时是深夜，两人肯定会被吓得落荒而逃。他们眼见来人身背一把巨大的土刀，腰上还插着链子飞镰，犹如凶神恶煞一般。

那人像一阵风似的疾驰而来，跑到阿通面前突然停下脚步，伸手就夺走了她手上的缰绳。

"下来！"

他大声命令城太郎。

老马突然受到惊吓，连连后退，城太郎不由抓紧马鬃。

"你，你说什么？不要乱来，这马是我们出钱租的！"

"少啰唆！"

男人置若罔闻。

"喂！这个姑娘！"

"什么事？"

"我住关市客栈附近的云林院村，叫宍户梅轩，现在要去追赶一个名叫宫本武藏的人。天没亮时，他就沿着这条路逃走了，说不定现在已经离开水口附近的客栈了。无论如何，我必须要在江州口附近的野洲河抓到他……所以，这匹马就让给我吧！"

对方一口气说完，同时大口喘着粗气。现在虽是隆冬时节，树上结着冰花，但梅轩却是满头大汗，热血沸腾。

此刻，阿通已是呆若木鸡。她脑袋里一片空白，仿佛全身的血液都流光了。她面色惨白，简直不敢相信自己的耳朵，那青紫色的嘴唇不停地颤抖，一句话都说不出来。

"你，你说武藏？"

马背上的城太郎脱口而出，他紧紧抓住马鬃，全身战栗。

梅轩急着赶路，所以并未察觉到两人剧烈的情绪变化。

"喂！小鬼，快下来！不要磨磨叽叽的，我可要动手了！"

梅轩抓住缰绳，作势要拉城太郎下来。城太郎使劲摇着头。

"不要！"

"你说什么？"

"这是我的马，不能因为你要追人，就来抢我的马！"

"我看你们是妇孺之辈，才客客气气的。小鬼，你不要不识相！"

"阿通姐姐！"城太郎对着阿通大叫。

"这匹马不能让给他，绝对不能让给他呀！"

阿通不禁暗暗称赞城太郎的机智。同时她也拿定主意，不仅不能把马让给他，还要设法拖延他去追赶武藏。

"也许你真有急事，但我们也得赶路，也许你翻过前面这个关隘，就可以租到马或轿子了。如果你非要抢别人的马，那就太不讲道理了！我们决不答应。"

"我才不下马呢！死也不下！"

两人心照不宣，断然拒绝了梅轩的要求。

四

看到阿通和城太郎的态度如此坚决，梅轩颇感意外，他没想到对方竟敢公然反抗自己。

"那么，你们说什么都不肯让出这匹马喽？"

"明知故问！"

城太郎的口气像个小大人。

"浑蛋！"梅轩气得大骂。

马背上的城太郎像个跳蚤一样，紧紧抓着马鬃不放。梅轩一个箭步冲过去，抓住城太郎的脚，想要把他从马上拉下来。

此时，城太郎完全忘了自己可以拔出腰间的木剑还击。面对一个比自己强大百倍的敌人，又被对方抓住了脚，他早已急昏了头。

"啊！畜生！"城太郎朝梅轩脸上吐着口水。

他有生以来，第一次面对如此危机。刚才看到日出时，他觉得一切都充满希望，可现在却身陷险境。此时，阿通也担心会被眼前的男人伤害。对死亡的恐惧，让她口干舌燥，不由得咽了一下口水。

尽管害怕，但她无论如何也不愿把马让给梅轩。这个凶悍的男人显然是冲着武藏来的，他对武藏的生命构成了巨大的威胁。只要能拖延一分钟，武藏就多了一分安全。

同时，自己与武藏的距离就又拉远了一些。尽管如此，阿通还是咬紧嘴唇，坚决不让出马匹。

阿通不知哪儿来的勇气，她对着梅轩的胸口突然用力一推。

"你要干什么！"

梅轩刚才被城太郎吐了满脸口水，现在又被一个弱女子猛推了一下，显得有些狼狈。他没想到，眼前这个女子的胆识如此惊人，就在她推开梅轩之时，竟然顺手拔出了梅轩背后的土刀，握在手里。

"你这个女人！"他大叫一声。正当他想要抓住阿通手腕的时候，锋利的刀刃从梅轩右手的小指和无名指上划了过去，鲜血顿时流出。

"好疼！"

他握着划破的手，后退好几步。阿通把刀藏在身后，明晃晃的刀影映照在地面上。

不可一世的宍户梅轩，昨晚就是因为大意而错失良机。没想到今天还是因为大意，栽在了眼前这个女子和小孩的手里。

他一边暗骂自己太粗心，一边重新打起精神。此时，阿通脸上毫无惧色，她手举大刀，朝着梅轩砍去。但这把土刀长近三尺，刀身通体为纯钢打制，分量十足，就连男人也很难挥动自如。所以当她挥刀砍向梅轩时，自己也踉跄着扑了过去。

紧接着，听到"铿啷"一声，她手腕一阵酸麻，以为自己砍到了树上。只见眼前鲜血喷涌，阿通不由得一阵头昏眼花。待她定睛一看，才发现刀正砍在了城太郎骑的那匹马的屁股上。

五

这匹老马很容易受惊，尽管这一刀砍得并不深，那哀鸣之声听起来也十分恐怖。鲜血不断从伤口处流出来,老马发了狂似的乱踢乱叫。

梅轩大喊一声,想要夺回阿通手里的大刀。他刚伸手抓住阿通的手腕,不料受惊的老马突然扬起后蹄,把两人踢出老远。紧接着,这匹老马又抬起了前蹄,高声嘶鸣起来,随后就像离弦之箭一样,狂奔而去。

"哇!喂喂——"

梅轩趴在地上,眼睁睁地看着老马越跑越远。他想爬起来追上去,可是老马早已不见踪影,只留下一阵尘烟。

他怒火中烧、双眼充血,回头寻找阿通,可阿通竟然不见了。

"啊?"

梅轩气得青筋暴突,太阳穴砰砰直跳。他定睛一看,自己的刀被扔在了路边的松树下。他跑过去捡起刀,顺势往山下一看,只见低矮的山崖下有一间小茅屋。

看来,那个女子被马踢到了山崖下面。梅轩确信,这个女子肯定与武藏有关。他想去继续追赶武藏,但又不愿放过阿通。

于是,他快步跑下山崖。

"跑哪儿去了?"

梅轩嘟囔着,在那间茅屋周围寻找。

"到底躲哪儿去了?"

他站在屋檐下,向里面窥视,又径自打开仓库门,四下察看。只见一个陌生人发疯一样,到处乱翻,这家的老人吓得瑟瑟发抖,缩着身子躲在纺车后面。

"啊……在那儿!"

他终于发现了阿通。

长满扁柏的峡谷中,冰雪尚未消融。此时,阿通就像一只受惊的小鹿,沿着峡谷朝着溪谷方向拼命跑去。

"我看到你了!"

梅轩在峡谷上高声喝道。阿通猛一回头,看到对方手持利刃,正以极快的速度逼近自己。其实,梅轩并无意伤害阿通,只是想通过她把武藏引出来,或是打听出武藏的行踪。

"你这女人!"

梅轩伸出左手,指尖已能触到阿通的头发。

阿通向后缩着身子,双手紧紧抓住一棵树的树根。突然,她脚底一滑,整个身子就像钟摆一样,在悬崖边上摇来摇去。沙石、土块纷纷滚落到她的脸上、身上。梅轩瞠目结舌,拿着大刀站在崖上。

"浑蛋!你还想跑吗?下面可是无底深渊哪!"

阿通瞟了一眼身下,只见数丈深的崖底,一条青色的小河正从残雪间潺潺流过。她立刻觉得自己还有一线生机，从而忘记了恐惧，时刻准备一跃而下。

她想到了死亡，但却无暇恐惧，因为此刻她心里想的只有武藏。不，她的全部思绪早已被武藏所占据。那英武不凡的身影就像暴风雨后的明月一样，清晰地浮现在阿通的脑海里。

"老大！老大！"

山谷间传来一阵喊声，梅轩回头张望着。

六

悬崖上出现了两三个男人的身影。

"老大！"

上面的人大声喊着。

"您在那儿干什么呢？快去追武藏吧！刚才我们跟四轩茶馆的老板打听过，他说天亮之前，一个武士模样的人跟他买了一些饭食，然后就朝甲贺谷的方向跑去了。"

"往甲贺谷跑去了？"

"是的。反正无论他穿过甲贺谷，还是翻山去往水口，都得在石部（日本滋贺县南部）一带投宿。只要我们赶在他前面到达野洲河，再布下天罗地网，就一定能抓到他。"

梅轩听着崖上的人说话，眼睛却死死盯着瑟瑟发抖的阿通。

"喂！你们下来一下！"

"要我们下去吗？"

"快点！"

"可如果再拖延，武藏就会渡过野洲河了呀！"

"先别管那么多，快下来！"

"是！"

这些人就是昨晚和梅轩一起设伏捉拿武藏的人，他们习惯走山路，像野猪一样麻利地从山崖上滑了下来，一眼就看到了阿通。

梅轩三言两语说明事情的原委，然后就将阿通交给了这三个人，并交代他们把阿通带到野洲河。这些人用绳子绑着阿通，又担心弄疼她，时不时用色眯眯的眼光偷瞄着阿通苍白的脸。

"好了！你们要尽快赶到。"

说完，梅轩就像猿猴一样，沿着山路走了。不知他走的是哪一条路，只一会工夫，他就赶到了甲贺谷的溪流附近。远远望去，他那渺小的身影正站在溪流旁朝这边挥手。

他把手围成喇叭，大声朝这边喊："我们在野洲河会合，我抄近路追过去，你们从大路走，可别大意哟！"

"知道了!"山崖这边的手下回答。

双方的对话,在山谷间久久回荡。然后,梅轩踩着冰雪斑驳的山路,像只敏捷的雷鸟一样,在崎岖的山谷间跳跃前行,不一会儿就跑远了。

城太郎所骑的马虽已老态龙钟,可一旦发起狂来,就连高手也很难驾驭。更何况是城太郎。

刚才老马突然受伤,就像马屁股被人用火点着一样,没命地狂奔。它跑过铃鹿山的八百八山谷,越过蟹坡,闯过土山的驿站,现在正沿着松尾村跑向布引山的山脚。这匹马犹如一阵狂风,不知疲倦地奔跑着。

马上的城太郎心惊胆战。

"危险!危险哪!危险!"

他在马背上不断重复着这两个字,紧闭双眼,死死抱住马脖子。

老马一路狂奔,他的屁股时不时被颠得老高。不仅城太郎自己知道生命危在旦夕,就连那些村民和路人看到这般光景时,也都替他捏了一把冷汗。

原本城太郎就不会骑马,也不会下马,更不知道如何让马停下来。

"危险!危险哪!危险!"

他央求阿通让自己骑马,是为了尝试一下其中的乐趣,现在这个愿望是彻底实现了。只不过,他的声音逐渐变成了哭腔,口中的咒语好像也不灵了。

七

此刻,街上的路人渐渐多起来,一看到受惊的马儿,大家都纷纷后退,生怕自己受伤。

"怎么回事?"

"马上的人傻了吗?"

路人全都躲到路旁,还不停地说着风凉话。

不一会儿,马儿就跑到了三云村的夏身驿站。

要是《西游记》中的孙悟空乘着筋斗云来到此地,一定会手搭凉棚,兴致勃勃地欣赏伊贺、甲贺群山以及布引山、横田河的壮丽景色。远处天边的一片紫红色的云彩,倒映在镜面般的琵琶湖上,周围景致美不胜收。但马上的城太郎,可无心欣赏风景,他的速度不逊于孙悟空的筋斗云,眼睛一直紧闭着。

"停下!给我停下!停下!"

一开始的"危险"已变成了现在的"停下",当马儿跑上柑子坡的坡道时,他口中的咒语已变成了"救命"。

老马沿着坡道俯冲下来,马背上的城太郎像皮球一样被弹来弹去,几乎要被甩出去。

此时,在山腰附近的山崖上,突然横出一根树枝,挡住了道路。树枝碰

到脸的一刹那，城太郎顺手紧紧抱住了树枝。多亏老天帮忙，他终于离开了马背，此时他就像只青蛙一样挂在树枝上。

无人骑乘的老马，更像发疯一般，朝着山坡下奔去。城太郎双手攀住树枝，就像荡秋千一样荡来荡去。

其实，树枝离地面仅有一丈高，只要一松手就能稳稳地落在地上，但此刻的城太郎已是头昏眼花，脑子里一片空白，他觉得自己一松手准会没命。于是，拼命想用脚钩住树枝，可是两只手早已发麻，马上就要撑不住了。

"嘎吱！"树枝发出一阵断裂声。城太郎心想，这下可完蛋了。可是，没想到自己竟然稳稳地落在了地上，他一时间没有缓过神，愣愣地坐在原地。

"啊！……"

老马早已不知去向。就算马还在，他说什么也不敢再骑了。

没过多久，城太郎突然一跃而起。

"阿通姐姐！"他朝着山坡上大喊着。

"阿通姐姐！"

他神色慌张，急忙顺着原路往回跑，这回没忘记握着木剑。

"发生什么事了？阿通姐姐！阿通姐姐！"

城太郎跑下柑子坡，途中遇到一个头戴斗笠的男子。此人上身穿着五倍子染的和服，没有穿羽织，下身穿着皮质和服裤子，脚上穿着草鞋。他身上背着长刀，腰间插着短刀。

八

"喂！孩子！"

两人擦身而过之时，男人招呼了一声，然后从头到脚仔细打量着眼前的这个小不点儿。

"发生什么事了？"男人问道。

城太郎闻声折了回来。

"大叔，你是从那边过来的吧？"

"对呀！"

"你看没看到一个二十岁上下的美丽女子？"

"哦，看到了。"

"真的？在哪儿？"

"在前面的夏身驿站。我看到几个流浪武士用绳子绑着一个姑娘，当时也觉得很奇怪，但没敢多问就走过去了。我估计他们很可能是辻风黄平的手下。"

"对！那就是她。"

说完，城太郎抬腿就要跑。

"你等一等!"

对方叫住了他。

"那姑娘是你的朋友?"

"她叫阿通。"

"如果你贸然行动,可能会没命的。我估计他们一会儿肯定会路过这里,要不要先跟我商量一下?也许我可以帮你想出一个好主意呢!"

城太郎觉得此人十分可靠,于是便将事情的来龙去脉都告诉了他。戴斗笠的男子一边听着,一边不住地点头。

"原来如此,我都明白了。不过,那伙人是辻风黄平的手下,他现在改名为宍户梅轩。光凭你们两个,是斗不过他们的。干脆这样,我去帮你把阿通姑娘救出来。"

"你愿意帮我?"

"他们肯定不会轻易把人交给我,到时我会见机行事,你就躲在草丛里别出声。"

于是,城太郎立刻躲进了草丛。他看到那个男人朝着山坡下快步走去。城太郎以为对方说完大话后就跑掉了,不禁担心起来。他时不时从草丛里伸头向外张望。

这时,坡道上传来了说话声,城太郎急忙低下头。那声音中还夹杂着阿通的声音,城太郎看到她双手被反绑在身后,被三个流浪武士押着,正朝这边走来。

"不要磨磨叽叽的!快点走!"

"你不想走吗?"

其中一人大声骂着,还猛推了阿通的肩膀一下,阿通跟跄了几步,差点儿栽倒。

"我要找跟我一起的小男孩。城太郎,你在哪里?城太郎!"

"你还啰唆!"

阿通的双脚都已被磨破,流出血来。见此情景,城太郎正要大喝一声,冲出草丛。突然,刚才那个身穿五倍子染和服的武士从山坡下面跑了上来,此时他已摘下斗笠,可以看清他大概有二十六七岁,面色微黑。他神色慌张,一边跑一边嘀咕着:"不得了了!"

听到声音,三人都停下了脚步,回头看了一眼刚跑过去的武士。

"喂!你不是渡边家的外甥吗?出什么事了?"

九

这三人称呼他为"渡边家的外甥",看来这个年轻武士很可能就是忍术高手渡边半藏的外甥。渡边半藏出身于忍术世家,目前就居住在伊贺谷、甲贺村一带,很受当地人的爱戴。

"你们不知道吗?"年轻武士问道。

"什么事?"三个流浪武士靠了过来。

年轻武士指着坡下的方向说道:"在柑子坡的下面,有一个叫宫本武藏的人正拿着大刀挨个盘查过往行人呢!他简直就是凶神恶煞,吓死人了!"

"啊?武藏!"

"我刚才路过时,他走过来问我叫什么,我说我是伊贺武者渡边半藏的外甥,名叫柘植三之丞。他立刻跟我道了歉,还说只要不是辻风黄平的手下,都可以过去。听他的语气,好像十分自信。"

"哦……"

"后来,我问他出了什么事?他说,那个辻风黄平原来是野洲河一带的流浪武士,现在化名为宍户梅轩。他听说,那个梅轩和一些手下正沿着这条路追杀自己。与其落入这些人的陷阱,还不如等在这里跟他们决一死战。"

"真的吗?柘植三之丞。"

"我干吗要骗你们!如果不是真的,我怎么会知道宫本武藏这个人?"

三人立刻显得不安起来。

怎么办呢?

他们用目光互相询问着,眼神里尽是恐惧。

"你们最好小心点哟!"

说完,柘植三之丞就要转身离去。

"渡边家的公子!"那三个人急忙叫住他。

"什么事?"

"恐怕我们几个对付不了那个武藏。就连老大都说,此人武功高强,非常人所及。"

"他的确不好对付啊!刚才我在山坡下,看到他手提大刀朝我快步走来,吓得我两腿直发软呢!"

"这可怎么办哪……其实,老大交代我们把这个女人押到野洲河去。"

"这可不关我的事!"

"您别这样说嘛!就帮帮我们吧!"

"这可不行!要是被我舅父知道我帮你们,他一定会骂死我。不过,我倒可以给你们出个主意。"

"快点告诉我们吧!我们会感激不尽的。"

"你们可以把那个女人藏在附近的草丛里。如果不放心,可以把她绑在树上。这样一来,你们就容易赶路了。"

"嗯,然后呢?"

"你们不能从这里的山坡走,一定要绕道赶往野洲河去通知你们的大哥。记住,一定要绕远道走山路,这样才安全。"

"有道理!"

"你们可一定要小心哪!我看对方完全是一副不要命的样子,正等着和你们以死相拼呢!我实在不愿看到这种事发生啊!"

三个人立刻说道:"好!就这么办。"

他们把阿通拽到草丛里,绑到一棵树上,然后扭头就走。没走出几步,他们突然想起了什么,又折了回来,用东西把阿通的嘴堵上。

"这下可以了。"

"好!"

三人确实没有走大路,没多久他们就消失在树林里了。

躲在枯树丛里的城太郎,看到这几个人走远之后,悄悄从草丛里探出头来。

十

此刻,人都不见了。路上也没有行人,就连渡边家的外甥柘植三之丞也不见踪影。

"阿通姐姐!"

城太郎从草丛里跳出来,给阿通解开绑绳,随后抓起她的手,拼命往山坡下跑去。

"我们快跑吧!"

"城太郎……你怎么会在这儿?"

"先别问那么多了!我们快点跑吧!"

"等,等一下!"说着,阿通开始整理凌乱的头发和衣衫,又正了正腰带。看到如此情景,城太郎边咂舌边说道:"现在可不是打扮的时候,头发什么的,一会儿再管吧!"

"可是,刚才那人说,武藏哥哥就在山坡下呢!"

"所以你才要好好打扮一番喽?"

"不!才不是呢!"阿通红着脸,拼命辩解。

"只要能看到武藏哥哥,就没什么好怕的了。而且,我们之前的误会都已经过去了,我早已不放在心上了……所以,我现在很坦然。"

"可是,那个人说在山坡下碰见了武藏哥哥,到底是不是真的呢?"

"刚才,和那三个人说话的人到哪儿去了?"

"不知道!"

城太郎四处张望。

"那人真奇怪!"城太郎嘀咕着。

不过,有一点可以确定,若非渡边的外甥——这个叫作柘植三之丞的人出手帮忙,他们是无法逃出虎口的。

如果能借此机缘,与武藏重逢,自己该如何向柘植三之丞道谢呢?

阿通心里这样想着。

"快！我们走吧！"

"你已经打扮好了？"

"现在可不是开玩笑的时候哟！城太郎！"

"可是我看你很高兴嘛！"

"你不也一样？"

"我是很高兴呀！而且，我不会像阿通姐姐那样故意隐藏自己的感情，我会大声喊出来。喂！我好开心哪！"

说完，城太郎一阵手舞足蹈。

"可是，万一师父不在那里，我们可要失望了。阿通姐姐，我先跑过去看看！"

说着，他就先跑远了。

随后，阿通也走下了柑子坡。她的心情比城太郎还要急切，恨不得一下子飞到山坡下，可是自己却无法加快步伐。

（我这个样子，怎么见人哪！）

阿通看了看满是血污的双脚，和沾满尘土的衣袖。

她拿下了一片粘在袖子上的枯叶，边走边摆弄着，突然从卷在枯叶里的白色棉絮中钻出了一条毛毛虫，爬到了阿通的指甲上。

虽然阿通自小在山里长大，却十分害怕虫子。此时，她吓了一跳，急忙使劲甩掉手上的毛虫。

"快过来呀！快点！阿通姐姐，怎么走得慢吞吞的？"

城太郎在坡下大声喊着，那声音显得很有精神。是不是已经见到武藏了？阿通如此推断。

"啊！终于要见到他了！"

长久以来，深藏在心底的满腔思念，终于可以在今天一吐为快了。阿通兴奋得不能自持，不禁欢呼雀跃起来。

可是，她心里明白，这只不过是一个女人一厢情愿的想法罢了。即使与武藏重逢，面对自己的一片深情，他又能否接受呢？她既盼望见到武藏，又害怕被他再次拒绝，最终在心头再刻下一道难以抚平的伤痕。

十一

山坡的背阴地还覆盖着一层薄冰，可一走下柑子坡，阳光就暖融融地照在身上。山坳里的水田对面，有一间茶馆，门前的摊床上摆着几双草鞋和一些粗制点心。此时，城太郎正站在茶馆前，等着阿通。

"武藏哥哥呢？"阿通走过来问道，目光在熙熙攘攘的人群中搜寻着。

"没看到！"城太郎有气无力地答道。

"怎么回事呀？"

"嗯……"她有些不相信。

"应该会在这儿呀！"

"可是，根本没见到人影呀！我问了茶馆的人，他们也说没见到如此模样的武士……一定是搞错了。"

城太郎显得并不十分沮丧。

因为阿通刚才一直满心欢喜，这会儿看到城太郎如此漫不经心，不由得有些生气。

（这孩子，真不了解别人的心情！）

"那边你找过了吗？"

"找过了！"

"庚申冢的后面，找过了吗？"

"那儿也没有。"

"茶馆后面呢？"

"我不是说了没有吗！"

城太郎有些不耐烦，阿通突然把脸扭向了一旁。

"阿通姐姐，你哭了？"

"不理你了。"

"我真搞不懂你！本以为阿通姐姐很聪明，没想到也有孩子气的时候。从一开始，我就不知道那人说的话是真是假，而你却认定了师父一定在这儿。现在没看到人，就开始抹眼泪。真是的！"

城太郎不仅不同情阿通，反而哈哈地大笑起来。

阿通两腿一软，差一点坐到地上，她从未如此灰心丧气，觉得世界一下子就变得暗淡无光了。而城太郎却龇着黄牙，笑个不停，这让阿通更加生气，她不明白自己为何要带着这个小孩浪迹天涯。即使被人抛弃，伤心难过，一个人偷偷地哭总要好过身边多个闲人。

细想可知，他们虽然都是在寻找武藏，但城太郎是出于一种仰慕之情，要追随武藏。而阿通，则是用整个生命来追寻武藏。因此，遇到这种情况时，城太郎很快又恢复了活泼的本性，而阿通就会一连好几天都闷闷不乐。城太郎一直深信，与师父必有重逢之日，可阿通却无法如此乐观。

（在这有生之年，难道我注定无法再见到他，对他倾诉衷肠了吗？）

她总是很悲观。

恋爱中的人，既渴望得到对方的爱慕，又喜欢独自品尝苦恋的滋味。更何况阿通是个孤儿，所以显得比别人更为敏感。

阿通面带愠色，一言不发地走在前面。

"阿通姑娘！"身后传来叫声。

喊她的人并不是城太郎，只见此人从庚申冢的墓碑后面绕出来，一路踩着枯草追了过来,他身上的刀鞘沾满了露水。

十二

来人正是柘植三之丞。

刚才,以为他沿着上坡路走远了,没想到此刻他却从人迹罕至的地方钻出来,阿通和城太郎都觉得很奇怪。

再加上他对阿通的称呼,仿佛是相识很久的朋友一样,就更让二人心中起疑。于是,城太郎大声说道:"大叔,你刚才骗了我们哟!"

"这话怎么说?"

"你明明说我师父武藏手拿大刀,在山坡下等着那些人。可我师父在哪儿呢?这不是骗人吗?"

"真是傻瓜!"柘植三之丞呵斥道。

"我要是不说谎,如何能从那些人手中救出阿通姑娘?这都不明白,你不但不道谢,反而责怪起我来!"

"这么说来,大叔是略施小计,把那三个家伙骗走喽?"

"没错!"

"怪不得,刚才我就觉得很奇怪呢。"

接着,城太郎又对阿通说道:"原来都是假的。"

如此一来,阿通也觉得不该生城太郎的气,更没理由向素昧平生的柘植三之丞抱怨。于是,她急忙弯腰致谢。

柘植三之丞显得非常高兴。

"他们都是野洲河一带的流浪武士,最近还算安分。不过,一旦被他们盯上,就很难顺利通过这座山,刚才我听到这孩子说起此事时,就猜到那个武藏绝非等闲之辈,想必他不会轻易中让风黄平等人的圈套。"

"除了这条路,还有没有别的路能到江州?"

"当然有!"

说着,柘植三之丞看了看冬日碧空下绵延起伏的山岭。

"走出伊贺山谷后,沿着伊贺平原,就能走到达江州或者沿着安浓山谷走也可以,之后再从桑名或四日市赶往江州。不过,这条路中有几段山路很不好走,还有几个岔路。我觉得,那个宫本武藏可能早就改变了路线,脱离了危险。"

"若真是那样,我就放心了!"

"现在,危险的反而是你们两个。我好容易把你从虎口里救出来,你们竟然还敢在路上大摇大摆地走,这样走到野洲河,肯定还会被他们抓住,不如跟着我走好了,我知道一条近路,虽然有点难走,但没人知道那条路,会比较安全。"

说完,二人便跟着柘植三之丞穿过甲贺村,来到了马门关,此处通往大津（日本滋贺县）海峡。一路上，柘植三之丞将路径详细地告诉了他们。

"来到这儿，就可以稍微松口气了。晚上最好早点投宿，路上要小心！"

阿通再三道谢，正要和他道别。

柘植三之丞却突然开口："阿通姑娘，我们就要分别了！"

他话里有话，直勾勾地盯着阿通，面色略带忧郁。

"我一路想着，你会不会问我，可你终究还是没问。"

"问什么？"

"我的姓名。"

"刚才在柑子坡时，我就已经听你说过了呀！"

"你记得？"

"你是渡边半藏的外甥，名叫柘植三之丞。"

"谢谢你记得。我并不是希望你报答，只是想让你永远记得我。"

"嗯，我永远不会忘记您的恩情。"

"我不是这个意思。其实，我还是一个人呢……若不是因为我舅父是一个好唠叨的人，我真想带你回去见见他……唉，算了。前边有一个小客栈，那里的老板跟我很熟，只要告诉他你是我的朋友，他一定会好好招待你们的……好了，就此告别吧！"

十三

有时候，我们知道对方是出于一片好意，也很感激他的热心。可自己却并不喜欢这种过分的热情，而且对方越是努力表现热心，就越让人生厌。

阿通对于柘植三之丞就是这种感觉。

她第一眼就觉得此人不十分可靠，也许是自己先入为主吧。总之听到他道别时，阿通如释重负，心想终于可以摆脱他了。对于这种过分的热情，阿通一点也不领情。

就连擅长与大人打交道的城太郎也对柘植三之丞心生厌恶，当柘植三之丞转身离去后，他说了一句："这家伙真讨厌！"

按理说，此人刚才搭救了自己，本不该在背后说他的坏话。

可阿通也十分同意城太郎的话。

"可不是吗！"她点着头说道。

"他说希望我记得他还是一个人，这是什么意思？"

"一定是想娶阿通姐姐当老婆喽！"

"哎呀！你真讨厌！"

之后的旅程，两人平安无事。不过，令人遗憾的是，他们一路走过近江湖畔，渡过濑田的唐桥，最后又通过逢坡关口，可依然没有武藏的消息。

年终岁尾，京都的各家各户都在门口摆上了门松，准备迎接新年。

看着街头悬挂的各种喜庆的装饰物，阿通的心情为之一振，她相信自己一定能在新年与武藏重逢。

因为武藏曾说过，会在正月初一至初七的每天早晨，在五条大桥等候朋友。

因此，他一定会在新年时赶到京都。阿通是从城太郎口中得知此事的，不过武藏等的人并不是自己，阿通不免有些失落。可是她想，只要能趁此机会见到武藏，也算不虚此行。

（可是，那里会不会出现另一个自己不想见到的人？）

想到这儿，她的心情一下子暗淡下来。本位田又八的身影，就像一片乌云，遮住了阿通心头的阳光。而武藏在五条大桥等的人，恰恰又是他。

听城太郎说，他只是将约定之事告诉了朱实，所以现在还不能确定本位田又八是否得知此事。

（真希望本位田又八不要出现，让我只见到武藏就好！）

阿通在心里默默地祷告。她一边想着心事，一边沿着蹴上（日本京都市东山区北部）来到了三条口。由于新年将至，街上到处挤满了人，各种各样的面孔让阿通眼花缭乱。看着熙熙攘攘的人群，阿通觉得，本位田又八和武藏也走在人群当中。她甚至担心，本位田又八那个恐怖的母亲阿杉婆也会突然从身后冒出来。

无忧无虑的城太郎，回到久别的繁华都会，不觉兴奋起来。

"我们现在是去找客栈吗？"

"不！天还早。"

"对呀！天还大亮，现在去住客栈，未免太无聊了！我们再多逛一会儿，那边好像有个集市哟！"

"你忘了，我们还有更重要的事情要办呢！"

"重要的事，什么事？"

"就是你从伊势出发，一路背在身上的东西呀！"

"啊！是这个呀！"

"总之，在我们将荒木田先生所托付的东西交给乌丸光广大人之前，都不能大意。"

"那今晚我们可以住在乌丸光广大人家里呀！"

"净想美事。"

阿通望着加茂河，一边笑着说："大纳言先生的府邸，怎么可能让你这个满身跳蚤的脏小子留下来过夜呢！"

# 冬之蝶

一

受托照顾的病人，竟然从病榻上消失了。这件事，旅馆的人难辞其咎。

不过，住吉海边的这家旅馆里的人，大概也知道了朱实的病因，认为她不会再投海自杀了。为了省去不必要的麻烦，他们并未派人去寻找，只是给京都的吉冈清十郎捎了封信告知详情。

再说朱实。

她就像逃出牢笼的小鸟一样，自由自在。但由于身体曾一度陷入濒死的边缘，所以尚未完全康复。更何况，她被一个厌恶的男人夺去了少女的贞操，这种伤痛是很难在短期内平复的。

"我真后悔……"

朱实坐在三十石船上①，望着淀河发呆。滔滔不绝的江水也无法洗去自己的耻辱，整条淀河也承载不了自己无尽的泪水。

她恨、她怨，但怨恨并不足以表达她的心情。她心里一直深爱着一个男人，可清十郎却粗暴地撕碎了自己的梦想。一想到这儿，她就痛不欲生。

淀河上，装饰着环形松枝的小船来往穿梭，处处洋溢着喜庆的气氛。看着眼前的热闹景象，朱实心想："即使我见到了武藏哥哥，又能如何呢？"

想到这儿，她不禁泪如泉涌。

自从得知武藏会在新年早上，于五条大桥上等待本位田又八这件事后，朱实一直满心期待。

不知为什么，她就是喜欢武藏。

自从爱上武藏之后，其他男人再也无法打动她的心。尤其在那个被继母阿甲玩弄于鼓掌之中的本位田又八的衬托下，武藏在朱实心中的形象更显得英武不凡，她对武藏的爱慕也是与日俱增。

尽管岁月流逝，这份浓浓的爱慕之情却从未改变，一根根情丝早已编织成一张牢不可摧的情网。虽然数年不见武藏，但她一直沉醉于这份深情之中。无论是遥远的回忆，还是最近听到的关于武藏的消息，所有的一切都被她编织进这张属于她一个人的情网。

从前的朱实，还是一个伊吹山脚下的纯真少女，宛如一株惹人怜爱的野百合。可是现在，她觉得自己就像一片陷入泥沼的花瓣，早已失去了往日的清纯。

---

① 江户时代，来往于淀河的客货两用船，能载三十石的重量。

虽然别人并不知道她的遭遇，但她总觉得每个人都用异样的眼光看着自己。

"嘿！姑娘、姑娘！"

不知谁在叫她，朱实猛然回过神来，发现自己正走在五条大桥附近的庙街上，街道两旁的枯柳和寺院的宝塔映入眼帘。而自己在寒风中瑟瑟独行的身影，简直就像一只冬天里飞倦的蝴蝶。

"嘿！姑娘，你的腰带松扣了，拖在地上了。我帮你绑好吧！"

此人说话极为轻佻，尽管长得又矮又瘦，腰间却插着两把刀。朱实并不认识这个浪人模样的人，其实，他正是那个经常流连于京都闹市区和后街的无赖，赤壁八十马。

八十马趿拉着一双破草鞋，跟在朱实身后，并顺手捡起了那拖在地上的腰带。

"这位姑娘，你看起来就像是戏剧狂言（日本传统表演艺术的一种）里的狂女哟……这样会被人笑话的……长得这么漂亮，却头发蓬乱地走在街上，实在有点观之不雅。"

二

朱实很讨厌眼前这个人，便假装听不见，继续低头走路。八十马见状，以为对方不过有些腼腆，便更加得寸进尺。

"姑娘，你看起来像城里人。是离家出走了，还是跟丈夫吵架跑出来的？"

"……"

"你要当心哪！你看你这么漂亮，却神情恍惚地在街头游荡，虽然罗生门①、大江山②那样的贼窝已从京都附近消失，但流浪武士、浪人和人贩子可是随处可见，他们一看到女人就眼馋得不得了……"

"……"

不管对方说什么，朱实都不吭声。八十马喋喋不休地尾随其后。

"真是的！"

他只能自说自话。

"听说，最近好多京都的女子被卖到了江户，而且价格还卖得很高。以前藤原三代在奥州（今日本东北部）的平泉（位于日本岩手县西南部）建都时，就有很多京都的女子被卖到那里。如今，这个市场转移到了江户，德川家的第二任将军秀忠，正在全力建设江户，所以京都的女子被一个接一个地卖到那里，角町、伏见町、境町、住吉町，被卖到哪儿的都有。离此地二百

---

① 指古时京都朱雀大路南侧的正大门，后来逐渐变成弃尸场，盗匪横行。
② 位于京都市右京区与龟冈市的交界处。

里远的地方，还有一条烟花巷呢！"

"……"

"姑娘，你长得这么引人注目，最好小心点，千万别让那些下流的流浪武士抓去卖了。"

"滚开！"

朱实突然像轰野狗一样，大骂了一声。她扬起衣袖，瞪着八十马。

"滚开！滚开！"

见此情景，八十马嘿嘿地笑着："哎呀！你这娘们，真是个疯子呀！"

"少废话！"

"难道不是吗？"

"你才是疯子！"

"你说什么？"

"我说你是疯子！"

"哈哈哈！我猜的没错，你果然疯了，好可怜哪！"

"多管闲事！"

朱实满面怒容。

"小心我用石头砸死你！"

"喂！喂！"

八十马仍不走开。

"姑娘，你等一下嘛！"

"我才不！你这只死狗、癞皮狗！"

其实，朱实心里非常害怕。她大声叫骂着，推开对方的手，快步逃走。眼前这片荒原，曾是"灯笼大臣"小松大人的府宅，如今已是荒草丛生。朱实就像一个在海水中挣扎求生的人一样，死命地跑向对岸。

"嘿！姑娘！"

八十马就像一只猎犬，穿过一个个草丛，紧追不舍。

初生的月亮犹如鬼女怪笑的嘴，斜挂在鸟部山头。此时已是夕阳西下，附近渺无人烟。离此地二百多米远的地方，有一群人正要下山，但即使他们听到了朱实的呼救声，也不会跑过来相救。因为这群人身穿缟素，头戴白色的斗笠，手持念珠，原来是来此地送葬的，每个人脸上犹带泪痕。

突然，八十马从身后猛推了朱实一下，朱实一下子就摔倒在草丛里。

"啊！对不起，对不起！"

他一边假意道歉，一边压到了朱实的身上。

"弄疼你了？"他顺势抱住了朱实。

朱实又羞又气，一巴掌打在了那张满是胡子的脸上。啪！啪！啪！她一

连打了两三个巴掌，可八十马不但不生气，反而笑眯眯地任由朱实打个够。

那紧抱着朱实的手，始终不松开，他还不停用脸去蹭朱实的脸。朱实觉得仿佛有无数根钢针在刺着自己的脸，她痛得快要窒息了。

于是，她用指甲一顿乱抓。

在两人厮打的时候，赤壁八十马的鼻子被朱实抓破了，印出一道道血痕。但他仍不撒手。

此时，从鸟部山的阿弥陀堂传来了晚钟之声，那钟声仿佛在诉说着世事变迁、人生无常。可是，尘世中那些被色欲冲昏头脑的俗人，根本无法领会出"色即是空、空即是色"的真意，一切梵音只不过是对牛弹琴。朱实和八十马的身影被干枯的荒草穗所掩盖，远远望去，那堆荒草不过是荒原里的一处旋涡。

"你给我老实点！"

"……"

"这没什么好怕的哟！"

"……"

"给我当老婆吧！这有什么不好？"

"我死也不干！"

朱实声音凄厉，大声哭喊着。

"咦？"

八十马显得很惊讶，问道："为什么？为什么？"

朱实用双手将膝盖紧紧抱在胸前，整个身体缩成了一团，就像一朵山茶花蕾。八十马看朱实拼死抵抗，便想用花言巧语说服对方。这个无赖已经干过很多次这样的勾当，可谓经验老道。同时，他也打算趁此机会，好好享受一番。所以，不管朱实如何反抗，他都不生气，他不会让这个到手的猎物轻易逃脱。

"这有什么好哭的呢？不要哭嘛！"

八十马将嘴凑到朱实的耳边说道："姑娘，像你这个年纪，难道还不懂男女之事？别骗人了……"

朱实一下子想到了吉冈清十郎，回想起当时几近窒息的痛苦。当时，自己被吓坏了，慌乱得连隔扇门上的细木条都看不清楚。而现在，她还比较能稳住心神。

"我说，你等一下！"朱实下意识地脱口而出。

她像蜗牛一样蜷缩着身体，大病未愈，身体像火烧一样热。可八十马却认为，那种体热不是因为生病。

"你要我等一下……好说、好说，我等着……可是你要敢逃跑，可有苦头吃哟！"

"走开!"

朱实使劲晃动肩膀,甩开了八十马那双肮脏的手。八十马的脸刚一离开,朱实立刻爬起来,瞪着他说道:"你要干什么?"

"难道你不知道吗?"

"别以为女人就好欺负,女人也有尊严……"

朱实紧咬着被茅草划破的嘴唇,唇边渗出点点血迹,大颗的泪珠顺着她苍白的脸颊滚落下来。

"哦……别跟我唱高调!看来,你不像个疯子嘛!"

"当然不是!"

说着,朱实突然对着八十马的胸口猛撞过去,见对方被撞倒之后,她朝着月色迷离的荒原大喊:"杀人了!杀人了……"

四

此时的八十马几近疯狂,已完全被色欲冲昏了头。

精神极度亢奋的他,已没有耐心轻声细语地劝说朱实,他完全撕去了人类的伪装,变成了一头丧失理智的野兽。

"救命呀!"

青白色的月光,洒在一望无际的草原上,朱实还没跑出二十步远,就又被这个色魔扑倒在地。

朱实披头散发,用腿猛踢对方,奋力反抗,可还是被八十马摁到了地上。

虽然春日将近,但从花顶山吹来的寒风,依旧凛冽刺骨,整个草原都笼罩上一层薄霜。朱实大声哀号,雪白的胸脯因剧烈的呼吸而上下起伏,乳房裸露在寒风中。八十马见状,更是欲火中烧。

就在此时,一个坚硬的东西朝八十马的耳边猛击过去。

刹那间,八十马身体里的血液似乎都凝固了,只有受伤的部位还存有一些意识。

"好痛!"

八十马大叫,下意识扭头望向身后。

"你这个浑蛋!"对方大骂一声。紧接着,一根洞箫又朝他的脑门击去。

这次,他可能不会觉得疼了。只见他肩膀一软,眼皮一耷拉,就像只战败的老虎一样,晃了几下脑袋,身子向后面倒了下去。

"这家伙太可恶!"

出手相救的人是一个行脚僧,他手持洞箫,看了看倒在地上的八十马,只见八十马大张着嘴,昏死过去。因为两次都打在他的头部,行脚僧担心此人醒来之后会变成傻子,这样会比杀了他更令自己不安。所以,僧人仔细看了看地上的八十马。

"……"

朱实茫然地看着对面的行脚僧，他的鼻子下面留着玉米须一样稀疏的胡子，手里握着一根箫，一身僧人打扮，衣衫褴褛，腰上插着一把大刀。对方的年龄在五十岁上下，朱实一时无法断定，他是乞丐，还是武士。

"已经没事了。"

说着，青木丹左卫门笑了笑，露出两颗大门牙。

"你可以放心了！"

此时，朱实才回过神来。

"太感谢您了！"

她捋了几下头发，又整理好衣衫，惊恐的眼睛不时四处张望。

"你家住在哪儿？"

"我的家吗……我的家在……我的家……"

朱实突然双手掩面，哭了起来。

行脚僧询问朱实的遭遇，可她并没有和盘托出。她的话有真有假，说着说着又哭了起来。

朱实只告诉对方，自己并非母亲的亲生骨肉，继母怎样把她当成摇钱树，以及她怎样从住吉一路逃到此地等等。

"我就是死也不回那个家了……对她，我已经忍无可忍。不怕您笑话，在我小时候，继母就让我去战场上偷死人的东西。"

比起可恶的清十郎和无赖赤壁八十马，朱实最痛恨的莫过于继母阿甲。此时，对阿甲的憎恶让她全身颤抖，不停抽泣着。

 心之猿

一

这个幽静的小山谷位于阿弥陀峰的山脚下，在这儿可以听到清水寺的钟声，歌中山①和鸟部山环抱左右，抵御住了寒风。

青木丹左卫门带着朱实来到小松谷。

"就是这里，我暂住在这儿，地方虽小，却十分舒适。"

他一边走，一边回头跟朱实说着。那留着稀疏胡须的嘴唇，微微翘了翘。

"是这里吗？"

---

① 位于京都市东山区清水寺的西南方，靠近清闲寺。

虽然有些冒失，但朱实还是忍不住问了一句。

这是一间非常破旧的阿弥陀堂。如果这儿也能住人，那附近的堂塔伽蓝旧庙岂不是更为宽敞。从这附近到黑谷、吉水一带乃是佛教的发源地，能看到很多亲鸾法师（日本镰仓初期僧人，为净土真宗创始人）的遗迹。行者法然房被流放到赞岐的前一晚，曾在小松谷的佛堂与门下弟子、皈依佛教的公卿以及善男信女们含泪话别。

此事可追溯到承元年间的早春时节，而此时却是百花凋零的冬末岁尾。

"请进。"

青木丹左卫门先走进了佛堂的走廊，打开隔扇门，招手让朱实进来。朱实似乎有些犹豫，是接受对方的好意，还是另寻落脚处？

"还是屋里比较缓和！虽然地上只铺着一些稻草，但也好过什么都没有……你是不是不相信我？怕我像刚才那个坏蛋一样欺负你？"

"……"

朱实摇了摇头。

青木丹左卫门看上去像个好人，再加上他已年过半百，这使朱实放心不少。只是，这间屋子实在太过脏乱，他的衣服、身上也是污秽不堪，还散发着一股浓重的汗臭味。

可是，此时她无处投奔。如果再遇上赤壁八十马，那就不堪设想了。更何况，自己仍在发烧，身体早已疲惫不堪，只想立刻躺下来好好休息。于是，她开口说了一句："那我就打扰了。"

然后，朱实走上了台阶。

"当然没问题。就是住上几十天也没关系。在这儿，没人会找到你。"

屋里一片漆黑，似乎有蝙蝠飞了进来。

"请等一下！"

青木丹左卫门拿出打火石，在屋角处摩擦了几下，然后把一根捡来的短蜡烛点着了。

朱实借着烛光，环视了一下屋内，只见屋里有锅、陶器、木枕、席子等物，好像都是捡来的。青木丹左卫门说要烧水煮荞麦面给朱实吃，他往一个破炉子里添了些木炭，然后燃着一个木片当火种，使劲地吹起火来。

（这人心真好！）

朱实的心情渐渐放松下来，不再在意屋内的脏乱，与青木丹左卫门也变得熟络起来。

"对了，你还在发烧，身体一定很虚弱。大概是伤风了，趁着饭没做好，你先去睡一觉吧！"

角落里铺着一块不知是草席还是米袋子的东西，朱实随手拿过木枕，铺上一张随身带的纸，便躺了下来。

旁边还放着一条涩纸（黏合纸，结实防水）做的破蚊帐，估计也是青木丹左卫门捡来当被子用的。

"那我先休息一下！"

"快睡吧！什么都不用担心了！"

"给您添麻烦了！"

她正要伸手拿涩纸棉被，突然有一只什么东西从被子里跳了出来，眨着两只光亮的眼睛，从朱实头顶跃了过去。朱实吓得大叫一声，扑倒在地。

二

朱实这一叫，青木丹左卫门也吓了一跳，他手一松，荞麦粉袋子掉在了地上。

"啊？怎么了？"

荞麦粉撒了他一身。

朱实趴在地上不敢动，说道："不知道是什么东西，只觉得一个比老鼠还大的动物从墙脚蹿出来。"

"可能是小松鼠吧！"他说着，看了看周围。

"这些小松鼠，一闻到香味就会跑出来……现在跑哪儿去了？"

朱实悄悄抬起头说道："在那儿呢！"

"在哪儿？"青木丹左卫门弯下腰，四下寻找，果然看到一个小动物躲在供奉佛像的祭坛里。那里既没有佛像，也看不到其他祭祀器具。一看到青木丹左卫门，小东西吓得直往后缩。

原来不是松鼠，而是一只小猴子。

"……"

青木丹左卫门觉得很奇怪，这只小猴子也不怕人，在祭坛里来回走了几圈之后，又回到原处坐了下来。那长满绒毛的小脸就像一个水蜜桃，两只眼睛扑闪扑闪的，可怜兮兮地望着他们。看来，它是过来讨饭吃的。

"这家伙……从哪儿进来的……哈哈！我知道了，它可能想进来捡点剩饭吃。我来看看。"

那小猴子似乎听懂了"我来看看"这句话，立刻从青木丹左卫门脚边逃开，又跑进祭坛躲了起来。

"哈哈哈！这小家伙真可爱！只要给它点东西吃，就不会捣乱了！不要管它。"

说着，青木丹左卫门拍掉身上的面粉，重新坐到锅前。

"朱实，没什么好怕的。好好休息吧！"

"真的没事了吗？"

"它不是野猴子，应该是有人饲养的，你不必担心，被子暖和吗？"

"嗯……"

"好好睡吧！一觉醒来，感冒就会好的！"

青木丹左卫门把水和面粉倒入锅中，用筷子搅拌起来。

炉子里的火越烧越旺，青木丹左卫门把锅架好，开始切葱。

他用大殿里的破桌子当菜板，手里的那把小刀也是锈迹斑斑。他切好葱后，也没洗手，就直接用手把葱花抓到木盘里，然后随便抹了一下桌子，接着准备下一道菜。

锅里的水咕嘟咕嘟地响着，屋里也渐渐暖和起来。青木丹左卫门抱着瘦骨嶙峋的膝盖，眼巴巴地望着锅里的热汤。仿佛那里面煮的不是荞麦面，而是世间所有的珍馐美味。

不知不觉已到了晚上，远处又传来清水寺的钟声。严寒即将结束，春天已近在眼前。眼看年关将至，人们的烦心事也多了起来。夜深人静，除了佛堂前的鳄口（挂在佛堂正面的铃铛，供参拜人拉绳敲击）偶尔发出一两声清脆的铃音外，还能听到一个孤苦之人的喃喃自语。

"我是恶有恶报，罪有应得。可是，城太郎怎么样了呢……小孩子是无辜的，大人的罪孽就让大人去偿还吧！南无阿弥陀佛，请大慈大悲的佛祖保佑我的城太郎吧！"

他用筷子轻轻搅动着荞麦面，同时在心里为儿子祷告。

"不要！"已经熟睡的朱实，突然大叫一声，那声音异常凄厉，仿佛有人勒住了她的脖子。

"混、混、浑蛋……"

青木丹左卫门看到朱实紧闭双眼，脸压在木枕上，汩汩的泪水顺着她的脸颊流下来。

她一下子被自己的梦呓所惊醒。

"大叔，我刚才是不是说梦话了？"

"你可真吓了我一跳。"

说着，青木丹左卫门走到朱实身边，擦了擦她额角的汗水。

"大概是因为发高烧，才会出这么多汗……"

"我是不是……说了什么？"

"说了一些。"

"说了一些？"

朱实滚烫的脸因为耻辱而显得更红，她把脸埋进了被子里。

"朱实，你心里是不是在诅咒某个男人？"

"我刚才说了吗？"

"嗯……你到底怎么了？被男人抛弃了？"

"不是。"

"被男人骗了？"

"也不是。"

"我懂了。"

青木丹左卫门暗自揣测，朱实却突然坐起身。

"大叔，我、我……该怎么办哪？"

在住吉所遭受的耻辱，朱实本想一个人默默承受，可现在她内心悲愤交加，实在无法再对青木丹左卫门隐瞒下去。她趴在青木丹左卫门的膝上哭诉着，满肚子的委屈，就像江河决堤一样，一股脑儿地倾诉了出来。

"嗯，好了，好了……"

青木丹左卫门感到一阵燥热。女性特有的体香，扑鼻而来。很久以来，他一直过着与世隔绝的生活，身心早已形同枯槁。可此时，身体内原有的本能突然复苏了，他仿佛感到一股炽热的血液重新注入到身体里，就连心脏的跳动都焕发出新的生机。

"……嗯，吉冈清十郎这家伙，真是卑鄙！"

他心底顿时产生一种对清十郎的厌恶之情。不过，青木丹左卫门之所以如此激动，除了感到气愤之外，还有一种莫名的嫉妒，仿佛是自己的女儿被别人欺负了。

朱实见状，更加确信此人值得信赖。

"大叔……我真想死了算了，死了就一了百了了！"

朱实满面泪痕，依偎在青木丹左卫门的膝上，青木丹左卫门有些不知所措。

"别哭了，别哭了！这一切都不怪你。我相信，你的心并没有受到玷污。对女人而言，心灵的纯洁要比肉体更加重要。所谓贞操，指的就是女人的心灵。如果一个女人只是身体干净，而内心藏有私情，那她也不再是纯洁的了。"

听了这番话，朱实仍然无法释怀。那流不尽的泪水，都快将青木丹左卫门的衣服浸湿了。她嘴里还是一个劲儿地说着："我想死，我想死。"

"好了，别哭了，别哭了……"

青木丹左卫门轻拍着她的背，然而朱实那白皙的、不住颤抖的颈子，却让他有些心猿意马。他甚至想到，朱实细腻的肌肤会泛出淡淡体香，就是被男性亲近过的结果。

突然，刚才那只小猴子跑到了锅边，叼走了一块吃的东西，随后又跑走了。青木丹左卫门闻声，轻轻推开了朱实的脸。

"你这个小坏蛋！"

他挥着拳头，大声叫骂。

看来，比起女人的眼泪，他更在乎的是锅里的食物。

四

转眼间,天亮了。

青木丹左卫门醒来后,对朱实说:"我去城里化缘,你就留在这儿看家。我会带回来伤寒药、热乎乎的食物和一些柴米油盐。"

说完,他就披上了那条像抹布一样破烂的袈裟,拿着洞箫和斗笠,走出了阿弥陀堂。

他的斗笠不是深草笠(虚无僧人戴的),只是普通的竹斗笠。只要不下雨,他都会趿拉着一双破草鞋,去城里乞讨。远看去,他的模样就像一个稻草人,鼻子下的胡须让他看起来更加寒酸。

今早,青木丹左卫门显得无精打采,因为他一整夜都没合眼。昨晚,朱实一直痛不欲生,但吃了热乎乎的荞麦面后,她出了一身汗,随后就沉沉睡去。可青木丹左卫门一整晚,都在辗转反侧。

是什么让自己难以成眠?一直到天色大亮,他来到了明媚的阳光下,那异样的思绪依然在心头挥之不去。

(朱实与阿通年纪相仿……)

他一边走,一边想着。

(她和阿通的气质完全不同,她要比阿通更可爱。阿通虽然气质高雅,但却冷若冰霜。而朱实的喜怒哀乐,都散发着一种女性的魅力……)

那近于蛊惑的魅力,就像一束强有力的光线,激活了青木丹左卫门颓丧已久的神经,使他重新焕发出了活力。只可惜岁月不饶人,他们的年龄相差悬殊。昨晚,每当他翻身时,就会看到朱实曼妙的睡姿,禁不住想入非非。

同时,他又严厉地告诫自己。

(我到底是怎么回事?原本身为池田家的世袭家臣,享有丰厚的俸禄,可就是因为自己贪恋女色,才落到身败名裂、倾家荡产的地步,如今过着流浪汉一样的日子。现在,自己还要重蹈覆辙吗?)

(难道这样的惩罚还不够吗?)

他暗暗自责。

(啊!我虽然手持长箫,身披袈裟,内心却远远没有达到澄明清净的境界,怎样才能做到六根清净呢?)

他面带愧色,合上两眼,一夜未眠让他今早显得格外憔悴。

(摈弃这些邪恶的念头吧!)

(朱实是个惹人怜爱的姑娘,却不幸受到了男人的欺凌。我应该给她一些安慰,让她知道这世间的男子并不都是淫邪之徒。)

(回去时,可以给她带点药或其他什么东西。只要今天化缘得来的东西,能让她高兴,我就心满意足了。不应该再对她有非分之想。)

想到这儿,他的心情终于平静下来,脸色也不那么苍白了。就在此时,

他走过的山崖上，突然听到"啪嗒啪嗒"翅膀扇动的声音。青木丹左卫门抬头一看，只见一只老鹰，拍着翅膀飞向了天空，那巨大的双翼遮住头顶的阳光。

"……"

几片麻栎叶子从树上飘落下来，其中还掺杂着几根灰色的小鸟羽毛。

青木丹左卫门看到，那只直冲云霄的老鹰爪子上挂着一只小鸟。

"啊！抓到了！"

远处传来人声，接着便听到老鹰的主人吹了一声口哨。

五

不一会儿，从延念寺的后山坡上，走下来两个身着猎装的男子。

其中一人左手上擎着一只老鹰，右手提着装猎物的袋子，身后跟着一只机灵的棕色猎犬。

此人正是四条武馆的吉冈清十郎。

另一人比清十郎年轻很多，他留着前发，身材高大，衣着华丽，身后背着一把三尺有余的长剑。无须多说，此人就是岸柳佐佐木小次郎。

"没错！应该就在附近。"

佐佐木小次郎停下脚步，朝四周张望。

"昨天傍晚，我的小猴子和猎犬打架，被咬伤了屁股后就跑掉了。它一定就躲在这附近，怎么找不到了呢……也许是躲到树上了吧！"

"它不可能还待在这儿，猴子有脚会自己跑的。"

清十郎一脸的不耐烦。

"从没听说放鹰打猎，还要带着猴子的。"

说完，他一屁股就坐在了附近的石头上。

此时，佐佐木小次郎也坐到一个树桩上。

"不是我要带着它，是它自己偏要跟着来，我也没办法。不过，这只小猴子实在可爱，突然不见了，就觉得没意思了！"

"我一直以为只有女人和闲得没事干的人，才喜欢什么猫呀狗的。没想到你这样的剑侠也会喜欢猴子，看来凡事都不能一概而论。"

在毛马堤，清十郎亲眼目睹了佐佐木小次郎的刀法，心中十分钦佩。但对方的兴趣爱好及处世方式，却让他十分不屑。到底还是一个乳臭未干的小子呀！他经常这么想。佐佐木小次郎毕竟比清十郎年轻很多，尤其是两人同住了三四天之后，他的一些缺点也渐渐显露出来。

如此一来，清十郎对佐佐木小次郎的态度，就不如之前恭敬了。但他们的交往反而更加自然，几天下来，这两人已成了亲密无间的好友。

"哈哈哈！"

听到清十郎的话，佐佐木小次郎笑着说道："那是因为在下年纪尚轻，如果将来我找到中意的女人，就会把猴子扔到一边了！"

他高兴地闲聊着，可清十郎却显得非常不安。他的眼神就像那只停在自己腕上的苍鹰一样，闪过一丝焦虑。

"你看，那儿有个行脚僧……刚才我就发现，他一直盯着我们看。"

清十郎觉得奇怪，便嘀咕了一句。听到此话，佐佐木小次郎也回头看了一眼，那个人正是青木丹左卫门。刚才，青木丹左卫门一直观察着对面二人的举动。这会儿，看到对方注意到了自己，他才转过身，慢吞吞地朝另一边走去。

"岸柳！"

清十郎似乎想起什么，突然站起身。

"回去吧！现在可不是打猎的时候，今天已是十二月二十九了，我们还是快些赶回武馆吧！"

可是，佐佐木小次郎却显得不慌不忙，冷笑着说道："好不容易带老鹰出来打猎，现在只抓到一只山鸠和两三只山鸡，我们再往山里走走看吧！"

"算了吧！运气不好的时候，就连老鹰也飞不高……我们还是回武馆练功吧！该练武了！"

清十郎像在自言自语，平时他很少流露出这种焦虑之情。而佐佐木小次郎却是一副我行我素的样子。

六

"如果你非要回去，那就一起走吧！"

佐佐木小次郎跟着清十郎往回走，脸上带出几分不悦。

"清十郎，我强拉你出来打猎，实在抱歉。"

"怎么这么说？"

"这两天，都是我拉你出来打猎的。"

"没什么……你的好意，我心里明白。但是年关将至，我和宫本武藏的比武也迫在眉睫。这些我都跟你说过的。"

"所以我才建议你出来打猎，顺便放松一下心情。可是，以你的性格，是很难放轻松的。"

"我最近听到一些传言，说武藏是一个极难对付的对手。"

"如此说来，我们更要以逸待劳，做好充分的心理准备。"

"我并不是心里发慌，只不过'轻敌'乃兵家大忌。所以要在比武之前，做好各项准备。即便我真的输了，也不会因自己的过失而感到遗憾。谁让我技不如人呢？"

对于清十郎表现出的正直，佐佐木小次郎颇为欣赏。但同时他也发现，清十郎是一个气量狭小的人，如此胸襟实在很难继承吉冈门拳法创出的威名与家业。佐佐木小次郎暗自感慨。

（比较而言，反而是清十郎的弟弟传七郎，更为大气。）

可惜的是，传七郎是一个游手好闲的浪荡子。虽然他的武功要高于兄长，但名声不佳，只是一个毫无责任感的二少爷。

佐佐木小次郎也见过传七郎，但两人一见面就觉得对方和自己不是一路人，彼此都心生反感。

（虽然清十郎气度狭小，但仍不失为一个正直之人，我还是助他一臂之力吧！）

佐佐木小次郎早就拿定了主意。因此，他才特意邀清十郎出来打猎，希望他暂时忘记比武之事。可是，清十郎却始终无法释怀。

他竟然说要早点回武馆练功。虽然这种认真的精神值得赞许，但佐佐木小次郎很想问问他，仅短短几天时间，练习能起到什么作用？

（可是，清十郎的性格就是这样。）

如此一来，佐佐木小次郎不免感到爱莫能助，也只好默不作声地踏上归途。一直跟在身边的棕色猎犬，这会儿突然不见了。

汪！汪！汪！

远处突然传来猎犬的狂吠之声。

"啊！是不是抓到什么猎物了？"

佐佐木小次郎的眼睛为之一亮，而清十郎却不以为然。

"不用管它，待会儿它自己会跟上来。"

"可是……"

佐佐木小次郎有些不情愿。

"我去看一下，你在这儿等我好了！"

说完，他就循着狗叫声跑了过去。他看到那只猎狗正在一间破旧的阿弥陀堂周围徘徊，阿弥陀堂四周是一圈外廊，有十三四米长。此时，那只猎犬已跳上外廊，想要从破旧的悬窗里跳进去，却一次次地摔在地上。它心有不甘，不停地狂吠，阿弥陀堂周围的立柱和墙壁上满是爪痕。

七

大概是闻到什么气味，才会如此狂吠吧！佐佐木小次郎走到悬窗附近的门前。

他靠着格子门，往里面张望，只见屋里一片漆黑，什么也看不清。于是，他顺手推门，"吱"一声，门开了，猎犬立刻摇着尾巴跟在佐佐木小次郎身边。

"嘘！"

佐佐木小次郎把狗踢开，但这只猎犬却一点也不害怕，仍然跟了进来。

他刚走到正殿，那只狗突然蹿了进去。

接着，就听到一个女人的尖叫声。那不是普通的尖叫声，而是用尽全力发出的撕心裂肺的惨叫。一时间，阿弥陀堂里人声、狗叫声此起彼伏，连正殿的房梁都要被震塌了。

"啊！"

佐佐木小次郎赶紧跑了过去。他看到那只猎狗正在攻击一个女人，那女人拼命喊叫，使劲儿地踢打着猎犬。

本来朱实盖着破蚊帐在睡觉，刚好一只小猴子被猎犬发现，从窗户逃了进来，藏到了朱实身后。

猎犬为抓住小猴子，咬了朱实一口。

啊！

朱实仰面倒在了地上，同时，传来一阵狗的惨叫声，原来佐佐木小次郎一脚将狗踢倒在地。

"好痛啊！好痛！"

朱实疼得几乎要哭出来，那只狗张着大嘴，还紧紧咬着朱实的左臂。

"畜生！"

佐佐木小次郎又踹了狗肚子一脚，其实那只狗在第一次挨踢时就已一命呜呼，它嘴里仍叼着朱实的胳膊不放。

"松开！松开！"

朱实不停地扭动身子，想把胳膊从狗嘴里抽出来，此时那只小猴子也从她身下跳了出来。佐佐木小次郎用两手使劲掰着狗的上下颌。

"这家伙！"

喀嚓！一声，好像骨头断裂的声音，原来狗嘴已被佐佐木小次郎撕成了两半。朱实终于摆脱了那只狗，佐佐木小次郎将死狗扔到了窗外。

"没事了！"

说着，他坐到了朱实身边。可朱实的上臂已是鲜血淋漓。

牡丹般殷红的血迹，顺着白皙的手臂流下。佐佐木小次郎见状，怜香惜玉之情油然而生。

"这里有没有酒？用酒可以清洗伤口……不过，这里应该找不到酒吧！来，让我看看你的伤势。"

他用手紧紧压住朱实手臂上的伤口，温热的红色液体一滴滴落在他的手腕上。

"这狗前阵子狂性大发，说不定牙齿上有病菌，要是传染上狂犬病可就糟了！"

想到这儿，佐佐木小次郎一下子慌了神，朱实疼得紧锁双眉，摇了摇头说："狂犬病……我倒希望得这种病呢！疯掉最好！"

"说什么傻话！"

突然，佐佐木小次郎把脸凑近朱实的伤口，用嘴把伤口里的污血吸了出

来，然后又吐掉，如此反复多次。他可以感觉到，朱实柔嫩的肌肤。

八

黄昏时分，青木丹左卫门结束了化缘，赶回了阿弥陀堂。

他推开昏暗的大门，喊了一声："朱实，一个人是不是害怕了？我回来了。"

在回来的路上，他给朱实买了一些药和食物。进屋后，他顺手把油瓶子放到了墙角。

"稍等一会儿，我把灯点上……"

可是，灯火点亮的同时，他的心情却一下子灰暗下来。

"咦……去哪儿了？朱实！朱实！"

他喊了几声，可仍然不见她的踪影。

对朱实一厢情愿的爱恋，突然转变成一种莫名的愤怒。刹那间，他的整个世界都陷入了黑暗。心情稍微平复之后，一股凄凉之感顿时涌上心头。青木丹左卫门想到，自己早已不是风华正茂的年纪，既无名望又无地位，说到底就是一个年过半百的孤苦僧人。想到这儿，他难过得几乎哭出声来。

"我救了她，又全心全意地照顾她，没想到她竟然一声不吭地就离开了……唉！世人都如此无情吗……莫非现在这些姑娘都是如此薄情寡义……也许，她对我还存有戒心吧！"

青木丹左卫门像个痴人似的自言自语，用怀疑的目光看了看朱实睡过的地方。突然，他发现了一块从腰带上撕下来的碎布条，那碎布条上分明沾着血迹。青木丹左卫门更加狐疑，嫉妒之情油然而生。

他气急败坏，走过去把地上的草席踢飞，又把买回来的药全都扔了出去。虽然自己行乞了一整天，早已饥肠辘辘，可现在却提不起精神准备晚饭。他顺手拿起洞箫，走出了阿弥陀堂的外廊。

"唉——"

他不停地吹着箫，希望箫声能化解心中无尽的烦恼。人类与生俱来的情欲，一直潜藏在他身体的某处。即使他自知年过半百、罪孽深重，但那鬼火一样的欲望仍会时不时闪动一下诡异的光芒，直到自己走向坟墓。青木丹左卫门的箫声，是对自己内心世界的剖白。

（既然她命中注定要被男人玩弄，我又何苦被道德之念所累，落得一夜未眠。）

他有些后悔，又有些瞧不起自己，一时不知该如何排解这种复杂的情绪，只能任由它在体内滋生，进而平添了更多烦恼。青木丹左卫门忘我地吹着箫，希望箫声能使自己浑浊的思绪变得澄明。可是，一个业障深重的人再怎么努力，终究也无法吹奏出清净的禅音。

"行脚僧，你真有兴致呀！今晚一个人在这儿吹箫。白天讨来不少钱吧？如果你买了酒，也赏我一点吧！"

从正殿的地板下，伸出一个脑袋，那是一个半身瘫痪的乞丐，平时就窝在地板下面睡觉。在他看来，青木丹左卫门的生活简直像王侯贵胄一样逍遥自在。

"你……你知不知道，昨晚我带回来的那个女人到哪儿去了？"

"你怎么能轻易放走那么一个美人？今早你刚出门，就有一个身背长剑、留着前发的年轻后生来到这儿，然后就背着那个女人和一只小猴子走了。"

"咦？留着前发的年轻人？"

"那后生长得十分俊俏……可不是你我可以相比的哟！"

说完，地板下的乞丐嘿嘿地怪笑着。

公开信

一

清十郎回到四条武馆后，立刻吩咐了一声："喂！把它放到鹰笼里的木架上。"

说着，他一边把手里的老鹰交给了弟子，一边脱下了草鞋。

弟子们立刻感觉到清十郎心情不悦，浑身散发着一种逼人的寒气。

于是，弟子们小心地接过斗笠，并打来洗脚水。

"跟您一起的佐佐木小次郎阁下呢？"

"大概要晚一点回来。"

"他是不是在山上迷路了？"

"谁知道！让人等着，自己却不见踪影，我就一个人先回来了。"

清十郎换好衣服后，来到起居室坐下。

起居室的对面是中庭，中庭前面就是宽大的武馆。从十二月二十五日起，武馆就停止授课了，要到来年开春之后，才会重新开馆。

平时武馆中有数千弟子进进出出，此刻少了木剑的敲击声，武馆显得格外空荡、冷清。

"佐佐木小次郎还没回来吗？"

他好几次走出房间询问。

"还没回来。"

他本打算等佐佐木小次郎回来后，和他一起练剑，自己可以把他假想成武藏，充分练习一番，但是一直等到傍晚，佐佐木小次郎都没有回来。天色渐渐黑了，仍不见佐佐木小次郎的身影。

第二天，佐佐木小次郎仍未回来。

今天是除夕，也就是年末的最后一天。

"到底想怎么样？"

一大早，吉冈门家的大门口就挤满了讨债的人，他们叫嚷不休。其中，一个五短身材的商人，忍不住破口大骂。

"别以为说一句主人不在，就可以了事！"

"还要我们跑多少趟腿呀？"

"要是只有半年债，看在你们老当家的分上，也就算了。可是，你们自己看看，从前年一直到今年的盂兰盆节，你们欠了多少账！我们实在吃不消哇！"

说着，这个债主不停拍打着账本，显得咄咄逼人。

这些债主包括木匠、泥瓦匠，以及米店、酒馆和服店的伙计，他们平时经常出入吉冈门家。另外，还有几个债主来自花街的茶馆，那可是清十郎的消遣之所。

这些债务还只是一小部分，清十郎的弟弟传七郎更加挥霍无度，比其兄长有过之而无不及。他甚至还私自借贷，如今欠下了一大笔高利贷。

"让清十郎出来给我们一个交代！你们这些徒弟做得了主吗？"

其中，四五个债主在门前静坐，以示抗议。

一直以来，武馆的经济大权都掌握在祇园藤次手中，他负责日常各项开销和账目管理。可是前几天，藤次却拿着四处筹来的钱，带着"艾草屋"的阿甲私奔了。

弟子们不知如何是好。

清十郎只交代了一句："就说我不在。"然后就躲在屋里避而不见，他弟弟传七郎更不可能在这个节骨眼回到家里。

就在此时，对面浩浩荡荡地走来六七个人，他们正是自称"吉冈十剑"的植田良平等人。

"喂！这是怎么回事？"

植田良平走到近前，问了一句。

刚才那几个跟债主周旋的弟子，简略地跟他讲明了原委。

"什么？原来是上门讨债的呀！我们借的钱一定会还，请各位再通融些时日。只要武馆的经济状况好转，我们就会立刻奉还。如果有人不愿通融，我们也另有解决的办法，可以跟我进武馆说！"

二

植田良平语气蛮横，所有的债主都不敢吭声了，每个人都是一副敢怒不敢言的表情。

所谓的"等武馆经济状况好转的时候"和"不愿通融的人进武馆再说"

等语是什么意思？想当年，吉冈拳法人品素常，还曾在室町将军的兵法所任职，大家正是看在老当家的面子上，才对他们毕恭毕敬，不管是借钱还是借物，大家都没有二话。即便他们处处倚仗吉冈门的名号，也该有所收敛。如果听了几句恐吓之词就心生畏惧，不敢讨债，那我们这些生意人还怎么维持生计呢？

植田良平的话，激怒了这些商人。他们心想"如果这世上只有武士，没有我们生意人，看你们如何活下去！"

看着眼前这些交头接耳的债主，植田良平觉得他们就像一群傻乎乎的木偶。

"好了！回去吧！待在这儿也没用。"

商人们没有吭声，也没有离去。

这样一来，植田良平可发火了，他朝着一个弟子喊道："来人！把他们轰走！"

见植田良平如此蛮不讲理，商人们也忍无可忍，说道："先生！你这么做是不是太过分了！"

"怎么过分了？"

"明知故问！你太不讲理了！"

"谁说我不讲理？"

"不还钱不说，还要把我们轰走！"

"是你们故意找别扭，今天可是除夕呀！"

"所以我们才一定要讨回欠账呀！没有钱，我们也没法过年呀！"

"可是，我们当家的很忙哟！"

"这种推托之词也太荒谬了！"

"怎么样？你不服气吗？"

"要是你们肯还钱，我们当然不会啰唆！"

"你过来！"

"干……干什么？"

"哼！没出息的家伙！"

"你……你这个浑蛋！"

"好啊！你竟敢骂我浑蛋！"

"我没有骂你，是你们欺人太甚。"

"住口！"

植田良平一把揪住对方的衣领，往大门旁扔了过去。如此一来，站在那儿讨债的商贩们吓得四散奔逃，有几个动作慢的，被扑倒在地。

"还有谁？还有谁不服？为了一点小钱就敢跑到吉冈门家门前静坐，太不像话了！我绝不轻饶！即使小师父说要还钱，我也不给！来呀！谁还敢过

来？"

商人们一看到植田良平挥舞着拳头，立刻起身逃跑。这些人手无缚鸡之力，根本无法与植田良平抗衡，只能破口大骂："走着瞧好了！要是吉冈门被变卖，我们一定拍手称快！"

"看他们还能威风多久！"

"咱们走着瞧！"

植田良平走进武馆，听到那些人的叫骂声，不禁暗暗好笑。随后，他带着手下来找清十郎。

此时，清十郎正坐在火盆旁，面沉似水。

"小师父！您今天好安静哪！有心事吗？"

"不，没有！"

看到吉冈门的这些心腹聚在身边，清十郎面色稍缓，说道："马上就要到比武的日子了吧！"

"是的，比武那天，我们同您一起去。但是，比武的时间、地点如何安排呢？"

"这个嘛……"

清十郎沉思不语。

三

武藏的信上说，比武的时间、地点由吉冈门全权决定，并在一月初将此消息写在五条大桥桥头的布告牌上。

"我们先决定地点吧！"

清十郎自语着。

"京都以北的莲台寺如何？"

他征询众人的意见。

"我们觉得可以。那日期和具体时间呢？"

"是定在春节期间，还是等春节之后再说……"

"我看越早越好，先下手为强，以免夜长梦多。"

"那么，正月初八如何？"

"初八？可以，刚好是先师的忌日。"

"啊！是父亲的忌日呀！那就不要选在那天……初九早上卯时下刻（早晨6：20—7：00）。好！就这么决定。"

"那么，我们就按您说的写在告示板上，今晚就立在五条大桥的桥头。"

"好的。"

"您……准备好了吗？"

"当然。"

以清十郎的地位，他不得不如此回答。

不过，他并不认为自己会输给武藏。他自小深得父亲拳法真传，武馆内没有一人是他的对手。更何况像武藏这种刚出道的乡下武夫，根本不用放在眼里，清十郎颇为自信。

不但如此，他还自我安慰，认为自己先前的胆怯、紧张，并不是因为自己疏于练习刀法，而是因为杂事太多，以致无法集中精神。

其中，朱实一事让他分心最多。那件事后，他的心情一直不好，后来武藏送来挑战书，他匆忙赶回京都，又发现祇园藤次携款潜逃，这让武馆的财政状况更是雪上加霜。眼看年关将至，每天都有债主上门逼债这些事都让清十郎不胜其烦。

如此一来，他下意识地寄希望于佐佐木小次郎，可现在却不见人影。弟弟传七郎也多日不回家。虽然他和武藏的比武，不必用他人出手相助，也不用兴师动众，但他仍希望自己的亲人、朋友能在身边。而今年的春节，却让他备感冷清。

"请您过目，这样写是否可以？"

植田良平等人从另一间屋里拿来一块新削好的白木板，写上了约定内容，请清十郎过目。清十郎一看，木板上的墨迹尚未干透：

答　示

如君所愿，如期举行比武。

地点：京都以北的莲台寺郊外

时间：正月初九卯时下刻

本人于神明前立此誓约

若阁下违约背信，必遭世人耻笑；若我方违背约定，即刻天诛地灭。

庆长九年除夕

作州浪人宫本武藏
平安吉冈门拳法二代清十郎

"嗯，很好！"

清十郎早就拿定了主意，连连称是。

植田良平将告示板夹在腋下，带着两三个随从，冒着除夕夜凛冽的寒风，朝着五条大桥大步走去。

孤行八寒[1]

一

吉田山下住着很多公卿武士[2],他们平时领取一些微薄的俸禄,生活单调而乏味。

这里都是一些朴素的民房,一户挨着一户,仅从外表就能判断出房主都是一些思想保守的人。

武藏沿着街道,挨家挨户地寻找着。

"不是这里,也不是这里……"

他怀疑自己要找的人是不是已经搬走了,于是停下了脚步。

武藏在找自己的姨妈。他仅见过姨妈一面,那还是在父亲无二斋去世的时候,他对姨妈只留有年少时的模糊印象。不过,除了姐姐阿吟之外,自己的亲人也只有这位姨妈了。因此,武藏一到京都便立刻开始打听她的下落。

他只记得,姨父是近卫家的下等武士,俸禄微薄。他以为只要去吉田山附近打听一下,就能找到。谁知这一带的民房全都一个模样,每座房子都很低矮,房与房之间都用小树隔开。而且,每个房子都像蜗牛壳一样,紧闭房门。有些房子外立着门牌,有些则没有,这让武藏无从辨认,也很难找人询问。

(算了吧!他们肯定早不住这儿了。)

武藏放弃寻找,打算返回城里。此时正是暮色低垂,透过层层暮霭,可以看到远处街市上微红的除夕灯火。

在这除夕的黄昏时分,京都各处都是人声鼎沸、热闹非凡。就连路人的眼神和脚步声都不同于往日。

"啊……"

突然,有一个妇人与武藏擦肩而过。武藏回头一看,一下子就认出对方正是久未谋面的姨妈。当初,姨妈从播州的佐用乡嫁到了京都。

"就是她!"

武藏虽然认出了对方,但出于慎重起见,他并没有上前招呼,只是暗自尾随在妇人身后。这个妇人年近四十,身材娇小,手里抱着一大堆年货。她走了一会儿,一拐弯走向了武藏刚才来过的居民区。

"姨妈!"武藏招呼了一声。

听到喊声,妇人面露惊讶,盯着武藏的脸看了好一会儿。看得出她生

---

[1] 佛教中的八寒地狱。
[2] 供职于朝廷的武士。

得很安逸，平时只需料理些家务。但毕竟岁月不饶人，如今她的眼角也出现了细纹。

"啊！你就是无二斋的儿子武藏（MUSASHI）吧？"

在长大之后，武藏还是第一次见到姨妈，可对方竟然不叫他TAKEZOU（武藏），而叫他MUSASHI（武藏），这令他颇感意外。可是，一种莫名的生疏感却比这种惊异更加强烈。

"是的，我就是新免武藏（TAKEZOU）。"

武藏如此回答。姨妈只是上下打量着武藏，并没有开口说"哎呀！你长大了，我都不认识了……"等语。

打量过后，妇人冷冷地说了一句："你来这儿干什么？"

语气中略带责备。武藏年幼丧母，对母亲几乎没什么印象。但是一看到面前这位姨妈，他不禁联想起母亲的音容笑貌。也许母亲也是这个身高、这个嗓音吧！他试图从姨妈身上找到母亲的影子。

"没什么事。因为我来了京都，就想顺便看看您。"

"你是来探望我们的？"

"是的。只是有些冒昧。"

可是，姨妈却摆了摆手说："还是算了吧！我们这就算见过面了。你回去吧！回吧！"

二

武藏没想到，数年没见的姨妈，竟会对自己说这种话。

姨妈脸上的表情，比陌生人还要冷漠，武藏心底不禁涌起一股寒意。他以为除了母亲之外，姨妈是这世上最亲的人，可此时他才知道自己多么天真。他有些后悔，但还是忍不住地问了一句："姨妈！您为什么这么说呢？如果您叫我走，我一定会走。可是我们好不容易才见面，您就让我走，究竟是为什么？如果我有什么做的不对的地方，任凭姨妈责罚。"

武藏再三追问，姨妈面露难色。

"好吧！那你就进屋来，跟你姨父见个面。只是……你姨父脾气不太好，他要是说了什么难听话，你可别太在意。"

听姨妈这么一说，武藏心里宽慰了不少，随后跟着姨妈进了屋。

姨父松尾常年患有哮喘病，隔着拉扇门，武藏听到阵阵咳嗽声和一些冷言冷语，他觉得整个屋子都透着一股寒气。

只听见隔壁的人说道："什么？无二斋的儿子武藏来了……唉！他到底找上门了……什么？你说他已经进屋了？为何擅自让他进来？你也太冒失了！"

听到这儿，武藏强忍心中的不快，叫出姨妈，说自己这就告辞了。

这时，姨父松尾要人突然拉开隔扇门，问道："武藏在那儿吗？"

然后探出头，皱着眉头上下打量武藏，那表情好像生怕武藏穿着草鞋，踩脏了榻榻米。

"你来干什么？"

"因为途经此地，所以前来探望姨妈。"

"你说谎。"

"嗯？"

"你不用隐瞒我们了，我们什么都知道。你在家乡胡作非为、败坏门风，结了很多仇家，现在是逃亡在外，对不对？"

"……"

"你还有脸面对你的亲戚？"

"非常抱歉，我也一直想对家乡父老和列祖列宗赔罪。"

"可是，你还有脸回去吗？所谓恶有恶报，你父亲无二斋在九泉之下也无法瞑目呀！"

"打扰你们了，姨妈，我告辞了！"

"这就听不下去了吗？"

要人还在大声呵斥。

"如果你还在这一带逗留，肯定会遇到倒霉事。半年前，那个本位田家的老太婆，就是那个固执的阿杉婆来过一次。前一阵子，她还多次登门，向我们打听你的下落，还问你来没过这里。每次都是气势汹汹的哟！"

"啊？那个阿婆也来过？"

"我们就是从她口中知道了你的情况。如果你不是我们的亲戚，我一定会把你绑起来交给阿杉婆。可是，我却不能这么做……所以，你不要给我们惹麻烦，歇歇脚就快走吧！"

这些话让武藏颇感意外，姨父和姨妈仅听阿杉婆的一面之词，就如此错怪自己，他心头顿生出一种难言的孤独感。他天生不善言辞，即使被人误解，也不会开口分辩，只是垂头不语。

姨妈看武藏的样子有些可怜，便叫他到隔壁房间休息，这已是最大的恩惠了。武藏默默站起身，走进另一间屋。这几天来他一直在赶路，的确很疲乏。并且，明天就是大年初一了，自己要去五条大桥桥头赴约。想到这儿，武藏立刻躺下休息，手中仍抱着刀。此时此刻，他突然觉得天地之大，而自己却是孤身一人。

三

没有亲切的问候，有的只是冷嘲热讽。姨妈、姨父明明是自己的亲人，可他们为何会把自己想得如此不堪？

武藏窝了一肚子气，本想朝他们屋门吐一口口水，拔腿就走。可是，他再三说服自己不要冲动，然后便躺下来休息了。他的亲人少得可怜，所以极不愿去破坏这种亲情。他觉得,也许将来的某个时候,他们会求助于自己,而自己也可能要他们帮忙。

其实,武藏之所以产生这种想法,是缘于他对世事了解尚浅。与其说他年轻,不如说他太过幼稚,以至于把人情世故、亲戚交往看得如此简单。

如果他已经功成名就、家财万贯,想要跟亲戚走动一下,并没什么不妥。可是,他现在衣衫褴褛,又在严寒的除夕之夜突然造访,显然太过冒失。

接下来发生的事情,进一步验证了他的想法大错特错。

(休息一下再上路吧!)

姨妈的话,让他感到一丝温暖。他早已饥肠辘辘,一心等着姨妈给他送来一些吃的。傍晚时分,从厨房飘来饭菜的香味,还能听到碗碟的声响。可是,并没有人给他送吃的过来。

这间房的火盆里只剩一点火星,根本不足以取暖。不过,他早已疲惫不堪,所以饥饿和寒冷就暂且放到一边吧!武藏头枕着手臂,沉沉入睡。

"啊,是新年钟声!"

他下意识地跳起来,数日来的疲惫一扫而光,他感到神清气爽。

京都城内外的寺院,同时响起了钟声,那钟声似乎开启了无明通向有明之路。那整整响了一百零八下的钟声,代表着世间万物的烦恼,同时也在提醒人们对过去一年的言行进行反思。

——我没有做错。

——我已竭尽全力。

——我不后悔。

武藏心想,世上真有人做到这样吗?

每听到一下钟声,他心中都会泛起一丝悔意,往事真是不堪回首呀!

让他感到后悔的不只是今年。还有去年、前年、大前年的一些事情。仔细想想,似乎每一年的每一天,自己都是在悔恨、遗憾中度过的。

也许,人的本性就是做什么事都会后悔。很多男人都认为,娶了自己的妻子是一件让他们追悔莫及的事情。即便女人对婚姻感到后悔,却仍然可以宽容对方,也很少听到她们抱怨。可是,男人若对婚姻后悔,却是牢骚满腹,为显示自己的男子汉气概,他们还经常贬低自己的妻子,那表情简直是痛不欲生、丑陋至极。

武藏虽然尚未娶妻,却也有着相似的悔意与烦恼。现在,他非常后悔来此做客。

(看来,我还抱有一种依赖亲人的惰性。虽然常常提醒自己要自强自立,却又想着依赖他人……我是多么愚蠢、肤浅、幼稚呀!)

武藏感到自惭形秽。

"对了!我要把此刻的心情记下来。"

他若有所思，打开了从未离身的包袱。

就在此时，屋外来了一个旅客打扮的老太婆，正在敲门。

四

武藏取出一个四开纸装订而成的日记本，又拿出笔砚。

他将自己游学中的所见所闻、感悟、禅理及各地风土人情都记在上面，另外还有一些座右铭，和几张他即兴创作的写生画。

"……"

他提笔看着白纸，远处的钟声依旧在耳边回荡。

"我对任何事都不后悔。"他如此写道。

每当他发现自己的不足就会记下来，以便自我反省。但是，光写下来没什么意义，必须要像诵读经文一样牢记于心，于是他决定将这句话改成朗朗上口的诗句。

他反复揣摩着。

我对任何事……

武藏把这句话改成了"我凡事"。

"我凡事都不后悔。"

他念了几遍，但仍觉得不能达意。于是，他涂掉了最后几个字，改成了"我凡事无悔"。

原来的"都不后悔"，语气略显软弱。如果改成"无悔"，就十分贴切。

我凡事无悔！

"太好了！"

武藏心满意足，将这句话牢记于心。他希望在今后的人生中，不断磨炼自己的身心，以达到无悔无憾的最高境界。

（我一定要达成此目标。）

他在内心深处树立了一个远大的目标，同时坚信自己一定能实现。

突然，身后的隔扇门被拉开了，姨妈探进头来，脸色惨白。

"武藏……"

姨妈声音颤抖地说道："虽然我想到你可能会惹来麻烦，但还是让你在此留宿，谁知果然不出所料，现在那个本位田家的老太婆就找上门来了。她看到你脱在门口的草鞋，就大声质问我们武藏是不是来过了，还让我们把你叫出来……你听，这儿都能听见她的声音。武藏，快想办法吧！"

"咦？是阿杉婆！"

武藏竖起耳朵听了听。没错！那沙哑的嗓音、尖酸刻薄的话语自己再熟悉不过了。武藏觉得，阿杉婆那霸道的口气就像冬日寒风一样冲击着自己的耳膜。

除夕的钟声，终于停歇下来，现在已是新年的第一天，正所谓万象更新。姨妈心里忐忑不安，害怕新年第一天就惹上血光之灾，她一脸为难地对武藏说："你逃走吧！武藏，逃走就没事了。现在，你姨父正在应付那个老太婆，说你从没来过。趁这个空当，你赶快从后门走吧！"

姨妈不停催促着武藏，伸手拿起了他的行李和斗笠，又拿来姨父的一双皮袜和草鞋，放到了门口。

武藏急忙穿好鞋袜，他想说些什么，但一时间又很难开口。

"姨妈，我不是成心想给你们添麻烦。但我实在太饿了，能不能让我吃一碗茶泡饭再走？因为从昨晚，我就一直饿着肚子。"

听到这儿，姨妈说道："什么？现在哪有工夫吃饭哪！快、快走！这个你拿着路上吃吧！快点走吧！"

白纸里包着五块年糕，武藏急忙收好。

"请多保重……"

说完，他就急匆匆地走了出去。

外面天寒地冻，此时已是大年初一，但到处都是漆黑一片，武藏就像一只被人拔掉羽毛的小鸟一样，蹒跚前行。

五

天实在是太冷了，武藏的头发、手指都快冻僵了。他呼出的气变成缕缕白雾，很快就凝结在嘴边的胡须上。

"好冷啊！"他不觉脱口而出。虽然此时的天气还不至于像八寒地狱那样寒冷，他却感到阵阵寒气冰冷无比，尤其在今早。

（原来心底的寒意，要远胜过身体的寒冷。）

他自问自答着。

他一边走一边想：看来我还不够成熟呀！总像个眷恋母亲怀抱的婴儿一样，渴望着人世间的温情。既害怕孤独，又羡慕寻常百姓家那温暖的灯火。我真是没用哪！为何不能对这孤独、漂泊的生活心怀感激呢？为何不能因伟大的理想而心生自豪呢？

想着走着，那原本因冻僵而疼痛不已的双脚，开始慢慢变热。飘散在黑夜里的雾状气息，就像温泉的蒸气一样，渐渐逼退了寒意。

（没有理想的流浪者，只能称为乞丐，他们不会对孤独心存感激。而西行法师①和乞丐的区别就在于此。）

突然，他低头一看，发现自己正走在白晃晃的地面上，原来地上结着薄冰。不知不觉，自己已来到了加茂河的东岸。

河水和天空一样，灰暗无光，毫无破晓的征兆。武藏觉得自己仿佛陷入

---

① 日本平安末期、镰仓初期的歌人。

了深海，一时间不知何去何从。浓重的黑暗，似乎要将自己吞没，自己竟能安然从吉田山下一路走到这里，有些不可思议。

"对了！我来生堆火吧！"

他走到堤防下面，捡了些枯枝、碎木片，然后设法用打火石燃着。这个过程需要极大的耐心。

枯草终于被点燃了，武藏就像搭积木一样，将那些可燃物小心地叠放在一起。火稍微旺了一些，一阵风刮来，火势突然加强，险些烧到他的脸。

武藏掏出怀里的年糕，放到火上烤着。看着慢慢上色、变鼓的年糕，他想起了小时候过春节的情景。孤独而伤感的情绪，在他心中慢慢扩散开来。

"……"

姨妈给的年糕既没有咸味，也没有甜味，只有年糕本身的味道。可是，这普普通通的年糕，却让武藏品味出了人情冷暖。

"这就是我的新年。"

他一边烤火，一边大口吃着热腾腾的年糕，吃着吃着，脸上不禁露出一丝苦笑，因为他突然觉得一个人的新年有些滑稽。

"真是个不错的新年！像我这种人还能在新年时享用五块年糕，真是老天的恩赐啊，奔流不息的加茂河就是我的屠苏酒，东山三十六峰就是我屋前的门松。就让我洗去身上所有污秽，迎接新年的第一次日出吧！"

这么想着，武藏来到河边，脱个精光，扑通一声跳入了水中。

他就像一只不畏严寒的水鸟，尽情遨游，时不时拍打起阵阵浪花。就在他擦洗身上时，一缕晨曦穿过云层，映照在他的背上。

此时，河堤上突然出现了一个人影，她发现了岸边尚未燃尽的篝火。虽然她的年龄与武藏相差甚远，但同样也饱受命运之苦，她正是本位田家的阿杉婆。

 针

一

我终于找到那小子了。

阿杉婆暗自欢呼。

一时间，她有些慌乱，既高兴又害怕。

"我呀我呀！"

由于过度兴奋，她突然感到体力不支，两脚一软，瘫坐在河堤上的松树下。

"太好了！我终于找到他了，一定是权叔的亡灵在指引着我。"

自从权叔在住吉海边意外身亡后,阿杉婆一直把他的部分骨灰和一缕头发放在贴身的包袱里。

(权叔啊!你虽然不在了,可我一点也不孤单。在我们离开故乡之时,就发誓一定要抓到武藏和阿通,因此才踏上漫漫旅程。虽然你去世了,但你的灵魂依然守护在我身边,从未离去。我一定要找武藏算账,你看着吧!你在九泉之下保佑我吧!)

虽然权叔刚刚过世七天,但阿杉婆每天都要对他说上好几遍类似的话。她这种坚毅的个性,恐怕至死也不会改变了。在权叔去世之后,她更加疯狂地追杀武藏。终于,现在让她发现了武藏的行踪。

一次偶然的机会,她听说吉冈门清十郎将在近日与武藏比武。这是她第一次听到关于武藏的消息。

第二次则是在昨天傍晚阿杉婆途经五条大桥时,突然看到吉冈门的三四个弟子在桥头竖立告示牌。

她看了好几遍上面的内容,难掩兴奋之情。

(你这个无恶不作的武藏,竟然也偷偷地来到了京都。如果吉冈门抢在我前面将武藏杀掉,那我当初在乡亲们面前立下的誓言就成了空口大话。无论如何,我也要抢在吉冈门前面把武藏收拾了,然后提着他的脑袋回去见家乡父老。)

想到这儿,阿杉婆一下子跳了起来。

她在心中祈祷佛祖的保佑,同时希望贴身携带的权叔的骨灰能给自己力量。当她找到松尾要人的府上时,曾放出狠话:"我不信翻遍这里的每一寸土地,还找不到他。"可是,她依然失望而归。后来,她满怀沮丧地来到了二条河堤。

她看到了岸边的火光,本以为是那些乞丐在这里生火取暖。随后,她信步来到河堤,才发现离火堆十几米远的河里,有一个身材魁梧的男子,正在洗冷水澡。

"武藏!"

她一眼就认出了武藏,随后一屁股坐在地上,好久都站不起来。如果趁现在对方一丝不挂的机会,跑过去猛然一击,一定可以得手。只可惜阿杉婆已年过六旬,心脏根本承受不住偷袭产生的压力,此时她兴奋过了头,仿佛自己已经砍下武藏的头。

"我太高兴了!要是没有神明、佛祖的保佑,我根本不可能在此地遇到武藏。正所谓精诚所至,金石为开,神佛一定会助我老太婆一臂之力!"

说着,她双掌合十,对着夜空拜了又拜,仿佛自己的心愿已足。

二

岸边一块块湿漉漉的石头,在晨曦的照耀下光亮无比。

武藏洗完澡后，走上岸穿好衣服，扎紧腰带，插好两柄刀。然后跪在地上，对着天地默默祷告。

阿杉婆心中暗想"就是现在"，她刚要动手，可武藏突然站起身，越过岸边的水坑，朝另一个方向走去。阿杉婆唯恐大声喊叫，会惊走武藏，所以她急忙沿着河堤朝同一方向追了过去。

新年的第一缕霞光洒向整个城市，街道上的房屋、石桥都披上了一层朦胧而柔和的轻纱。天空中，星星依然清晰可见，东山一带的山坳仍处于暗黑的暮色中。

武藏走下三条桥后，又顺着河边大步走上河堤。

好几次，阿杉婆都想开口喊一声："武藏！等一下！"但她思量再三，始终没有开口，只是紧紧地跟着武藏。

其实，武藏早已察觉。

刚才，洗完澡上岸时，他就发现了阿杉婆，可是他故意没有回头。他知道，只要自己一回头，双方势必怒目而视，阿杉婆一定会豁出老命拼个你死我活。为了避免伤害，自己也得付出一定的代价。

（好可怕的对手！）

武藏暗自思量。

如果自己还是那个宫本村的愣小子，恐怕阿杉婆早已口吐鲜血、倒地而亡了。可现在，他并不想伤害对方。

不过，武藏也非常厌恶阿杉婆。她之所以对自己怀有如此深仇大恨，完全是感情用事和误解所致。如果能解除误会，就能消除她对自己的仇恨。可是自己开口解释的话，即使说上一百遍，她也不会相信，还一定会说"胡说！我才不信呢！"

总之，阿杉婆和武藏的积怨太深，很难轻易化解。

不过，如果她的儿子本位田又八能把关原之战及后来发生的一系列事情跟阿杉婆讲清楚，她就不会再把我当成本位田家的仇敌和抢走儿媳的小人了。

（这是个好机会，可以让她去见本位田又八，说不定现在，他正在五条大桥桥头等着我呢！）

武藏一直认为，本位田又八已经收到了自己的口信。他相信，只要去五条大桥，就能让他们母子重逢，到时一切误会都会解除，两家人从此冰释前嫌。

此时，五条大桥的桥头已近在眼前。小松大人的蔷薇园和平相国入道的府宅立于两旁，那高大的屋顶在向人们展示着平家时代的繁荣。当时，这一带是市中心，极为繁华。自战国以来，街道两旁的建筑物虽然被保留下来，但街上却冷清了不少，家家户户都紧闭大门。

正值新年，每户院落都被打扫一新，那地上还留着扫把扫过的痕迹，在朝阳的映照下渐渐泛白。

阿杉婆循着武藏的足迹，一路追来。

此时，就连武藏留在地上的脚印，都让她气急败坏。

当武藏距桥头还有七八十米时，突然听到身后有人大叫一声"武藏！"

阿杉婆声嘶力竭，攥紧拳头，朝武藏冲了过去。

三

"走在前面的畜生，你的耳朵聋了吗？"

武藏当然听到了。

阿杉婆虽然年事已高，但此时她已豁出去了，就连脚步声都显得铿锵有力。

武藏头也不回，继续赶路。

（这下子麻烦了！）

一时间，他也想不出其他办法。

"嘿！你等一下！"

说着，阿杉婆快步跑到武藏身前。她大口喘着气，那瘦削的肩膀不停起伏着，好长时间，她无法开口说话。

逼不得已，武藏只好开口打招呼。

"啊！这不是本位田家的阿婆吗？在这儿遇到您，真是太巧了！"

"你的脸皮真厚！'真巧'这句话是该你说的吗？上次，在清水寺的三年坡，让你跑掉了，今天我就要砍下你的首级！"

此时的阿杉婆简直像只斗鸡，她伸着皱纹堆累的脖子，冲着武藏大声呵斥。看着阿杉婆龇牙咧嘴的样子，武藏觉得她要比那些武林高手更让自己胆寒。

武藏这种畏惧的心理，源自少年时代。当时，他和本位田又八还是两个脸上挂着鼻涕的淘小子，经常在村里各处调皮捣蛋。当他们跑到桑田或是本位田家的厨房干坏事时，肯定会被阿杉婆骂一声"臭小子！"然后肚子上就挨了一拳，最后只得狼狈逃窜。

阿杉婆那洪亮的斥骂声，至今还回荡在武藏的耳畔。他从小就很害怕这个老太婆，觉得她十分凶恶。再加上自己从关原回到村里之后，差点落入她的圈套，就更对她恨之入骨。他早已习惯对这个老太婆敬而远之，时至今日，这种感觉依然难以消除。

同样，在阿杉婆眼里，武藏从小就是一个顽劣的孩子，她总也忘不了那个留着鼻涕、长手长脚的怪胎。现在自己已近暮年，而武藏也长大成人，但她对武藏的印象并没有丝毫改变。

她一想到武藏的所作所为，就气愤难平。找武藏报仇，不只是为了给家乡父老一个交代，更是为了给自己出气。在自己的余生中，最大的愿望就是拉着武藏进入坟墓。

"好了！我们不必废话了！你要么乖乖地引颈挨刀，要么跟我老太婆拼命？武藏，你自己决定吧！"

说完，阿杉婆往左手心里吐了两口吐沫，握住了腰间的短刀。

四

正所谓"螳臂当车"。此时的阿杉婆就像一只瘦骨嶙峋的螳螂，伸着镰刀一样细的腿，挥舞着短刀，张牙舞爪。那样子简直是滑稽透顶。

她的眼神虎视眈眈，皮肤的颜色、姿态，都和螳螂一模一样。

紧接着，她一个箭步就冲到武藏近前，可面前的武藏犹如金甲天神一般，阿杉婆的举动形同儿戏。

武藏觉得好笑，又笑不出来。

一时间，他有些同情阿杉婆。

"阿婆！阿婆！你让我说句话！"

他毫不费力就抓住了阿杉婆的手肘。

"怎样？你想怎样？"

阿杉婆握刀的手和龇在嘴外的门牙，都在不住地颤抖。

"你这个胆小鬼！我老太婆可比你多吃四十多年的咸盐呢！你要什么花招，都骗不了我！废话少说，拿命来！"

她面色铁青，准备拼死一搏。

武藏点了点头，轻声说道："我知道，我知道！你们本位田家在新免宗贯一族里是举足轻重的！"

"闭嘴！臭小子，少拍马屁了！我不吃你这套！"

"阿婆你先别冲动，听我解释。"

"如果是遗言，我就听！"

"不！是我的苦衷。"

"不必！"

阿杉婆怒火中烧，那矮小的身躯逼近了武藏。

"我不听，我不听。事到如今，我没有工夫听你诉苦！"

"那么，你先把刀给我，跟我一块去五条大桥见本位田又八，一切都会真相大白。"

"本位田又八？"

"是的，去年春天的时候，我托人给他带过口信。"

"什么口信？"

"我跟他约好，今天在这里见面。"

"你说谎！"阿杉婆大吼一声。如果他真与本位田又八有约，前一阵在大阪见面时，本位田又八肯定会告诉自己。这说明，本位田又八根本没收到武藏的什么口信。仅凭这一点，她就断定武藏所说不实。

"武藏，你太没出息了！你可是无二斋的儿子呀！难道你父亲没教过你，死也要死得光明磊落吗？你就别耍花招了，我老太婆势必要取你的性命，这把宝刀受神佛庇佑。你就接招吧！"

说着，她奋力挣开武藏的手，口中念着"南无"，双手握刀，朝武藏胸口猛刺过去。

武藏一闪身，刀走空了，阿杉婆摔倒在地。

"阿婆！您冷静点！"一边说着，武藏用手轻轻拍了拍阿杉婆的后背。

她突然一跃而起，转过脸又念了几声："南无观世音菩萨，南无观世音菩萨。"

挥舞着短刀，又奔向武藏。

武藏只好再一次抓住她的手腕，拉着她说："阿婆，待会您就体力不支了……五条大桥就要到了，跟我一块儿去吧！"

阿杉婆的手被反扭在身后，动弹不得，只能使劲儿瞪着武藏，嘴也噘得老高，似乎要朝武藏脸上吐口水。

"噗！"她使劲朝武藏脸上喷出一大口气。

"啊……"武藏大叫一声，放开了扭住阿杉婆的手，用左手捂住了眼睛。

五

他的眼睛就像被什么烧了一样，阵阵发烫，又像吹进了火星，疼痛不已。

武藏放下手一看，手上并无血迹，只是左眼无法睁开。

阿杉婆一看对方乱了阵脚，顿时欢呼起来。

"南无观世音菩萨！"

她乘胜追击，举刀就朝武藏砍去。

武藏有些慌乱，只能侧身闪避。突然，阿杉婆的短刀刺穿了武藏的袖子，同时划破了他的胳膊。瞬间，鲜血染红了白色的衣袖。

"我报仇了！"

阿杉婆欣喜若狂，疯狂地挥舞着短刀，似乎大树都能被她连根拔起。她不顾对方的反应，专心祷告起来。

"南无、南无！"她一遍遍地吟诵着，围着武藏转来转去。

武藏闪避着阿杉婆，他左眼疼痛难忍，尽管左臂伤势不重，但伤口的鲜血早将衣袖染红。

（我太大意了！）

当他惊觉之时，已经受了伤。他从未像今天这样，让对手夺得先机，还

火之卷

弄得手臂挂彩。当然,这并不是比武,武藏根本无心与阿杉婆较量,从一开始他就没想过分出个胜负。让他始料未及的是,一个动作迟缓的老太婆竟能让他受伤。

这就说明,自己过于轻敌了。若从武学的角度来看,自己显然是失败了。与阿杉婆坚韧的意志和敏锐的观察力相比,武藏显得多么幼稚。

武藏觉察到了自己的疏忽。

(太轻敌了!)

想到这儿,他使出全力摁住阿杉婆的肩膀,将她扳倒在地。

"啊!"

正在叫嚣的阿杉婆摔了个四脚朝天,刀也撒了手,飞出老远。

紧接着,武藏一个箭步蹿过去,左手捡起那把短刀,此时阿杉婆正欲爬起来,武藏用右臂将她夹在腋下。

"哼!就差一点!"

此时的阿杉婆就像只乌龟一样,在武藏胳膊底下乱刨乱蹬。

"神佛无眼哪!我明明已经砍了他一刀,却又落入敌手,这可怎么办?武藏,不要再羞辱我了!杀了我吧!把我老太婆的头砍下来吧!"

武藏一声不吭,快步向前。

而阿杉婆依然嘶哑着嗓音,继续说道:"今天落到你的手里,也是命中注定。天命不可违啊!如今我已没有任何遗憾,如果本位田又八知道权叔客死异乡,而我也报了一箭之仇,他一定会重新振作,来找你讨还血债。我的死就是激励本位田又八的一剂良药。武藏!要杀就快动手……你要带我去哪儿……你是想羞辱我吗?快点动手吧!"

六

武藏充耳不闻。

他夹着阿杉婆,来到了五条大桥桥边。

(把她放在哪儿呢?)

武藏看了看周围,思考着如何安置阿杉婆。

"对了……"

他来到岸边,看到一只小船系在桥墩上,便将阿杉婆放到了船舱里。

"阿婆,您先委屈一下。再过一会儿,本位田又八就会来了。"

"你,你要干什么?"

阿杉婆甩开武藏的手。

"本位田又八是不会来的。哦!你是不是觉得杀了我太便宜,所以把我绑在这儿,当众羞辱我,然后再杀了我?"

"随你怎么想,过一会儿你就知道了。"

"快杀了我!"

"哈哈哈！"

"有什么好笑的！难道你还砍不动我老太婆的脖子？"

"是的。"

"什么！"

突然，阿杉婆咬住了武藏的手，这也是无奈之举，因为武藏要把她绑在船舱里。

尽管手被阿杉婆咬得很疼，但武藏仍将阿杉婆绑了个结结实实。

然后，他又把阿杉婆随身携带的短刀，插回到她腰间。正要转身离去时，阿杉婆喊道："武藏！难道你不懂什么叫武士道吗？你要是不懂，我来教你！给我回来！"

"以后再说！"

武藏回头看了一眼，便向河堤走去。身后的阿杉婆依然咆哮不止，他想了想，又折回去，在她身上盖了几层草席子。

此时，绚烂的朝阳正从东山上冉冉升起。这是今年的第一次日出。

"……"

武藏站在五条大桥桥头，出神地注视着眼前壮丽的景象。那炽热的阳光似乎能刺穿他的胸膛，照亮心里的每一处角落。

整整一年，他都是独来独往，此刻沐浴在浩瀚光影中的武藏，更显得形单影只。然而，他的内心却充满了对生命的感谢。

"我还这么年轻！"

吃了五块年糕后，他的脚又有了力气，不停地转动着脚跟。

"本位田又八怎么还不来？"他嘀咕了一句。

"啊……"

原来，早一步等在那里的不是本位田又八，而是一块告示牌。

那是植田良平等几个吉冈门弟子，在除夕夜立在这里的。

　　地点：莲台寺郊外

　　时间：初九卯时下刻

"……"

武藏凑近，凝视着木板上的墨迹。几句简单的文字，就足以激发他心中的斗志，此刻他血脉贲张，就像一只全身紧绷的刺猬。

"哎呀！好痛！"

武藏顿觉左眼疼痛不止，忙用手摸，突然摸到下巴上插着一根钢针。他又低头仔细检查一番，这才发现衣服、领子、袖口上竟然钉着四五根闪着寒光的针。

七

"啊……是那种暗器！"

武藏拔下一根针，仔细端详起来。这种针的长短、粗细与一般的缝纫针并无二致，只是没有针孔，而且针体呈三角形，而非圆形。

"可恶的老太婆！"

望着河岸，武藏不寒而栗。

"这应该就是人们常说的'飞针'！没想到那个老太婆竟会使用这种暗器……好险哪！"

武藏对此很感兴趣，于是他将身上的针逐一取下，仔细别在衣领上。

他打算抽时间好好研究一下这种暗器。根据他有限的游学经历，很多武者并不把飞针当成一门独立的武功。

还有一些人认为，飞针是一项古老的防身术，产生于中国缝纫工的日常游戏。后来此种技法得到不断提高，并被运用到武术中。飞针虽不能成为一种独门武器，却可用作进攻前的暗器，在足利时代之前，这种暗器更是广为流行。

不过，也有很多人对此不屑一顾。

他们认为，飞针只是雕虫小技，练武之人若将此物挂在嘴边，简直就是奇耻大辱。

同时，这些反对者还会拿出正宗正派的兵器谱加以佐证。

"中国的织布女和缝纫工是否以飞针嬉戏，不得而知。不过，嬉戏怎可与武术相提并论。并且，人的口腔对各种冷热酸甜极为敏感，很难长时间一直含着针。"

对此，肯定者则认为"擅长飞针之人，可以做到长时间含着针，但必须要下工夫练习。不仅要勤学苦练，还要做到在口中同时含好几根钢针。使用之时，通过调解呼吸频率和舌尖运动，将钢针猛吐向对方的眼中。"

反对者认为，即便使用飞针者能长时间把针含在口里，但这种暗器的杀伤力极为有限，充其量只对人眼有效。并且，吐出飞针时，还必须要刺中人眼的瞳孔，如果刺中眼白则毫无效果。虽然一旦射中，可使对方手忙脚乱，但不至于立即丧命，所以这种妇人伎俩，如何能登上大雅之堂。

对这一驳斥，肯定者的回答是：古往今来，并没有谁一定要将飞针与普通武功并列，但这项技艺能流传至今却是不争的事实。

对于这些争论，武藏也有过耳闻。他也认为，飞针不能作为一门独立的功夫，而生活中竟然有人真的会用这种暗器，这大大出乎他的意料。

武藏深切地感到，世间之事多是众说纷纭，只有学会从中去其糟粕，取其精华，才能对自身有所裨益。

他的眼睛一直疼痛难忍，所幸没有伤到眼珠，只是靠近眼角的眼白处火辣辣地疼，眼泪也止不住地流。

武藏在身上摸索了一番，想撕下一块布擦眼泪，可是腰带和袖口的布都很难撕动……一时间,他没了主意。

就在此时。

身后突然传来撕布的声音,武藏回头一看,只见一个女子用嘴从红色里襟上撕下一块一尺长的布,然后快步走了过来。

微 笑

一

原来是朱实。

虽然是新年,她却蓬头垢面,连衣服也是皱巴巴的,脚上还没穿鞋。

"啊?"

武藏瞪大双眼,不禁惊呼了一声。他虽然觉得此人似曾相识,但一时又想不起来她是谁。

在过去的几年里,朱实一直固执地认为,武藏对自己虽然不如自己对他那样念念不忘,但至少应该有些印象。

"是我……你是武藏(TAKEZOU)哥哥吧……啊不!是武藏阁下吧?"

她手上拿着撕下来的布条,战战兢兢地走了过来。

"你的眼睛怎么了?如果用手揉,就更糟了,用布擦一下吧!"

武藏默默地接过布条,压住眼睛,然后重新打量起朱实。

"你不记得我了?"

"……"

"真把我忘了?"

"……"

"是我呀!"

看着一脸茫然的武藏,朱实的满腔期待顿时化为乌有。在她饱受创伤的心灵深处,武藏是她唯一的慰藉,可如今她才明白,一切只不过是自己的一厢情愿。此时,她觉得仿佛当胸挨了一拳,痛不欲生。

朱实双手掩面,失声痛哭,肩膀不停地颤抖着。

"哦……"

这会儿,武藏终于想起来了。

朱实一瞬间的神情,唤起了他的记忆。想当年,她还是伊吹山下的一个无忧无虑的少女,袖口上经常响着清脆的铃音。

突然,武藏强壮的手臂一把抱住了朱实羸弱的双肩。

"是朱实姑娘吧……对,你是朱实……你怎么会来这儿……为什么?"

武藏不停地追问，触痛了她的伤心事。

"你们已从伊吹山下搬走了吧？你的继母可好？"

一问到阿甲，他自然想起阿甲和本位田又八的关系。

"本位田又八还同你们住在一起吗？其实，我是在这儿等本位田又八的，莫非你是替他前来的？"

一连串儿的问话中，并无关心朱实之意。

她靠在武藏的肩膀，只是一个劲儿地摇头哭泣。

"本位田又八不来了吗……到底怎么回事？告诉我！你光哭，我怎么能明白？"

"他不会来了……本位田又八哥哥根本没收到你的口信，所以他不会来这里。"

好不容易说出这几句话后，她又把脸靠在武藏的胸前，呜呜地哭起来。

朱实本想在见到武藏后，一诉相思之苦。现在，这些念头都化成了泡影，尤其是她的继母阿甲，亲手把她推向了命运的深渊，在住吉海边发生的一切，实在难以启齿。

五条大桥沐浴在元旦的晨曦中，桥上能看到一些身着春装、要去清水寺祭拜的女人，还有身着素袍（一种方领、无徽、带胸扣的武士便服）、直垂（日本古时对襟有袖扎的衣服）的人们来往穿梭于桥上。

人群中出现城太郎的身影，对他而言，腊月和正月并没什么不同。他走到桥中间，远远就看到了武藏和朱实。

"咦……我还以为是阿通姐姐呢？看起来不像啊！"

他停下脚步，狐疑地看着这两个举止亲昵的人。

二

若是在没人的角落里也就算了，现在桥上人来人往，这两个人竟然公然拥抱在一起，不是说男女授受不亲吗？大人们怎么明知故犯？眼前的一切，让城太郎非常疑惑。

更何况，对方正是自己尊敬的师父呀！

那女人也该矜持一些。

此刻，他幼小的心里顿生一股异样的情绪，既嫉妒又难过。同时，还非常气愤，恨不得捡块石头砸过去。

"啊？那女的不是艾草屋的朱实吗？当初师父让我给本位田又八传口信，我见过她！好哇！茶馆的女人就是老练，她什么时候跟师父这么要好了！师父，你也该有个师父的样子呀……我非把这事告诉阿通姐姐不可！"

于是，他四处张望，还看了看桥下，可就是不见阿通的影子。

"怎么回事嘛！"

昨夜，他们投宿在乌丸大人的府上。刚才离开时，阿通还比他先出门一步。

阿通深信，今早一定能见到武藏，所以昨晚特意梳洗一新，还换上了乌丸夫人送她的春装。为了迎接这期盼已久的日子，她兴奋得一夜没睡。

天还没亮，她就有些等不及了。

她对城太郎说："我想先去祇园神社、清水寺参拜，然后再去五条大桥。"

城太郎很想跟她一起去，但她不想让城太郎在身边碍手碍脚，所以就说："不用了。因为我想跟武藏哥哥单独说点事情，你等天亮之后，再来五条大桥就来得及。我保证，我和武藏哥哥一定会在那儿等着你来。"

说完，阿通便独自离开了。

城太郎虽极不情愿，但也无可奈何。这段日子，他和阿通朝夕相处，当然明白她的心思。男女两情相悦之事，他也颇能体会。当初在柳生庄客栈的粮草垛上，他也曾和小茶情不自禁地相拥在一起。

不过，城太郎毕竟少不更事，他还很难理解阿通为何总会暗自垂泪、郁郁寡欢。他觉得阿通很奇怪，也很可笑，丝毫不能理解她的一番苦衷。现在，城太郎看到靠在武藏怀里哭的人竟然不是阿通，而是那个叫朱实的女人，他的气就不打一处来。

（那个女人怎么回事呀？）

他毫不犹豫地站在阿通这边。

（师父，你也该适可而止了！）

他感同身受，怒不可遏。

（阿通姐姐到底在干什么呢？我一定要告诉她。）

城太郎心急如焚，四处张望。

可是，仍然不见阿通的人影。城太郎在心里为阿通鸣不平，而远处的男女似乎意识到路人异样的目光，终于分开了，他们并肩倚到桥头的栏杆上，望着远处的河面。

此时，他们并未发觉大桥另一头的城太郎，正悄悄从他们身后经过。

"怎么这么磨磨叽叽的！这菩萨要拜到什么时候？"

城太郎一边嘀咕着，一边踮起脚焦急地望向五条坡方向。

十几步远的地方，种着四五棵粗大的柳树，时至隆冬，柳树早已枯萎。平时经常能看到来河里觅食的白鹭，成群地落在树上休息，可今天却一只都没有。不过，树下倒是站着一个留着前发的英俊少年，他倚着树干，目不转睛地看着什么。

三

武藏用手肘倚着桥栏杆，朱实紧挨着他，低声倾诉着什么，而武藏只是微微点着头。此刻，朱实抛开了女性的矜持，想趁着难得的独处时光，一诉衷肠。可武藏似乎并没有专心听她说话。

他虽然时不时点一下头，眼睛却在看着远处。一般的恋人都是浓情蜜意，眉目传情，可此时，武藏的眼神却如同一片沉寂的湖水，并未掀起一丝涟漪。他的眼睛一直眨也不眨地盯着远处的一个人。

朱实并没察觉到武藏的异样，她完全沉浸在自己的世界里，不停地自言自语。

"现在，我已经把一切都告诉你了，没有任何隐瞒。"

说着，她又一头扎进武藏的怀里。

"关原之战整整过去五年了，我的心境也不同于往日了。"

说着，她又呜呜地哭起来。

"但是，武藏哥哥，我对你的心从未改变。你能明白吗？武藏哥哥。"

"嗯，嗯……"

"请你好好想一想……我不顾羞耻把一切都告诉你了，现在的朱实已不是你在伊吹山下遇到的那朵纯洁的雏菊了。我被他人玷污了，已是残花败柳……但是，贞操不仅指女人的身体，也指女人的心灵。如果一个守身如玉的清女，心灵污秽不堪，那也不能称作一个纯洁的女人……我已不是一个纯洁的女人了，虽然我不能告诉你那个夺走我清白的人是谁，但我的心依旧纯洁如往昔，所以今天我就是怀着这样的心情来见你的……"

"嗯，嗯。"

"你会同情我吗……对自己信任的人，隐瞒实情是最痛苦的事……来见你之前，我每晚都在想应不应该把这件事告诉你。后来，还是决定要毫无隐瞒地告诉你……你能了解吗？我是被人逼迫的呀！你是不是已经讨厌我了？"

"嗯，啊！"

"喂……到底是不是呀？一想起这件事，我就后悔得不得了。"

朱实把脸伏在栏杆上。

"我已经没脸要求你接受我的爱……尤其是我的身体已不再纯洁……不过，武藏哥哥就像我刚才说的，我对你的感情一如往昔，就像纯洁的珍珠一样，从未改变过。无论今后我身处何方，过着怎样的生活，这种感情都不会改变。"

朱实越说越激动，桥栏杆都被她的泪水打湿了。那映照着朝阳的潺潺流水，似乎闪耀着无限的希望。

"嗯……嗯……"

听着朱实的诉说，武藏只是频频点头。此刻，他眼中闪耀着异样的光芒，因为对面有个人一直吸引着他的注意力。

他的视线与五条大桥、河对岸正好构成了三角形的视野。从刚才，他就一直注视着，靠在岸边枯柳旁的岸柳佐佐木小次郎。

四

武藏小时候，父亲无二斋曾告诉他："你不像我，我的瞳孔是黑色的，你的却是琥珀色的。听说你的曾祖父平田将监的瞳孔也是琥珀色的，那目光极为锐利。也许你的眼睛就遗传自你的曾祖父。"

在柔和晨光的映照下，武藏的双眸呈现出一种通明的琥珀色，显得炯炯有神。

（哈哈！就是他！）

佐佐木小次郎久闻宫本武藏大名，现在终于见到了庐山真面目。

（奇怪！对面的少年为何一直看着我呢！）

武藏也提高了警惕。

在桥栏杆和对岸的枯柳之间，四道目光交汇、抗衡着，两人用眼神揣测着对方的虚实。

正如兵法所云：剑锋所指，呼吸凝滞。

同时，武藏和佐佐木小次郎也各自纳罕。

佐佐木小次郎心想，我从小松谷的阿弥陀堂救下朱实，并照顾她好几天。现在她竟然和武藏并肩站在桥头耳语，他们到底是什么关系，为何如此亲密？

这个贱人！看来她就是这种轻浮的女人。今早，我悄悄跟着她，看她到底瞒着我去哪儿……没想到，她竟然跑到武藏这儿哭诉。

佐佐木小次郎满心不悦，怒不可遏。

他的眼神不自觉地流露出反感，再加上武士的自尊心作祟，更加重了他对武藏的嫉妒。他眼神中的反感、鄙视、愤怒，武藏全能感觉到。

武藏心想，此人有何来头？看起来他武功不凡，为何眼中充满敌意？我绝不可轻视此人。

武藏用眼神逼视着对方，用心揣测着对方。此时，在双方对视的目光中，似乎可以看到隐隐的火花。

武藏与佐佐木小次郎的年纪不相上下，都是血气方刚的年轻人，再加上武功高强，所以两人都有些自负，都认为自己对时事、社会有较为深刻的了解。

武藏与佐佐木小次郎的初次碰面，就像下山虎遇到上山虎一样，互不相让、剑拔弩张。

突然，佐佐木小次郎率先把目光移开。

（哼……）

武藏从对方转过去的脸上看到了一丝轻蔑，他认为是自己的眼神和气势震慑住了对方，所以心中颇为得意。

"朱实姑娘！"

此时，朱实依旧靠着栏杆哭泣，武藏一边用手拍着她的背，一边问道："那人是谁？你认识他吧？就是站在那儿的年轻游学武者？他是谁？"

"……"

朱实一抬头，看到了佐佐木小次郎，那双又红又肿的眼睛里，立即显出一丝狼狈。

"啊……那个人是……"

"是谁？"

"是……是……"

朱实张口结舌，半天说不出话来。

五

"他身背的长剑，绝非泛泛之物，看他的打扮，应该是对自己的武功非常自信哪……朱实姑娘和他是什么关系？"

"没什么关系……只是萍水相逢。"

"那你认识他喽？"

"嗯。"

朱实生怕武藏误会，便一五一十地将经过告诉了他。

"有一次，我在小松谷的阿弥陀堂被一只猎犬咬伤胳膊，血流不止，然后他就带我去他落脚的客栈，还找来医生给我治伤，又照顾了我三四天。"

"这么说来，这段日子你们一直住在一起喽？"

"只是住在同一个房间……我们之间没有什么。"她刻意澄清自己。

其实，武藏问这些话并无他意。可是说者无心，听者有意。

"原来如此。那你可知道他的来历？比如，姓名之类的。"

"知道……他叫岸柳，全名是佐佐木小次郎。"

"岸柳。"

武藏并不是第一次听到这个名字，虽然此人名气并不是很大，但各国的武学者都略有耳闻。武藏今天是初见此人，他一直以为岸柳佐佐木小次郎其人，已过而立之年，没想到竟如此年轻，这大大出乎他意料之外。

（啊！原来他就是佐佐木小次郎。）

他再次把目光投向佐佐木小次郎。刚才，佐佐木小次郎一直冷眼看着朱实和武藏的一举一动，这会儿，他的脸上竟露出一丝笑意。

武藏也同样回以微笑。

不过，这种微笑是一种无言的较量，绝不同于释迦牟尼和迦叶头陀手拈金色波罗花的祥和笑容。

佐佐木小次郎的笑容里掺杂着讽刺与挑衅。

武藏则在笑容里回以坚毅与果敢。

此刻，朱实夹在两个男人中间，她很想表明自己的立场，可未等她开口，武藏就说道："朱实姑娘，你先和他回去吧！我们以后再谈……好吗？"

"你会来找我吗？"

"啊！我会的。"

"我住在六条御坊前的念珠客栈里，要记住啊！"

"嗯……好的。"

朱实见武藏只是点头，还觉得有些不放心，于是她抓起武藏放在栏杆上的手，紧紧握住，满怀深情地说道："一定要来哟！好吗？一定要来找我啊！"

突然，对岸传来一阵大笑声，原来是佐佐木小次郎正要转身离去。

"哇哈哈哈！哈哈哈！啊哈哈哈！哈哈哈！"

因为笑声太过张狂，所以一直等在桥头的城太郎禁不住瞪了他两眼。

此时，城太郎对武藏满腹怨气，而阿通始终不见踪影，他心如火烧。

"到底怎么了？"

城太郎往城区方向跑去，突然，他看到前边的十字路口附近停着一辆牛车，在车轮后藏着一张苍白的脸，是阿通！

 鱼 纹

一

"啊！原来在这儿。"

城太郎就像找到宝贝一样，大呼小叫地跑向牛车。

此时，阿通正蹲在牛车后面。

今早她一改往日的习惯，特意打扮了一番，头发是精心梳理的，唇边还涂了口红。虽然手法并不熟练，但周身散发着一种淡雅的香气。桃红色的小袖是乌丸妇人送的，上面绣着白绿两色的桃山刺绣，很有初春的气息，阿通穿上后更显得青春靓丽。

城太郎透过车轮，看到了桃红色的和服和雪白的衣领，于是他快步从牛车前绕到后面。

"你怎么在这儿？阿通姐姐，阿通姐姐，怎么了？"

阿通双手抱胸，蹲在地上，城太郎从身后搂住她的脖子，也不管会不会弄乱她的头发和妆容。

"你到底在干什么呀？我在那儿等了老半天，快跟我来呀！"

"……"

"快点呀！阿通姐姐！"城太郎不停摇着阿通的肩膀。

"你看，我师父不就在那儿吗？从这儿都能看见。刚才，我都要急死了。快起来！阿通姐姐，再不快点可就糟了！"

此时，城太郎抓住阿通的手腕，想把她拽起来，结果却摸到阿通手上的泪水，他又看了看阿通一直垂着的头，更感到莫名其妙。

"喂……喂！我还以为你怎么了，原来在哭鼻子呀！"

"城太郎！"

"干吗？"

"你也快躲起来，别让武藏哥哥看到……快！快！"

"为什么？"

"不为什么……"

"到底搞什么呀？"

这回城太郎可真生气了，他不顾阿通一脸凄楚，大声嚷道："你们女人真麻烦！老是做一些让人摸不着头脑的事。之前，你还哭着喊着要见师父，可现在却不声不响地躲在这儿，还要我也躲起来……简直莫名其妙，这种玩笑一点也不好笑！"

城太郎的每句话都像鞭子一样，抽打着阿通的心，她抬起红肿的眼睛恳求着："城太郎、城太郎……请你别这么说……我求你了，你就不要再欺负我了。"

"我什么时候欺负阿通姐姐了？"

"别出声……快和我一起躲起来吧！"

"我才不要呢！你没看到那儿有一摊牛粪吗？新年第一天躲到这儿哭，连乌鸦都要笑你了。"

"我才不管那么多。我已经……我已经……"

"我会笑话你的！就像刚才对岸的那个大哥哥一样，一边拍手一边哈哈大笑哟……怎么样？阿通姐姐。"

"你笑吧！想怎么笑就怎么笑。"

"可我笑不出来……"

城太郎鼻子一酸，差点儿哭出来。

"啊！我知道了，阿通姐姐看到我师父跟其他女人在一起，所以吃醋了。"

"不、不是，才没这回事呢。"

"一定是，一定是的……其实我也非常生气，所以你更应该出来呀！这样躲躲藏藏更会坏事。难道你不懂吗？"

二

尽管阿通不想起身，但城太郎还是拼命把她拽了起来。

"好痛……城太郎，求你了，别再勉强我了……你还说我不懂，其实，是你不懂我的心情呀！"

"我当然知道，你就在吃醋！"

"我现在的心情，不仅仅是那样。"

"不管怎样，你先出来吧！"

说着，他硬是把阿通从牛车后面拖了出来。他一边用力拉阿通，一边伸脖子望向桥上。

"啊！不见了，朱实已经走了。"

"朱实？谁是朱实？"

"就是刚才跟师父在一起的女人……呀！糟了！师父也要走了，你再不过去，就见不到他了。"

城太郎顾不得阿通，正要一个人先追过去。

"等等我，城太郎！"

阿通自己站了起来。

她又看了一眼五条大桥，确认朱实的确已经走了。

这个可怕的敌人终于离开了，阿通这才舒展开眉头，心情也稍微平稳下来。突然，她又急忙躲到牛车后面，用袖子擦拭红肿的眼睛，又理了理头发和衣衫。

城太郎心急如焚。

"快点啊！阿通姐姐，现在可不是打扮的时候呀！师父朝着河边走去了。"

"河边？"

"对！他去河边了，他到那儿干什么呢？"

说着，两人快步跑向桥头。

吉冈门在桥头立的告示牌，吸引很多路人驻足围观。有人大声念着上面的内容，还有人在窃窃私语，询问宫本武藏是何许人也。

"啊！对不起。"

城太郎穿过人群，透过桥栏杆，往岸边观瞧。

阿通也认为，武藏一定还在桥下。

事实上，就这一转眼的工夫，武藏便从那儿消失了。

那么，他去哪儿了呢？

刚才，武藏好不容易才把朱实打发走。本位田又八是不会来了。自己也看到了吉冈门的告示牌。总之，这儿已没有其他事情了。因此他走下河堤，来到了那只系在桥墩上的小舟旁。

阿杉婆被绑在船舱里，身上盖着草席，她不停扭动着身子，想要挣脱。

"阿婆，看来本位田又八不会来了，我一定要找到他，帮他重新振作。

阿婆找到本位田又八后，你们母子二人要好好生活，这要比砍掉我武藏的头更有意义吧！"

说完，他拿出小刀割断了阿杉婆身上的绳子。

"哼！你这小子，甭用这些好听话蒙骗我！废话少说，今天不是你死就是我亡。武藏，快点做个了断。"阿杉婆青筋暴突，从草席下伸出头骂道。

此时，武藏就像只灵巧的水鸟一样，踩着加茂河中的浅滩和石块，向对岸河堤快步走去。

三

阿通没有注意到，但城太郎却看见了对岸的人影。

"啊！是师父，他在那里！"

说着，他立刻朝河边跑去。

阿通也跟了过去。

此时，两人竟然都没想到可以从五条大桥直接追过去。阿通不假思索地跟城太郎冲向河岸，但是城太郎这错误的一步，却引来了更大的麻烦。

城太郎不顾一切，往前飞奔。可是，身着华丽春装的阿通，面对加茂河的滔滔流水，却裹足不前。

此时已不见武藏的身影，望着宽阔的河边，阿通突然发出一声撕心裂肺的呼喊。

"武藏哥哥！"

于是，有人听到了。

"哦？"阿杉婆从草席里爬出来，站在不远处。

阿通回头一看。

"哎呀！"她惊叫一声，转身就跑。

风儿吹拂着阿杉婆的满头白发。

"阿通！你这个不要脸的女人！"

阿杉婆沙哑着嗓音，高声断喝。

"你给我站住！我有事问你。"

那尖利的声音，顺着水面传出老远。

阿杉婆的自以为是，让事情变得更加复杂。

她认为，武藏之所以用草席盖住她，是为了与阿通幽会。然后两人在桥上说话时闹了别扭，武藏甩掉阿通先走了，现在阿通一边哭一边追赶武藏。

（一定是这样。）

阿杉婆坚信自己的推断。

（这可恶的女人）

阿杉婆对阿通的憎恨，甚至超过对武藏的。

虽然阿通与本位田家仅有婚约关系，但阿杉婆认定她就是自己的儿媳。

既然阿通嫌弃本位田又八，那也就等于嫌弃她这个老太婆，所以她对阿通是又气又恨。

"给我站住！"

阿杉婆又大喊一声，快步追赶阿通，脸上表情极为狰狞。

见此情景，城太郎吓了一跳。

"这老太婆是谁呀？"

他伸手抓住了阿杉婆。

"别拦着我！"

虽然阿杉婆上了年纪，此时，她却凭着一股猛劲推开了城太郎。

城太郎是丈二和尚摸不着头脑，这老太婆到底是谁呀？为何阿通姐姐一看到她就吓得落荒而逃呢？

虽然他并不知道事情的来龙去脉，但身为宫本武藏的大弟子——堂堂的青木城太郎，他可无法忍受老太婆这一推。

"死老太婆，你敢推我！"

此时，阿杉婆已跑出去了五六米，城太郎突然跳了过去，从身后抱住了阿杉婆。阿杉婆怎么会把这小鬼放在眼里，她用左手钩住城太郎的下巴，就像教训自己的孙子似的，照着他的屁股就打了好几下。

"你这小鬼！要是再敢跟我捣乱，就打烂你的屁股！"

"哎呀！哎呀……"

城太郎伸着脖子，动弹不得，手上倒是没忘握着木剑。

四

尽管有伤心难过的时候，尽管有时会遭到别人的非议，但到目前为止，阿通心情、生活状态还不算太坏。

只要满怀希望，她每天的生活都是快乐而充实的。虽说人生不如意事十之八九，但她相信一切都有苦尽甘来的时候。

可是，今天发生的事却让她动摇了。原本一颗纯洁无瑕的心，在今天突然碎成了两半，她已是伤心欲绝。

朱实和武藏。

当她看到他们毫无顾忌地并肩站在五条大桥上时，气得浑身发抖，几乎不能站立，这才蹲在牛车后面。

我为什么要来这儿呀！

她又气又恨，伤心得不得了，恨不得立刻死掉算了。她觉得世上的男人只会骗人，对武藏又爱又恨。她愤怒、难过，连自己都开始讨厌自己，汩汩泪水根本无法平复内心的悲凉。

当阿通看到朱实在武藏身边时，早就气得没了主意，难以抑制的嫉妒让她心如火烧，几近疯狂。

不要脸！

她诅咒着朱实。

你好狠！好狠心！

也痛骂武藏。

当时，她几乎要控制不住自己了，但女性的矜持使她强压下心中的愤怒。

后来，朱实离开了，阿通已顾不了那么多，她有一肚子话要对武藏说，要把压在心底的全部情思都对他倾诉。

很多时候，一个偶然的决定就可能改变一个人的人生走向。有很多人自以为聪明绝顶，但内心一旦受到蒙蔽，就会做出错误的选择，以致一招走错、满盘皆输。

就像现在，阿通不仅没能见到武藏，还遇到了阿杉婆。在新年的第一天，就接二连三地遇上倒霉事，她的运气实在太差了。

阿通头也不回，一口气跑出去三四百米远。平时做噩梦时，她总能梦到那张恐怖的脸，没想到此刻，那张脸就紧紧追赶着自己。

她简直快要喘不过气了。

阿通回头看了一眼，顺便喘口气。阿杉婆距自己有五十米左右，她掐住城太郎的脖子，不停打着他的屁股。而城太郎不管对方如何拍打、如何甩脱，就是死抓着阿杉婆不放。

也许城太郎会拔出身上的木剑，如果是这样，阿杉婆一定会拔出短刀，跟他拼命。

阿通非常了解阿杉婆的性格，搞不好她真会给城太郎一刀。

"啊！怎么办？"

这里是七条河下游，河堤上不见一个人影。

阿通想把城太郎救下来，可又害怕靠近阿杉婆，一时间急得团团转。

五

"臭、臭老太婆！"

城太郎拔出了木剑。

尽管木剑被拔出来，可自己的脖子却被阿杉婆夹在胳膊下，无论怎么挣脱都没用，只能胡乱踢打。

"臭小子！这是哪门武功呀？蛤蟆功？"

阿杉婆龇着三颗门牙，显得扬扬得意，拖着城太郎往前走。

（等等！）

她一下看到站在前面的阿通，立刻计上心头。

阿杉婆心想，再僵持下去绝非上策，无论脚力还是气力，自己都不能跟年轻的阿通相比。那个武藏虽然是个软硬不吃的家伙，但眼前这个女人，只要自己略施小计，就能让她乖乖听话。

想到这儿，老太婆立时换了一副嘴脸。

"阿通哪！阿通！"

她朝阿通招了招手。

"欸！阿通，你怎么看到我就跑呢？上次在三日月茶馆也是如此。现在见了我，也和见了鬼似的撒腿就跑。我真不知道这是为什么呀？难道你还不明白阿婆的苦心吗？其实，你是误会我了，是你想太多了，我从没想过要害你哟！"

听了这番话，阿通一脸怀疑，而被阿杉婆夹在胳膊下的城太郎却大声问着："真的吗？你说的是真的？阿婆！"

"哦，那姑娘好像对我有误会……好像很怕我。"

"那你先把我放开，我把阿通姐姐叫过来。放手啊！"

"我要是放手，你说不定会给我一剑，然后逃跑，是不是？"

"我才不会那么缺德呢！既然你们之间有误会，就该解释清楚啊！"

"那你过去跟阿通说，河原的权叔已经在途中去世，我老太婆一直带着他的骨灰。虽然我年近古稀，却依然四处漂泊，现在的我早已没心情报仇了。之前我或许恨过阿通，但现在早就不恨了。我一直把阿通当成儿媳妇，虽然我不愿让她跟武藏走，但至少也要听听我的忏悔，商量一下今后的打算。就让她可怜可怜我这个老太婆吧……"

"阿杉婆，你说这么多，我可记不住呀！"

"就最后一句就够了。"

"那你先放开我。"

"好，你要告诉她哟！"

"知道了。"

随后，城太郎跑到阿通身边，将阿杉婆的话一五一十地告诉了她。

"……"

此时，阿杉婆故意转过脸去，走到河边的石头上坐了下来。浅滩处能看到一群小鱼自在地游来游去，水面上留下了一道道波纹。

（她会过来吗？）

阿杉婆用眼角的余光，盯着阿通的一举一动。

火之卷

八

阿通满腹狐疑，不敢轻易上前。好在城太郎极力游说，她才小心翼翼地走了过来。

阿杉婆心中不由一阵狂喜。

（终于上钩了！）

想到这儿，她不禁暗自庆幸。

"阿通！"

"阿杉婆！"

阿通来到河边，对着阿杉婆跪下，双手扶着阿杉婆的脚。

"请您原谅我……原谅我吧！现在，所有的解释都是多余的，总之请您原谅我。"

"你别这么说嘛！"

阿杉婆又恢复了往日的亲切。

"本来就是本位田又八不对嘛！他恨你变了心，我也曾经恨过你这个儿媳妇，但现在一切都过去了。"

"如此说来，您原谅了我当初的任性？"

"嗯。不过……"阿杉婆一边含糊着，一边蹲到阿通身边。

阿通摆弄着岸边的沙子，温暖的河水不断从沙子里渗出，流过她的指尖。

"你叫我这个做母亲的怎么回答呢？既然你跟本位田又八有过婚约，那能否跟他见个面？你知道他一直都很喜欢你，所以才会从其他女人身上寻找你的影子。即便本位田又八现在想和你重归于好，我也不允许他任性胡来。"

"嗯。"

"怎么样，阿通？你能见本位田又八一面吗？然后你们听我说些心里话。如此一来，我也算尽了一个母亲的责任，于情于理都讲得通。"

"是的……"

此时，有一只小螃蟹从河边的沙土里爬了出来，一见到刺眼的阳光，又缩回到石缝里。

城太郎抓住了这只螃蟹，悄悄走到阿杉婆身后，放到了她的一小撮发髻上。

"不过，阿婆，我觉得现在不宜跟本位田又八见面。"

"我会陪你去的。你和他当面把话说清楚，这样日后对双方都好。"

"可是……"

"就这么办吧！为了你今后的前途，你应该这么做。"

"可是，我并不知道本位田又八现在在哪儿呀？阿婆，你知道他在哪儿吗？"

"我想……很快就会知道的。很快。前一阵子，我在大阪见过他，后来他跟我赌气，把我扔在住吉一个人先走了。现在他一定非常后悔，估计很快就会来京都找我了。"

闻听此言，阿通马上意识到事有蹊跷。可是，她觉得阿杉婆的话似乎也很有道理。她养了这么个不孝子，的确很让人同情。

"阿婆，那我们就一起去找本位田又八吧！"

阿杉婆一把抓住阿通冰冷的手。

"你说的是真的？"

"嗯……是的。"

"那你跟我一起回客栈吧！"

说完，阿杉婆正要起身，她伸手一摸领子，结果摸到一只螃蟹，吓了她一大跳。

九

"哎呀！我还以为什么东西呢！吓我一跳！"

此时，螃蟹爬到了她的手上，她不停甩着手，想把螃蟹抖落下来。站在一旁的城太郎觉得她的样子十分滑稽，便躲到阿通身后，捂着嘴以免笑出声。

可是，还是被阿杉婆发现了。

"是不是你小子搞的鬼？"

阿杉婆瞪着城太郎。

"不是我，不是我干的！"

他一边说，一边撒开腿跑到了河堤上。然后大喊了一声："阿通姐姐。"

"什么事？"

"你要跟老太婆回她的客栈吗？"

不等阿通回答，阿杉婆就抢着说："没错！我住的客栈就在这附近的三年坡下。每次来京都我都会住在那儿，现在没你的事了，你先走吧！"

"好吧！那我先回乌丸先生家了。阿通姐姐，你办完事后快点回来呀！"

城太郎正要转身离去，阿通突然觉得有些不安。

"等等我，城太郎！"

说着，她便从河边跑上了河堤。阿杉婆怕她逃走，立刻跟了过来。

趁着阿杉婆没赶过来，阿通跟城太郎交代了几句。

"城太郎，现在我要跟阿婆去她的客栈，要是没有特殊情况，我会尽快赶回乌丸先生家，请你帮我转告一声！你要在那儿乖乖地等着我回去。"

"好！我一定会等你的！"

"还有，有一件事我一直放心不下。你能不能帮我打听一下武藏哥哥的落脚处……拜托你了！"

"不要！帮你找到了，你又躲在牛车后不肯出来……我一直想跟你说这事呢！"

"是我不好。"

这时，阿杉婆追了过来，站在阿通和城太郎中间。虽然阿通对阿杉婆的话深信不疑，但她知道不能在老太婆面前提武藏，所以立时闭口不言。

阿杉婆和阿通并肩走着，老太婆看起来和蔼可亲，但她那锐利的眼光一直偷偷观察着阿通的表情。虽然阿杉婆并不是自己的婆婆，但阿通觉得非常不自在，她并未发觉阿杉婆的诡计，还有那近在咫尺的危险。

随后，她们又回到了五条大桥。这里依旧是人流如潮，岸边的柳树、梅树在旭日下舒展着枝条。

"武藏是谁呀？"

"最近刚出世的一个武者。"

"没听过呀！"

"敢跟吉冈门公开叫号，想必此人非比寻常吧！"

一群人挤在告示牌前，七嘴八舌地议论着。

听到这些议论，阿通不由心头一惊，停下了脚步。

阿杉婆和城太郎也停下来，看了一眼告示牌。一拨儿人看完后离开了，另一拨儿人又重新围拢过来，简直就像水塘里的鱼群，大家交头接耳，都在谈论着武藏。

风之卷

无边荒野

一

从丹波（位于今京都府中部和兵库县）街道的长坂路口，可以清楚地望见远处的景色。透过街道旁的树林可以看到，远处群山上的积雪闪着耀眼的白光。这些位于丹波边境的山峰，环绕在京都西北部地区。

"点火！"有人喊了一声。

今天是正月初九，虽已到初春，但天气依旧很冷，鸟儿在寒风中不停发出吱吱的哀鸣之声。天气仿佛武士腰间的佩刀一样，寒气逼人。

"这火烧得真旺哪！"

"俗话说星星之火，可以燎原。一不小心，这火势就会蔓延开来。"

"现在顾不了那么多了。就算火再怎么烧，也烧不到京都。"

在荒野的另一端，熊熊燃烧的火堆不断地发出噼噼啪啪声。围着火堆的四十多个人，脸都被烤得红扑扑的。张狂的火焰腾空而起，似乎要烧到太阳上去。

"好热！好热呀！"有人嘟囔着。

"可以停手了！"植田良平被烤得难受，便喝令添柴的人住手。

随后，又过了半刻钟。

"马上就要过卯时了吧？"有人问道。

"是吗？"大家不约而同地抬眼看了看太阳。

"现在应是卯时下刻。"

"小师父怎么还不来？"

"快到了吧！"

"是该到了。"

每个人都显得很紧张，大家沉默片刻，几十双眼睛紧盯着对面的街口。有人不由得咽了下口水，显得有些不耐烦。

"是不是出了什么事?"

此时,不知从哪儿传来一声长长的牛叫。这片荒原本是皇室的牧场,被称为"乳牛院遗迹"。即使现在,偶尔也能看到被放养的牛群。太阳高高地挂在空中,空气中弥漫着枯草和牛粪的味道。

"——莫非武藏不会来了?"

"也许他已经来了。"

"谁去看一看——莲台寺郊外离这儿只有五百多米远。"

"是去探察一下武藏的动静吗?"

"是的。"

"……"

一时间竟然没人搭话。一张张被烟熏黑的脸,全都低头不语。

"不过,小师父说过,去莲台寺郊外之前,要到这里准备一下。要不然过一会儿再去吧!"

"他们不会搞错地方吧?"

"昨晚,小师父特意交代植田师兄的,应该不会弄错!"

植田良平接过话道:"没错——也许武藏已经先一步赶到那儿了。也许小师父是想消磨对方的耐心,才会故意晚到。如果我们不明就里随意行动,别人肯定会说我们以多欺少,这会使吉冈门名誉受损。现在我们至少知道,武藏是单枪匹马的,所以大家可以静观其变,直到小师父出现。"

二

今天清晨,乳牛院草原上就聚集了很多吉冈门弟子。除了植田良平之外,自称"京派十剑"的吉冈门高徒仅有半数到场,看来四条武馆的这些中坚分子,在关键时刻发挥不了什么作用。

昨晚,清十郎交代徒弟们"千万不可插手比武",大家也都相信清十郎握有一定的胜算。他们认为,师父绝不可能轻易输给武藏。

(我们一定会赢!)

每个人都信心满满。此外,立于五条大桥桥头的告示牌,已将这次比武公之于世,清十郎一旦取胜不仅能让吉冈门声名远扬,他的名号也会传遍天下——身为吉冈门弟子,前来声援自然是义不容辞的事,所以大家一大早就聚集到这片靠近莲台寺郊外的荒原上。然而,清十郎仍未出现。

到底怎么回事?清十郎到底怎么了?始终未见他的人影。

看着太阳的位置,每个人都清楚,马上就要到卯时下刻了。

"有些不对头呀!"

三十多个弟子交头接耳,植田良平本来下过命令要静观其变,可这会儿他也有些沉不住气了。一些百姓看到乳牛院草原聚集了这么多人,误以为比武地点在这里,在一旁议论纷纷。

"出什么事了？比武开始了吗？"

"吉冈门清十郎怎么没来？"

"还没到呢！"

"他的对手武藏呢？"

"好像也没来。"

"那些武士是干什么的？"

"大概是其中一方的帮手。"

"这么说来，只来了一些配角，主角武藏和清十郎都没露面呢！"

此时，看热闹的人已越聚越多，大家议论纷纷。

"还没到吗？"

"还没来哟？"

"谁是武藏？"

"谁是清十郎？"

不过，这些看热闹的人都不敢靠近吉冈门弟子。在乳牛院草原周围的草丛里、树林间，到处可见人头攒动。

——就在此时，人群中突然走出了城太郎。

他腰里插着一把大木剑，脚上穿着大号的草鞋，在地上每走一步，都扬起一层尘土。他一边走，一边嘀咕着："没有呀！没有呀！"目光从每一张脸上扫过，在荒原周围四下寻找着。

——到底怎么回事？阿通姐姐明明知道今天比武的事，怎么还没来……自从那天，她再也没回乌丸大人家。

城太郎认为，阿通比任何人都关心武藏的胜败，而且今天必定会出现，所以他一大早就赶到乳牛院草原，寻找阿通。

三

很多女人平时伤了一根手指头，都会吓得脸色发白。奇怪的是，越是残忍的流血事件，反而越能激发她们不同于男人的兴趣。

就拿今天的比武来说，在拥挤的人群中，能看到很多女性的身影，有的人甚至是结伴而来。

不过，这些女人当中，唯独没有阿通。

"好奇怪呀！"

城太郎围着草原找了好几遍，已经疲惫不堪。

（说不定元旦那天，我和阿通姐姐分别之后，她就生了一场病。）

他一边想着，一边继续往前走。

"还说不定，那个阿杉婆用花言巧语把阿通姐姐给骗走了……"

一想到这儿，他开始不安起来。

他对阿通的担心，远远超过对比武胜负的担心。因为他知道，师父武藏肯定是胜券在握的。

此时，草原四周已围了数千人，都在等着看这场比武。这些人都认为，吉冈门清十郎可以赢得这场比赛，只有城太郎一个人坚信"我师父会赢"

他的脑海里又浮现出，大和般若原上，武藏会斗宝藏院群僧时的飒爽英姿。

（我师父怎么可能输？即使众人围攻，他也不怕。）

就算驻扎在乳牛院草原的吉冈门弟子全部参战，他还是相信武藏能取胜。

——所以，他并不担心比武的结果。现在阿通没来，倒令他有些担心。虽然不至于惊慌失措，但他很害怕阿通遇到什么不测。

那天在五条大桥，她跟那老太婆走之前曾说过："如果没有特殊情况，我一定会回乌丸大人的府上。城太郎，你可以请求他们让你住一段时间。"

当时，她就是这么嘱咐的。

然而，今天已是第九天了。正月初三、初七，都不见阿通回来。

（到底怎么了？）

从几天前，城太郎就隐隐有些不安。不过，今早他仍抱着一丝希望来到这儿。

"……"

不见阿通的身影，他只能孤零零地眺望着草原的中央。吉冈门弟子生起一堆篝火，吸引着周围几千人的注意。虽然场面很有气势，但因为清十郎迟迟不出现，所以弟子们都显得无精打采。

"好奇怪呀！告示牌上明明写着比武地点是莲台寺郊外，怎么又换成这儿了？"

并没有人对此表示怀疑，只有城太郎觉得纳闷。突然，从身旁的人群中传来几声呼喊："小鬼——这边，过来这边！"

城太郎仔细一看，认出了对方。元旦那天，此人在五条大桥边看到武藏与朱实窃窃私语，随后故意放声大笑，然后转身离去。

正是佐佐木小次郎。

四

虽然只见过对方一面，但城太郎却非常熟络地跟对方招呼着："什么事？大叔！"

随后，佐佐木小次郎来到了近前。他和生人打交道时，都习惯在开口之前，把对方从头到脚仔细打量一番。

"我们是不是在哪儿见过？是在五条大桥吧？"

"大叔，您也记得啊！"

"我记得当时，你和一个女子在一起。"

"啊！您说的是阿通姐姐。"

"原来那女子名叫阿通——她和武藏是什么关系？"

"有点关系吧！"

"他们是表兄妹吗？"

"不是。"

"是亲兄妹？"

"也不是。"

"那到底是什么关系？"

"是喜欢的人。"

"谁喜欢谁？"

"阿通姐姐喜欢我的师父。"

"那就是恋人关系喽！"

"……也许吧！"

"这么说来，武藏是你的师父了？"

城太郎不无自豪地点头答道："是的。"

"哈哈！所以你今天特意来站脚助威喽！不过，清十郎和武藏都没出现，这些看热闹的人都很担心呢！武藏到底离开客栈没有？你知不知道啊？"

"不知道呀！我也在找他呢！"

此时，二人身后响起一阵脚步声。佐佐木小次郎那鹰一般锐利的眼神，立刻迎向来人。

"咦？您不是佐佐木阁下吗？"

"哦！是植田良平吧。"

"您在这儿干什么？"

说着，植田良平来到佐佐木小次郎近前，亲热地握着对方的手说道："自从去年年底，您就没再回武馆，小师父可一直挂念着您哪！"

"虽然之前没能回去，我今天过来，不也一样嘛！"

"总之，我们去那边再说吧！"

说着，植田良平和其他弟子一脸恭敬地陪着佐佐木小次郎，向草原中的营地走去。

远处围观的人，一看到佐佐木小次郎身后背的长剑、身上穿的华丽衣饰，就大声喊着："武藏！是武藏！"

"武藏来了！"

众人低声议论着。

"啊！是那个人吗？"

"就是他——宫本武藏！"

"哦……的确衣着不凡嘛！看来此人并非等闲之辈哪！"

被扔在一旁的城太郎，听到周围人如此议论，连忙说道："不是！不是！武藏师父才不是这副德性呢！他才不会像歌舞伎小生那样忸怩作态呢！"

他拼命澄清。

有些人虽然没听到他的话，但看到草原中央的情景，也觉得有些不对头。

"不对呀！"

有人开始怀疑。

此时，佐佐木小次郎走到草原中央站住，好像在对吉冈门弟子训话，脸上还是那副不可一世的态度。

"……"

号称"吉冈十剑"的植田良平、御池十郎左卫门、太田黑兵助、南保余一兵卫、小桥藏人等人脸上一副满不在乎的表情，他们并未开口，个个眼露凶光，死盯着佐佐木小次郎一开一合的嘴巴。

五

在草原中央的吉冈门营地，佐佐木小次郎对着吉冈门众弟子说道："目前为止，武藏和清十郎都没来，真是天佑吉冈门哪！趁清十郎还没来，大家立刻返回武馆吧！"

短短几句话，就足以激怒吉冈门众弟子了。佐佐木小次郎接着又说道："我完全是为清十郎考虑，才这么说的。除了我，还有谁有能力帮你们？还有谁能对你们说这番话？我可是上天派来保佑吉冈门的预言家哟！要不我再说得清楚些——如果真的比武，清十郎一定会输得很惨，说不定还会成为武藏的刀下鬼！"

听了这番话，吉冈门众弟子的脸色都难看得不得了。植田良平早已气得脸色铁青，他双眼冒火地盯着佐佐木小次郎。

同时，十剑客之一的御池十郎左卫门也快忍不住了，看到佐佐木小次郎依旧说个没完，他一个箭步蹿过去，逼到佐佐木小次郎面前说道："阁下，你还要说什么？"

一边说，他一边将右手手肘举到两人之间，拉开架势，略带挑衅地看着佐佐木小次郎。

佐佐木小次郎仍旧报以微笑，脸上露出两个小酒窝。由于他身材高大，所以那微笑总给人一种居高临下的傲慢之感。

"我的话很刺耳？"

"当然。"

"那我很抱歉。"

佐佐木小次郎轻松地避开对方的挑衅。

"那么，我就不插手此事了，任其自然发展。"

"我们又没求你帮忙！"

"是吗？你们和清十郎不是大老远把我从毛马堤接到四条武馆的吗？当时，你们可是一个劲儿地说好话哟！"

"那是吉冈门的待客之道，我们只是以礼相待……你有什么好得意的！"

"哈哈哈！如此说来，我们先要在这儿一决胜负喽！再过一会儿，你们就会用眼泪来证明我的预言——依我看，这场比武清十郎仅有百分之一的胜算。正月初一的早晨，我在五条大桥畔见到武藏时，就觉得此人非比寻常……而当我看到你们立在桥头的告示牌时，突然觉得那简直就像吉冈门为自己写的讣文……这也难怪，一般人都很难正视自己的失败。"

"住、住口！你今天是专门来找吉冈门晦气的吗？"

"忠言逆耳。要是不听我的话，最终倒霉的是你们自己！反正今天就能分出胜负，再过一刻钟，你们就不得不承认我说的话了。"

"说够了没有！"

吉冈门弟子叫嚣着，还朝着佐佐木小次郎吐口水。这四十多个人满脸怒气，一步步逼近佐佐木小次郎，腾腾杀气几乎将整片草原吞没。

此时，佐佐木小次郎已做好充分的准备，迅速后撤了几步。他总是控制不住自己爱管闲事、好打不平的个性。他心想：我是一番好意，你们不但不领情，还归罪于我。真是不可理喻！不过，他转念又一想：如果这里一旦开战，很多等着看武藏和清十郎比武的人就会把注意力转移到自己身上。这样一来，自己就成了备受瞩目的人物。想到这儿，他眼露杀气。

六

看到双方剑拔弩张的情景，围观人群果然一阵骚动。

此时，一只小猴蹿出人群，像只皮球一样向草原跳去。

在小猴的前面，有一个年轻女子，跌跌撞撞地向草原中央跑去。

原来是朱实。

此时，吉冈门弟子和佐佐木小次郎怒目而视，双方的战斗一触即发。远处突然传来朱实的喊叫声，紧张的气氛顿时化为乌有。

"佐佐木小次郎先生！佐佐木小次郎先生……武藏哥哥在哪里呀……他没来吗？"

"啊？"听到喊声，佐佐木小次郎猛一回头。

其他吉冈门弟子也嘀咕着："啊！是朱实呀！"

一时之间，所有人的目光都落在她和小猴子身上。

"朱实，你怎么来了？不是跟你说过不要来吗？"佐佐木小次郎厉声责问。

"那是我的自由,你管不着。难道我不能来吗?"

"当然不能!"

朱实耸了耸肩,没回答。

"回去!"佐佐木小次郎命令着。

听到这儿,朱实呼吸急促,使劲摇着头说:"我才不要呢——虽然我很感激你的照顾,但我又不是你的女人,你凭什么命令我?"

说到这儿,朱实突然哽咽起来,那令人心碎的抽泣声几乎要把男人狂躁的情绪融化了。不过,她说话的语气却比任何男人都坚定。

"你到底想干什么?为什么要把我绑在念珠客栈的二楼——就因为我担心武藏哥哥,你就恨我,还欺负我……何况……何况……今天,你们就是要趁着比武的机会,杀害武藏哥哥。你觉得欠清十郎的人情,所以就打算在他招架不住时出手相助,杀了武藏。我得知真相后,哭了一夜,你怕我跑去给武藏送信,今早出门前就把我绑在了客栈的二楼。难道我说的不对吗?"

"朱实,你疯了吗?大白天的,当着这么多人,你瞎说什么?"

"我偏要说,你就当我疯了吧!武藏是我的心上人……他要来送死,我不能坐视不管。所以我在客栈二楼拼命呼救,附近的人听到后,过来帮我解开了绳子,我立刻就赶了过来。我一定要见武藏哥哥。武藏哥哥,你在哪儿呀?快出来呀!"

"……"

佐佐木小次郎一时语塞,站在情绪失控的朱实面前,他竟然无言以对。

虽然朱实的情绪很激动,但她所言句句属实。看来,佐佐木小次郎有着双重性格,一方面他能细心温柔地照顾朱实,另一方面他又把虐待对方的身心当作乐趣。

在大庭广众面前——又是在这种场合——她竟然毫无顾忌地和盘托出,佐佐木小次郎既难堪又愤怒,死死瞪着朱实。

——就在此时。

清十郎的贴身男仆民八,从对面林荫道飞奔过来,他挥着手大声喊着:"不、不得了了!大家快、快点过来啊——小师父被武藏砍、砍伤了!"

七

民八的喊声,犹如晴天响了一声霹雳,在场的众人惊慌失措,仿佛天塌地陷了一般。

"什、什么?"

"小师父他——被武藏——"众人异口同声。

"在、在哪里?"

"什么时候的事儿?"

"这是真的吗？民八！"

大家你一言、我一语争相询问——本来，清十郎说好要先来此地准备一下，但他还没有出现，民八就说那边二人已分出了胜负，这突如其来的消息，任谁都无法相信。

民八含糊不清地说着："赶快！赶快跟我来！"

他上气不接下气，连滚带爬地又朝着原路跑去。

众人虽然有所怀疑，但为了弄清真相，植田良平、御池十郎左卫门等人带领四十多个弟子，犹如林中野兽一般，跟着民八跑向林荫道，草原上顿时尘土飞扬。

众人沿着丹波街道，向北跑了五百多米，从街道右侧的树林里穿了过去。一片笼罩在初春暖阳中的静谧草原，出现在他们面前。

原本自在歌唱的斑鸫、伯劳鸟被吓得四散飞走——民八发狂一样跑进草丛，直到一处馒头形的古冢旁才停下脚步。

"小师父！小师父！"他扑通一声跪倒在地，声嘶力竭地喊着。

"啊？"

"啊！哎呀！"

"真是小师父！"

随后赶到的人看到眼前的景象，都僵在了那里。只见草丛中，趴着一个武士，身穿蓝花染和服，肩膀到后背用皮绳系着十字结，额头上系着一个吸汗的白布条。

"——小师父！"

"清十郎师父！"

"请您振作一点！"

"是我们哪！"

"我们是您的弟子呀！"

清十郎的颈骨好像断了，被众人抱起之后，头依然无力地垂着。

他头上的白布条，一滴血迹也没有。此外，他上身的衣袖、下身的和服裤子，乃至附近的草丛也没看到一丝血迹。但从清十郎的面部表情可知，他已是痛苦万分，就连嘴唇也变成了紫黑色。

"小师父，还有呼吸吗？"

"呼吸很微弱了。"

"喂！你们赶紧过来，把小师父送回去！"

"需要抬回去吧？"

"对！"

其中一个弟子背对清十郎蹲下身，把他的右手放到自己肩上，正要站起来，清十郎痛苦地呻吟了一声："痛死我了……"

"门板！找块门板来！"清十郎声音微弱。

三四个弟子立刻跑去找。不一会儿工夫，他们就从附近百姓那里要来一块防雨门板。

众人让清十郎仰面躺在门板上，可是他每呼吸一下就痛苦难当，在板子上乱踢乱滚。出于无奈，弟子们只好解下腰带，把清十郎绑在门板上，由四个人各抬一角。这些人仿佛送葬队伍一样，默默地抬着门板前行。

清十郎的两脚拼命踢着门板，简直快把门板踢碎了。

"武藏……武藏走了吗……哎哟，好痛啊！右肩到手腕的骨头是不是都碎了，快疼死我了……啊！受不了了！徒弟们，快把我的右胳膊砍下来——快点！哪一个快把我的胳膊砍下来！"

清十郎呼天抢地，痛苦不堪。

八

看到师父痛苦的样子，那四个抬门板的徒弟都不忍心再看下去了。

"御池师兄！植田师兄！"

前面的人听到喊声，便回过头来。那几个弟子跟师兄商量道："小师父实在太痛苦了，才会叫我们砍掉他的手臂。我想，是不是砍断手臂后，他能好受一些。"

"胡扯！"植田良平和十郎左卫门厉声呵斥。

"现在虽然很痛苦，但至少没有生命危险。一旦手腕被砍断，就会流血不止，更可能危及生命。总之，先把师父抬回武馆，然后再察看右肩的伤势。就算要砍掉手腕，也得做好相应的止血准备。否则，决不可轻易行事——对了！谁先跑回武馆去请医生！"

听到此语，两三个弟子先跑回武馆做准备。

从乳牛院草原赶来的群众，蜂拥挤在街道两旁的松树下，朝这里眺望。

真是令人头疼，植田良平面如死灰，回头对那些跟在队尾的弟子说："你们先去把人群支开，怎么能让他们看到小师父这个样子！"

"知道了。"

弟子们终于找到了一个发泄怨气的方法，他们满脸杀气奔向人群，那些围观的人立刻吓得四散奔逃，街道上又扬起一片尘土。

仆人民八跟在清十郎躺的门板旁，一边走一边抹着眼泪。

"民八！"植田良平喊了一声，一把拉住了他。

"你过来一下！"

"什、什么事？"看到一脸怒气的植田良平，民八吓得说话都有些结巴了。

"小师父离开四条武馆的时候，你就一直陪在他身旁吗？"

"是、是的。"

"小师父在哪里换的衣服？"

"是到莲台寺郊外之后才换的。"

"小师父不可能不知道我们在乳牛院草原等他，他怎么会直接赶往那里？"

"这件事，我之前一点都不知道。"

"是武藏先到的，还是小师父先到的？"

"武藏先到的，当时他就站在那个古冢前面。"

"只有他一个？"

"是的，只有他一个。"

"比武的过程是怎样的？你看到了吗？"

"小师父跟我说'万一我输给武藏，请给我收尸！那些弟子一大清早就聚集在乳牛院草原，在我和武藏分出胜负之前，不准去报信——我们练武人赢得起也要输得起，我不想当一个卑劣的胜利者，所以绝不能以多欺少。'说完这番话后，他就朝着武藏走了过去。"

"嗯……然后呢？"

"我顺着小师父的背影望过去，只看到武藏微笑的面孔。一切都悄无声息的，他们两个连招呼都来不及打，就听到一声凄厉的惨叫，我定睛一看，原来小师父的木剑已被武藏打飞了。而整个草原上，只有那个头缠橘色头带、一头乱发的武藏一动不动地矗立着——"

九

就如台风突然来袭一样，整个街道上不见一个看热闹的人。

门板上的清十郎不住地呻吟着，抬门板的弟子仿佛战败的士兵一样垂头丧气，他们小心翼翼地走着，唯恐再度增加伤者的痛苦。

"咦？"

前边的弟子突然停住了脚步，抬门板的人伸手摸了摸后颈，而队尾的人则仰头看着天空。

原来，从空中掉下来很多枯松枝，哗啦啦地落在门板上。抬眼望去，松树上有一只小猴子，那双骨碌碌的大眼睛望着下面，还故意做着鬼脸。

"啊！好痛！"

小猴子朝下面扔着松果，有的弟子被它打到，疼得忙捂住脸。

"畜生！"

挨打的人掏出随身带的小刀，朝猴子掷去。那柄闪着寒光的刀穿过细密的松叶，直直地飞了出去。

突然，远处响起几声口哨。

小猴子立刻从树上跳下来，稳稳地落在佐佐木小次郎的胸前，而后又坐在他的肩膀上。

"啊!"

抬门板的吉冈门弟子这才看清楚,站在对面的是佐佐木小次郎,还有朱实。

"……"

佐佐木小次郎注视着门板上的清十郎,脸上毫无嘲笑之情。反倒是对方那痛苦的呻吟声,让他流露出一丝怜悯。吉冈门弟子一看到他,立刻想起佐佐木小次郎说过的那番话,于是大家都认为对方是来看笑话的。

不知是植田良平还是谁催促了一句:"——是猴子了!又不是人,不要和它计较,我们快走吧!"

可此时,佐佐木小次郎却对着门板上的清十郎说道:"好久不见!"

"——清十郎阁下,您怎么了——被武藏打伤了吧——哪里受伤了?是右肩吗?这可不行,也许里面的骨头已经碎成渣了,如果这样仰面躺着摇晃着前行,体内的血液会侵入脏器,还会逆流入脑中。"

随后,他又用那种傲慢不羁的态度对众人说道:"快把门板放下来!还犹豫什么?快、快点放下来!"

然后,他又对奄奄一息的清十郎说道:"清十郎阁下,你起得来吗?你也有爬不起来的时候呀?你的伤又不重,顶多伤了一只右手,仅靠一只左手你依然能走路。堂堂吉冈拳法的长子被人用门板抬着,走在京都的大街上,这件事如果传扬开来,先师的名望就彻底被毁掉了!难道还有比这更不孝的事儿吗?"

清十郎的眼睛眨也不眨地死死盯着佐佐木小次郎。

突然,清十郎从门板上一跃而起,他的右手仿佛比左手长出一尺,直直地从肩膀上垂下来,似乎早已与身体分离。

"御池!御池!"他大声喊着。

"弟子在……"

"砍掉它!"

"什、什么?砍掉什么?"

"笨蛋!刚才不是说了吗?当然是我的右手!"

"不过。"

"唉,没用的东西……植田,你来砍!快点动手!"

"啊!是。"

此刻,佐佐木小次郎突然接话道:"——我可以帮你。"

"好!拜托了!"

随后,佐佐木小次郎走到清十郎身边,举起他毫无力气的右手,同时抽出了随身的短刀。紧接着,大家突然听到"砰"的一声怪响,类似瓶塞从瓶口迸飞的声音。只见一道血柱喷涌而出,清十郎的手腕应声落地。

十

清十郎一下子失去了重心，跟跄了几步，弟子们赶紧上前扶住他，并捂住那血流如注的伤口。

此时的清十郎早已面无血色，他嘶吼了一声："走！我要走回去。"

弟子们紧紧跟在他身边，看他走了十几步，那鲜红的血滴落在大地上立刻变成了黑色。

"师父！"

"小师父！"

弟子们围拢在清十郎身边，小心翼翼地说："您还是躺到门板上吧！别听佐佐木小次郎那家伙胡说八道！"

众人言语之间充满了对佐佐木小次郎的愤恨。

"我要走！"

清十郎咬紧牙关又走了二十几步，他不是在用脚走路，而是根植于血液中的顽强意志驱使自己前行。

但是，意志力毕竟无法跟身体抗衡。他大约走了五十米，突然"扑通！"一声栽倒在弟子们的怀里。

"快去叫医生！"

这群人狼狈不堪，就像抬死尸一样，抬着毫无反抗能力的清十郎快步跑走了。

目送清十郎等人离去之后，佐佐木小次郎回头对树下的朱实说道："看到了吗？朱实——是不是觉得很解恨哪？"

朱实面色铁青，狠狠瞪着一脸轻松的佐佐木小次郎，眼神中充满憎恶。

佐佐木小次郎继续说道："你无时无刻不在诅咒清十郎，想必现在心情大快吧……夺走你贞操的人落得如此下场，也算是罪有应得了！"

"……"

此刻，朱实觉得眼前的佐佐木小次郎比清十郎还要可怕，简直让人毛骨悚然。

清十郎虽然玷污了自己，但他并不是罪大恶极之人。

跟清十郎相比，佐佐木小次郎更令人憎恶。他虽然不是世人眼中的恶人，却是一个性格变态的人。他不会为别人的幸福感到欣喜，却把别人的灾难、痛苦当成自己的一大乐趣。这种人要比强盗、恶霸更可恶，决不能对他掉以轻心。

佐佐木小次郎把猴子放到肩上，对朱实说了一句："回去吧！"

朱实很想从这个男人身边逃走——但她既没有脱身的办法，也没有勇气。

佐佐木小次郎一边在前边走着，一边自言自语道："你说要找武藏，结果还是没找到吧!他不会一直待在这儿的。"

(我怎么就不能离开这个恶魔呢?为什么不趁机逃走呢?)

朱实非常痛恨自己的软弱,但是,她还是心不甘、情不愿地跟在了佐佐木小次郎身后。

蹲在佐佐木小次郎肩上的小猴子,转过头来吱吱地叫着,还龇着牙对朱实笑着。

"……"

朱实觉得,自己和这只小猴子的命运是何其相似呀!

她突然觉得清十郎十分可怜——暂且撇开武藏不谈,她对清十郎和佐佐木小次郎抱有的感情是不一样的。此时,她开始认真思考起自己和这两个男人的关系了。

十一

——我赢了!

武藏在心底高奏凯歌。

(我打败了吉冈门的清十郎!我战胜了享誉室町时期的京派武学名门之子!)

不过,他的心里却无半点喜悦之情,只是低着头走在草原上。

啾——低飞的小鸟掠过武藏头顶,抬眼可见它白色的肚皮。武藏踩着柔软的枯叶,步履沉重。

这种胜利之后的落寞,原是那些智慧超群的人才有的伤感情绪,对一个习武之人而言,本不该有这种感觉。但武藏却无法压抑心中这份落寞,他独自一人在草原中走着。

走着走着,武藏突然回头望了一眼。

莲台寺郊外的山丘上那几棵瘦弱的松柏,映入了他的眼帘。他与清十郎就是在那里分出了胜负。

(我没砍第二刀,他应该不会死吧!)

武藏在担心清十郎的伤势,他又低头看了看手中的木剑,上面没有一丝血迹。

今早,他身背木剑来莲台寺赴约,他以为对方必定带了众多随从,还可能会用一些卑鄙的手段,所以出发前就抱定了必死的决心。为了让自己的死相体面一些,他还特意用盐把牙齿擦洗干净,头发也仔细梳洗了一番。

见到清十郎之后,他才发现自己大大高估此人了。他不禁怀疑,眼前这个纨绔子弟就是吉冈拳法的长子吗?

武藏怎么看,都不觉得清十郎像京派武术大家,简直就是一个大城市里的浪荡公子。

他仅带着一名随从前来,并没有其他帮手。两人互通姓名,正要动手之

时，武藏突然有些后悔了。

（这是一场毫无意义的比武！）

他心中暗想。

武藏所希望的是那种强过自己的对手，可今天他只看了清十郎一眼就知道，对方根本不是自己的对手。

并且，清十郎的眼神中毫无信心。武藏之前的对手，无论功夫怎样，都是自信满满的。然而面前的清十郎，不光眼中毫无斗志，全身上下也都是死气沉沉。

（我今早为什么要来这里？对手如此没有信心，我宁可取消比武。）

如此一想，他不禁有些可怜清十郎。对方乃名门之后，从父辈那里继承了规模不小的武馆，受到一千多名弟子的尊敬。不过，这些都是拳法留给他的，并不是他靠个人实力得到的。

——武藏心想，不如找个借口取消比武，可一直没机会开口。

"……真令人遗憾！"

武藏再次回头望了望莲台寺郊外那座古冢上的青松，心里默默祈祷清十郎尽快痊愈。

十二

无论如何，今天的比武算是结束了。胜败姑且不论，武藏一直耿耿于怀的是自己仍不像一个成熟的武学者。

——他意识到了自身的问题，不由加快了脚步。

在草原中，有一个老太婆正蹲在草丛里，扒开泥土，在寻找什么东西。听到武藏的脚步声，她抬起头，瞪大双眼。

"哎呀……"

那老太婆穿的素色和服的颜色，几乎与枯草一样，只是外褂的系带是紫色的。她身穿俗家衣服，用头巾包着光头，年纪在七十上下，是一位身材瘦小、气质脱俗的老尼姑。

"……"

武藏也吃了一惊。他没想到草丛里有人，更何况对方的衣服颜色和荒草极为相似，他差一点就从老尼姑身上踩过去。

"老婆婆，您在找什么呢？"

武藏内心很想跟人群接近，便友好地打了声招呼。

"……"

老尼姑一直蹲在地上，看到武藏跟自己说话，不禁吓得全身发抖。

从她的袖口隐约看见，老尼姑手上戴的一串珊瑚念珠是用南天竹的果实串接而成的。她手上拿着个小竹筐，里面装着鲜嫩的马兰菜等各种野菜。

老尼姑的手指和手腕上的红色念珠，一直抖个不停。武藏不明白，她到底在害怕什么——她该不会以为自己是拦路抢劫的山贼吧！于是，他故意露出亲切的微笑，靠上前看着筐里的野菜说道："哦，现在连野菜都长出来了！春天已经到了啊！这儿有野芹菜、芜菁（日本春天七草之一）、鼠麴草，您挖了这么多野菜呀！"

突然，老尼姑丢下竹筐就跑了，一边跑还一边喊着："——光悦！"

"……"

武藏一脸茫然地站在那儿，看着老尼姑瘦小的身影越跑越远。

放眼望去，平坦辽阔的草原上还有几处缓坡，那个老尼姑的身影就消失在一块低洼地里。

武藏心想，她既然喊着人名，应该是另有同伴。此时，从那片洼地里飘出了一缕青烟。

"好不容易挖的野菜就这样浪费了……"

武藏捡起地上的野菜，放回小竹筐里。他一定要向对方证明自己的善意，于是手提竹筐，朝着老尼姑跑的方向追了过去。

他很快就看到了老尼姑的身影，原来她还有两个同伴。

这三个人看起来像是一家人。为了躲避北风，他们特意选了一块背风的向阳地，还在地上铺上毛毡，上面摆着茶具、水壶、锅等器皿。在蓝天大地之间品茗、赏景，倒也风雅自在。

风之卷

 当世高手

一

这三人中，有一个像是男仆，另一个像是老尼姑的儿子。

那个像儿子的人，年纪在四十七八岁左右，长得酷似京都名物——白瓷人偶。他皮肤雪白，面色红润，浑身上下洋溢着一种安适、恬静的气息。

刚才，这个老尼姑叫了一声"光悦！"想必此人就是。

说起光悦，那可是一位名扬天下的人物。如今，他居住在京都的本阿弥路。

据说，他每个月能从加贺大纳言那里得到两百石的资助，不知羡煞多少人。他身居闹市，因为每月有两百石的收入，所以生活极为安逸。同时，他还受到德川家康的赏识，被准予自由进出朝廷。就连天下诸侯途经光悦府门前时，都要小心翼翼，低头慢行。

由于他住在本阿弥路，所以又被称作"本阿弥光悦"。他的原名叫次郎三郎，是刀剑鉴赏、改铸、保养方面的行家。正因为祖上有这种特殊技能，所以从足利时代到室町时代，家道一直久盛不衰。随后的今川家、织田家、丰臣家也都给予这一家族丰厚的待遇。所以，这一家族一直以来都具有崇高的声誉和显赫的地位。

除了通晓各类兵器之外，光悦还精通绘画、陶艺、泥金画，在书法方面也颇有造诣。提起当今知名的书法家，人们很容易想到住在男山八幡的松花堂昭乘、乌丸光广大人、近卫信尹公，这三人都是三藐院体（日本书法流派）的大家，不过很多人都说，光悦才是当今日本书法界的泰斗。

光悦认为，这样的评价仍不足以体现出自己对日本书法的巨大贡献。

京都的街头巷尾流传着这样一个故事。

有一次，光悦去拜访好友近卫三藐院。近卫三藐院是氏长者（平安时代对氏族长官的称呼）前关白家族的公子，当时担任左大臣一职，通晓人情世故。当年发生了朝鲜战争，近卫三藐院对别人说："征朝并非秀吉一人之事，它关系着日本的兴亡。为了日本的将来，我不能坐视不管。"

于是，他上表天皇，申请参战。

秀吉闻听此事后，大声吼道："天下最无用之人就属他了。"当时，秀吉如此讥讽近卫三藐院。到了后来，很多人都认为，丰臣秀吉发动的朝鲜战争才是历史上最失败的一次战役。此事的确很讽刺，不过这些暂且不提。

每当光悦拜访近卫三藐院时，书法便成为二人经常谈及的话题。

有一次，三藐院问光悦："如果让你选出天下三大书法名家，你会选谁？"

光悦不慌不忙地答道："——首先是您，其次就是八幡泷本坊的昭乘。"

三藐院一脸疑惑，接着问道："你说首先、其次什么的，那到底谁才是天下第一呢？"

此刻，光悦面带严肃，看着对方说道："在下才是。"

——这就是本阿弥光悦。但是，此刻出现在武藏面前的寻常男子，会是那个本阿弥路的光悦吗？如果真的是他，为什么只带了一个随从出行，而且衣着、茶具也相当简朴。

二

光悦在膝上展开一张怀纸，手持画笔，专注地描绘着草原的景色。在他身旁散落着一些画废的纸，上面勾勒着一些流畅的线条，估计是练习用的。

——听到母亲的喊声，他心中纳罕，用询问的目光看了看站在家仆身后全身战栗的母亲，又看了看站在一旁的武藏。

对方的眼眸平静如水，武藏与他对视了一眼后，自己的心情也缓和下来。光悦的眼神不仅让人感到友好，还有一种久违的亲切感。武藏很久没看到这种目光了，那眼眸深处闪动的光芒，进一步证明了对方超群的智慧。武藏与他对视的一刹那，感觉仿佛见到了多年的老友。

"浪人阁下,家母是否冒犯您了?我是她的儿子,今年也已四十八岁了。家母是上了年纪的人,身体还算硬朗,只是眼神不太好。如果家母冒犯了您,在下愿为她的疏忽向您道歉,请多多原谅!"

说着,光悦将笔纸放到毛毡上,要合掌给武藏赔礼。武藏一时间不知如何是好,觉得必须要跟对方说明白自己不是有意惊吓他的母亲的。

"哎呀……"

武藏连忙跪下身子,阻止光悦道:"那位老婆婆是您的母亲吗?"

"是的。"

"该赔礼的人是我。我也不知道令堂为何会受如此惊吓,她一见到我,丢下竹筐就跑。我想令堂乃年迈之人,好不容易挖了一筐野菜,扔了实在可惜,所以就把那些野菜捡起来给您送过来。事情就是这样,还望您多见谅!"

"哦!原来如此。"

光悦恍然大悟,他微笑着对母亲说:"母亲,您听到了吧!是您误会人家了。"

此时,那位老尼姑终于放下心来,她从家仆身后慢慢探出头问道:"光悦呀!如此说来,这位浪人不会加害我们吧?"

"人家怎么会加害您呢!他看到您丢在地上的野菜,还好心帮您送回来呢!他是一位心地善良的年轻武士。"

老尼姑觉得有些失礼,便走到武藏面前,深深鞠躬道歉。

"是我太失礼了。"

解开心中的疑惑之后,老尼姑脸上也有了笑容,她跟儿子说道:"刚才的事,的确是我太失礼了。不过,我看到这个武士第一眼,就觉得他身上血腥气太重,让人毛骨悚然。现在仔细一瞧,也并非如此呀!"

听了老尼姑的几句闲谈,武藏心里仿佛挨了几下重锤,他此时才意识到,别人早已把自己看穿了。

三

——一个满身血腥气的人。

光悦的母亲一语道破了武藏的身份。

在此之前,并没有谁能如此敏锐地察觉到自己身上的气息,被老尼姑这样一说,武藏才突然意识到自己固有的邪气。那老尼姑的感觉是如此敏锐,简直令武藏无地自容。

"这位侠客!"光悦打了声招呼。

他把一切都看在了眼里。眼前的这位年轻人目光炯炯,头发如雄狮般竖立,体形强悍无比。不知为何,光悦心里对武藏十分喜爱。

"如果您不急着走,就请休息一会儿吧!这儿的环境十分清幽,即使一句话不说，也觉得神清气爽，仿佛心都要被蓝天融化了。"

老尼姑接着说道："我再去挖点野菜，一会煮点菜粥招待您。如果不嫌弃，就请喝杯茶吧！"

和这对母子交谈的时候，武藏觉得根植于体内的杀气似乎被连根拔除，整个人变得心平气和。他重新感受到了家庭的温暖，于是他脱下草鞋，坐到了毛毡上。

双方越聊越投机，武藏对这对母子也逐渐熟悉起来。这位老母亲名叫妙秀，是京都城内人尽皆知的贤妻良母；儿子光悦住在本阿弥路，是当今日本艺坛中大师级的人物。此时此刻，武藏终于确定，眼前之人正是本阿弥光悦。

提起兵器，很多人自然会想到本阿弥家族。不过，武藏仍无法将眼前的男子与赫赫有名的本阿弥光悦联系在一起。也许这对母子的确出身显赫，但武藏与他们是在草原中偶遇，所以觉得对方和普通人没有两样。并且，光悦那种和蔼可亲的态度，也让武藏颇为感动。

妙秀一边煮水，一边问儿子："这孩子有多大？"

光悦看了武藏一眼，答道："大概有二十五岁吧！"

武藏摇头说道："不对！是二十二岁。"

听到此言，妙秀惊讶地说道："这么年轻呀！只有二十二岁，简直都能当我的孙子了。"

接着，妙秀又问武藏家乡在哪儿、父母是否健在、跟谁学剑等等。

武藏被老尼姑当成了孙子，心底不觉涌起一股暖流，他感觉自己仿佛又回到了童年，言语间不禁流露出孩童般的天真。

时至今日，武藏一直在严酷的武学之路上摸爬滚打，一心要将自己锻炼得如钢铁一般坚强，所以他始终没有机会停下脚步享受一下生命。此刻，和妙秀面对面地交谈，使得他那历经风吹雨打、日趋麻木的肉体，重新体会到了生命的美好，他多么想敞开心扉、一吐为快。

然而，武藏却无法做到。

眼前的这对母子与周围环境是多么和谐，就连毛毡上摆放的东西，甚至是一只小茶杯，也能与蓝天碧草合为一体。他们就像翱翔在空中的小鸟一样，自在、悠闲。可武藏却觉得自己与他们格格不入，更无法像他们那样投入大自然的怀抱。

四

只有在交谈时，武藏才觉得双方没有隔阂，这令他欣慰不已。

不一会儿，妙秀开始望着茶壶发呆，而光悦也拿起画笔，背对着武藏画画。这样一来，武藏也沉默了。他不知该干些什么，只觉得无聊和寂寞。

（这有什么意思？这对母子在初春时节来到这里，难道不怕冷吗？）

武藏这样想着。在他看来，这对母子的生活简直不可思议。

如果他们是为了挖野菜，也应该等天气暖和些再来。那时，春回大地、万物复苏，能挖到很多野菜；如果是为了品茗，根本没必要将茶炉、茶具大老远地带到这儿，使用起来也不方便。况且，本阿弥家是望族，肯定有一间十分讲究的茶室。

（难道，他们是为了画画？）

武藏如此猜想着，目光便落到了光悦宽阔的背上。

他稍微侧了侧身，看了一眼光悦的画，纸上画的跟先前一样，都是一些流水样的线条。

原来，在不远处的草丛里，有一条小河蜿蜒流过。此时，光悦专心致志地描画着流水的线条。他想借用笔墨将这条河的样貌呈现在纸上，却一直无法捕捉到它的神韵。所以，他不停地画了扔、扔完又画。

（哦！看来绘画也不是件容易事啊！）

武藏忘记了无聊，不觉看得出神。

（当敌人站在剑尖的另一端，自己就达到了物我两忘之境——与天地合二为一。哦！不对！就连这种意识都消失了。只有这样，自己才能击倒对手——光悦大人大概把那条河当成了对手，所以一直画不好。如果他把自己当成那条河，肯定就能画好！）

无论任何事情，武藏都下意识地与剑术联系在一起。

从剑的角度思考绘画，他似乎稍有领悟——但他不明白的是，妙秀和光悦为何能如此乐在其中？这母子二人虽然默默地相背而坐，却能明显感觉到，他们在尽情享受着此情此景。这种恬静、惬意的心境，令人不可思议。

（看来他们实在闲得慌呀！）

武藏下的结论，十分幼稚。

（在如今乱世中，竟有人整天以画画、品茶为消遣……我真是没有这种福分。他们一定十分珍惜祖先留下的财富，甘愿过这种安静恬淡、与世无争的生活。）

又过了一会儿，武藏有些意兴阑珊。对他而言，懒惰是一大禁忌。一想到这儿，他就再也坐不下去了。

"打扰你们了！"他一边说着，一边穿上草鞋。武藏觉得，自己终于要从无聊中解脱出来了。

"啊，您要走了吗？"妙秀颇感意外。

光悦也轻轻转过头，说道："一杯粗茶不成敬意，家母诚心想请您品尝，一直认真烹制茶水。所以，请多留一会儿吧——刚才听到您与家母的谈话，想必您就是今早在莲台寺郊外与吉冈门长子比武的人吧？加贺大纳言大人和家康公常说'战后一杯清茶胜过世上万千'。茶为养心之上品。所谓动由静生……来！我来陪您聊一聊吧。"

五

这里距莲台寺不算太近，莫非光悦已知道自己与吉冈门清十郎比武的事了？

然而，他却能如此平静地谈论此事，真是心如止水呀！

——武藏又看了看光悦母子，随后坐正身子说道："既然如此，我就不客气了！"

光悦非常高兴，说道："我并不想勉强你。"

说完，他将砚台盒盖好，并压在了那些画废的纸上，以免被风吹走。

这只砚台盒十分精美，表面装饰着黄金、白金和螺钿，闪闪发光、夺人眼目。武藏不由向前探了探身子，仔细端详起来。

砚台盒底部的泥金画十分古朴，将桃山城的奢华景象尽收于方寸之间，做工精巧、令人赞叹。同时，整幅图画还流露出一种历经沧桑的高雅韵味，让人百看不厌。

"……"

武藏目不转睛地看着这个砚台盒。

他觉得这个小小的砚台盒远胜过周围的景致，仅仅是这样看着它，就觉得心满意足了。

此时，光悦说道："这是我的消遣之作，你好像蛮喜欢哟！"

"哦？您还擅长绘制泥金画？"

光悦笑而不答。他看到，武藏对艺术品的兴趣远超过对大自然的兴趣，不禁暗自嘲笑他土气。

武藏并不知道对方的想法，还在自顾自地赞叹道："真是巧夺天工呀！"

光悦说道："这个砚台盒中配图的和歌文字，出自近卫三藐院大人之手，是他亲笔书写的。也可以说，这个作品是我们两人共同完成的。"

"您说的是关白家的近卫三藐院吗？"

"是的。正是龙山公之子，信尹公。"

"我的姨父在近卫家任职多年。"

"敢问阁下，令姨父的名字是？"

"松尾要人。"

"啊！是要人先生呀！我跟他很熟，每次拜访近卫大人家，都承蒙他的关照。并且，要人也经常来寒舍做客。"

"是这样啊！"

"母亲！"

说着，光悦便将此事告诉了妙秀，同时说道："看起来，我们和他真的很有缘分呢！"

妙秀也说："是啊！原来这孩子是要人的外甥呀！"

妙秀一边说着，一边起身离开火炉，来到武藏和儿子面前，开始按正式茶道规矩泡起茶来。

她虽然年近七旬，但泡茶的手法却相当纯熟。自然流畅的动作、细致入微的手指移动，处处充满了女性特有的柔美神韵。

武藏自小很少接触茶道，此刻，他也学着光悦的样子正襟危坐，双腿难受得不得了。他的膝前摆放着一个木制的果盘，盘中放着很不起眼的小馒头，但下面却铺着这个季节难得一见的绿叶。

六

所谓剑有剑道，茶有茶法。

此时，武藏目不转睛地看着妙秀泡茶的动作，不由暗自赞叹。

（实在太完美了！简直无懈可击！）

他又习惯性地以剑道来解释茶道。

当一个手持宝剑的绝顶高手，站在你面前时，对方的凛然正气足以压倒一切。此刻，武藏从这位专注于茶道的老尼姑身上，看到了这种庄严之感。

（道乃艺之精髓，看来世上万物，皆同此理。）

武藏看得入了神。

看着摆放在膝前绸巾上的茶碗，武藏一时不知该如何是好。究竟应该如何端茶、如何品茶呢？他犹豫不决。因为，他从未正式接触过茶道。

面前的小茶碗十分拙朴可爱，似乎是孩童随手捏出的作品。不过，茶碗内浓郁的深绿色泡沫，却透出一种远胜过天空的宁静、深沉。

"……"

此时，光悦已把点心吃完了。他双手捧起茶碗，就像在寒夜里抱着温暖的手炉一样，两三口就把茶喝光了。

"——光悦阁下！"

武藏终于开口了。

"我是学武之人，对茶道一窍不通。"

妙秀听了，就像责备孙儿一样，嗔怪道："这是什么话……"

"喝茶并不需要高深的智慧，无论你是否知晓茶道，都可以试一试。既然你说武士，那就以武士的方式喝吧！"

"原来如此。"

"礼仪并非茶道的全部，所谓的礼仪，就是要让人们专心于茶道——你所熟悉的剑道，不也是如此吗？"

"的确如您所说。"

"如果过于注重礼仪，全身就会变得僵硬，如此一来就无法充分品尝出茶的原味。剑道也同样如此，如果全身肌肉僵硬，就无法达到人剑合一之境，是这个道理吧？"

"没错！"

武藏不禁暗自钦佩妙秀，又正了正身子，听她接下来还要说些什么。谁知，妙秀大笑几声之后，只说了一句："我对武学可是一窍不通呢！"就没再开口。

武藏的膝盖已经坐麻了，于是他重新盘腿坐好。他端起茶碗，就像喝汤一样，一饮而尽。

（好苦！）武藏心想。

此刻，他实在无法装出很受用的样子。

"再喝一杯吧？"

"已经足够了。"

武藏心想，这茶究竟有什么好喝的！人们还刻意研究出一套泡茶的规矩，真是小题大做！

武藏无法理解茶道的高妙之处，就像他无法理解光悦母子的生活习惯一样。如果茶道真像他想的那么浅显，就不会历经东山时代而发扬光大，更不会受到秀吉、家康等大人物的极力推崇。

柳生石舟斋在归隐之后，也乐于此道。回想一下，宗彭泽庵和尚也经常谈论茶道。

想到这儿，武藏的目光再一次落到了绸巾上的小茶碗上。

七

一想到石舟斋，再看看眼前的茶碗，武藏突然想起了从石舟斋处得到的芍药花。

——让他印象深刻的不是那枝白芍药，而是花枝上的切口，以及自己初见之时的震撼。

（哎呀！）

武藏几乎叫出声。小小的一只茶碗，竟让他受到如此震动。

他伸手取过茶碗，放在膝盖上，仔细端详起来。

（……）

武藏与刚才简直判若两人，他的目光炯炯有神，仔细观察着茶碗上雕刻的纹饰。

（这茶碗上纹饰的雕功，与石舟斋刀斩花枝的刀功，是何其相似呀……看来，茶碗的作者也是一位技艺超群之人。）

武藏觉得心跳加速，呼吸急促——他无法说明其中的缘由，只是觉得这只茶碗中蕴藏着一股名师巨匠才有的力量。这种感觉只可意会，不可言传，他在这方面的感受力的确超乎常人。

他拿着茶碗，爱不释手，心想：到底是谁做的呢？

于是，他问道："光悦阁下，我对陶艺一窍不通。不过，我想请教您，这只茶碗出自哪位名师之手呢？"

"怎么想到问这个？"

光悦的语气，亦如他的表情一样柔和。虽然他生就一双厚唇，但说话的语气却透着一种女性的娇柔。那稍稍下垂的细长眼角，颇具威严之感，偶尔出现的鱼尾纹，又带着一丝揶揄。

"我也不知该如何回答您，只是随口问问。"

光悦故意又问道："那你是从这只茶碗上感觉到了什么，才会如此问吧？"

"嗯？"

武藏闻言，思考了一会儿又说道："——我也说不清。不过，茶碗上的刮刀刻痕很特别……"

"嗯！"

对于光悦这个有着极高艺术天赋的人来说，土头土脑的武藏根本不值一提。但是，武藏刚才的话，却让他刮目相看，他不由抿紧了嘴唇。

"刮刀的刻痕？武藏阁下，您觉得这有什么特别？"

"那刻痕锋利异常！"

"只有这些？"

"不！还有很多特别的地方，想必这只茶碗的作者气魄了得。"

"还有哪里特别？"

"他所用的刮刀，应该产自相州，刀刃极为锋利。茶碗周身涂有香漆，让人回味悠长。整只茶碗虽显古朴，却不失高雅，有一种傲视群雄的大气！"

"哦……原来如此。"

"因此，我才说这只碗的作者是一个深不可测的人，肯定是一位陶艺大家……恕我冒昧，能否告诉我烧制这只碗的工匠是谁？"

听到这儿，光悦那厚厚的嘴唇才慢慢张开，他咽了一下口水说道："是我做的……哈哈哈！是我闲时无聊做的小玩意儿呀！"

八

光悦太不厚道了。

他让武藏说完自己的观点后，才道出自己就是茶碗的作者。这种看似无意的嘲弄，更让人不舒服。何况光悦已经四十八岁，而武藏只有二十二岁，这种年龄的差异是不争的事实。听光悦之言，武藏丝毫不生气，反而对他的才华更加钦佩。

（此人连陶艺都如此拿手！真没想到，这只茶碗的作者就是他。）

对于光悦的绝世才华，武藏佩服不已。他觉得，光悦就像眼前这只看似不起眼的茶碗一样，实则蕴藏着难以衡量的人生境界——武藏自觉相形见绌。

他原打算，以自己擅长的剑道来探知此人的修为，没想到自己是小巫见大巫，于是对光悦更加由衷尊敬。

一旦有了这种想法，武藏的气势就弱了下去。他总是心甘情愿地臣服于这样的高人，从他们身上也能看到自己的幼稚。其实，在光悦面前，他只不过就是一个害羞的年轻人。

"看来你很喜欢陶器呀！真是独具慧眼！"光悦赞赏道。

"我只是个外行，刚才是信口胡说的。如有冒犯之处，还望见谅！"

"你刚才说的没错。有时，想要烧制一个成功的作品，就得花上一辈子的时间。你对艺术的感觉相当敏锐——不愧是用剑之人，天生就有这种好眼力！"

光悦已在心里肯定了武藏的能力，但长者都很好面子，即使心里赞叹，嘴上也绝不夸奖半句。

此时，武藏早已忘记了时间。在他与光悦交谈之际，仆人又挖了一些野菜，妙秀煮了菜粥，还做了一些小菜，放在光悦烧制的小碟子里。配上香醇的美酒，众人开始享受这顿简单的野餐。

武藏觉得，这些饭菜过于清淡了，他想吃的是那种味浓多脂的食物。

——不过，他还是决定要好好品尝一下野菜、萝卜的味道。因为他觉得，从光悦和妙秀身上，一定可以学到很多东西。

——可是，那些吉冈门的弟子为了给清十郎报仇，可能会找到这儿。一想到这些，武藏有些心神不宁，他时不时眺望一下远处的草原。

"感谢您的款待，我这就要告辞了！因为仇家的弟子可能会追到这儿来，为了不给你们添麻烦，我必须马上离开——但愿我们后会有期！"

妙秀目送武藏起身，同时说道："您以后若来本阿弥路，请务必到寒舍一坐！"

光悦也说道："武藏阁下，改天请一定来寒舍一叙——到时我们再详谈！"

"我一定叨扰！"

说完，武藏便快步离开了。他一直担心吉冈门的人会追过来，可是环顾四野，根本不见一个人影——他再次望了望光悦母子所在的方向，那个毛毡上的逍遥世界真令人难忘。

自己所走之路是如此狭窄而崎岖，而光悦却能畅游在广阔明媚的世界里，我们之间真是天差地别呀！

"……"

武藏默默地想着，低着头朝草原尽头走去。

黑夜迷途

一

"吉冈门的第二代掌门真是颜面扫地呀——真是大快人心哪！看他们今后还怎么耍威风！"

这是一家位于京都城边饲牛町的小酒馆，酒馆内到处弥漫着炊烟和饭菜的香味。此时，天色渐渐暗了下来，绚烂的晚霞将天空染成火红一片。每当酒馆的门帘被人掀起时，便可看见盘旋在东寺塔上空的成群乌鸦，宛如一团黑雾。

"来！继续喝吧！"

酒馆内，三四个小贩围坐在木桌前喝酒，一个行脚僧在一旁独自吃着饭，另有几个工人围在一起掷铜板赌酒喝。这些人把整个酒馆挤得水泄不通。

"好黑呀！老板，我们的酒都要喝到鼻子里去了！"

不知谁喊了一句。

"知道了，我马上添柴！"

说着，酒馆老板往屋角的炉子里添了一些柴火，房间顿时被照亮了。屋外的光线越暗，就越衬托得屋里红彤彤的。

"一想起这事，我就生气。从前年开始，吉冈家就一直欠着我的木炭钱和鱼米钱不还。其实，这些小钱对他们来说不过是九牛一毛。除夕那天，我去武馆收账，他们不但不还钱，还把我赶了出来。真是越想越生气！"

"哎呀！不要生气了！莲台寺比武大败，就是对他们的报应，我们也算出了一口气。"

"所以，我现在不但不生气，还非常高兴呢！"

"不过，听说吉冈门清十郎输得很惨哟！"

"不是他武功太弱，而是武藏太强了！"

"武藏仅用了一招，就把清十郎的一只手斩断了，也不知道是左手还是右手。反正是被木剑砍断的，武藏真是厉害呀！"

"是你亲眼所见吗？"

"我虽然不是亲眼所见，但所有去看热闹的人都这么说。他们说清十郎是被人用门板抬回来的。虽然命是保住了，却成了废人。"

"然后呢？"

"吉冈门的弟子扬言，一定要杀了武藏，否则吉冈门再也无法在江湖上立足了。可是，连清十郎都不是武藏的对手，那些弟子就更不中用了。现在，能与武藏一较高下的也只有传七郎了。听说，他们正四处寻找传七郎呢！"

"那个传七郎是清十郎的弟弟吧？"

"嗯。这家伙的武功要比他哥哥高强，不过，他可是一个不服管教的二少爷。只要手里有钱，他决不会回武馆，甚至还利用父亲拳法的名望和关系，四处招摇撞骗，整日吃喝玩乐、无所不为，简直就是个游手好闲的浪荡公子。"

"他们还真是一对难兄难弟！那么了不起的拳法老师，怎么会生出这种儿子？"

"所以，优秀的血统也不一定能孕育出优秀的子孙哪！"

——炉火又暗了下来。刚才，一个男人一直靠着炉旁的墙打瞌睡。他大概喝了不少酒，此时睡得正酣。酒馆老板又向炉子里添了几根柴，尽管他动作很轻，可是木柴溅起的火星，还是迸到了那个人的头发和膝盖上。

"这位客官，您的衣服会被烧坏的，还是到后面的长凳上去睡吧！"

那人迷迷糊糊地睁开满是血丝的眼睛，说了一句："嗯、嗯！知道了。你稍微轻点吧！"

说完，他仍一动不动地坐在那儿。也许是因为酒醉后头晕，他的表情显得郁郁寡欢。

此人脸上布满青筋，乃是常年酗酒所致。他不是别人，正是本位田又八。

二

莲台寺比武之事，已传遍京都的大街小巷，当然也包括这里。

武藏的名气越大，本位田又八就越觉得自己处境凄惨——在他出人头地之前，再不想听到任何有关武藏的事情。可是，只要有人的地方，就能听到人们谈论武藏，即使捂上耳朵也没用。所以，他的郁闷是用酒都无法化解的。

"老板，再给我倒一杯——什么？冷酒也行！用那个大杯！"

"客官，您没事吗？您的脸色都发青了。"

"胡说什么！我的脸天生就是青的！"

本位田又八又喝了好几大杯，连酒馆老板都记不清他到底喝了多少，只是看他一个劲儿地猛灌。

喝完酒，他又双手抱胸默默靠在墙角。虽然喝了很多酒，脚边的炉火又很旺，但本位田又八的脸上却毫无血色。

（——哼！我现在就要做给你看！人要成功，并非只有练武一条路。不论是成为有钱人、有地位的人还是无赖，只要最终能当上一方霸主，我就算成功了！武藏才二十二岁，俗话说'少年得志者难成大器'。这些人整天以天才自居，一旦过了三十岁，他们的名气就每况愈下，最终不过沦为街头的小混混。这就是他们的下场！）

本位田又八心里想着。

他十分不愿听到人们谈论武藏，心里颇为反感。他在大阪时，听说了莲台寺比武一事，便立刻赶到了京都。其实，他也没什么特别的目的，只是因为太过在意武藏的成败，所以想亲眼看到比武的结果。

他心想：现在正是那家伙得意的时候，马上就会有人修理他了！吉冈门清十郎是何等人物，还有十剑客，以及传七郎……这些人肯定不会放过武藏。

他一直在等着武藏一败涂地的那一天，同时也在寻找着出人头地的捷径。

"啊……好渴！"

本位田又八倚着墙，摇摇晃晃地站了起来，其他客人都看着他。只见他走到墙角的水缸前，俯下身，用木勺舀水喝。喝完水后，他把木勺丢进水缸，掀起门帘，踉踉跄跄地走了出去。

看到本位田又八不付钱就要走，酒馆老板一脸惊愕，他急忙追出去喊道："喂！客官！您还没给钱呢！"

其他客人也都把头探出门帘，想看个究竟。本位田又八摇晃着身子，勉强站稳脚。

"干什么？"

"客官，您是不是喝酒喝得忘了？"

"忘了什么东西吗？"

"是酒钱……嘿嘿！您还没付酒钱呢！"

"啊！是结账啊！"

"是的。"

"可我没钱哪！"

"啊？"

"真是难办呀！我现在没有钱。前一阵子都花光了！"

"这么说来，你一开始就打算白喝喽？"

"闭、闭嘴！"

本位田又八伸手在身上找了找，最后找到一个印盒，顺手朝老板脸上丢了过去。

"我也是个堂堂正正的武士，怎么会白喝你的酒——这东西付账绰绰有余了！你拿去吧！零头就赏你了！"

三

老板还没看清扔过来的是什么东西，就被打中了脸，他痛得哎哟一声，急忙用手捂住了脸。看此情景，酒馆里的客人非常气愤，他们一拥而出，指着本位田又八骂道："你这家伙真不讲理！"

"竟然喝酒不给钱！"

"——赶快付钱！"

这些人都很喜欢喝酒，他们最不能容忍的就是酒后无德的人。

"这是什么臭毛病！浑蛋，付了钱再走！"

众人将本位田又八团团围住。

"像你这样的家伙，一年不知要弄垮多少个酒馆——如果没钱，就让我们每人揍你一拳！"

本位田又八看到众人气势汹汹，又扬言要揍自己，不禁握紧了刀柄。

"什么？你们想打我？好啊——你们知道我是谁吗？"

"你就是一个比乞丐还下贱、比小偷还无耻的垃圾浪人！怎么样？"

"你敢这么说我！"

本位田又八狠狠瞪着周围的人说道："你们听好了，可别吓着！"

"谁会害怕！"

"我就是佐佐木小次郎，是伊藤弥五郎一刀斋的师弟，是钟卷派的高手！难道你们没听过我的名字吗？"

其中一人伸手指着本位田又八，怒斥道："真可笑！你说这么多有什么用？快点拿钱来！快付酒钱！"

本位田又八接着说道："如果印盒不足以抵账，再把这个给你们！"

他冷不防地拔出刀，一下砍断了那人的手腕。只听一声惨叫，周围人仿佛觉得受伤的是自己，顿时慌作一团。

"他动手了！"

众人争相逃命。

本位田又八手握利刃，斜眼看着这些人。

"刚才你们说什么？我要让你们这些无名鼠辈知道我佐佐木小次郎的厉害——站住，把脑袋给我留下！"

暮色之中，本位田又八挥舞着大刀，不停叫嚣着："我是佐佐木小次郎！"可是，周围的人早就跑光了。夜色笼罩着大地，四周一片死寂，连乌鸦的叫声都听不到。

"……"

本位田又八仰头一阵狂笑，可脸上却流露出一种欲哭无泪的哀伤。他颤抖着将刀收入鞘中，继续踉跄着前行。

由于刚才酒馆老板急于逃命，所以那只小印盒依然被扔在路边，在夜色中闪耀着点点光芒。

这只印盒是黑檀木做的，表面镶有蓝贝壳。虽然它看上去并不十分贵重，但盒上的贝壳却映着夜色闪闪发光，远看就像一群萤火虫在飞舞，十分耀眼夺目。

"——咦？"

此时，一个行脚僧走出酒馆，捡起了那个印盒。他原本急于赶路，可此刻他拿着印盒又折回酒馆附近，借着门缝里的亮光，仔细看着盒上的图案。

"——啊！这是主人的印盒呀！他惨死在伏见城工地的时候，身上肯定带着这件东西。对！没错！这印盒的底部还刻着'天鬼'二字。"

"绝不能放走那个人！"

想到这儿，行脚僧紧追本位田又八而去。

四

"佐佐木先生！佐佐木先生！"

本位田又八虽然听到了喊声，却没反应过来。一是因为那毕竟不是自己的名字，二来他早已醉得迷迷糊糊。

他从九条往堀河的方向走去，难得的是，他竟然还能辨清方向。

行脚僧加快步伐，追了上来。他从背后一把抓住本位田又八的刀鞘。

"佐佐木小次郎先生，请留步！"

本位田又八回过头，打了个酒嗝问道："叫我吗？"

行脚僧目光冷峻地盯着本位田又八，说道："您不是佐佐木小次郎阁下吗？"

本位田又八的酒一下子醒了一半，接着说道："我是佐佐木小次郎……可是，你要干什么？"

"我有事想问您？"

"什……什么事？"

"这个印盒，您是从哪儿得到的？"

"印盒？"

此刻，本位田又八的醉意渐渐消失了，他眼前又浮现出那位惨死于伏见城工地的武士的面容。

"您是从哪儿得到的？佐佐木小次郎先生，这个印盒为何会在您手上？"

行脚僧不停追问着。

此人有二十六七岁，虽然是一身僧人打扮，全身上下却显得意气风发。

本位田又八想试探一下对方的虚实，于是板起脸说道："从哪儿得到的又有什么关系！莫非你知道这个印盒的来历？"

"这原本就是我的东西，根本不需要说什么来历！"

"别骗人了！"本位田又八依然满不在乎。

行脚僧突然改变语气说道："请说出实情！否则，你要承担一切后果！"

"我说的就是实话。"

"看来，你是不想说实话喽？"

"我不知道你在说什么！"本位田又八故意虚张声势。

"你这个冒牌佐佐木小次郎！"

话音刚落，行脚僧手中的四尺多长的橡木禅杖，以迅雷不及掩耳之势抵在了本位田又八身前。本位田又八虽仍有几分醉意，还是本能地后退了几步。

"啊——"

他踉跄着后退，结果脚下一软，还是跌坐在地上。谁知他一骨碌就爬起身，飞也是地跑掉了，其速度之快简直让行脚僧措手不及。

这就是轻视醉鬼的严重后果，行脚僧急得大骂："你这家伙！"

他随后追了过去，迎着风，把禅杖掷向本位田又八。

本位田又八闻声一缩脖，那根禅杖呼啸着从耳边飞了过去——本位田又八知道，自己根本不是行脚僧的对手，于是加快脚步，逃之夭夭。

行脚僧捡起那根落在地上的禅杖，拼命追赶。等稍微追近一些后，他算准了距离，再一次将禅杖掷了出去。

本位田又八拼尽全力，好不容易躲过禅杖的两次攻击。此时，他全身醉意已消失得无影无踪。

五

他的喉咙干渴，像火烧一样难受。

无论跑了多远，他总觉得身后能听见行脚僧的脚步声。这儿是邻近六条或五条的城区，应该安全了。他一边抚着胸口，一边喘着粗气。

"唉！真倒霉……他不会再追来了吧！"

随后，他又看了看街道里的胡同。他并不是在想着如何逃跑，而是在寻找水井。

终于，他发现了一口水井，便向一条胡同的深处走去。这是一条贫民街，有一口公用的水井。

本位田又八用吊桶打上来井水，端着桶就往嘴里灌，喝够水后，他终于放下桶，开始洗脸。

"那行脚僧究竟是谁呀？"

刚才的一幕，他还心有余悸。

那个装有金子的紫色皮质荷包、中条派的武功印可和刚才那个印盒，都属于一个少了半边下巴的武士。去年夏天，在伏见城工地，这个武士被众人围攻而死，本位田又八就从他身上取走了这些东西。后来，本位田又八将荷包里的钱都花光了，剩下的只有中条派的印可和那个印盒。

"那个行脚僧说'印盒是我主人之物'——看来，他一定是那个武士的手下。"

这世界怎么这么小，竟然会碰到他。本位田又八总觉得有人在追自己，既惭愧又忐忑。他想尽量往黑暗的地方走，可越是这样他就越觉得对方随时会像鬼影一样冒出来。

"他手里那根打人的东西，到底是手杖还是木棒？要是被那东西打中脑袋，一准没命——我可得小心点！"

本位田又八擅自花光了死人的钱，这事一直令他非常不安。他总觉得自己做了坏事，一想到这儿，那个在炎炎夏日里惨死的武士，就会浮现在他的脑海里。

——我一定努力工作赚钱，然后把这笔钱还给他。等我出人头地之后，一定要立一座石碑供奉他。他在心里，不停地跟死去的人道歉。

他伸手到怀里，摸了摸那个中条派的印可，思考着："——对了！我不能把这东西一直带在身上，这样很容易被别人怀疑。倒不如把它扔了算了。"这个卷轴不便于随身携带，拿着它说不定还会惹来什么麻烦呢！

——不过，本位田又八转念又一想，丢掉它实在可惜。如今自己身无分文，这个卷轴就是唯一的财产了。只要把它当作敲门砖，总有一天能找到发达的捷径。即使不能出人头地，也是一个炫耀的资本。本位田又八仍然心存侥幸，虽然当初被赤壁八十马骗得血本无归，但他至今仍没有醒悟。

自己冒用的那个"佐佐木小次郎"的名字，的确很吃得开。那些没名气的小武馆和喜欢武术的人，一听到这个名字，立刻表现得毕恭毕敬，还会主动提供食宿。正月以来的这半个多月，本位田又八就是靠着那个印可到处混吃混喝。

"还是不扔为好。我好像越来越胆小了，这样可不能出人头地！我也应该学学武藏的胆大妄为，学学那些天下群雄的气势！"

他心里拿定了主意，可眼下自己还没找到一个落脚的地方。贫民街里的房子，都是用泥巴和茅草搭建而成，很多都是歪歪斜斜的。但在本位田又八看来，只要头上有一片遮风挡雨的屋檐，就足够了。

真假佐佐木小次郎

一

本位田又八羡慕地看着一间间破旧的房屋，这里的每一户人家，都非常贫穷。

有的家里，夫妇二人围坐在一口锅前吃饭；有的家里，兄妹和老母亲一起做手工活。尽管物质极度匮乏，但这里的每户人家都是相亲相爱、彼此扶持，他们拥有秀吉和家康都不曾拥有的珍贵亲情。所以说越是贫穷，亲情就越浓厚，正因为彼此间的照应，这条贫民街才没有人因冻饿而死，人世间最温暖的亲情帮他们渡过了一个个难关。

"我也有母亲哪——母亲大人，您还好吧？"

本位田又八突然想起了母亲。

去年年底，母子二人在大阪偶遇，可是仅仅相处了七天，他就嫌母亲啰唆，而半途弃母而去。

"——我真不应该那么做！可怜的母亲……不管我如何讨好自己喜欢的女人，这世上再也找不到像母亲那样真心疼爱我的人。"

现在，本位田又八并不急于赶路，他想到清水寺的观音堂去看一看，说不定可以在那儿借宿一晚。也许天缘巧合，还能在那儿遇到母亲呢——他幻想着母子重逢的情景。

母亲阿杉婆是一个虔诚的信徒，她坚信神佛都有着超乎寻常的力量。她不仅相信神佛，而且还依赖它们。本位田又八和母亲在大阪相处的七天里，之所以总发生口角，就是因为阿杉婆整天往神社、寺庙里跑，这让本位田又八备感无聊，他觉得自己实在没办法跟母亲长期生活在一起。

当时，本位田又八常听母亲说："神佛真的能显灵哟！清水寺观音堂的菩萨最为灵验，我在那儿祈祷了二十一天，结果就真的遇到了武藏，而且还是在正殿前遇到的——因此，对清水寺的观音菩萨，你一定要虔心膜拜哟！"

"到了春天，我会再来参拜。祈求神明保佑我们本位田一家。"

因为本位田又八多次听阿杉婆提到此事，所以他认为会在这儿遇到母亲——如此看来，他的想法并非全无根据。

本位田又八通过六条牌坊后，继续朝五条走去。这里虽是城区，周围却是漆黑一片，他觉得自己随时会被路边的野狗绊倒——这里怎么会有这么多野狗。

他的前后左右，到处都能听到野狗的叫声，这些野狗并不是丢块石头就能安静的。不过，本位田又八对这些早已司空见惯，无论多么凶恶的野狗尾随身后，他也不在乎。

——然而，当他走到五条附近的松原一带时，狗群突然朝另一个方向狂吠起来。那些围绕在本位田又八身边的狗，突然变得很兴奋，它们与其他狗群一起围住一棵松树，仰头厉声咆哮。

无数只恶狗，犹如狼群一般，在黑夜中蠢蠢欲动。其中，还有几只狗张牙舞爪，蹿到了松树上五六尺高的地方。

"咦？"

本位田又八瞪大双眼，抬头朝树上看去。只见树枝上，隐约有个人影。借着微弱的星光可以看清，那是一个衣着华丽的女人，她那白皙的脸庞在松叶间瑟瑟发抖。

二

这女人究竟是被狗群追到树上，还是原本就躲在树上，被野狗发现的呢？本位田又八不得而知。不过，那树梢上不停发抖的身影可以证明，她肯定是一个年轻女子。

"——滚开！畜生——滚开！"

本位田又八挥拳驱赶狗群。

"你们这些畜生！"

他又丢过去几块石头。

他以前听人说过，只要趴在地上学野兽吼叫，就可以吓走野狗。于是，他学着野兽的模样，大声吼叫着。可是，这招对野狗根本没用。

野狗越聚越多，简直就像深海里的鱼群一样，它们摇着尾巴、龇着尖牙，不停扒着树，朝着上面的女子狂吠，根本不把虚张声势的本位田又八放在眼里。

本位田又八大声叫骂："你们这些该死的狗！"

他突然想到，如果树上的女子看到一个年轻武士趴在地上学狼叫，岂不是奇耻大辱？

想到这儿，他挥刀砍死了一只狗。其他狗看到本位田又八手里的大刀和同伴的死尸，立刻围在一起，弓着背，警戒地盯着对方。

"看你们怕不怕这个！"

本位田又八挥舞大刀，朝狗群砍杀过去。那些狗吓得四散奔逃，扬起的尘土落了本位田又八一脸。

"——姑娘！可以下来了！下来吧！"

他朝树上喊了一声。此时，从松树上传来一阵悦耳的金属之声。

"哎呀！这不是朱实吗？"

朱实袖口的铃铛声，本位田又八记忆犹新。虽然很多女子喜欢将铃铛系在腰带或袖口，但那张白皙的面孔，看起来十分像朱实。

"谁……你是谁？"

——果然是朱实的声音，她显得非常惊慌。

"我是本位田又八！你不记得了？"

"啊！是本位田又八哥哥呀！"

"你怎么在这儿——你不是向来不怕狗吗？"

"我不是因为怕狗才躲到树上的！"

"总之，先下来再说吧！"

"可是……"

朱实并没有立刻下来，而是在树上环视了一下四周。

"——本位田又八哥哥，你也躲起来吧！他马上就会找到这儿的！"

"他是谁？"

"唉！这件事一两句也说不清楚，总之他是个非常可怕的人。前段时间，我还一直认为他是个好心人，后来他在照顾我的时候，越来越喜欢折磨我……因此，今晚我借机从六条的念珠客栈的二楼逃了出来。他肯定早就发现了，这会儿就要追过来了。"

"是你的继母阿甲吗？"

"才不是呢！"

"是祇园藤次吗？"

"要是他，我就不害怕了……哎呀！他好像追来了。本位田又八哥哥，你站在那儿，会让我被他发现的，恐怕连你也会遭殃！快躲起来吧！"

"——什么！那家伙来了？"

本位田又八一时慌了神，拿不定主意。

三

女人的眼神具有一种指挥男人的力量。有些男人为了博得女性赞赏的目光，要么挥金如土，要么强装豪气。刚才，本位田又八以为四下无人，便趴在地上学狼叫。此刻，那种难言的耻辱占据了他整个内心。

因此，无论树上的朱实如何劝他躲起来，他都不听。他想要保住的就是那份男人的自尊。

如果现在他大喊一声"糟了！"然后屁滚尿流地逃走，朱实肯定会看不起自己。虽然她不是自己的爱人，但本位田又八也绝不能让她看到这副丑态。

就在此时，随着一阵急促的脚步声，一个男人飞奔过来。本位田又八吓得后退了几步，两人几乎同时问了一声："——啊！是谁？"

朱实所担心的可怕男人终于追来了，他看到本位田又八手里的刀还滴着血，不禁有些吃惊，认定他绝非泛泛之辈。于是，男人开口问道："——你是谁？"同时，将本位田又八从头到脚打量了一番。

"……"

由于朱实对这个男人极度恐惧，使得本位田又八也非常不安。他仔细看着眼前这个男人，只见他和自己年龄差不多，身材非常壮硕，留着前发，衣着非常华丽。

见对方的装扮如此娘娘腔，本位田又八不禁想道：原来是个乳臭未干的臭小子！

于是，他哼了一声，渐渐放下心来。像这样的对手，再来几个都没问题。傍晚遇到的那个行脚僧虽然不好惹，可这种老大不小还留着前发的毛头小子，我足以应付。（就是这家伙虐待朱实的吗？这个不知死活的小白脸！我猜他一定死缠着朱实不放，让她吃了很多苦头——好！我要好好修理修理他！）

就在本位田又八暗自思量的时候，那个留着前发的年轻武士又问了一句："你是个什么东西？"

他的声音有一种与外貌极不相称的霸气，这声呵斥足以驱走四周的黑暗。可是，本位田又八太过以貌取人，完全没把对方当回事，他调侃着说道："我吗？我是个人呀！"

此刻乃是千钧一发之际，可本位田又八故意咧着嘴、龇着牙，一脸嘲笑之色。

那个年轻武士顿时被气得面红耳赤，他厉声吼道："你连个名字都没有吗——莫非你不敢报上名来！"

对这样的讥讽，本位田又八丝毫不在意，他答道："像你这种无名小辈根本不配问我的名字！"

"住口！"

年轻武士的背上背着一柄三尺长的剑。他向前侧了侧身，以让对方看到肩头的剑柄。

"我们之间的事一会儿再说。我要先把树上的女子弄下来，带到念珠客栈。然后我们再一决胜负！"

"你想得美！我才不会让你这么做呢！"

"你说什么？"

"这女孩是我前妻的女儿。虽然我们现在没什么关系了，但我决不能见死不救。你敢动她一手指头，我就砍断你的手！"

四

虽然站在面前的不是刚才那群野狗，但本位田又八心想，只要吓吓对方，他就会夹着尾巴跑掉。

"有意思！"

不料，年轻武士根本不吃这套，反而露出一副天不怕、地不怕的表情。

"看你这副样子，不过就是个末流武士，我已经很久没碰到像你这么有骨气的人了。我身上的'晒衣竿'久未出鞘，每晚都在啼哭。自从这把宝剑传到我手上之后，还没喝够血，如今已经有点生锈了。现在就用你的骨头来磨一磨刀吧——是好汉就别跑！"

对方处心积虑要让本位田又八没有退路，所以先用言语让他骑虎难下。

可本位田又八丝毫没察觉到对方的用心，依然满不在乎地说："少说大话！你最好想清楚！趁现在我还没动手，你赶快消失，否则性命难保。"

"我正想对你这么说呢——阁下如此傲气十足，却不肯报上姓名。能否请教您的尊姓大名，这是比武之前的规矩哟！"

"哦！告诉你也可以，你可别吓坏了哟！"

"我会小心听着，不会被吓到——首先，能否告知您的门派？"

本位田又八心想，比武之前不停问这问那的人，武功一般都强不到哪去。如此一来，他就更加轻视对方。

本位田又八扬扬得意地说道："我的武功为中条派，是富田入道势源派的分支。且有印可为证。"

"咦？中条派？"佐佐木小次郎有些惊愕。

本位田又八见此语一出未能吓到对方，为避免对方生疑，他只好硬着头皮学着佐佐木小次郎的语气说道："现在也该告诉我你的门派了吧！这可是比武前的规矩呀！"

佐佐木小次郎答道："我的姓名和门派稍后奉告。你说你武功出自中条派，到底是拜何人为师？"

本位田又八觉得对方实在太啰唆，便想也不想地答道："钟卷自斋老师。"

"哦……"

佐佐木小次郎更加吃惊，继续问道："那么，你认识伊藤弥五郎一刀斋喽？"

"当然认识。"

本位田又八觉得越来越有趣，心想这次肯定也和每次一样，无须动手就能让这个毛头小子低头服输。

于是，他更加有恃无恐，说道："这没什么好隐瞒的！伊藤弥五郎一刀斋就是我师兄。换句话说，我们都是师从于自斋老师。你为什么要问这些？"

"——那么，我再问一下，你的尊姓大名是？"

"佐佐木小次郎！"

"咦？"

"我就是佐佐木小次郎。"

本位田又八语气郑重地重复了一遍。

此时，佐佐木小次郎早已惊得目瞪口呆。

<h2 style="text-align:center">五</h2>

停了一会儿，佐佐木小次郎扑哧一声笑了出来。

本位田又八看对方毫不客气地逼视着自己，便怒目而视地说道："你干吗这么看着我？是不是我的名字把你吓傻了？"

"的确把我吓傻了！"

本位田又八亮出刀柄，用下巴对着佐佐木小次郎说道："快滚吧！"

"哈哈哈！"佐佐木小次郎捧腹大笑。

"虽说江湖上鱼龙混杂，但我还真没遇到过如此令人吃惊的事——佐佐木小次郎阁下，我想问你，如果你是佐佐木小次郎，那我又是谁呢？"

"什么？"

"我想问你，我到底是谁？"

"我哪里知道！"

"不！不！你一定知道。也许我有些啰唆，但为了慎重起见，我还想再问一次您的大名？"

"你没听清吗？我叫佐佐木小次郎。"

"那么，我是谁？"

"你就是个人呀！"

"这话没错！但是，我的名字呢？"

"你这家伙是在耍我吗？"

"不！我很认真，从没这么认真过——佐佐木小次郎先生，我是谁呢？"

"啰唆！问你自己去吧！"

"那么，我就问问自己。虽然很可笑，我也报一下名字吧！"

"快说吧！"

"不过，你不要吃惊哟！"

"傻瓜！"

"我是岸柳佐佐木小次郎。"

"啊……"

"我祖居岩国，姓佐佐木，父亲取名为佐佐木小次郎，剑号岸柳——真奇怪呀！从何时起江湖上有了两个佐佐木小次郎呢？"

"……啊……这个……啊！"

"自从我闯荡江湖以来，见过各种各样的人。但我有生以来还是第一次遇到你这个佐佐木小次郎。"

"……"

"缘分真是妙不可言哪！我们是初次见面。请问，阁下您是佐佐木小次郎吗？"

"……"

"怎么了？您怎么一直发抖呢？"

"……"

"交个朋友吧!"

说着,佐佐木小次郎走了过来,拍了拍本位田又八的肩膀。本位田又八早已吓得面如土色,他体似筛糠,颤声喊道:"——啊!"

"你要敢跑,我就宰了你!"佐佐木小次郎冷冷地说着。

本位田又八觉得,对方的语气就像一柄闪着寒光的利刃。

——他猛然一跃,一下蹿出去三米多远。只听见"咻!"的一声,佐佐木小次郎肩头的"晒衣竿"如银蛇般划破夜空,直刺向本位田又八的背影。只需一招,佐佐木小次郎便收刀定式。

本位田又八就像一只被大风卷起的小虫一样,在地上滚了好几圈,然后就一动不动了。

六

佐佐木小次郎将宝剑还匣,长剑的护手牌入鞘时发出"当"的一声脆响。

——对于地上奄奄一息的本位田又八,他看也没看。

"——朱实!"

佐佐木小次郎来到树下,仰头朝树上喊着。

"朱实,下来吧,我再也不会那么对你了,快下来,我已将你继母的相好杀死了。你下来,我会好好照顾你的!"

树上没有任何声音,只见黑漆漆的茂密松叶。最后,佐佐木小次郎决定爬上树看个究竟。

"……"

原来朱实不在树上。不知何时,她已从树上溜下来跑掉了。

"……"

佐佐木小次郎一屁股坐到树干上,愣起神来。耳边传来飒飒松涛之声,他心里猜想着落跑小鸟的行踪。

(为什么那个女孩那么怕我?)

佐佐木小次郎始终不明白,他觉得自己把全部的爱都倾注到了朱实身上。他承认自己爱人的方式过于强烈,可是别人不也是这样表达爱意的吗?

如果想知道佐佐木小次郎是如何爱一个女人的,从他的剑法上就可窥知一二——也可以说,他的性格决定了他使剑的方式。

佐佐木小次郎是在钟卷自斋身边长大的,自小接受严格的武功训练,被称为鬼才、麒麟儿。很多人都发现,他学武的天分很高。

简单说来,他天生就具有一种韧性。他在剑法上表现出的超强韧性,是一种与生俱来的东西。对手越强,他就表现得越有韧性。

当时,很多学武之人只关心成败,并不在意使用什么手段。所以,无论在比武中使用多么不光彩的手段,只要最后能获胜,就没人觉得不好。

（如果被这家伙缠上了，可就惨了！）

尽管很多人都很怕他，却没人批评他的剑法过于卑鄙。

当他还是少年时，有一次被一个素日不睦的师兄用木剑打了个半死。那师兄见他倒在地上奄奄一息，很后悔出手太重，便过来喂他喝水。谁知，苏醒过来的佐佐木小次郎猛然跳起来，用师兄的木剑把师兄杀了。

他从不会忘记赢过自己的对手。就连对方如厕、就寝的时候，他都会伺机下手。因为当时并没有规定，比武必须在具体时间内进行。所以，佐佐木小次郎把一切跟自己作对的人，都当成敌人对付。对于他这种异于常人的韧性，同门师兄弟很少提及。

他经常说："我就是天才！"

这并非是自吹自擂，就连他的老师钟卷自斋都承认："他的确是天才！"

自从回到故乡岩国之后，他每天都去锦带桥，苦练刀斩飞燕的独门绝技。所以，有人还称他为"岩国的麒麟儿"，对此称呼他很是得意。

——不过，当他面对感情时，这种极端执拗的性格会演变成什么样儿，任何人都无从知晓。佐佐木小次郎认为，比武和爱情是两回事。所以，他十分不理解，朱实为何会如此讨厌自己，甚至还要逃走。

七

突然，他发现树下有人影晃动。

对方似乎没察觉到树上有人。

"啊！有人倒在这儿。"

那人走到本位田又八身边，弯腰看了看本位田又八的脸，说了一句："啊！原来是这家伙！"

他声音很大，连树上的佐佐木小次郎都听得一清二楚。此人正是那个手持白木禅杖的行脚僧，他面露惊讶，急忙放下背上的书箱。

"好奇怪呀！他明明还有体温，身上也没有伤口，怎么会昏倒在这儿呢？"

行脚僧喃喃自语，伸手摸了摸本位田又八。最后，他解下挂在腰间的细绳，将本位田又八两手反绑在身后。

此时，本位田又八已完全昏厥过去，没有丝毫的抵抗力。行脚僧将本位田又八捆好之后，用膝盖抵住他的背部，在他心口处用力按压。

"哎哟——"本位田又八终于醒了。行脚僧就像拎面口袋似的，把他拎到了树下。

他一边用脚踢着本位田又八，一边命令道："起来！快给我起来！"

本位田又八在鬼门关前绕了一圈，还没完全恢复意识。他感觉有人用脚踢他，还以为是做梦，一下子跳了起来。

"对了！这就对了！"

行脚僧很满意，接着又用绳子把他结结实实地绑在树干上。

"啊！"

此时，本位田又八才注意到，站在面前的不是佐佐木小次郎，而是那个行脚僧。他大吃一惊。

"你这个冒牌佐佐木小次郎还挺能跑！以前没少骗吃骗喝吧……现在，你的好日子算是到头了！"

行脚僧开始拷问本位田又八。

他先打了本位田又八几个耳光，又用手使劲儿压住本位田又八的脑袋，"咚！"的一声，本位田又八的后脑勺一下子撞到了树上。

"那个印盒，你究竟从哪儿得来的？快说！喂！还不开口吗？"

"……"

"竟然还不老实说！"

行脚僧揪着本位田又八的鼻子，使劲地摇晃，本位田又八苦不堪言，连声哎哟。

见他要开口，行脚僧松了手。

"你到底说不说？"

"我说！我说！"本位田又八一边哭，一边开口答道。

即使没遭到毒打，他也没勇气继续隐瞒那件事了。

"实际上，那件事发生在去年夏天——"

于是，他将自己在伏见城工地巧遇"半边下巴"的武士及对方惨死的经过，都和盘托出。

"当时，我一时贪心，就从他身上拿走了装钱的荷包、中条派印可以及那个印盒，然后逃出了工地。后来，钱都被我花光了，不过印可还在。如果你能饶我一命，我保证今后再也不敢了。那些钱我日后一定奉还，我会拼命工作挣钱还你……要不，我现在就给你立个字据。"

本位田又八没有丝毫隐瞒，这个从去年就一直困扰自己的心病终于被祛除了，他顿觉轻松无比，甚至都忘记了害怕。

八

听完本位田又八的讲述，行脚僧问道："你没胡说吧？"

本位田又八低着头，老实地回答："没有。"

沉默片刻后，行脚僧突然拔出腰间的短刀，抵住本位田又八的脸。本位田又八大惊失色，歪着脑袋问道："你，你要杀了我？"

"正是！我要取你的性命！"

"我都一五一十地告诉你了。那个印盒也还给你了，印可也可以还你。至于那些钱，我现在虽无力偿还，日后必定如数奉还，你为何还要杀我呢？"

"我知道你说的都是实话。我也可以告诉你，我是上州（位于日本群马县）下仁田的人，那个惨死在伏见城工地的武士名叫草雉天鬼，我是他的随从，名叫一宫源八。"

此刻，本位田又八自知生死未卜，他根本没听对方说了什么，只是在考虑如何脱身。

"——非常对不起！我的确罪该万死。可当时，我从他身上拿走那些东西，并没打算据为己有。因为那人临终之时，一直在说'拜托！'所以我想应该遵从他的遗言，将那些遗物送到他亲人手里。不过，当时我手头正紧，就动了那笔钱，我真是该死！你怎么惩罚我都行，只求你饶我一命！"

"不行！你道歉也没用了！"

行脚僧强忍内心的悲愤，轻轻摇了摇头。

"后来，我曾去伏见城调查过那件事，也看得出你是个老实人——不过，我必须要带点东西回去，才能对天鬼大人的家属有所交代。虽然我多方查询，还是找不到杀害大人的元凶，这让我备感遗憾。"

"不是我……不是我杀的……喂！你可别枉杀好人哪！"

"我知道！我知道——关于这一点，我非常清楚。不过，远在上州的草雉一家还不知道天鬼大人已在伏见城遇害。他是被那些搬砖运石的苦力所杀，这也不是什么光彩的事，我很难对他的家人启齿。尽管你拼命哀求我，但形势所迫，我也只能把你当作杀害大人的凶手了！现在，我源八就要为主人报仇，你听清楚了吗？"

听了行脚僧的话，本位田又八都要急哭了。

"胡说、你胡说什么……不要、我还不想死呢！"

"你不想死也没有用！刚才你在九条酒馆，连酒钱都付不起，留着这样一个躯壳不是活受罪吗？与其忍饥挨饿、遭人唾弃，还不如早些看破红尘！另外，我会拿出一笔钱，帮你安顿后事。如果你不放心双亲，我会把这笔钱送给他们。如果你想把钱捐给宗祠，我也一定会照办。"

"岂有此理……我不要什么钱！我只要活命……不要！救命哪！"

"就算你不想死也不成哪！现在。我只能把你当成杀害主人的凶手了，只有砍下你的脑袋，我回到上州后，才能对天鬼一家和乡亲父老有所交代。本位田又八阁下，这都是前世注定的，你就认命吧！"

说着，源八再次握紧了刀。

九

就在这千钧一发之时，有人突然喊了一声："源八！刀下留人！"

如果喊声来自本位田又八，行脚僧即便知道自己枉杀人命，也会痛下杀手。

"啊？"

他抬头看了看夜空，又侧耳听了听树梢的动静。

于是，那个声音再一次从树上传来。

"源八，不要滥杀无辜！"

"啊！是谁？"

"我是佐佐木小次郎。"

"什么！"

又一个自称佐佐木小次郎的家伙，这家伙的声音听起来十分熟悉。世上到底有多少个冒牌佐佐木小次郎呀！

源八心想：这回我可不能再上当了！

他飞身跳到一旁，用刀尖指着上边说道："你光说自己是佐佐木小次郎有什么用！你是哪里人？姓甚名谁？"

"我是岸柳佐佐木小次郎。"

"一派胡言。"行脚僧一笑置之。

"冒充佐佐木小次郎这招已经不好使了！你看看下面这个人吧，这就是冒牌货的下场……哈哈哈！想必你和本位田又八是一路货色吧！"

"我真的是佐佐木小次郎——源八，我这就跳下去。你不会趁我立足未稳时出手吧？"

"哼！要是冒牌货，再来多少都没问题！你下来吧，我们一决高下！"

"要是被你砍到，就不是佐佐木小次郎了！真的佐佐木小次郎是不会中招的——我要下来喽！源八！"

"……"

"准备好了吗？我要跳到你头上了，你尽管出刀吧——你要是想杀我，我背后的晒衣竿可不答应哟！它会像劈竹一样，把你砍成两半。"

"啊！且慢动手——佐佐木小次郎先生，请等一下……我记起你的声音了。而且你还带着这把晒衣竿宝剑，那一定是真的佐佐木小次郎。"

"你终于信了。"

"不过——您为何会在树上？"

"这个一会儿再说。"

——话音刚落，源八突然一缩脖，原来佐佐木小次郎越过他的头顶，飘然落地。他裤脚卷起了地上的松叶，飘落在源八身后。

面对眼前千真万确的佐佐木小次郎，源八反而有些迷惑。此人与主人草雉天鬼是同门师兄弟，当他还在上州跟随钟卷自斋学武时，自己也见过几次。

不过，那时的佐佐木小次郎并不像现在这样出众。他的五官自小就带着一种执拗劲儿，十分威风。不过，钟卷自斋不喜欢过于华丽的服饰，佐佐木小次郎穿着十分朴素，皮肤也很黑，就是一个毫不起眼的乡下少年。

（简直是判若两人哪！）

源八有些看呆了。

佐佐木小次郎坐到了一个树桩上，说道："来！过来坐吧！"

随后，两人谈了起来。其内容不外乎是老师的外甥，也是佐佐木小次郎师兄的草雉天鬼，带着中条派印可四处游学，结果走到伏见城工地时，被当成奸细而惨遭杀害。

直到此时，真假佐佐木小次郎的闹剧总算真相大白了，真佐佐木小次郎不禁拍手称快。

十

佐佐木小次郎告诉源八，那个冒名顶替的人不过是个废物，杀这样的人毫无意义。

如果想惩罚他，还有别的方法。要是担心没法向天鬼的家人交代，自己可以亲自去上州，保证给他们一个既合理、又能保住死者颜面的解释，同时自己还会设法周济他的家人。总之，佐佐木小次郎希望由自己处理这件事。

随后，他问道："源八，你以为如何？"

"既然您这么说，我也没有异议。"

"那么，我们就此告别吧！你可以马上回上州。"

"好的，就这么办。"

"其实，我正要去找一个名叫朱实的女孩。不知她去哪儿了，我很着急。"

"啊！请稍等一下，您忘了这个重要的东西。"

"什么东西？"

"是先师钟卷自斋委托天鬼转交给您的中条派印可。"

"哦！是那个呀！"

"是这个叫本位田又八的冒牌货从天鬼大人身上拿走的，他说印可还在身上——那是自斋老师留给您的……也许是自斋老师和天鬼大人在冥冥中指引我们相见。无论如何，您要收下这个印可。"

说着，源八伸手从本位田又八怀里取走了印可。

此时，本位田又八觉得自己还有一线生机，即使印可被拿走，他也丝毫不在乎，反而顿觉轻松。

"就是这个。"

源八将印可递给佐佐木小次郎，他终于完成了天鬼的遗愿。他想，佐佐木小次郎必定深受感动，涕泪横流。

谁知——

佐佐木小次郎却说了一句："我不需要。"并未伸手去接。

源八感到很意外，连忙问道："欸……为什么？"

风之卷

"我不要。"

"为什么不要?"

"不为什么,我就是不想要!"

"请您不要狂言。自斋老师生前就已决定,在众多的弟子中,只有您和伊藤弥五郎一刀斋才能获得印可——他在临终前,托付外甥天鬼大人将这个印可卷轴转交给您,主要是考虑到当时伊藤弥五郎一刀斋已自立一刀派,您虽然是师弟,但自斋老师还是决定将印可和中条派秘籍传给您。难道您不懂恩师的一片苦心吗?"

"老师的恩情,我自然知道,但我有自己的抱负。"

"您说什么?"

"源八,你不要误会。"

"恕我直言,您这是对先师不敬啊!"

"绝无此事。我觉得,自己在武学上的天赋超过先师,所以一定能取得更伟大的成就。我不想当一名安于穷乡僻壤的剑客,而老此一生。"

"您真是这么想的?"

"当然!"

一谈到自己的理想,佐佐木小次郎没有丝毫顾忌。

"虽然师父要将印可传给我,可我自信自己的功夫早已超过先师。况且,中条派这个名字太过土气,会妨碍我们年轻人的发展。师兄弥五郎已自创一刀派,所以我也想自创门派,并命名为岩派……源八,这是我的理想,所以我不再需要这个东西了。你就帮我处理掉吧!"

十一

佐佐木小次郎的言语极为张狂,简直不可一世。

源八狠狠瞪着那两片薄薄的嘴唇。

"源八,请代我向草雉一家表示问候。改天我去东国时,一定去拜访他们。"

自己的告别话说得如此彬彬有礼,佐佐木小次郎不觉露出了微笑。

如此高傲自大,又故作客气,简直可恶至极!源八怒不可遏,本想大声责骂他,但又一想,这么做实在无聊。

于是,他快步走到书箱前,将印可卷轴收好。

"后会有期!"

丢下这句话后,源八拂袖而去。

看着源八的背影,佐佐木小次郎自语道:"哈哈哈!脾气还不小!这个乡巴佬儿!"

他又对着绑在树上的本位田又八说道:"冒牌货!"

"……"

"你这个冒牌货,哑巴了?"

"是。"

"你叫什么名字?"

"本位田又八。"

"是浪人?"

"是的……"

"看你那没出息的样子!你该学学我主动退还师父的印可,若没有这种气概,就无法成为一代鼻祖……你盗用他人姓名和印可到处招摇撞骗,真是下流!不是太子你穿上龙袍也不像啊!现在落到如此下场,这回你可长记性了吧?"

"我以后不敢了。"

"我会饶你一命的。不过,为了惩罚你,绳子你就自己想办法解开吧!"

佐佐木小次郎一边说着,一边掏出小刀刮掉树皮,碎屑落了本位田又八一身。

"呀!没带笔和墨盒。"佐佐木小次郎嘀咕着。

本位田又八马上讨好地说道:"我身上有。"

"既然你有,那就先借我一用!"

随后,佐佐木小次郎在树上写了一段文字,又读了几遍。

岩派——这是我突然想到的名字。因为我经常在岩国的锦带桥练习刀斩飞燕,才得到岸柳这个剑号,而岩派作为武功门派的名字,再合适不过了。

"就这么决定!以后我的武功门派就叫岩派,这个名字远胜过伊藤弥五郎一刀斋的一刀派!"

此时已是夜半时分。

树上一张纸见方的树皮被刮掉,上面写道:

> 此人冒用我名讳、剑号四处招摇撞骗。今日将其抓获,特绑缚此地示众。本人名号、流派天下独一无二。
>
> 　　　　　　　　　　　　岩派佐佐木小次郎

"好了!"

突然,松林中响起一阵风声,佐佐木小次郎的听力非常敏锐,他察觉到有什么东西在动。此时,他已顾不得自己的壮志雄心,那双豹子般锐利的双眼,紧盯着黑漆漆的松林。

"咦?"

也许是发现了朱实的行踪,他突然朝那个方向狂奔而去。

二少爷

一

自古以来,轿子和滑竿都是上层阶级惯用的交通工具。不知何时,这种交通工具已普及到市井、城镇,就连一般的百姓也经常乘坐它出行。

此时,一个人正坐在一个类似竹篓的简易轿子上,竹篓两侧各穿着一根竹棒,前后轿夫抬着轿子,不停地喊着号子,就像扛着一堆货物。

那个竹篓很小,要是轿夫加快速度,乘坐者就容易掉下来,所以两手必须抓紧两边的竹棒。

"嘿咻!嘿咻!"

同时,乘坐者还要根据轿子的节奏来调整呼吸和身体平衡。

此时,在松原的街上,七八个人手提灯笼,簇拥着这顶轿子,从东寺塔方向飞奔而来。

每到夜晚,通往京都、大阪的交通要道——淀河就无法通行,如果有急事,只能走陆路。因此,这条路在半夜会经常响起轿子声和挥动马鞭的声音。

"嘿咻!"

"嘿咻!"

"哎哟——"

"就快到了!"

"快到六条了!"

这群人不像从几里地的近处赶来,因为轿夫和随从都已疲惫不堪,他们气喘吁吁,仿佛心脏随时会从嘴里跳出来。

"这里是六条吗?"

"是六条的松原。"

"再加把劲儿!"

这些人提的灯笼上,装饰着大阪倾城町特有的松树花纹。坐在轿子里的是一位壮汉,那些早已筋疲力尽的随行者也都是年轻力壮的小伙子。

"二少爷,就要到四条了!"有人向轿内禀报。那个壮汉无精打采地摇了摇头,原来他正舒舒服服地打着瞌睡。

突然,有人喊了一声:"啊!小心掉下来!"随即一把扶住轿子上的人。此时,那个壮汉才突然睁开眼说道:"啊!口渴了!给我酒,把那个装酒的竹筒给我!"

众人正想休息一下，一听到轿内人说："停轿休息！"便立刻放下了轿子。轿夫和随从已是大汗淋漓，他们掏出毛巾擦拭脸上、身上的汗水。

轿里的人接过竹筒，就一口喝干了。见此情景，随从不禁提醒道："——传七郎大人，您已经喝得太多了！"

此时，传七郎终于清醒过来，他大声喊着："啊！酒好凉！牙齿都打战了！"

接着，他又把头伸出轿外，望着满天繁星说道："天还没亮呢……我们简直是神速呀！"

"令兄一定是心急如焚，等着您回去呢！"

"希望哥哥能坚持住……"

"虽然医生说可以保住命，但他情绪还很激动，伤口还经常流血。"

"……哦！想必是懊悔至极吧！"

说着，他又拿起竹筒，张嘴想要喝酒，可竹筒里已是空空如也。

"——武藏那臭小子！"

吉冈门传七郎使劲儿把竹筒摔在地上，怒喝了一声："快赶路！"

二

他酒量虽好，但性情却极为暴躁，尤其是他的腕力，更是无人能敌。谁都知道，吉冈家的二少爷在世上通行无阻。他和清十郎的个性完全不同，父亲拳法还在世时，传七郎的力气就已超过父亲，至今很多吉冈门弟子还对此事津津乐道。

（哥哥真是没用！干吗非要继承父业，老老实实地安享富贵不是很好吗！）

即使兄弟两人对面而坐，传七郎也会这么说。因此，他们兄弟的关系一直不好。拳法在世时，他们还会偶尔在一起切磋武艺，可自从父亲去世后，传七郎就很少去哥哥的武馆了。去年，他和几个朋友去伊势游玩，回程时顺便拜访了大和的柳生石舟斋。从那以后，他就一直没回京都，也没任何消息。——尽管一年多音信全无，但任何人都相信这位二公子绝对不会饿死。他终日饮酒、好逸恶劳，还经常说哥哥的不是。只要他抬出父亲的名字，走到哪儿都能混顿饱饭。——在那些中规中矩的人眼里，这位二少爷的确有着与众不同的生存之道。最近有传言说，他寄宿在兵库御影一带的某个富户家中。他根本不知道，清十郎与武藏在莲台寺比武一事。

奄奄一息的清十郎提出，想见弟弟一面，这正中吉冈门弟子下怀，他们认为要想一雪前耻，非传七郎不可。

众人计划如何报仇的时候，都不禁想到了传七郎。

——可大家只知道他在御影一带，其他一概不知。于是，当日五六个弟子就出发赶往兵库，找到了传七郎，并让他即刻乘轿返回京都。

尽管平日里兄弟关系不好，但是当他得知哥哥在比武中受伤惨败、吉冈门声誉一落千丈，以及清十郎急于见自己时，他二话没说，即刻启程。

他一路不停催促轿夫赶路，到目前为止，已经换了三四拨儿轿夫。

尽管如此着急，传七郎在路过驿站时，还不忘买酒，把竹筒灌满，也许酒可以缓解他昂奋的情绪。不过，他平时就喜欢豪饮，再加上从淀河及田野里吹来的风冰冷彻骨，所以他觉得喝多少都不会醉。

可现在，竹筒内已是滴酒不存，传七郎显得很焦躁——他猛地扔掉竹筒，大喝一声："上路！"轿夫及随从们突然发现，近处的松林中似乎有些异样。

"那是什么？"

"好像不是一般的狗叫声。"

于是，众人凝神静听。尽管传七郎急着赶路，但大家却动也没动。

见此情景，传七郎非常生气，不禁又大喝一声，众人吓了一跳。于是，弟子们对这个粗枝大叶的二少爷说道："——二少爷，请等一下！那边好像出了什么事？"

三

这种事也没什么奇怪，就是一群狗在狂吠。虽然无法得知其具体数量，但听得出那些狗绝不在少数。

其实，狗叫几声也没什么大不了。只要有一只狗叫，其余的狗也会跟着狂吠，人们根本不必理会它们。况且，最近战事稀少，那些食肉的野狗逐渐从乡野走进城市，在街上看到狗群，根本不足为奇。

"我们去看看！"说完，传七郎率先起身，赶了过去。那些弟子心想，连二少爷都亲自出动了，看来那边的确出了什么事——于是，弟子们也紧随其后。

"——咦？"

"——啊？"

"——咦？怎么回事？"

眼前出现的情景，大大出乎一行人所料。

一群黑压压的狗将绑在树上的本位田又八围了个里三层、外三层，看起来要将他撕碎吞掉。

如果说这些狗还有一点良知的话，那种良知就是复仇。刚才，本位田又八用刀砍死了一条狗，他身上一定还沾着狗的血腥味。

不过，狗的智商毕竟无法和人相比，也许它们觉得眼前这个家伙很窝囊，戏弄他非常有趣。只见他背靠大树而坐，样子很奇怪，不知是小偷还是瘫痪在地的人？这些狗觉得很可疑，所以才对本位田又八狂吠不止。

这群狗的样子十分凶恶，简直与狼毫无二致。它们的腹部扁平，脊背尖耸，牙齿锋利异常。对于孤立无援的本位田又八来说，眼前的情景要比刚才面对行脚僧、佐佐木小次郎时更让人恐怖。

他的手脚无法动弹，只能借助脸部表情和喊声来防御。可是，脸部表情没有丝毫的杀伤力，而他说的话，那些狗也听不懂。

于是，他只能一边学着野兽的叫声，一边装出野兽的可怖表情，拼命吓唬这些狗。

"唔——汪——汪——汪。"

本位田又八的叫声，把狗群吓退了几步，但由于他喊得过于用力，以致鼻涕流了出来。这样一来，那些狗又不害怕了，他的努力全都白费了。

既然喊声没有作用，那就只有依靠表情来吓唬它们了。

本位田又八猛然张大嘴，他的确把狗吓了一跳。见这招有效，他更加来劲儿，时而瞪大双眼，时而扭曲着五官，时而伸出舌头。

可是，没过一会儿，他就累得不行了，那些狗也看够了这种把戏。它们再次凶相毕露，对着本位田又八狂吠。本位田又八心想，此时是考验自己智慧的时候。他想要表现出对这些狗的友善，于是学着野狗的叫声，跟它们一起叫起来。

"——汪、汪、汪！汪、汪、汪！"

谁知，他这种行为反而招来狗群的蔑视和反感，野狗争相跑到他面前大叫，并开始舔他的脚尖。本位田又八害怕至极，无计可施之时，只得低声背诵起平家琵琶大原御幸的故事：

　　太上天皇于文治二年春
　　闲居在建礼门院的大原（位于日本京都市东北部）
　　所见所闻
　　顿生感慨
　　二、三月间
　　寒风凛冽
　　山中白雪依旧

刚开始，他还是小声背诵，后来声音越来越大，到最后简直是声嘶力竭——他紧闭双眼，表情僵硬，使尽平生力气高声嘶吼着。

四

幸好传七郎一行人及时赶到，狗群被惊得四散奔逃，本位田又八再也顾及不了许多，大声呼救："救命！救命！快帮我把绳子解开吧——"

吉冈门弟子中，有几个认得他。

"哦？原来是他！我曾在艾草屋见过这家伙！"

"他是阿甲的丈夫。"

"丈夫——阿甲不是没有丈夫吗？"

"阿甲在认识祇园藤次以前，一直跟他住在一起，实际上是阿甲在养他。"

众人七嘴八舌议论着，传七郎看本位田又八可怜，便命人解开绳索，又询问了事情的经过。此时，本位田又八早已准备好了一套说辞，绝口不提自己受辱之事。

见到了吉冈门的人，他不禁又想起自己和武藏的宿怨。他对传七郎等人说，自己和武藏同为作州人，武藏抢走了自己的未婚妻，令家族名誉扫地。

因此，母亲阿杉婆不顾年老体弱，背井离乡，誓死要找到武藏和阿通报仇。自己也为寻找武藏，而四处奔走。

"刚才有人说我是阿甲的丈夫，这简直是天大的误会。我确实曾在艾草屋栖身，但和阿甲却没半点关系。否则，祇园藤次就不会和阿甲私奔了。

"这些事暂且不管，现在我最担心的就是母亲和武藏的下落。前一阵子，我在大阪听说吉冈门的长子与武藏比武而惨败的消息，便急忙赶到这里。谁知，我竟然被十几个不怀好意的流浪武士包围，还被抢走了身上所有的财物。尽管我遭受了奇耻大辱，但一想到老母健在、大仇未报，只好忍辱负重，任凭他们处置。"

"十分感谢您的搭救。无论吉冈家还是本位田家，都与武藏有不共戴天之仇。承蒙贵弟子帮我解开绳子，也许冥冥之中自有缘分。想必您就是清十郎的弟弟吧！您要找武藏报仇，我也要杀死武藏，至于谁能先得手，就让我们拭目以待吧！当我大仇得报之时，再去府上拜访！"

本位田又八心想，光是信口胡说不足以取信对方，所以他在谎言中穿插了一些事实。

不过，"谁能先得手"这句，有些画蛇添足，就连他自己都觉得羞愧。

他想了想，又接着说道："也许母亲会去清水寺参拜，所以我要去那里找她。改日我会去四条武馆登门道谢。非常抱歉，耽误了您的行程，在下就此告辞！"

本位田又八想趁着未露出马脚之前，迅速离开。虽然自己的说辞有些牵强，但总算混了过去。

当众人正寻思他的话是真是假时，他早已跑远了。看到弟子们疑惑的表情，传七郎不禁苦笑道："这家伙……究竟是干什么的？"

看着本位田又八跑远的背影，传七郎不禁啐了一口。他心想，为了这么个人耽误时间真不值得。

五

这几天是危险期——四天前，医生曾这样说过。在那几天里，清十郎简直和死人没有两样，直到昨天，他才有所好转。

现在的清十郎，已经可以睁开眼睛，他在想：现在是早晨还是半夜？

枕边的长明灯一直亮着，屋内没有其他人，隐隐听见隔壁屋传来阵阵鼾声。想必是看护的人实在熬不住，坐着睡着了。

（公鸡在打鸣！）

清十郎突然意识到，自己仍活在世上。

（活着简直是一种耻辱！）

他拉起被角，盖住了脸。清十郎低声啜泣着，扯着被角的手指不停地颤抖。

（今后，我哪有脸再活下去！）

想到这儿，他突然停止了抽泣。

父亲拳法声名赫赫，自己虽然不肖，但也是竭尽全力维护吉冈门的声誉，可到头来，终究落得身败名裂。

（吉冈家完了！）

此时，枕边的长明灯突然熄灭，一缕微弱的晨光照进屋里。清十郎不由想起那天，自己站在寒霜满地的莲台寺郊外的情景。

武藏的眼神，他至死不忘。

即使现在想起来，他依然觉得毛骨悚然。其实，他一开始就知道自己不是武藏的对手，可是自己为何不弃剑认输，以保住吉冈门的声名？

（我太自以为是了！我一直认为父亲的声名属于自己——仔细想想，除了身为吉冈拳法的长子之外，我简直一无所长。在输给武藏之前，我在做人、做事方面就已经一败涂地了。与武藏比武，只不过加速了自己的灭亡——如此下去，吉冈武馆迟早要被社会淘汰。）

清十郎紧闭双眼，晶莹的泪珠顺着睫毛淌下——泪水流过他的耳边，他的心也随之颤抖着。

（为什么不死在莲台寺郊外？现在是生不如死啊——）

右侧断臂处的伤口，依然疼痛不已。他深锁眉头、郁郁寡欢，好希望天永远都不要亮。

咚、咚、咚——远处传来一阵敲门声，有人去隔壁房间叫醒了打盹的人。

"啊！是二少爷回来了吗？"

"刚到！"

有人急忙出去迎接，还有人跑到清十郎的病榻前通报。

"小师父！小师父！有好消息！二少爷已乘快轿到家了，您马上就能见到他了！"

说着，弟子们立刻打开窗户，烧热火炉，摆好坐垫，静静等候。没过多久，门外就传来了传七郎的声音。

"哥哥的房间是这间吗？"

真是好久不见了！清十郎这样想着，可一想到弟弟看到自己这副模样，他就痛苦至极。

"哥哥！"

听见喊声，清十郎有气无力地睁开眼，看了一眼走进屋的传七郎。他想笑却笑不出来，弟弟身上还带着浓浓酒气。

六

"哥哥！您怎么了？"

看到传七郎神采奕奕的样子，清十郎更加难受。

"……"

清十郎又闭上了眼，什么也没说。

"哥哥！事已至此，还是把一切都交给我吧！当我得知事情的经过之后，没顾得上打点行装就离开了御影，连夜赶回这里。途中，我们只在大阪的倾城町准备了些旅行用品和酒食。请您放心！有我传七郎在，谁要敢来武馆撒野，我一定让他有来无回！"

此时，弟子们进来送茶。

"喂！喂！我不要茶！我要酒！"传七郎说道。

"知道了！"

弟子答应一声，正要退出去时，他又喊道："喂！谁来把隔扇门关上！病人会着凉的！笨蛋！"

随后，他不再正襟危坐，而是随意地盘起腿。他一边用火炉暖手，一边偷偷地观察着沉默不语的哥哥。

"整个比武过程是怎样的？那个叫宫本武藏的小子，不是最近才出道的吗？哥哥亲自出马，竟会败给一个初出茅庐的小子，实在太大意了……"

此时，门外传来弟子的声音："二少爷！"

"什么事？"

"酒已准备好了！"

"拿过来！"

"我先放在那里，请您先沐浴！"

"我不想洗澡，我要在这儿喝酒，把酒拿过来！"

"啊？你要在小师父病榻前喝酒？"

"当然！我们兄弟好久没见了，要好好聊一聊。虽然之前我们的关系不太好，但在这个节骨眼，还是亲兄弟靠得住！我就在这儿喝！"

接着，他开始自斟自饮，并连声赞叹："好酒！"

喝了两三杯之后，他感叹了一句："要是哥哥没受伤，我们就可以一起喝了！"

清十郎睁开眼，喊了一声："弟弟！"

"嗯！"

"请不要在我面前喝酒。"

"为什么？"

"这会让我想起很多不愉快的往事。"

"不愉快的往事？"

"父亲要是还在世，一定不喜欢我们喝酒——你我都只会喝酒，一件正经事都没做过。"

"你的意思是，我们一直在做坏事喽？"

"你还能有所作为，而我今后只能在这病榻上，独自品尝失败这杯苦酒……"

"哈哈哈！说这些真是扫兴！原来哥哥这么小家子气又多愁善感，根本不是习武之人应有的气魄。说实话，您和武藏比武，根本就是个错误。您根本没认清武藏的实力，才会败得这么惨。以后您就不要再拿刀动枪的了，只安心当吉冈门的大当家就行了——如果今后再有人向吉冈门挑战，就让我传七郎前去应战！把武馆也交给我吧，我一定会让武馆比父亲在世时更加兴盛。只要您不怀疑我是趁机夺取武馆，我一定会做好的！"

"弟弟！"

清十郎突然想坐起来，但因为少了一只手，他无法轻易掀开被子。

七

"传七郎……"

清十郎从被子里伸出手，紧紧握住弟弟的手腕。虽然他身负重伤，但力道依然强劲。

"哎呀……哥哥，您会把酒弄洒的。"

传七郎将酒杯换到另一只手。

"什么事？"

"——弟弟，如你所愿，我会把武馆交给你。不过，你既然继承了武馆，就是继承了家族的声誉。"

"好的！我都知道，我接受！"

"别这么草率就答应。要是你重蹈我的覆辙，再次让亡父声名受辱，那还不如现在就让吉冈门毁了。"

"您别这么说，我传七郎可与您不一样！"

"你会洗心革面、认真管理武馆吗？"

"等等！我可不能戒酒呀！只有酒，我不戒！"

"好吧！只要能有所节制……我的失败，也不是因酒而起。"

"是女人吧——女人是您的软肋。等您身体康复之后，就找个门当户对的媳妇吧！"

"不！我已决定退出江湖，哪还有心情娶妻——不过，有一个人我非救不可，只要能看到她幸福，我就别无所求了。然后隐居山林、结庐而居……"

"咦？那个非救不可的人是谁？"

"你别多问了——只要管好其他事就行了。我虽然成了废人，但还有几分武士的尊严，现在我真心拜托你，一定不要再犯相同的错误！你听清楚了吗？"

"好……我一定要为您雪耻！您知道武藏那家伙现在在哪里吗？"

"武藏？"

清十郎突然瞪大双眼，盯着传七郎。

"传七郎，难道你不听我良言相劝，一定要找武藏比武？"

"您这是什么意思？事到如今，我们已经没有退路了。您派人把我接回来，不就是打算报仇吗？我和弟子们也认为，应趁武藏未离开京都之前找到他，所以才火急火燎地赶回来。"

闻听此言，清十郎摇了摇头说道："你大错特错了！"

他以一种先知的口吻命令弟弟道："不要轻举妄动！"

传七郎显得很不耐烦，反问道："为什么？"

听了弟弟的话，清十郎血脉上涌，吐出一句话："你赢不了他！"

传七郎气得脸色发白，接着问道："赢不了谁？"

"武藏！"

"您说我会输？"

"明知故问！当然是你输，你的武艺不及他——"

"胡、胡说八道！"

传七郎故意大声笑起来，还不停晃着肩膀。他气急败坏地拨开哥哥的手，给自己的杯里倒满酒。

"——喂！来人！酒没了，给我拿酒来！"

八

一个弟子闻声，急忙从厨房拿酒送了过来，可房内已不见传七郎。

"啊？"

那弟子面色惊恐，立刻放下托盘。

"小师父！您怎么了？"

只见清十郎趴在被子里，弟子吓了一跳，急忙凑到清十郎的枕边。

"叫……叫传七郎来，我还有话要对他说，把他带过来！"

"是、是！"

听到清十郎吐字清晰，弟子这才放下心来。

"是！我这就去！"

他急忙出去找传七郎。

原来传七郎去了武馆，弟子很快就找了过来。此时，他正坐在地板上，环视着这个有些陌生的地方。

那些久未谋面的弟子如植田良平、南保余一兵卫、御池、太田黑兵助等人围坐在他身边。

"您见过令兄了吗？"

"哦！刚见过。"

"见到您，他一定很高兴吧！"

"好像不怎么高兴。在赶回武馆之前，我一直是信心满满的，可哥哥却一直绷着脸。我是有什么就说什么，结果又吵了起来。"

"又吵架了？您这个当弟弟的可不该这么做，令兄的身体刚有好转，您不该与他争执。"

"可是……这不怪我呀！"

传七郎与吉冈门的元老说话时，语气也非常随便。

他一把揪住了刚才教训自己的植田，并借此显示自己过人的腕力。

"——我哥哥是这么说的——虽然你打算与武藏比武以雪前耻，可是你一定赢不了武藏，万一你死了，这个武馆就完了，吉冈门的声誉也会彻底被毁掉。因此，所有的耻辱就由我一人背负吧！我将对外宣布从此退出江湖。由你代替我掌管武馆，待你日后武功有所精进，再为我报仇……"

"原来是这样！"

"是哪样？"

"……"

见双方沉默不语，那个来找传七郎的弟子，忙趁机说道："二少爷，小师父请您再回去一趟。"

传七郎回头，瞪了那人一眼说道："——酒呢？"

"已送到房里了。"

"拿到这儿来！我要跟各位边喝边谈。"

"小师父他……"

"少啰唆！……哥哥就是一朝被蛇咬，十年怕井绳！赶快把酒拿来！"

见此情景，植田、御池等人忙说："不用！不用！此刻不宜饮酒，我们不喝！"

闻听此言，传七郎十分不悦。

"你们怎么了……难道也被武藏吓破胆了？"

九

正因为吉冈家名声太响，所以受的打击也相对较大。

武藏一剑击垮的不只是清十郎，还有吉冈门的固有根基。

原本不可一世的吉冈门弟子，现在信心全无，形同一盘散沙。

尽管比武已过去好几天了，但每个人脸上仍是一副愁眉苦脸的样子。他们不知道，以后是甘心当一个失败者，还是奋起直追。

在出发迎接传七郎之前，吉冈门的资深弟子中就形成了两种意见：一些人赞同传七郎的做法，认为应该和武藏再次比武，一雪前耻；另一些人则支持清十郎的做法，认为应暂不出击、保存实力。

——可是（耻辱毕竟只是一时的，如果吉冈门再遭重创，那将无法收场。）

以清十郎的立场，他自然可以提出这种隐忍的主张，很多资深弟子虽然也这么认为，却不能主动开口提出。

尤其是在这位目空一切的二少爷面前。

"——哥哥太过优柔寡断，虽然他现在卧病在床，但是我也没办法按他说的做！"

传七郎一边说着，一边拿起酒壶，给每个人都满上酒。他接着说道："从今天起，我要代替哥哥经营武馆，一定要将武馆打造出刚毅、勇猛的风格。"

"我一定要找武藏报仇……无论哥哥怎么说，我都要这么做！哥哥说先不要管武藏，家族名誉和武馆更重要。这是武士该说的话吗？就因为他如此瞻前顾后，才会败给武藏——你们可不要把我和哥哥相提并论哟！"

"这个……"

众人含糊其词。南保余一兵卫率先开口："我们相信二少爷的实力，可是……"

"可是什么？"

"令兄的话也不无道理。武藏只是一介武夫，而吉冈门可是室町以来的武术名门。仔细衡量一下，这其实是一场得不偿失的赌博。无论胜败，对吉冈门都没有多大好处。"

"——你说这是赌博？"

传七郎怒目而视，南保余一兵卫急忙改口道："啊！恕我失言，我收回刚才的话。"

"你这家伙！"

传七郎跳过去，一把揪住南保余一兵卫颈后的头发，厉声骂道："给我滚出去！你这个胆小鬼！"

"二少爷，刚才是我失言。"

"住口!像你这么贪生怕死的人,根本没资格跟我坐在一起——滚出去!"

说着,传七郎猛地把他推开。

南保余一兵卫一下子撞到了武馆的木板墙上,他的脸色惨白,过了一会儿,他静静地坐正身子,跟众人告别道:"长久以来,承蒙各位的照顾。"

然后,他又向神坛拜了几拜,最终走出门去。

——此时,传七郎看都不看他一眼,只是自顾自地劝酒。

"来!喝酒!"

"喝完之后,你们马上给我搜寻武藏的下落。他应该还没离开京都,估计此时正得意扬扬、四处炫耀呢——我要找到武藏,同时还要着手整顿武馆。不能让武馆一直荒废下去,弟子们必须重新开始练习……我先去睡一觉,再去武馆。我和哥哥不同,我可是很严厉的哟!另外,那些年轻弟子,也要加紧训练!"

十

转眼又过了七天。

"找到了!"

一个弟子一边喊着,一边跑进武馆。

传七郎一直待在武馆,就像他自己说的,目前他正加紧训练弟子。

他精力充沛、不知疲倦,很多弟子都害怕被他点名,悄悄地躲到角落里。资深弟子太田黑兵助,像个小孩似的被呼来喝去。

"等一下!太田黑!"

传七郎收起木剑,看了一眼那个刚跑回武馆的弟子。

"找到了吗?"他问了一句。

"找到了!"

"武藏在哪儿?"

"在实相院町的东路口——也就是本阿弥路的本阿弥光悦家里。"

"他竟然在本阿弥光悦家里——真奇怪!武藏那样的乡下武士,怎么会认识光悦呢?"

"这个我也不太清楚,但他确实住在那儿。"

"好!马上出发!"

说着,传七郎就要走进里屋准备,跟在身后的太田黑兵助、植田良平等人马上制止道:"这种突然袭击无异于打架斗殴,即便我们获胜,别人也会说闲话。"

"虽然习武有一定的规矩,但实战却不必考虑那么多,所谓胜者王侯败者贼嘛!"

"不过,当初令兄比武之前,也没有这么草率——我们还是先写好挑战

书，约好时间、地点，然后堂堂正正地比试，这样才比较稳妥！"

"好的！就依各位之见。不过，在这段时间里，你们不能受哥哥的影响，阻止我去比武！"

"在这十几天里，那些反对比武、对武馆没有信心的人，已全部离开了。"

"这样一来，反而使武馆的实力得到了巩固。像祇园藤次那种小人、南保余一兵卫那样的胆小鬼，以及那些恬不知耻的懦夫，还是早点离开的好。"

"给武藏下挑战书之前，还是和令兄说一声吧！"

"这件事不用你们管，我自己去说！"

这个问题上，兄弟二人的意见还是和十天前一样僵持不下，谁也不愿改变自己的立场。那些资深的弟子暗暗祈祷，兄弟俩千万不要再吵起来。此时，清十郎的房间里没有传出争吵声，于是植田良平等人便围坐在门外，商量起第二次比武的时间、地点。

——突然，从房间里传出一阵喊声："喂！植田、御池、太田黑你们快来呀！"

那不是清十郎的声音。

众人拥进房间，只见传七郎独自呆立在那里。这些人从未看过他如此表情，只见他眼角还挂着泪珠。

"你们看……这个！"

他把清十郎留下的一封信递给众人。

"哥哥留了封长信给我，就离家出走了。信上连要去哪里也没写……他去哪儿了……"

死胡同

一

突然，阿通停下手中的针线，问了一句："谁？"

"是哪位？"

她打开拉门一看，外面一个人也没有。阿通知道是自己的错觉，一股寂寞之情再次涌上心头。手上这件衣服只差抬肩（袖子和前后身的缝合处）和领子的部分就完成了，可是她却无心再做下去。

（我还以为是城太郎呢！）

她在心里嘀咕着。于是，她又抬起头，望了一眼渺无人烟的远方。只要她听到一点响动，就会以为是城太郎来找自己了。

这条小街位于三年坡下面。

虽然这里有些脏乱，但路旁有很多灌木丛和田地，处处盛开着山茶和梅花。

阿通住的是一间独立的房子，四周树木很多，屋前有一块半亩大小的菜田，菜田的对面就是客栈的厨房，那里从早到晚人流不息、锅碗瓢盆响个不停——总之，那间小屋也归客栈所有，早晚饭都由用人从对面的厨房送过来。

现在，阿杉婆出门去了。每次来京都时，她一定会住在这家客栈，而这间位于菜地里的小屋更是她的最爱。

此时，一个女人在厨房朝着阿通喊道："阿通姑娘！该吃饭了！我们现在送饭过去可以吗？"

阿通从沉思中回过神来，答道："啊！已经到饭点了吗——等阿婆回来一起吃吧！请稍后再送来。"

那女人又说道："阿婆临走前交代过，今天会回来得很晚，也许傍晚才能回来。"

"我还不太饿，午饭就不吃了。"

"如果你一点都不吃，身体怎么受得了啊！"

此时，不知从哪儿飘来一阵浓烟，把田里的梅树和对面的房子都遮住了。

这附近有几个烧制陶器的土窑，每当那里开工时，这里就烟雾弥漫。浓烟散去后，初春的天空便显得格外清澈。

附近的道路上经常传来马儿的嘶鸣声，那些往来于清水寺的善男信女也时常路过这里。武藏打败清十郎的消息，在人群中不胫而走。

阿通得知后，雀跃不已，眼前立刻浮现出武藏的身影。她心想：城太郎一定去莲台寺郊外看武藏比武了。如果他能过来找我，我就可以知道详情了。

因此，她日夜盼望着城太郎的到来。

可是，城太郎却一直没有出现。自从在五条大桥分别之后，转眼已过了二十多天。

有时，阿通会想：他是不是不知道我住在哪家客栈呢……应该不会呀，我曾跟他说过，住在三年坡下的一家客栈，只要他挨家询问，一定可以找到的。

她又想到：城太郎会不会生病了呢？

可是，阿通绝不相信，城太郎会生病卧床——也许，他正在和煦的春风中，悠闲地放着风筝。一想到这儿，阿通不由一肚子气。

二

——话说回来，也许城太郎也抱着同样的想法。

（阿通姐姐离这儿也不远，应该过来找我呀！况且，她一直没回乌丸光广大人的府上亲自道谢，真过分！）

他这么想，也不是没可能。

阿通并非没想到这点，只是从她的角度来看，城太郎来这里是极容易的事，而她去找他反而比较难。现在，自己无论去哪儿，都必须征得阿杉婆的同意。

按理说，阿杉婆今天不在，正好能溜出去——可是，这个老太婆做事十分谨慎，她在出门前已吩咐过客栈的门房，要随时留意阿通。只要阿通稍靠近门口，就有人立刻从正屋探出头来，故作随意地问一句："阿通姑娘，您要去哪儿？"

并且，三年坡到清水寺一带的很多人都认识阿杉婆。去年，她在清水寺附近跟武藏决斗的事，人们都有耳闻。当时，在场的都是当地的轿夫和马夫，他们对阿杉婆佩服至极。

"那个老太婆真强悍啊！"

"她可真厉害呀！"

"她是为了报仇才离开家乡的！"

自从那件事之后，阿杉婆在这一带声名鹊起，很受当地人尊敬——因此，这个客栈的人对她格外恭敬，只要阿杉婆说一句："帮我看着那个女人，别让她趁机逃跑。"客栈的人自然会老实照办。

总之，阿通绝不可能擅自出门，即使送信也必须经由客栈人之手。所以，她现在除了等待城太郎主动找来，别无他法。

"……"

于是，她又躲到隔扇门后，继续缝衣服，手上改的衣服也是阿杉婆的便服。

这时，门外突然出现一个人影——

还传来一个陌生女子的声音："哎呀！我走错了！"

这人好像误打误撞地走进这条胡同，然后又走到这片菜地和小屋里来的。

阿通没有多想，从隔扇门后面探出头来。只见那女子站在大葱地垄上的梅树下，一看到阿通，她不好意思地低下了头。

"那个，请问这里是客栈吗？我看到胡同口挂着一个灯笼，写着'客栈'两个字，就走进来了。"

女子表情窘迫，有些手足无措。

阿通一时间忘了回话，只是从头到脚仔细打量着来人。她那异样的目光,使得这位误入死胡同的女子,更加慌张。

"请问这是什么地方?"

那女子环视了一下四周,又看了看眼前的梅树。

"啊!这花开得真美呀!"

她抬起涨红的脸庞,佯装欣赏梅花。

(对了!是在五条大桥见过她!)

阿通很快就想起来了,不过她怕认错人,所以一直拼命回忆在哪里见过她——她就是元旦那天早晨,在五条大桥畔,靠在武藏胸前痛哭的女子——虽然她不知阿通是谁,但阿通却从没忘记过她——自从那天开始,阿通一直对这个女子耿耿于怀,犹如宿敌。

三

厨房做饭的女人见状,便去前面告诉了掌柜。随后,掌柜从客栈正门绕道走进胡同,来到了菜地。

"这位女客官,您是要住店吗?"

朱实的眼神仍旧有些迷乱。

"是的,可是客栈在哪儿呢?"

"就在刚才的胡同口的右拐角。"

"哦!是临街的呀!"

"虽然临街,但很安静。"

"客栈的大门真不好找呀!我看到胡同口挂了个灯笼,还以为在胡同里,所以就找到这儿了。"

朱实一边说着,一边看了看阿通所在的房子。

"这间也是客房吗?"

"是的。这里也是客栈的客房。"

"这里挺好……又安静,又不容易被人发现。"

"不过,正屋那边也有好房间呢!"

"掌柜的,正好住在这儿的也是位女子……我能不能也住在这里?"

"可是,这里还住着一位脾气古怪的老太婆,所以……"

"没关系,我不介意的……"

"等那个老太婆回来后,我们再问问她愿不愿意合住。"

"这段时间里,我能否到对面的房间休息一下?"

"请这边走……你一定会喜欢那里的房间的。"

随后,朱实跟着掌柜向客栈的正门走去。

"……"

阿通一直一动不动地站在那儿,自始至终没开口说话。此刻,她很后悔为什么不问问那女子是谁呢?自己这种懦弱的个性,何时能改呢——她陷入

了沉思。

这个女子和武藏究竟是什么关系？

阿通迫切地想知道这个。

阿通在五条大桥见到他们时，两人谈了许久，后来那女子哭了，武藏还抱住了她的肩膀。由此可知，两人绝非泛泛之交。

（也许，她不只跟武藏要好……）

她试图推翻自己因嫉妒而产生的种种猜测，可是从那天起，她的心就一直备受煎熬。

——她比自己漂亮！

——她比自己更有机会接近武藏！

——她比自己更懂得如何抓住男人的心！

在此之前，阿通只考虑到自己和武藏的关系。突然间，她意识到来自同性的威胁，不禁为自己的软弱而深深自卑。

——我不漂亮。

——不聪明。

——还总是错失机缘。

与世上的其他女人相比，阿通总觉得幸福会与自己擦肩而过，而自己不过是徒有美梦罢了——想当初，自己曾在一个风雨之夜，爬上了七宝寺的千年杉，而现在的自己早已没了那股勇气。只剩下那个在元旦清晨，躲在牛车后面的懦弱的自己。

（真希望城太郎能在身边！）

此时的阿通更加想念城太郎。她心想：自己当年之所以能冒着暴风雨，爬上千年杉，也许正是因为有着几分与城太郎一样的纯真吧！

最近一段日子，她经常自怨自艾，也许这也表明了那种少女的纯真心境已离自己远去。想到这儿，她不觉泪湿双眼，一颗颗泪珠滴落在手中的衣服上。

"——你在房里吗——阿通！为什么不点灯呢？"

阿杉婆在门口问道。不知何时，天色已暗了下来，阿杉婆刚从外面回来。

四

"您回来了——我马上点灯！"

说着，阿通就向小屋走去。阿杉婆恶狠狠地看了一眼阿通的背影，然后就坐在了榻榻米上。

阿通点亮灯火后，问道："阿婆，您累了吧！今天您去哪儿了？"

"这还用问！"

阿杉婆故意厉声答道："我去找我儿子，还顺便打听武藏的下落。"

"我帮您揉揉脚吧！"

"脚倒还好！也许是天气的原因，这几天肩膀一直硬邦邦的——你要是真心孝敬我，就帮我揉揉肩吧！"

只要阿通一和她说话，阿杉婆就是这种口气。阿通心想，在她找到本位田又八把往事一笔勾销之前，自己还是忍耐为妙。于是，她静静走到阿杉婆身后，帮她按摩起来。

"阿婆，你的肩膀很硬哪，是不是有时呼吸也很困难呀？"

"有时走起路来，就会觉得胸很闷。年纪不饶人哪！说不定哪天我一中风，就起不来了。"

"您别这么说！您身体还这么硬朗，连年轻人都比不上呢！"

"唉——连那么开朗的权叔，不还是说走就走了吗！人生无常哪……不过，每当我想到武藏，就精神百倍。只要一想到要与他决斗，我就什么也不怕了。"

"阿婆……武藏哥哥绝不是坏人……阿婆您一直误会他了。"

"哼……哼……"

阿杉婆一边让阿通揉肩膀，一边说道："是吗？在你眼中，他比本位田又八强万倍——我说他的坏话，真是抱歉了！"

"唉……我不是这个意思。"

"——难道你不承认吗？武藏的确比本位田又八招女子喜欢。我觉得，凡事还是实事求是比较好。"

"……"

"要是能找到本位田又八，我会给你们从中调停，就像你希望的那样，跟本位田又八说清楚，以后我们就没有任何关系了，你可以立刻奔向武藏的怀抱。你该不会背后说我们母子的坏话吧？"

"您怎么会这么想……阿婆，阿通不是那种女子。您对我的恩情，我永世不忘。"

"现在的女孩，嘴可真甜！话说得多好听呀！我老太婆可是个诚实的人，说话也不会拐弯抹角——如果你日后真成了武藏的妻子，那我们就是仇敌了……呵呵呵！给仇人按摩肩膀，滋味不好受吧？"

"……"

"既然你决定要追随武藏，就必须付出这样的辛劳。只要你想通这一点，就没什么不能忍受的了。"

"……"

"你哭什么？"

"我没有哭。"

"那么，滴在我脖子上的是什么？"

风之卷

505

"对不起，我只是……"

"哎呀！像虫子在爬，这感觉真不舒服！你能再用点力吗……不要哭哭啼啼只想着武藏。"

此时，门前的菜地里出现一盏灯笼，大概是客栈的侍女送晚饭来了。

"对不起，本位田先生的令堂住在这儿吗？"

站在屋前的竟然是一个和尚。

他手上的灯笼上写着"音羽山清水寺"的字样。

五

"我是子安堂的和尚……"

那和尚一边说着，一边将灯笼放在门旁，随后从怀里取出一封信。

"我也不清楚具体情况，只是今天傍晚左右，一位衣着单薄的年轻浪人来到殿内像是要找人。他还问我们，最近有没有一个作州来的阿婆来参拜？我们说经常能看到。于是，他就借笔写了这封信。他还说如果看到那位阿婆，就将信交给她，说完就走了——正好今天我来五条办事，就顺便把信送来了。"

"真是辛苦你了！"

阿杉婆很会应酬，立刻拿出坐垫招呼来人休息，可那个和尚交代完就离开了。

"好奇怪呀！"

阿杉婆借着灯火，打开了信。看完后，她脸色大变，想必信中的内容让她大受刺激。

"阿通！"

"我在这里。"小屋屋角的炉旁传来阿通的声音。

"不用泡茶了，那个子安堂的和尚已经走了。"

"已经走了？那么阿婆您就喝一杯吧！"

"没人喝才拿给我吗？我的肚子可不是装剩茶的！这种茶不喝也罢。你快点准备一下，我要出门！"

"啊？去哪里？要我陪您一起去吗？"

"今晚可是你期盼已久的时刻哟！"

"啊……这么说，信是本位田又八哥哥写的？"

"别问那么多了！你只要跟着我就行了！"

"那我现在去厨房，让他们尽快把晚饭送过来。"

"你还没吃饭？"

"我一直在等阿婆。"

"真会给我找麻烦！我上午出的门，怎么可能一直到现在都不吃饭？午饭和晚饭，我都在'奈良茶点'吃过了。现在我急着出门，你就吃点茶泡饭得了!"

"是。"

"音羽山晚上大概很冷,我那件外套缝好了吗?"

"那件小衫就差一点了……"

"我没问你小衫,把外套拿出来就行了。还有那双袜子洗好了吗?草鞋的带儿有些松了,你去让客栈的人买双新的来!"

阿杉婆不停地催促阿通做这做那,阿通连回答的机会都没有。

不知为何,阿通对颐指气使的阿杉婆毫无反抗之力。哪怕阿杉婆只是一言不发地看着她,就让她毛骨悚然。

阿通将新买的草鞋在门口摆好,随后说道:"阿婆,可以出门了!我和您一起去。"

说着,她先走了出去。

"拿灯笼了吗?"

"没有……"

"真是粗心大意!你打算让我这个老太婆摸黑赶到音羽山吗?去跟客栈的人借个灯笼过来!"

"是我大意了——我这就去!"

阿通根本没时间为自己准备一下。

阿婆说要去音羽山,到底要去哪儿呢?

阿通心想,要是去问阿杉婆,肯定又要挨骂,所以她只好在前面默默地提着灯笼,走上了三年坡。

尽管如此,她内心依然雀跃不已。刚才那封信一定是本位田又八写的——若真是那样,她与阿婆之前约定的事,就可以在今晚得到解决。虽然现在觉得很委屈,但只要稍微忍耐一下,一切都会过去。

(等事情解决之后,我一定立刻赶往乌丸光广大人的府上,去见城太郎!)

长长的三年坡就像一条考验自己耐力的忍耐坡,阿通一边看着怪石丛生、凸凹不平的路面,一边奋力前行。

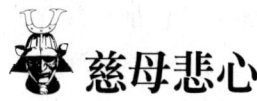 慈母悲心

一

此时,耳边传来瀑布的水声——水流虽不大,但在这夜深人静时,那哗哗的流水声却显得格外清晰。

"如果我没记错,这里就是供奉地藏菩萨的地方啊!这棵树上的告示牌上写着'地藏樱神'呢！"

两人顺着清水寺附近的山路，一路爬上山，阿杉婆的体力非常好，丝毫没有疲惫之态。

她们到达佛堂后，阿杉婆急不可待地朝着暗处呼唤："——儿子！儿子！"

那关切的表情、焦虑的声音，无不充满了浓浓的母爱。站在她身后的阿通觉得，此时的阿杉婆与平日简直判若两人。

"阿通，别让灯笼熄了！"

"知道了"

"没在这儿，没有！"

阿杉婆一边嘀咕着，一边四处巡视。

"信上明明写着，要我来地藏菩萨堂。"

"那信上写的时间是今晚吗？"

"不是今天还是明天！那孩子不管多大，办事总像个小孩，他自己来客栈找我不就得了，可能是碍于住吉发生的事，不好意思露面吧！"

这时，阿通突然拉了拉阿杉婆的袖子说道："阿婆，好像有人上山来了——会不会是本位田又八哥哥呀！"

"哦？是吗？"

她看着陡峭的山路，喊了一声："儿子——"

没过多久，那人就走了过来，他看也没看阿杉婆一眼，径自绕到地藏菩萨堂后面，然后又回到原地。映着灯笼微弱的光亮，他毫无顾忌地打量着阿通。

——阿通吓了一跳，而对方却毫不在意。在元旦那天的早晨，两人曾在五条大桥照过一面，而佐佐木小次郎大概早已忘了此事。

"姑娘，阿婆！你们是刚刚上山来的吗？"

"……"

由于他问得很唐突，所以阿通和阿杉婆并未答话，只是瞪大两眼，盯着衣着华丽的佐佐木小次郎。

此时，佐佐木小次郎突然指着阿通说道："有个姑娘，年纪跟她差不多，名叫朱实，是个小圆脸，身材比这位姑娘娇小一些。因为她是自小在茶馆长大的城市女孩，所以看起来比较老成，不知你们是否在这附近见过她？"

"……"

两人都默默地摇了摇头。

"真奇怪！有人说在三年坡附近见过她，今晚她应该会在这一带的庙宇中过夜呀！"

他的前半句话是说给对方听的，后半句像是自言自语。最终，佐佐木小次郎没有再问下去，他一边嘀咕着，一边走开了。

阿杉婆咂了一下舌头说道："那年轻人是谁呀？看他背着刀像个武士，打扮得又如此华丽，半夜三更追着女孩跑。哼！我们可没工夫管那闲事！"

此时，阿通不禁触动了心事。

（对了！刚才误闯入客栈菜地的女孩——一定就是她！）

武藏——朱实——佐佐木小次郎，这三人到底是什么关系？阿通绞尽脑汁也想不明白。她完全陷入在纷乱的思绪中，呆呆地望着佐佐木小次郎远去的背影。

"回去吧！"

阿杉婆十分失望，不得不决定下山回客栈。可是，本位田又八的信上明明写着"地藏菩萨堂"，他自己却没来。此时，瀑布的水声听起来格外凄凉，阿杉婆更觉得寒意彻骨。

二

两人往山下走了一小段路，就到了本愿堂的门前，此时，她们又碰到了佐佐木小次郎。

"……"

双方都没说话，只是互相看了一眼，就各自走开了。阿杉婆回头望去，只见佐佐木小次郎顺着子安堂直奔向三年坡方向。

"好可怕的眼神，就像武藏一样！"她嘀咕了一句。

突然，阿杉婆好像看到了什么，那驼背的身体因震惊而抖个不停。

"呜！"

对面传来一阵像是猫头鹰的叫声。

原来在那棵巨大的杉树下站着一个人，此时，那人正向阿杉婆招手。

（——过来！）

对方用手示意。看得出，他很害怕别人发现自己。嘿！真调皮——阿杉婆立刻领会了儿子的意思。

"阿通！"

她回头一看，阿通在距自己二十米左右的地方等她。

"——你先往前走一段，但不要走太远。就在那个小土堆附近等我，好让我能及时跟上你。"

阿通听话地点了一下头，正要转身走去。

阿杉婆又继续说："你可别想趁机逃跑哟！你知道，我老太婆的眼睛可是很好使哪！明白吗？"

说完，她立刻跑到对面的杉树下。

"是不是本位田又八呀？"

"母亲！"

从黑暗处伸出一只手，好像期盼已久似的紧紧握住了阿杉婆的手。

"怎么了？为什么躲在这儿啊！你这孩子，手怎么这么凉呀？"

此刻，阿杉婆一改往日的强悍，眼神中充满关切。

本位田又八战战兢兢地说道："可是母亲，那个人刚从这儿走过去呀！"

"谁？"

"一个身背长剑、虎视眈眈的年轻人。"

"你认识他吗？"

"当然认识！他叫佐佐木小次郎，前几天在六条的松原，我还被他教训了一顿呢！"

"——什么？佐佐木小次郎，你不是叫佐佐木小次郎吗？"

"怎，怎么回事？"

"上次是什么时候来着？反正是在大阪时，你让我看了中条派的印可，还告诉我你的别名就是佐佐木小次郎。"

"骗人的，那全是骗人的——现在我的假面具被揭穿了，那个真佐佐木小次郎才会想方设法地报复我——其实，我求人给母亲送信之后，就立刻来到这里，谁知竟碰到了那家伙。要是被他盯上就麻烦了，因此我才躲起来。看样子，他已经走了吧——现在是不是安全了？他不会再回来了吧？"

听了本位田又八一席话，阿杉婆惊得半天没说话。看到儿子比之前更加落魄，她十分心疼。尤其听到他毫不隐瞒地说出了自己的胆小和无助，便更觉得儿子可怜可爱。

三

"先别管那些事了！"

阿杉婆已不想再听本位田又八继续说这些不争气的话，她摇着头说道："本位田又八，你知道权叔已经过世了吗？"

"啊？权叔他真的过世了？"

"谁会拿这种事骗你！那天，你刚离开住吉海边，他就死在那儿了！"

"我一点都不知道。"

"权叔虽然死了，可我这个老太婆还是要在这条艰难的路上走下去。你可知道我是为了什么？"

"上次我们在大阪见面时，您罚我跪在冰冷的街道上，还训斥了我一番。这件事我永生难忘。"

"这么说你还记得我说过的话。现在有件事，你听了准会高兴！"

"什么事？母亲！"

"关于阿通。"

"……啊！这么说，跟在您身旁的女子就是她？"

"喂！"

阿杉婆面露怒色，她故意站到本位田又八面前，挡住他的视线。

"你打算怎么办？"

"如果真是阿通……母亲……无论如何请让我见她一面，让我见见她！"

阿杉婆点了点头。

"我就是想让你和她见面，才带她来的——不过，本位田又八，见到阿通之后，你打算怎么做？"

"我要向她赔罪，跟她说是我不好——我对不起她——请她原谅我！"

"然后呢？"

"然后……母亲……也要请您宽恕我一时犯下的错误。"

"然后呢？"

"就像从前一样。"

"什么样……"

"——我和阿通重归于好，然后结为夫妻。母亲，阿通是不是依然想念着我呢？"

"混，混账！"阿杉婆一记耳光，打在本位田又八的脸上。

"啊……您干什么呀？"

本位田又八晃了晃身子，赶忙捂住脸。从小到大，他还没见过母亲的表情如此恐怖。

"你刚才不是还说，会一直记得我说过的话？"

"……"

"我何时让你去跟阿通那个下贱女人道歉了——她让本位田家丢尽了脸，还和我们的死敌武藏一起私奔！"

"……"

"她早已背叛了你这个未婚夫，全心全意地爱着武藏，简直是猪狗不如！你竟然还要跟她赔罪……她值得你去赔罪吗？浑蛋！"

阿杉婆一边骂，一边抓住本位田又八后颈的头发使劲儿摇晃。

本位田又八的脑袋不停地左摇右晃，他闭着眼睛，忍受着母亲的责骂。一汩汩泪水，顺着他的眼角流下来。

见此情景，阿杉婆更加怒不可遏。

"哭什么？难道你还留恋那个下贱的女人——我，我没有你这样的儿子！"

她用力将本位田又八推倒，随后自己也跌坐下来，跟本位田又八一起放声大哭。

四

"喂！"

不一会儿，阿杉婆又恢复了严母的本色，她在地上正身坐好。

"本位田又八，现在该是你表现男子汉气节的时候了——也许我只剩下十几年的寿命了，等我死了，即使你想听我训斥也听不到了！"

——本位田又八侧脸看了看母亲，一副若有所思的表情。

阿杉婆担心自己激烈的言辞会破坏母子感情，于是放缓语气继续说道："你想想看，世上又不只有阿通一个女人，别再留恋她了！将来，如果你有了中意的女孩，我一定会千方百计地帮你求回来——即使赔上我这条老命，也一定让你把她娶进门。"

"……"

"——所以说，阿通无论如何也不可能成为本位田家的媳妇。不管你说什么我都绝不答应。"

"……"

"如果你一定要娶阿通，就先杀了我这个老太婆。只要我还有一口气在，你就休想！"

"母亲！"

本位田又八突然打断阿杉婆的话，看到儿子如此气势汹汹，她十分生气。

"你竟用这种口气跟我说话！真不像话！"

"我想问您……到底是我娶老婆，还是您娶老婆？"

"明知故问，当然是你娶老婆了！"

"……那就应该由我自己决定。"

"你都多大了……还是那么不听话！"

"但是……身为人母，您这么做也太霸道了！"

这对母子都不知忍让，一遇到问题就感情用事，到最后就演变成恶语相向。他们总是很难相互理解，动不动就争吵。这种事情也并非偶然，早在本位田又八还生活在宫本村时，这对母子就已如此了。

"什么太霸道！你是谁的儿子？是从谁肚子里爬出来的？"

"您这是强词夺理。母亲……无论如何，我要娶阿通……我喜欢阿通！"

阿杉婆气得脸色铁青，见此情景，本位田又八不再说话，只是仰头望向天空。

阿杉婆瘦削的肩膀不停地颤抖。

"本位田又八，你说的都是真的？"

说着，她突然拔出短刀，横在脖子上。

"啊！母亲，您要干什么？"

"别阻止我！你可以顺便把我的头砍下来。"

"您不要做傻事……您要自杀，我这当儿子的怎能坐视不管！"

"你愿意像个男子汉那样，跟她一刀两断吗？"

"那您为何把她带到这儿？莫非只是为了让我看一看她的背影——我不知道您的用意。"

"我要杀掉她简直易如反掌。不过，阿通背叛了你，所以还是由你亲自动手比较好。我的良苦用心，你怎么就不知道感恩呢？"

五

"您的意思是，要我杀了阿通？"

"你不愿意？"

阿杉婆的语气如同魔鬼。

本位田又八简直不相信，自己的母亲会亲口说出这句话。

"不愿意就说不愿意！没什么好犹豫的！"

"可……可是，母亲！"

"你舍不得她？唉！你真不像我阿杉婆的儿子，我也不是你的母亲……既然你舍不得砍掉那女人的脑袋，就把母亲的头砍掉吧！快动手吧！"

阿杉婆为了吓唬本位田又八，又拿起短刀，作势要自杀。

有时，孩子的任性让父母束手无策，而父母的固执同样会让子女左右为难。

阿杉婆就是这样的母亲，如果要拗着她的脾气干，这老太婆真可能会动手。在本位田又八看来，母亲并非只是做做样子而已。

本位田又八全身战栗，急忙说道："母亲……您别那么心急嘛……我知道了，我对阿通彻底死心了！"

"只是这样？"

"我会亲手惩罚她的。亲手……惩罚阿通！"

"你会杀了她吗？"

"嗯！我会为您把她杀了！"

听到这儿，阿杉婆喜极而泣，她扔下短刀，一把握住本位田又八的手说道："这就对了！这才像本位田家的子孙！列祖列宗泉下有知，也会称赞你的！"

"也许吧！"

"我让阿通在前面的小土堆那儿等着，你快去杀了她！"

"嗯……我这就去。"

"等你杀了她之后，我会把她的首级连同附信先送回七宝寺，这样至少可以在村子里挽回我们的面子——另外，武藏那小子要是知道阿通被杀，一

定会自动现身……本位田又八，快点去吧！"

"母亲，您在这儿等我吗？"

"不！我跟着你。不过，阿通看到我可能会说我有违约定，所以我还是躲在树后看着你们。"

"只是一个女人而已。"

本位田又八摇晃着身子站起来。

"母亲，我一定会取阿通的首级。您在这儿等着就行了……只是一个女人罢了，没什么大不了，我不会让她跑掉的。"

"不能掉以轻心哪！要是看见你拿着刀，她会反抗的！"

"知道了……这有什么！"

本位田又八边说边走了过去，阿杉婆还是有些不放心，跟在后面叮嘱着："千万不要大意了！"

"母亲，您怎么跟过来了？不是让您在那儿等着吗？"

"好吧！那个小土堆就在前面——"

"我知道了！"本位田又八有些生气。

"如果您一定要跟我去，那我就不去了，在这儿等您好了！"

"你怎么别别扭扭的？难道还没下定决心？"

"那是个人哪！您以为像杀只猫那么容易吗？"

"说的也对……尽管她对不起你，但毕竟曾是你的未婚妻……好吧！我在这儿等着，你手脚麻利些！"

本位田又八并未答话，抱着肩膀，沿着山路走下去。

六

此时，阿通一直站在小土堆前等着阿杉婆。

（还不如趁机逃跑！）

她也曾这么想过。可这样一来，这二十几天的忍气吞声就毫无意义了。

（还是再忍一忍吧！）

阿通想起了武藏，也想到了城太郎——她茫然地望着满天繁星。

只要一想到武藏，她就感觉周围有无数颗星星在闪烁。

（马上就能见面了。马上……）

她在心里描绘着美好的未来，同时一遍遍回味着武藏在群山边境及花田桥畔许下的诺言。

阿通坚信，无论历经多少岁月，武藏决不会背叛那个誓言。

但是，只要一想到那个叫朱实的女子，她就满心不快。这个人给自己满怀希望的心蒙上了一层阴影。当然，与她对武藏的信赖比起来，这种不快是微不足道的，她也不会因此而忧虑。

（自从在花田桥畔分别之后，就再也没见过他……可是，我却觉得快乐无比。尽管宗彭泽庵说我可怜，但我感到很幸福！为什么宗彭泽庵会认为我不幸呢……）

即使一个人做针线——等着那个不想见到的老太婆，阿通也能自得其乐。因此，别人眼中空虚无助的日子，反而是她生命中最充实、最快乐的时光。

"阿通！"

这不是阿杉婆的声音——是谁在黑暗中呼唤自己？阿通一下子回过神来。

"嗯。是谁？"

"是我呀！"

"你是谁？"

"本位田又八！"

"咦？"

阿通连忙后退几步——

"你是本位田又八哥哥吗？"

"连我的声音都忘了？"

"真的是……真的是本位田又八哥哥的声音！你见过阿婆了吗？"

"母亲在那边等着呢……阿通！你一点都没变，还和七宝寺时一模一样哪！"

"本位田又八哥哥，你在哪儿呀？周围太黑了，我怎么看不见你呢？"

"我能到你身边来吗……刚才我过去了，可是觉得没脸见你，就一直躲到暗处看着你……刚才你在想什么呢？"

"没有……没想什么？"

"你是不是在想我呀？我可没有一天不在想你呢！"

说着，本位田又八的身影慢慢出现在阿通面前。因为阿杉婆不在，所以阿通心里涌起一阵不安。

"本位田又八哥哥，阿婆跟你说什么了吗？"

"嗯！说了一些。"

"说我的事了吗？"

"嗯。"

听到这儿，阿通放下心来。

她心想，阿杉婆应该按照之前的约定，把自己的意思告诉了本位田又八。此时，本位田又八独自前来，可能是为了给自己一个承诺。

"如果阿婆都跟你说了，你现在应该能理解我的想法。本位田又八哥哥，请把以前的事都忘了吧！全当我们没有缘分，今晚就让我们彻底了断吧！"

七

本位田又八心想，母亲和阿通之间到底有什么约定？这一定又是母亲使出的骗人伎俩。

"不！先等一等！"

本位田又八摇了摇头，对于阿通话中的含义，他并不打算问个究竟。

"——你一提到以前的事，我就很难过。一切都是我的错，现在我更是没脸见你——就像你说的，如果能忘得了，我也很想忘记。可不知为何，我就是无法把你从脑海里抹去！"

阿通有些不知所措，说道："本位田又八哥哥，我们两人之间已出现一条不可逾越的鸿沟。"

"我们之间隔着五年的岁月。"

"没错！就像流逝的光阴一样，我们的心再也回不到过去了！"

"不！没有不可能的事！阿通、阿通！"

"不——不可能了！"

阿通正色说道，本位田又八被那冰冷的言辞震慑住了，他一动不动地凝视着阿通。

当阿通满怀热情时，会让人联想到鲜红的花朵及夏日的骄阳。不过，她骨子里却有着冷漠的一面，此时她就像根白蜡烛一样冰冷，好像手指一碰，就会断掉。

看到她如此冷漠，本位田又八的脑海中突然浮现出七宝寺回廊上的那个少女。

当时，阿通经常坐在寺里的廊檐下，双眼含泪，若有所思地望着天空。

对这个孤女而言，天上的云既是她的母亲，也是她的父亲，还是她的兄弟姊妹和好友。正因为自小孤苦无依，她才渐渐养成了这种冷漠的个性吧——本位田又八这样想着。

想到这儿，本位田又八轻轻走近这朵带刺的白玫瑰，贴近她的脸颊柔声说道："让我们重新开始吧！"

"好吗？阿通。过去的时光已经一去不复返了，我们重新开始吧！"

"本位田又八哥哥，你想到哪里去了？我说的不是时间，而是心！"

"所以我才说，要重新找回往日的心境。也许你会说我找借口，可是年轻人谁没犯过错？"

"无论你怎么解释，我现在根本不想听。"

"是我不好！我这个大男人已经低声下气地跟你赔罪了……好嘛，阿通！"

"别说了！本位田又八哥哥，你也是个顶天立地的男子汉了，何必如此看不开！"

"这是我的终身大事。无论你要我磕头赔罪,还是起誓发愿,我都愿意照做!"

"别再说了!"

"别……别生气……阿通,这里不适合谈话,我们另找个地方吧!"

"不要!"

"要是母亲来了可就麻烦了……我们快走吧!无论如何我也下不了手杀你!我怎么能忍心杀你呢!"

本位田又八握住阿通的手,却被她用力甩开。

"不要!即使杀了我,我也不会和你一起走!"

八

"你不愿意?"

"没错!"

"怎样都不行吗?"

"对!"

"阿通,看来你一直想着武藏!"

"我爱慕他——即使下辈子,我也非他不嫁!"

"哼……"

本位田又八气得浑身哆嗦。

"阿通,这是你说的!"

"这些话我早跟阿婆说过了。她说最好跟你当面讲清楚,所以我才会一直等到现在。"

"我明白了……是武藏指使你来见我的吧——肯定是这样!"

"不是!我的一生由我自己决定,干吗要受武藏的指使!"

"我也是有志气的——阿通,男人都有志气!既然你这么想……"

"你要怎样?"

"我也是男人呀!我就是拼上性命,也不会让你和武藏在一起——决不答应!决不!"

"你答不答应,跟我有什么关系!"

"当然有关系!还有武藏,你们之间还没有婚约吧?"

"是的……可你无权过问此事!"

"不!我有权!阿通,你原是本位田家未过门的媳妇,只要我本位田又八不答应,你绝不可能成为别人的妻子。更别说……还和武……武藏私奔了!"

"卑鄙!幼稚!你竟然说出这种话!老早以前,你就给了我一封绝交信,上面还有你和一个叫阿甲的女人的署名呢!"

"不知道!我不记得写过这封信,是阿甲擅作主张写给你的吧!"

"别骗人了！你明明在信里说我们无缘，叫我另嫁他人。"

"那你把信拿来给我看！"

"宗彭泽庵师父看了那封信后，用来擦鼻涕，然后随手丢掉了！"

"你现在是口说无凭哪！家乡人都知道我们订了婚，我这边也有好几个证人，而你什么证据也没有……阿通，别把一切想得太简单了，即使你执意嫁给武藏，恐怕也不会幸福哟！你是不是还在怀疑阿甲的事，我早跟那个女人一刀两断了！"

"你说什么都没用，我不想听这些！"

"我这么低声下气地求你，也没用吗？"

"本位田又八哥哥，你刚才不是说你是男子汉吗？没有女人会喜欢如此懦弱、不知廉耻的男人！"

"你说什么？"

"放手！袖子都要被你扯破了！"

"混、混账！"

"你想怎样——要干什么？"

"我这么苦口婆心，你竟然还不明白！那就别怪我撕破脸了！"

"啊……"

"如果你想保住性命，就发誓不再想武藏！赶快发誓！"

本位田又八要拔出短刀，不得不松开了阿通。他亮出刀的时候，面目狰狞，好像整个人都被这柄短刀所控制了。

九

持刀的人并不可怕——可怕的是被利刀操控的人。

阿通一声尖叫，此时本位田又八的脸阴森恐怖，比那柄短刀还要瘆人。

阿通转身就跑。

"竟敢跑——你这女人！"

本位田又八的刀从阿通腰带的绳结处划过。

（不能让她跑了！）

本位田又八心里一急，边追边朝着另一个方向喊道："母亲！母亲！"

阿杉婆闻声，立刻跑了过来。

"搞砸了吧？"说着她从腰间拔出短刀，急忙去追阿通。

本位田又八在前边叫着："母亲！在那边，抓住她！"

"哪儿？在哪里？"阿杉婆一边骂着，一边追了过去，眼睛瞪得像铜铃。

可是，到处都看不见阿通的影子。本位田又八急忙跑了回来，差点儿撞上堵在山路中间的阿杉婆。

"把她杀了吗？"

"让她跑掉了！"

"笨蛋！"

"——在下面！好像在那里！"

阿通从山崖上狂奔而下，此时她的袖子被路边的树刮住了，她正拼命挣脱。

在那条瀑布的水潭附近，依稀听到一个人涉水的声音，却看不清人影。阿通拖着扯破的衣袖，跌跌撞撞地向前逃命。

本位田又八母子的脚步声越来越近。

"你没路可逃了！"

从阿通身后传来喊声。原来，横在阿通面前的是一道绝壁，她跑进了黑漆漆的山脚洼地里。

"本位田又八！快点杀了她！——阿通，你的末日到了！"阿杉婆厉声喝道。

本位田又八手持利刃，完全失去了理智，听到母亲的喊声，他像豹子一样扑向阿通。

"——畜生！"

他抡刀就朝着跌倒在草丛中的阿通砍去，周围的树枝被砍得咔咔作响，只听见"啊！"的一声惨叫，鲜血喷溅而出。

"你这个臭娘们！该死的女人！"

本位田又八一连砍了三四刀，他已被愤怒冲昏了头脑，随后又对着灌木丛和芒草丛乱砍一气。

"……"

他终于砍累了，手提着沾满血迹的刀，逐渐恢复了意识。

——他低头看了看手，手上全是血迹——他又摸了摸脸，脸上也溅满了血迹。那温热、黏滑的液体，就像点点磷火，遍布他的全身。

想到每一滴血都是自阿通体内流出，他不觉一阵眩晕，脸色顿时变得惨白。

"啊、啊、啊！孩子，你终于把她杀了！"

阿杉婆从茫然自失的本位田又八身后，悄悄探出头来，直勾勾地看着一片狼藉的灌木丛。

"活该……这回再也跑不了了！儿子！干得好！这回我胸中的怒气总算消了一半，也有脸面对家乡父老了……本位田又八，你怎么了？还不快点把她的头砍下来！快点砍哪！"

"哈！哈！哈！"

阿杉婆嘲笑儿子的胆小。

"没出息的家伙！只不过杀个人而已，你就心惊胆战的！如果你不敢下手，就让我来！退到一边去！"

说着，阿杉婆正要走过去。此时，本位田又八已是呆若木鸡，他突然用刀柄杵了一下阿杉婆的肩膀。

"——哎呀！你、你干什么？"

阿杉婆差点儿摔进黑漆漆的灌木丛，她好不容易才稳住脚步。

"本位田又八！你疯了！拿刀杵老娘——你想干什么？"

"母亲！"

"……干什么？"

"……"

本位田又八用沾满血迹的手背揉揉眼睛，哽咽道："我……我……杀死了阿通！我杀了阿通！"

"我不是夸你了吗——为什么要哭？"

"我能不哭吗……你这个愚蠢至极的老太婆！"

"你伤心了？"

"当然伤心！本来我可以和阿通重修旧好的，就是你一直寻死觅活，说什么家族名声、无颜见家乡父老……现在，说什么都晚了……"

"真是愚蠢！要是你那么舍不得阿通，为什么不把我杀了，然后去救她？"

"要是我做得到，也不必在这儿抹眼泪、说傻话了！人这一辈子最不幸的事就是父母不通情理！"

"不要说了！瞧你这副德行……亏我刚才还夸奖你呢！"

"随你怎么说……我决心今后要按照自己的意愿生活！"

"你还是这点出息！就会说些无聊话让老娘生气！"

"我就是要让你生气！臭老太婆！死老太婆！"

"好！好！你愿意说什么都行！你先给我站到一边去！等我把阿通的脑袋砍下来之后，再和你好好谈！"

"切！谁要听你这个无情无义的老太婆讲道理！"

"不听也没关系！等你看到阿通身首异处时，就会明白了！美丽算什么……再美的女子一旦死了，不过化作一堆白骨……你该明白'色即是空'是什么意思了吧？"

"我不听！不听！"本位田又八疯狂地摇着头。

"唉，仔细想来，我的全部希望都在阿通身上。正因为我想娶她为妻，才下决心要努力工作、奋发向上——这不是为了家族名誉，也不是为了你这个臭老太婆，一切都是阿通给我带来的希望。"

"这种没出息的话，你要说到什么时候？倒不如念几句佛来得好呢……

南无阿弥陀佛。"

不知何时，阿杉婆已走到本位田又八身前，用手拨开了血迹斑斑的灌木丛。

……只见那里卧着一具黑森森的尸体。

她折了一些枯草和树枝，盖在尸体上，然后恭敬地坐在尸体前。

"阿通，别恨我！等你成佛之后，我也不再恨你了。这都是命中注定的！顿证菩提（日本悼词用语）。"

说着，她伸手摸向尸体——一把揪住了那死尸的头发。

就在此时，音羽瀑布上方突然传来喊声："阿通姑娘！"

这声音仿佛从天而降，穿过黑夜的星空，滑过树梢幽幽地飘到这片洼地。

锄头

一

怎样的机缘才使宗彭泽庵来到这里呢？

他的出现虽然有些突然，但绝非偶然。平日里从容不迫的宗彭泽庵和尚，今晚却显得格外紧张。他本打算仔细查明事情的来龙去脉，但此刻已无暇多问。

——此时，他抓住客栈的伙计，慌忙问道："喂！小伙计！找到没有？"

正在山上四处搜寻的伙计跑过来答道："各处都找了，没有！"

伙计一边说，一边擦着头上的汗水，看起来有些不耐烦。

"真奇怪！"

"是很奇怪呀！"

"你没听错吧？"

"没有！傍晚时，有个清水堂的和尚来过，然后那个老太婆就说要去地藏菩萨堂，还跟我们借了灯笼。"

"这么晚去地藏菩萨堂，不是很奇怪吗？你知道她们去干什么吗？"

"听说，要去那儿见什么人。"

"这么说来，她们应该还在这里……"

"可是这儿根本没人哪！"

"怎么办呢？"

宗彭泽庵双手抱胸，百思不解。那个客栈的小伙计自言自语道："子安堂的值夜和尚说，看到一位老太婆和一个年轻姑娘提着灯笼上了山……然后，就没再见任何人走下三年坡。"

"就是这样才让人担心哪！也许她们去深山里了。"

"去那儿干吗？"

"阿婆用甜言蜜语哄骗阿通姑娘，想把她推进鬼门关……哎呀！我越来越担心了！"

"那个老太婆那么可怕呀！"

"别胡说！她是个好人。"

"听您这么一说……我又想起一件事。"

"什么事？"

"那个叫阿通的姑娘今天还哭过呢！"

"真是个爱哭鬼！我们都叫她'爱哭鬼阿通'……她从新年那天就一直跟在阿婆身边，到现在肯定受了不少虐待。可怜的阿通！"

"那个阿婆说阿通姑娘是她的儿媳妇，婆婆虐待儿媳妇，也是没办法的事啊……那个阿婆一定很恨她，才会慢慢地折磨她。"

"估计阿婆心里很得意呢！她半夜将阿通带入深山，也许是要做最后的了断。真是个可怕的女人！"

"那个阿婆可不能归为女人哟！否则，就太难为其他女人了！"

"话也不能这么说。任何女人都有点个性，阿杉婆只是个性较强而已。"

"您是个出家人，所以对女人不感兴趣。不过，您刚才说那个老太婆是个好人呢！"

"她的确是个好人！因为她每天都去清水堂参拜观音菩萨，诚心祷告。"

"她的确常去念佛。"

"是啊！世间有很多人，在外面做了坏事，回到家就立刻念佛。可谓是寺外杀生、寺内诵经。这种人以为，即使杀了人，只要念念佛就可以消除罪孽，托生极乐世界。真拿他们没办法啊！"

宗彭泽庵说完，便走到瀑布附近黑漆漆的峡谷边上喊了一声："喂！阿通姑娘！"

二

本位田又八大吃一惊："啊？母亲！"

阿杉婆也注意到喊声，抬眼向崖上望去。

"那是谁的声音？"阿杉婆嘀咕了一句。

此时，她左手仍紧紧抓住死尸的头发，右手紧握腰刀，没有一丝松懈。

"好像是在叫阿通。啊！他又喊了一声。"

"真奇怪呀——会来这儿找阿通的，只有城太郎那个小子。"

"那是成年人的声音……"

"这声音好像在哪儿听过呢！"

"啊！糟了……母亲，别砍她的头了，有人提灯笼走过来了。"

"什么？有人过来了？"

"有两个人呢！我们不能被他们发现。母亲！"

本来争吵不休的母子，一遇到危险就立刻站在同一战线。本位田又八非常慌乱，而阿杉婆却十分沉着。

"喂！等我一下。"

她还是不放过那具尸体。

"事情都已大功告成了，如果不取走首级，如何向家乡父老证明我们杀了阿通……等一下，我这就动手。"

"啊！"本位田又八吓得忙用手捂住眼睛。

此刻，阿杉婆跪在树枝上，举刀就要砍下尸体的头颅。本位田又八实在没办法再看下去。

——突然，阿杉婆惊呼了一声，猛地甩开尸首，踉跄着后退了几步，一屁股坐在了地上。

"不对！不对！"

她想撑着地站起来，却没能做到。

本位田又八很吃惊，靠过来问道："怎么了？什么不对？"

"你看这个！"

"啊？"

"那不是阿通！那个死人不是个乞丐，就是个病人，而且还是个男的。"

"啊！是一个浪人。"

本位田又八仔细端详了死者的长相之后，更加震惊。

"奇怪！这个人我认识。"

"什么？你认识？"

"他叫赤壁八十马，是个十分狡诈的家伙！还骗光了我所有的钱。他为什么会死在这儿呢？"

本位田又八绞尽脑汁也想不明白。其实，这件事的始末缘由只有住在附近小松山谷阿弥陀堂的行脚僧青木丹左卫门，和遭到八十马毒手、好不容易获救的朱实清楚。其他人想搞清事情的来龙去脉，无异于大海捞针。

"——是谁？对面的人是阿通姑娘吗？"

突然，宗彭泽庵提着灯笼出现在本位田又八母子身后。

"——啊！"

本位田又八一跃而起，转身就跑。年轻人到底要比坐在地上的阿杉婆敏捷很多。

宗彭泽庵跑过来，一下揪住阿杉婆的后衣领说道："啊！是阿婆呀！"

三

"那个逃走的人不是本位田又八吗——竟然不管老母亲，自己跑掉，真是个胆小鬼、不肖子！你给我站住！"

宗彭泽庵使劲摁住阿杉婆，同时朝本位田又八逃走的方向大声喊着。

阿杉婆被宗彭泽庵死死压在膝盖下，仍试图挣脱，她大声喊着："你是谁？哪个家伙？"

眼见本位田又八毫无回头的意思，宗彭泽庵只得松开手。

"你不记得我了？阿婆，您真是老了！"

"啊！是宗彭泽庵和尚呀！"

"您没想到吧！"

"什么话！"

阿杉婆用力摇了摇满是白发的脑袋。

"徘徊在黑暗世界的乞丐和尚，如今流落到京都来了！"

"是呀！"宗彭泽庵报以微笑，继续说道，"正如阿婆所说，前一阵子我一直在柳生谷和泉州一带闲逛，昨晚才来到京都。我在您住的那家客栈里，听说了一些让人不安的事情，心想不能放手不管，于是从黄昏时就一直在找你们。"

"你有何贵干？"

"我想见阿通。"

"哦——"

"阿婆！"

"干吗？"

"阿通在哪里？"

"不知道！"

"你怎会不知道？"

"我又没用绳子把她绑来？"

这时，站在宗彭泽庵身后，提灯笼的小伙计忽然喊道："呀！和尚，这里有血迹，是新的血迹！"

宗彭泽庵望向灯火所照之处，不觉僵住了。

——阿杉婆见状，突然起身就跑。

宗彭泽庵回头大声喊道："站住！阿婆！你为了雪耻而远走他乡，难道这会儿打算让家族蒙羞吗？你为了儿子而背井离乡，却反而使他遭受到更大的不幸！"

宗彭泽庵的每个字都掷地有声。

这一席话不像从宗彭泽庵口中说出，仿佛天地万物都在怒斥阿杉婆。

阿杉婆突然停住脚步，那皱纹堆累的脸上显出一副不服输的表情。

"你凭什么说我让家族蒙羞，让本位田又八更加不幸？"

"就是这样！"

"胡说！"

阿杉婆冷笑一声——不管别人说什么，她都极力反驳。

"像你这种受人布施、借宿寺院、拉屎都找不着地方的人，知道什么是家族声誉？什么是母子亲情？什么是世间疾苦吗？你们只知道人云亦云，不劳而获！"

"您真是牙尖嘴利！世上的确有这种和尚，我也感到很惭愧。想当初在七宝寺时，我就觉得任何人的口才都比不上您阿杉婆，您真是一点都没有变哪！"

"哼！我老太婆还有很多远大的志向呢！你以为我就是靠着一张嘴吗？"

"好了——我们先不管过去的事，来谈点别的。"

"谈什么？"

"阿婆，你是不是叫本位田又八杀了阿通？你们母子联手把阿通给杀了，对吗？"

阿杉婆就知道宗彭泽庵要问这个，于是她伸长脖子大声笑道："宗彭泽庵，即使提灯笼走路，也要带着眼睛才行呀！你的眼睛是瞎了还是摆设？"

四

对于阿杉婆的嘲弄，宗彭泽庵不知如何是好。

有时，愚蠢要比智慧更加强势。因为愚蠢的人可以无视对方的一切，所以略具智慧的人，总拿那些狂妄无知的人没辙。

宗彭泽庵被阿杉婆奚落了一番，只好亲自走上前验看尸体，原来那不是阿通！

他立刻放下心来。

"宗彭泽庵，你放心了吧！原来你就是撮合武藏和阿通的小人！"阿杉婆满腹怨气。

宗彭泽庵并未反驳，只是缓缓说道："你要这么想也行——阿婆，我知道你一向很自信，现在你打算如何处理这具死尸呢？"

"这个人倒在路旁，早晚会死。虽然是本位田又八把他砍死的，但也不能怪我儿子。反正他终归会死。"

此时，客栈伙计插嘴道："之前我就见过这个浪人，他脑袋似乎有问题，一直流着口水，走起路来摇摇晃晃的。他的头部好像遭过重击，有一块大伤口。"

阿杉婆心想，反正此事与自己无关，就径自去寻找本位田又八。宗彭泽庵将处理尸体的事交代给小伙计之后，紧跟上阿杉婆。

阿杉婆一脸不快，正要回头教训宗彭泽庵几句，却看到树荫下有个人小声喊着："——母亲！母亲！"

阿杉婆欣喜万分，快步走了过去。

原来是本位田又八。

儿子终归是儿子，她以为本位田又八自己跑掉了，原来他一直在担心母亲的安危。对于儿子的一番孝心，阿杉婆感动不已。

母子二人回头看了看宗彭泽庵，又耳语了一番，然后就飞也似的向山脚跑去。看得出他们对宗彭泽庵仍有几分畏惧。

看着这对母子的背影，宗彭泽庵自语道："还是不行哪——像他们那副样子，再说什么也是白费力气。如果人与人之间能及时消除误会，就会减少很多痛苦了。"

他并未去追赶本位田又八母子——当下之计，找到阿通才是关键。

可是，阿通到底在哪儿呢？

现在看来，她的确从本位田又八母子的刀下逃过一劫，宗彭泽庵心里庆幸不已。

不过，刚才毕竟看到了血迹，所以在确定阿通平安无事之前，他总是无法安心，所以他决定继续寻找阿通直到天亮。

宗彭泽庵刚想到这儿，就看见瀑布的悬崖上出现了七八盏灯笼，原来是客栈的伙计们纷纷赶到这里。

这些伙计打算将赤壁八十马的尸体掩埋在山崖下，他们挥舞着锄头、铁铲开始挖土。黑夜里不时传来"铿！铿！"的声音，听起来毛骨悚然。

就在这帮人刚挖好坑的时候，突然有人喊了一声。

"啊！这儿也有个死人，是个美丽的姑娘呢！"

那是一个被小股瀑布冲刷而成的小水坑，距离坑穴不到十米远。由于上面杂草丛生，所以不易被人发现。

"人还没死！"

"还有气呢！"

"只是晕过去了。"

宗彭泽庵看到众人叽叽喳喳地议论不停，便要跑过去看个究竟。与此同时，那个小伙计也大声喊着宗彭泽庵。

城里的商人

一

在京都，能巧妙地利用水的特性而营造出生活情趣的住宅并不多见。

——武藏听着绕梁而过的潺潺水声，不觉有此感想。

这里就是本阿弥光悦的家。

光悦的家位于京都实相院遗址东南方十字路口的一角。莲台寺郊外——那个让武藏终身难忘的地方，距此并不算远。

很多城里人都将这个十字路口称作本阿弥路口，并不是因为这里只住着光悦一家。其实，在光悦所住的长屋门附近，还住着他的外甥以及很多同行。大家在这个路口比邻而居，相处融洽，就像过去的地主家族一样，享受着安适、和睦的城市生活。

（原来如此！）

武藏突然觉得，这个世界是如此丰富多彩。自己一直生活在社会底层，像京都这种让人艳羡的城市生活一直与他无缘。

本阿弥家族原是足利世家武臣的后代，即使是现在仍能享受到每年两百石的俸禄，并深受朝廷赏识，就连伏见城的德川家康也十分器重这个家族。——他们的职业就是养护刀剑，但又不是纯粹的工匠。若要问光悦到底是武士还是手艺人，好像两者都不是。其实，他既是工匠，又是手艺人。当时，"工匠"这个称呼，很难登大雅之堂，就是因为很多工匠不能坚持自己的风格。在以前，百姓犹如崇敬天皇的圣物一样尊敬手艺人。随着世风日下，很多人将工匠等同于"没出息的人"。不过，工匠这个称呼，最初绝不是贬义。

追根溯源，京都的大商人角仓素庵、茶屋四郎次郎、灰屋绍由都是武行出身。换句话说，他们过去都曾在室町幕府负责商贸事务。后来，这些人渐渐远离了幕府，不再从幕府支领俸禄，变成独立经营。对于商人而言，商业头脑和社交手腕，远比武士的特权重要得多。后来，这些商家代代相传，逐渐演变成商业世家，有的如今已成为京都数一数二的商贾。

即便是群雄割据，这些大商人依然能受到各方的保护，他们的事业因此而代代传承下去。就算天皇下诏征兵，他们也可以通过缴税来逃避战火的涂炭。

实相院遗址的一角，挨近水落寺，有栖河与上小河从实相院两侧流过。应仁之乱时，这一带都化为了灰烬。现在，园丁在院里种树时，还会从地里挖出古铜色的钢刀、盔甲等物。不过，本阿弥光悦的房子修建于应仁之乱以后,尽管如此,整栋房子仍显得古色古香。

清澈的有栖河在流经水落寺之后,会流过光悦的府宅,然后与上小河汇合——这条溪水先是流过一亩大小的菜园,然后消失在一小片树林中,最后再从地下流入大门前的喷水井。其中一部分水被送入厨房,用来洗米做饭;另一部分水被送到浴室,用来洗去身上的尘垢;还有一部分水被引入一间素雅的茶室,并能在此听到山泉水滴落的叮咚之音。还有一个地方被本阿弥家的人称为"御研小屋",这儿的入口处经常拦着一根稻草绳,禁止闲人入内——在那里,工匠们常年为各国诸侯打磨、养护刀剑,其中不乏正宗、村正、长船这样的举世宝刀。

自从住进光悦家之后,武藏就卸下了旅客的打扮,到今天已住了四五天了。

二

自从在郊外与光悦母子一起品茶之后,武藏就一直期待着下一次的重逢。

也许他们的确很有缘,没想到仅分别几天之后,就又见面了。

——从上小河至下小河的东岸一带,有一座罗汉寺,赤松家族府宅的遗址就位于寺旁。随着室町将军的没落,这一大片府邸日渐荒芜,如今已经面目全非。尽管如此,武藏仍想到那里看一看,于是他信步来到此地。

武藏幼年时,经常听父亲说:"我虽然是一个乡下武士,但你的先祖平田将监可是播州豪绅赤松家族的分支。你体内流着英雄的血液,所以你一定要开创一番伟业!"

下小河的罗汉寺,紧挨着赤松府邸的菩提寺。要是去那里走一走,说不定能找到先祖平田氏留下的遗迹。当年,父亲无二斋来京都时,也曾到此祭拜祖先——尽管自己并不熟悉那段陈年往事,但有机会来此地缅怀先人,也绝非毫无意义。于是,武藏在比武当天就来寻找罗汉寺。

下小河上架着一座"罗汉桥",但他却一直找不到罗汉寺。

"难道这一带也变了吗?"

武藏靠着桥栏杆,想着心事——父亲和自己不过隔着短短几十年,可都市的面貌却发生了翻天覆地的变化。

罗汉桥下,水流清澈见底,偶尔会突然发白变浑,可不一会儿,又恢复了原有的清澈。

武藏仔细一看,原来从河左岸的草丛里会时不时冒出一些浑浊的水,这些水一流入河里,便向四周蔓延出一层白色的浊浪。

(啊!原来这附近有磨刀作坊!)

武藏只是单纯地意识到这点,可他做梦也没想到,自己后来会成为这家人的座上宾,还叨扰了好几天。

"啊！您不是武藏先生吗？"

刚要回家的妙秀尼姑叫住了武藏，他这才发现这里距离本阿弥路很近。

"您是来看我们的吗——光悦今天刚好在家，您不用客气！"

妙秀看到站在路旁的武藏，热情地招呼着。她还以为，武藏是特地登门拜访的，便将武藏带进长屋门（将武士宅邸前的一部分狭长形房屋改建成的门），并让家仆立刻去找光悦。

无论是出门在外，还是在家，光悦母子都是那么和蔼可亲。

不一会儿，光悦过来说道："我现在手头正忙，先让我母亲陪您聊一会儿吧！等工作结束后，我们再慢慢聊。"

于是，武藏就和妙秀闲聊起来，没想到两人相谈甚欢，不知不觉就聊到了天黑，当晚武藏就住在了本阿弥府。第二天，武藏向光悦请教刀剑养护一事，光悦就带着他参观了"御研小屋"，还给他做了详细讲解——就这样，武藏已在这户人家住了好几天。

三

可是，人总不能无限度地接受别人的好意。想到这儿，武藏决定在今早提出辞行。可还没等他开口，光悦就抢先一步说道："我们没有好好招待您！如果您还有兴致，可以再住上几天。我的书斋里还有几本古书和几件古玩，很想请您去看一看。另外，院角处有一个烧窑，过几天我还想做几个碗碟。刀剑虽好，可陶艺也自有一番情趣，到时您也可以亲手做一个看看。"

武藏被光悦的一番话打动了，他允许自己暂且过几天安稳的生活。

接着，光悦又说道："如果您已住够了，或是有要事在身，可以随时离开。诚如您所看到的，我家人口很少，所以您想要离开时，随时都可以走。"

武藏怎么会厌倦呢！光悦的书斋里不只有古日文书、汉文书，还有镰仓时期的画卷以及国外的古书拓本等物。任何一件珍品，都足以让武藏玩味一整天。

其中，最为吸引武藏的东西之一，就是那幅中国宋朝梁楷所绘的"栗子图"。

这幅画长两尺，宽约两尺四寸，横挂于书斋的墙上，由于历经数代，已经无法分辨纸质。武藏初见这幅画时，就被深深吸引了，看了大半天都看不够。

一次，他看着画对光悦说道："我觉得您的画是外行人根本无法模仿的，而这幅画，似乎连我都能试着画出来。"

光悦答道："您正好说反了！"

"谁都可以达到我画中的境界。而这幅画中，道路崎岖险峻，山林苍翠浓郁，若非画技过人，实难至此境界。"

"哦！原来如此。"武藏似乎有所领悟。

听了光悦的讲解之后，他又仔细欣赏起那幅画。乍看之下，这不过是一幅用色单调的水墨画，原来其中蕴含着一种"单纯的复杂"，武藏渐渐领会了画中深意。

这幅画的构图十分简单，画上画着两颗落在地上的栗子，其中一颗栗子外壳已破；而另一颗还包裹在刺球状的坚硬外壳中。画中另有一只松鼠，跳跃其中。

松鼠生性喜欢自由，这只小动物象征着人类的活力与欲望——它若想要吃到栗子，就会被球果扎到鼻子，但如果害怕被扎，就无法吃到硬壳中的果实。

也许该画的作者在绘制时，并未想到这些，而武藏却从画中领会到如此深意。也许有人会觉得，在赏画时联想到这些与画无关的东西实属多此一举。但这幅看似简单、实则复杂的绘画作品中，不仅呈现出了笔墨的美感与韵味，还让人不由得浮想联翩。

"武藏先生，你还在欣赏梁楷吗？看起来，您的确非常喜欢这幅画。你离开的时候，可以把它带走！我送给您了。"

光悦说得很自然，一边看着武藏，一边坐到他的身旁。

四

武藏颇感意外，坚决推辞说："啊！您要将梁楷的这幅画送给我？这怎么能行！我已在府上打扰数日，如何还能接受您的珍爱之物！"

"可是，你的确很喜欢不是吗？"

光悦看着一脸老实的武藏，笑着说道："——没关系的！如果你喜欢就把它拿走吧！只有拥有名画、古董的人是真心喜爱、真正懂得欣赏，这些东西才有了真正的价值，想必九泉之下的作者也会感到欣慰吧！所以请不要推辞了！"

"话虽如此，但我实在没资格接受这幅画——见到这幅画后，我就很想据为己有，但我是一个居无定所的浪人，根本没地方挂画呀！"

"原来如此。到处流浪的人，带幅画的确很累赘。你还很年轻，所以尚未想到成家。但是，人这辈子总得有个小家，否则太寂寞——怎么样？您有没有想过在京都附近定居下来？"

"我从没想过此事。我想到九州、长崎一带看一看，同时还想去关东的江户城开开眼界，再顺道畅游陆奥（日本旧国名，现指日本东北地区）的名山大川——我总是心系远方，也许天生就要过这种流浪的生活。"

"不仅你有这种想法，任何人都如此。比起待在这四张半榻榻米的茶室里，年轻人更喜欢亲近蓝天碧海。不过，他们为了达成自己的愿望，经常舍近求远，浪费了大好青春，到头来也没能实现自己的远大目标，而变得庸庸碌碌。"

说到这里，光悦突然笑起来："哈哈哈！像我这种闲人竟然还教训年轻人，真是好笑……对了，今天我来找你，并不是为了这件事。今晚，我想带你出去逛逛。武藏先生，您去过花街柳巷吗？"

"花街柳巷……是不是有妓女的地方？"

"没错！我有一个朋友叫灰屋绍由，是个非常有趣的人。刚才我收到了他的邀请函。怎么样？想不想跟我到六条的花街上去看一看？"

武藏立即答道："我就不去了。"

见此情景，光悦并未勉强，说道："是这样啊，既然你不想去，我再怎么劝也没用。不过，偶尔接触一下那种地方，还是挺有意思的。"

不知何时，妙秀悄悄来到这儿，饶有兴致地听着两人的谈话。此时，她开口说道："武藏先生，难得有这种机会，您就一起去看看吧！灰屋绍由这个人不拘小节，而且我儿子也很想带您去看看。去吧！一起去吧！"

妙秀没有像光悦那样任由武藏拒绝，说完后她便高高兴兴地拿来衣服，不仅劝武藏去，还鼓励儿子出门游玩。

五

一般情况下，当父母听说孩子要去这种地方时，即使当着客人、朋友的面也会表现得极其不悦。有时，他们还会大声骂一句："败家子！"如果是家教甚严的父母可能还会说子女不可理喻。更有甚者，父母和孩子之间可能还会因此而爆发一场战争。然而，这对母子却全然不同。

此时，妙秀走到衣柜前问道："系这条腰带行吗？穿哪件衣服好呢？"仿佛是自己要出门游玩一样，她兴致勃勃地帮儿子打点穿戴。

不仅衣服，就连钱包、印盒、佩刀等饰物，妙秀都是精心挑选的。为了让儿子能与其他男人平起平坐，在女人面前不失面子，她还特意从钱柜里取出一些钱放入儿子的钱包里。这位母亲真是体贴入微啊！

"去吧！夜间灯火通明的花街虽然不错，但最有意思的是黄昏时分的街道。武藏先生，您也去吧！"

不知何时，武藏面前已摆满了外衣、内衣、外套等物，真是一应俱全，而且全部洁白如新。

起初，武藏还拿不定主意，但这位母亲极力相劝，所以他想那种地方也许并不像别人说的那么不堪，去看看也无妨。

于是，武藏答道："既然如此，那就劳驾光悦先生带我去开开眼界吧！"

"好呀！就这么决定——那您先换一下衣服吧！"

"不用了！我不适合华丽的衣装。无论在郊外还是其他什么地方，这件

风之卷

衣服最适合我。"

"那可不行!"

妙秀突然变得非常严肃,斥责武藏道:"也许您无所谓,但这身又脏又破的打扮,如果出现在金碧辉煌的青楼里,简直如同一块抹布!那些恍如仙境的花街柳巷就是要让人们暂时忘掉世间的所有烦恼和丑恶,所以我们打扮不是为了自己,而是为了与那里的气氛相协调……哈哈哈哈!不过,我们也不用打扮得像名古屋山三或政宗大人那么奢华,只要衣着整洁就行了!来,试试这件衣服!"

武藏闻言,老老实实地换上了衣服。

"啊……真是太合身了!"

妙秀看到两人干净利落的打扮,很是欢喜。

此时,天色逐渐暗了下来,光悦走入佛堂,点上佛灯。这对母子都是虔诚的日莲宗信徒。

他走出佛堂之后,朝着等在一旁的武藏说道:"我们走吧!"

两人走到大门,看到妙秀已将崭新的草鞋摆好,此刻她正站在门后和家仆低声说着什么。

"谢谢您帮我们准备好鞋!"

向母亲道谢后,光悦低头穿鞋。

"母亲,我们走了!"

此时,妙秀突然回头喊了一声:"光悦呀!等一等!"

她急忙摆手叫住两人,并探头到门外,四下张望,似乎是出了什么事情。

六

光悦一脸狐疑地问道:"什么事啊?"

妙秀轻轻关上门,说道:"光悦呀!仆人说今天有三名粗鲁的武士,来我们家门前说了一些难听话……是不是出了什么事?"

虽然天还没黑,但一想到儿子和客人要在此时出门,妙秀不禁有些担心。

"……"

光悦看了看武藏。

武藏大概已猜出对方的来历,于是说道:"我知道他们是谁,他们是冲着我来的,应该不会加害光悦先生。"

"前天也有仆人看到一个武士擅闯入府,贼眉鼠眼地四处张望,还蹲在茶室的过道里向武藏先生的卧房窥视,然后才离去。"

"他们大概是吉冈门的人。"武藏说道。

"我也这么认为。"光悦点头说道。

随后,他又问家仆:"今天来的那三个人,都说什么了?"

那仆人一边哆嗦一边答道："刚才，我看工人都已回去了，就要关门落锁。突然，有三个武士冲到我面前，其中一人掏出一封信，声色俱厉地说道'把这个交给你们的客人！'"

"哦……他们只说客人，没说是武藏先生？"

"后来他们又说——就是前两天住在这儿叫宫本武藏的人。"

"那你是怎么回答的？"

"因为先生您之前交代过，所以我说家里没有这样的客人。可是他们却大发雷霆，还警告我不要撒谎。其中一位年纪略长的武士皮笑肉不笑地说没关系，还说会用其他方法找到武藏——然后，他们就去对面的路口了。"

听到这里，武藏说道："光悦先生，就这么办吧！我不想连累您，非常抱歉，我这就告辞了！"

"您说什么啊？"光悦一笑置之。

"您不必为我费心，即使知道他们是吉冈门的武士，我也一点不害怕……我们走吧！"

说着，他一边催促武藏，一边走出大门。随后，光悦又把头伸进门喊道："母亲！母亲！"

"忘了什么东西吗？"

"不是。要是您担心今天这件事，我就派人给灰屋先生送个信，取消约会。"

"什么话嘛！我担心的是武藏先生——他已经等在门外了，不要取消约会。更何况灰屋先生特意邀你去玩，你们玩得开心点！"

光悦看着母亲关好门，已完全放下心来，随后与等在一旁的武藏一起并肩向河边的街道走去。

"灰屋的家就在前面的堀河（流经京都市中心的河）边上，他会在家等我们，我们这就去找他吧！"

七

黄昏时分，天色还很亮，两人走在河边，心情无比舒畅。尤其在忙碌了一天之后，能在夕阳中漫步，更觉惬意。

"灰屋绍由——好熟的名字呀！"武藏说道。

两人悠闲地踱着步，光悦答道："您也听说过？他在连歌（从短歌派生出来的日本独有的文艺形式）界也颇有名气，属于绍巴派，同时又自创一格。"

"哦！原来他是连歌诗人呀！"

"不过，他并不像绍巴、贞德那样靠连歌为生——他和我的出身相似，都是京都的老手艺人。"

"灰屋是他的姓氏吗？"

"是商号名。"

"做什么生意？"

"是卖灰的。"

"卖灰——什么样的灰？"

"就是刷房、染布所用的灰，也叫作染灰。他的染灰遍销全国，生意做得很大。"

"哦！原来是调制灰浆所用的原料呀！"

"这个行当利润丰厚，所以在室町初期由将军直接管理，并设有染灰奉行一职。中期时，它逐渐变成民营。据说当时在京都，只允许三家染灰批发商存在，其中一家就是灰屋绍由的祖上——可是，传到绍由这一代，他已不再热衷家业，只想一心在堀河安享晚年。"

说着，光悦指着对面说道："看到了吗？那栋门庭雅致的房子就是灰屋先生的府邸。"

"……"

武藏点点头，手却一直攥着左边的袖口。

（有点奇怪呀！）

武藏听着光悦说话，心里却想着另一桩事。

——袖子里面好像放着什么东西。武藏右侧的袖子随晚风轻轻摆动，而左侧袖子却显得沉甸甸的。

怀纸已放入怀里，自己又没带烟盒——他不记得袖子里还放了其他东西——武藏取出袖里的东西一看，原来是一条菖蒲色（表为暗黄绿色，里为红梅色）的皮绳，还被打成了便于解开的蝴蝶结。

（咦？）

一定是光悦的母亲妙秀放进去的，大概是为了给自己当束衣带用。

"……"

武藏握着皮绳，突然回头冲后面的人笑了笑。

——原来他早就注意到，自己和光悦一离开本阿弥路口，身后就立刻跟上来三个人，一直与自己保持着不远不近的距离。

那三人看到武藏对自己笑，不禁吓了一跳，立刻停下脚步，耳语了一番，然后大踏步走到武藏面前，并拉开了架势。

此时，光悦已走到灰屋家门前，向门房通报了姓名，有个手持扫帚的仆人出来把他领进了院子。

光悦突然发现，跟在身后的武藏不见了，于是他又折回门口喊了一声："武藏先生，请不要客气，进来吧！"

八

此时，他看到门外有三个手持钢刀、气势汹汹的武士围住了武藏，他们在说着什么，那三人的态度十分傲慢。

光悦立刻意识到——是刚才那群家伙！

武藏沉稳地应付着那三个人，回头看了一眼光悦说道："我马上就来——您先进去吧！"

光悦并未惊慌，他似乎读懂了武藏眼中的意思，于是点点头说道："那么，我在里面等您，您办完事后就来找我！"

光悦刚闪身进去，那三名武士中的一个就开口说道："我们先不说你是不是有意在躲我们，这不是我们此行的目的——刚才我已说过了，我是吉冈十剑之一，名叫太田黑兵助。"

说着，他从怀里取出一封信交给了武藏。

"这是我们二少爷传七郎的亲笔信，他要我亲手交给你——希望你看完之后，立刻答复。"

"哦？"

武藏从容地打开信封，读了一遍，然后说了一句："我知道了。"

太田黑兵助仍不放心，为了稳妥起见，他又问了一句："你确定？"同时审视着武藏的表情。武藏点点头答道："我确定！"

这回三人终于放下心来。

"如果您爽约，肯定会被天下人耻笑的！"

"……"

武藏笑而不答，默默扫视着对方健硕的体格。

他的态度再次引起了太田黑兵助的怀疑。

"武藏，没问题吧？"他又问了一遍。

"时间已迫在眉睫，你记住地点了吗？来得及准备吗？"对方追问着。

武藏不愿啰唆，只是简单地答了一句："没问题。"

"——到时再见！"

说完，武藏正要走进灰屋的府宅，而太田黑兵助又追过来问道："武藏，你会一直住在灰屋家吗？"

"不，晚上他们要带我去六条的花街。总之，不外乎这两个地方。"

"六条？知道了——反正不是在六条，就是在这里。如果到时你没来，我们会来接你，你不会躲起来吧？"

太田黑兵助说最后一句话时，武藏已经转身进入了灰屋府宅的前庭，然后他随手把门关上。一踏进院子，外面喧哗的世界仿佛已被抛到千里之外。高高的围墙使整个府宅看起来更加宁静、安详。

低矮的千里竹和笔直的细竹，使院中的石子路像山间小路一样，十分阴凉。武藏信步走着，眼中所见的正屋、客厅、客房、凉亭等建筑，都呈现出古屋才有的那种乌黑油亮的光泽以及深沉凝重的气度。环绕于房屋左右的松

风之卷

树,苍翠浓郁,似乎在彰显着户主显赫的身份。不过,当武藏从松树底下走过时,并没觉得这些松树傲气凌人。

九

此时,不知从哪里传来踢球的声音。人们经常可以在公卿大臣的府外听到这种声音,但在商人家里实属罕见。

"主人正在准备,请您稍等!"

两名侍女端来茶水和点心,随后引武藏来到面朝庭院的客厅里坐下。从侍女们优雅的举止中不难联想到此家的家风。

"大概是背阴的关系,突然觉得有些冷。"光悦喃喃地说着,随后叫女仆把敞开的隔扇门拉起来。武藏一边听着踢球声,一边欣赏着院子一头那片低矮的梅林。光悦也看着外面说道:"睿山那边,有一大片乌云,可能是从北国飘来的——您不觉得冷吗?"

"不会。"

武藏答得很坦白,他没想到光悦会如此怕冷。

武藏的皮肤犹如皮革般坚韧,所以对天气的变化也不太敏感,而光悦却恰恰相反。除了对气候的敏感度不同之外,两人在艺术品的赏玩、品鉴方面也有着天壤之别。简而言之,就是乡下人和城里人的差异。

此时,女仆擎着烛台走进来,外面的天色已经暗下来,光悦正要拉上门,突然有人喊了一声:"叔叔,您来了!"

大概是那几个踢球的小孩在打招呼。其中两三个十四五岁的孩子往这边看了几眼,还把球丢了过来。他们一看到武藏,突然安静下来了。

"叔叔,我去叫父亲。"

还没等光悦答话,孩子们便争先恐后地跑向里屋。

隔扇门上映着暖融融的烛火,更加映衬出这户人家的和谐、温暖。远处偶尔还会传来几声大笑,那爽朗的笑声连客人都被感染了。

不过,最令武藏好奇的是,府宅中的任何一处布置、摆设都看不出他们是有钱人。那些朴素的陈设似乎有意剔除铜臭味。武藏觉得,自己仿佛置身于一间宽敞的农家客房里。

"啊!抱歉!让你们久等了。"

随着一声豪爽的招呼,主人灰屋绍由走进屋里。

他和光悦完全是不同类型的人,虽然长得瘦骨嶙峋,但声音却很洪亮而富有朝气,不像光悦的声音那样低沉。他的年纪看上去要比光悦大上一轮。总之,灰屋绍由是一位直爽而亲切的人。于是,光悦把武藏介绍给他。

"啊!原来是近卫家的管家松尾先生的外甥哪!我和松尾先生也很熟呢!"

听他提起姨父的名字,武藏进一步确定,京都的大商人和公卿近卫家的关系的确非常密切。

"我们走吧!原想趁天色未暗之时,散步过去。现在天既然黑了,我们就乘轿走吧……武藏先生,您也会跟我们一起去吧?"

绍由火急火燎的个性,跟他的年龄很不相符,与在一旁稳如泰山、早已忘记花街之游的光悦,形成了极大的反差。

在绍由、光悦的轿后就是武藏的轿子,他生平第一次坐轿。三乘小轿沿着堀河岸摇摆前行。

 春雪

一

"哦!好冷呀!"
"冷风吹得脸好疼啊!"
"鼻子都快冻僵了!"
"今晚也许会下雪吧?"
"——明明都是春天了呀!"

轿夫们高声谈论着,口中不时冒出阵阵白气。

三盏灯笼摇摇摆摆、忽明忽暗。睿山上的乌云,笼罩在整个京都上空,黑沉沉的夜色似乎在预示着半夜将发生什么可怕的事情。

——然而,在对面宽阔的马场周围,一片灯火通明。也许是因为天空中一颗星星也没有,所以地上的灯火显得尤为璀璨,恰如成片的萤火虫在寒风中熠熠生辉。

坐在第二顶轿子里的光悦回头喊道:"武藏先生!"

"那儿就是六条的柳町——最近,这里增加了不少住户,所以现在又称为三筋町。"

"哦!原来是那里!"

"从马场或空地,遥看那里的万家灯火,也不失为一种情趣。"

"真是不可思议。"

"以前,烟花巷多分布于二条,由于离皇城太近,每到半夜那些民歌、俚曲之音就会传到皇家的花园里。因此,所司代(负责京都警察、司法和政务的幕府官职名称)板仓伊贺守胜重①大人便将它迁至此处——不到三年工

---

① 生于天文十四年(1545),卒于宽永元年(1624)。其父为板仓好重,胜重为次子,乳名甚平。幼年时出家于三河过安永寺,后奉家康之命还俗,继承家业。先后担任骏府町奉行、关东代官、江户町奉行、京都町奉行及京都所司代等职。

夫，这里就变成了繁华街巷，而且还会进一步扩大面积呢！"

"如此说来，三年前还没有这条街？"

"是的。那时每到夜晚，到处都是黑漆漆一片，人们只能暗自哀叹战争留下的伤痕……可是现在，所有的流行元素都源于这条街，说得夸张些，这里甚至孕育出一种独有的文化……"

光悦本要继续说下去，可突然侧耳听着远处的声音——

"您也听到了吧……那是花街的弦乐之声。"

"哦！听到了。"

"那些乐曲都是用琉球的三味线（日本拨弦乐器）演奏的，有的歌谣还是以三味线曲为基础创作而成的，还有些曲子经改编后形成了所谓的隆达调①。由此可知，所有流行乐曲都源自烟花之地。这些曲子在妓院广为传唱，之后又普及到市井。所以从文化的角度来看，城市与烟花巷有着极深的渊源。虽然花街与普通市井生活相距甚远，但不能因此说那是一处污秽不堪的地方。"

此时，轿子突然转弯，武藏与光悦的对话不得不中断。

二条的花街叫作柳町，六条的花街也叫柳町。不知何时，"花街柳巷"俨然成了青楼妓院的代名词。街道两边的柳树上，点缀着数不清的彩灯，不断映入武藏的眼帘。

二

看得出，光悦和灰屋绍由对这里非常熟悉。他们一下轿，"林屋与次兵卫"店里的人，立刻迎了上来。

"船桥先生来了！"

"水落先生，您也来了！"

"船桥"是绍由游玩时用的假名，暗指自己住在堀河的浮桥边。而"水落"同样也是光悦出入此种场所的假名。

只有武藏，既没有固定住所，又没有假名。

说到名字，其实"林屋与次兵卫"也是这家妓院主人的假名，妓院屋檐下挂的软帘上写着"扇屋"两字。

一提到扇屋，人们就不禁联想到六条柳町中，艳冠群芳的艺妓吉野太夫②，而桔梗屋这个名字，则会让人想到室君太夫。

在六条，堪称一流的妓院只有这两家。现在，光悦、绍由、武藏三人所

---

① 由日莲宗僧人隆达创作的短歌，盛行于江户初期。
② 生于庆长十一年（1606），卒于宽永二十年（1643）。本名松田德子，为九州肥后地区的武士之女。八岁进入六条柳町开始艺妓生活，十四岁时从侍女升为太夫。其人多才多艺，擅和歌、书法、茶道、围棋、香道等。因其才貌过人，深得当时达官贵人的喜爱。

坐的地方就是扇屋。

尽管武藏叮嘱自己不要东张西望,但眼见那气派的方格天花板、雅致的小桥栏杆、幽静的庭院以及雕刻精美的楣窗(日式建筑中拉门上部的格窗),他还是被深深吸引了。

"咦?他们去哪儿了?"

武藏只顾看着隔扇门上画的杉树,不知不觉竟然跟丢了光悦和绍由,他站在走廊上,不知如何是好。

"我们在这里!"光悦朝他挥了挥手。

庭院里有一座远州风格的假山,上面撒着白沙,想必院子的设计者是以赤壁为蓝本来设计这座庭院的。院子左右有两间宽敞的房间,银色的隔扇门中透出点点灯火。整个设计让人感觉仿佛置身于北苑派的画卷中。

"好冷呀!"

绍由缩着肩膀,走进其中一间大房间里,一屁股坐在了坐垫上。

光悦也坐了下来,指着正中的坐垫说道:"武藏先生,请坐!"

"啊!这可不行——"

武藏坚决拒绝,随后坐到了下座。其实,武藏并非客气,他只是觉得那个位置位于整个房间的正中,如果要像个将军似的,正襟危坐在这栋豪华的房子里,他会感到很不自在,所以坚决推辞。不过,大家都认为他是在客气。

"没关系的,您是客人理应坐上座……"

绍由也说:"我和光悦先生是这里的常客,彼此再熟悉不过。和您是初次见面,所以请不要客气!"

武藏依旧推辞道:"实不敢当!我年纪轻轻怎敢坐上座!"

于是,绍由突然开玩笑道:"来到花街,没人会说自己的年龄!"

说完,他晃着瘦削的肩膀,哈哈大笑起来。

这时,几个女子手端茶水、点心来到屋内,并等待客人坐好。最后,还是光悦出来打了圆场。

"那么,我就坐到这儿吧!"说着,他坐到了中间的位置上。

武藏随后坐到光悦身边,这才松了一口气。同时他又觉得,将时间都花在推让座位上,实在有些不值。

三

在隔壁房间,两个侍女坐在炉旁,对着屏风饶有趣味地玩着手影游戏。

"——这是什么?"

"——小鸟!"

"这个呢?"

"兔子。"

"——这个呢？"

"戴斗笠的人。"

炉上架着煮茶用的锅，水一开，股股热气弥漫在屋内，让人感觉暖和了不少。不知何时，房里的人渐渐多起来。酒气加上人气，不由令人忘记了外面的寒冷。

不！应该说美酒温暖了人们的身体，所以才觉得屋里格外温暖。

"我啊，经常和儿子意见不合，但我们都认为，世上没有比酒更好的东西了——有人把酒比作毒药，我认为那不是酒的过错，而是喝酒的人有问题。我们总习惯将过错归咎于他人，这是人类的通病。而将酒称作'疯药'，实在有失公平呀！"

三人之中，要数灰屋绍由的身材最瘦小，可是他的声音却最洪亮。

武藏只喝了一两杯，就推辞不喝了，而绍由老人还在高声阐述他的喝酒论。

他这套言论已不是什么新论调了，一旁侍候的唐琴太夫、墨菊太夫、小菩萨太夫，甚至连斟酒、端菜的侍女都在嘀咕："船桥先生又开始了！"她们轻轻撇了撇小嘴、相视而笑，听着他老调重弹。

可是，船桥却丝毫不在意，继续说道："如果酒不是好东西，那神明一定不会喜欢它，可是神明要比恶魔更喜欢喝酒呢！世上没有比酒更加洁净的饮品了。据说在神治时代（从开天辟地至神武天皇的时代），酿酒所用的米必须由处女洁白的牙齿咬碎，所以那时的酒十分清澈、洁净。"

"哈哈哈！哎呀！那多脏啊！"有人笑着说道。

"这有什么脏的？"

"用牙齿嚼米酿酒，这不脏吗？"

"笨蛋！如果是你们的牙齿咬碎米酿酒，那一定很脏，没人敢喝！所以必须让处女来完成这项工作，她们就像初春的花蕊一样毫无瑕疵。由她们嚼碎的米放入瓮中酿出的酒，就像花蜜一样醉人……我真想沉醉在那样的美酒中啊！"

说着，他突然搂住了身边一个十三四岁的侍女的脖子，还把那张干瘪的脸贴到了女孩的唇边。看来，他已经喝醉了。

"——啊！不要！"那侍女吓得惊叫一声。

于是，船桥又笑着看了看右侧的墨菊太夫，还拉起对方的手放到自己的膝上，嘻嘻笑着说道："哈哈！不要生气嘛！我的老婆——"这还不打紧，他还和对方脸贴脸共饮了一杯酒，时不时地靠在对方身上，简直就是旁若无人。

光悦一边喝着酒，一边和绍由以及那些妓女说笑，而武藏却始终无法融入这种气氛中，并非他故作严肃，而是那些妓女害怕他。不敢靠近。

四

　　光悦并不勉强武藏，倒是绍由，偶尔想到武藏会说一句："武藏先生，你怎么不喝酒呢？"过了一会儿，他又想到武藏的酒也许凉了，便说道："武藏先生，那杯不要喝了，换一杯热的吧！"

　　劝了几回酒后，绍由的语气开始随便起来。

　　"小菩萨太夫，你要敬一下这个孩子哟！孩子，喝一杯嘛！"

　　"我正在喝。"

　　武藏只有在回话时才开口。

　　"杯子里一直有酒呢！太不爽快了！"

　　"我酒量不好！"

　　绍由故意讽刺了一句："不好的是剑术吧？"

　　武藏笑了笑，答道："也许吧！"

　　"喝酒会妨碍练武；喝酒会扰乱心性；喝酒会削弱意志；喝酒会难成大事——你要是这么想的话，那可成不了什么气候！"

　　"我没有这么想，只是眼前有件事很伤脑筋。"

　　"你在担心什么？"

　　"我要是喝多了，就该想睡觉了。"

　　"要是想睡觉，哪儿都可以睡呀！这算什么理由！"

　　"太夫！"绍由冲着墨菊太夫喊了一声。

　　"这孩子担心喝多了会睡觉，但我还是想让他喝个痛快。如果他想睡觉，就让他在此处过夜吧！"

　　"是！"妓女们娇翘红唇，含笑答道。

　　"让他在这儿过夜行吗？"

　　"没问题。"

　　"不过，让谁来服侍他呢？光悦先生，你说谁比较合适？武藏先生，你中意哪一个呢？"

　　"这个嘛……"

　　"墨菊太夫是我老婆——如果叫小菩萨太夫去，光悦先生会心疼——唐琴太夫呢……不行，她服侍得不周到。"

　　"船桥先生，那就把吉野太夫请过来吧！"

　　"就是她！"

　　绍由兴高采烈地拍着膝盖说道："吉野太夫！她一出马，没有客人不满意的……可是，我怎么没见吉野太夫呢？快把她叫来让这个孩子瞧瞧！"

　　于是，墨菊太夫说道："她和我们不同，很多客人都指名叫她，可能无法立刻抽身过来。"

　　"不行！不行！只要告诉她我来了，无论她接待什么客人都会马上过来

风之卷

的。谁去帮我喊一声？"

绍由伸长脖子，对着隔壁正在炉旁玩游戏的侍女喊道："灵弥在吗？"

"我在。"

"灵弥，你来一下。你是吉野太夫的侍女，为什么没把太夫领来？你去跟吉野说，船桥先生已等得不耐烦了，然后把她带过来——要是你做得好，我这里有赏哟！"

五

那个叫作灵弥的侍女，不过十一二岁，却已出落得亭亭玉立，将来必定是第二个吉野太夫。

她对绍由的话似懂非懂，于是绍由问了一句："懂了吗？没问题吧？"

"懂了。"

她眨了眨那双圆溜溜的大眼睛，点头答道，随后就走了出去。

灵弥关上身后的隔扇门，来到了走廊。突然，她拍手大叫起来："采女姐姐、珠水姐姐、系之助姐姐——你们快过来呀！"

"什么事？"房内的侍女齐声问道。

随后，侍女们走出房间，也来到走廊上，和灵弥一起拍手欢呼起来。

"啊！"

"哇！"

"好美呀！"

听到外面的欢呼声，屋内喝酒的人既好奇又羡慕。

"发生什么事了——打开门看看！"绍由说了一句。

"我来开门！"说着，妓女们把隔扇门往左右两侧拉开。

"啊！下雪了！"众人都感到很意外。

"外面一定很冷……"光悦看着口中呼出的白雾，喃喃地说道。

"哦？"武藏也看向屋外。

屋外一片漆黑，春日里极其罕见的牡丹雪，洋洋洒洒地下着，不时能听到吧嗒吧嗒的声音。夜幕中的白雪，就像黑色布料上衬着的亮白色条纹。四个侍女排成一排，如诗如醉地欣赏着这难得的美景。

"快回到房里去！"太夫呵斥了一声，却没人理睬。

"好棒哦！"

侍女们早已忘了客人的存在，她们就像与情人不期而遇一样，痴痴地看着雪景。

"这雪会积起来吧？"

"大概会吧！"

"不知明早会变成什么样儿？"

"东山肯定会一片白茫茫的。"

"那东寺塔呢?"

"东寺塔上肯定也是一片雪白。"

"那金阁寺呢?"

"金阁寺也一样。"

"那乌鸦呢?"

"乌鸦也会变成白色——"

"你瞎说!"

侍女们说笑起来,她们用衣袖互相打闹着,其中一人还从廊上跌了出去。

要是平时发生这种事,那位跌倒的侍女一定会大哭起来,可今天她摔在雪地里,不但没生气,反而十分高兴。她站起身后,向雪地里走去,还大声唱起来:

> 大雪小雪,
> 不见法然(日本净土宗创始人),
> 此为何事,
> 诵经品雪。

小侍女仰着头,仿佛要把雪花吞进肚子里一般,同时还挥舞着衣袖,跳起舞来。

她正是灵弥。

屋里的人都担心她摔倒受伤,但看到她活蹦乱跳的样子,只好笑着说道:"好了!好了!"

"快上来吧!"

此时,灵弥已将绍由交代的事忘得一干二净,她的双脚已被雪水打湿,其他几个侍女就像抱孩子一样,合力将她抱走。

六

一个机灵的侍女不想让船桥先生扫兴,便急忙去探知吉野太夫的情况。不一会儿,她回来向绍由小声回报:"她说已经知道了。"

绍由早已忘记此事,不禁反问道:"知道什么?"

"就是吉野太夫已经知道您找她。"

"哦!她会过来吗?"

"她说会过来,无论如何都会来,可是……"

"可是……什么?"

"因为有客人刚到,她一时走不开,请您见谅。"

"——真不识好歹!"

绍由极为不快,愤愤地说道:"要是别的太夫这么说,我还能理解。没想到吉野太夫这样的名妓竟会如此轻慢客人，看来她也越来越市侩了！"

"啊！不是这样的。那位客人很固执，他说太夫越说要走，他就越不让她离开。"

"每个花钱的客人都是这种心理——那个存心找我别扭的客人到底是谁？"

"是寒严先生。"

"寒严先生？"绍由苦笑了一下，看了看光悦。光悦也苦笑着问道："只有他一个人吗？"

"不是。"

"那几个常和他一起来的人也在？"

"是的。"

绍由拍了拍膝盖说道："啊！越来越有趣了！雪下得正好，酒也不错！如果再能见到吉野太夫，一切就太完美了。光悦先生，您帮我个忙吧——喂！小姑娘，把砚台盒拿来！"

于是，侍女拿来砚台盒和怀纸，放在光悦面前。

"写点什么好呢？"

"和歌也行……文章也可……还是写和歌好了！对方可是当今的婉约派歌人呀！"

"这可难了……是要写一首能让吉野太夫移步至此的和歌吗？"

"没错！正是此意。"

"若非佳句则很难打动对方啊！可是，那些名歌（著名的和歌）无法即刻吟诵，您还是来写一首连歌吧！"

"你倒推给我了……真麻烦！就这么写吧！"

于是，绍由提笔写道：

吉野之花

何妨移驾吾庵

光悦看后，也来了兴致，随即说道："我来写下半阙吧！"

高岭之花

怎惧严寒之云

绍由看到这儿，不禁欣然喝彩道："太棒了！高岭之花怎惧严寒之云……哎呀！写得太妙了！云上的人也要懊恼喽！"

于是，绍由将这张纸折好，交给了墨菊太夫，还故意郑重其事地说：

"侍女送去，显得不够分量，所以只好麻烦太夫亲自走一趟了！"

这位寒严先生就是前大纳言之子乌丸参议光广的隐名。经常和他一起来的人，无外乎德大寺实久、花山院忠长、大炊御门赖国以及飞鸟井雅贤一干人等。

七

不多时，墨菊太夫就回来了，她恭敬地将信匣（传送信件专用的长方形小匣）放到绍由和光悦面前。

"这是寒严先生的回复。"

本来绍由是以游戏之心写的这封信，没想到对方却将回信郑重其事地装入信匣中。

"他可真谨慎哪！"绍由不禁苦笑一声。

然后，他又望着光悦说道："他们一定没想到我们也在这儿，肯定吓了一跳！"随后，他漫不经心地打开了信匣，结果摊开信纸一看，上面竟什么都没写，就是一张白纸。

"啊？"

绍由以为另一封回信掉落在自己膝上，或还在信匣中。于是，他又仔细搜寻了一番，可是除了这张白纸之外，再没发现其他信函。

"墨菊太夫！"

"是。"

"这是什么啊？"

"我也不清楚是怎么回事，他只说'把回信送过去！'这的确是寒严先生交给我的回信啊！"

"他是把我们当成笨蛋了还是不知如何回复我们的和歌，就以这张白纸作为投降书？"

无论遇到什么事，绍由都善于自圆其说，可此时他却有些无所适从，只好把信递给了光悦。

"喂！这封信到底是什么意思呀？"

"也许是要我们领会出他的深意。"

"什么都没写，怎么领会呀？"

"试着想一想，也许就能读懂了。"

"那么光悦先生，这个应该如何读懂呢？"

"——雪……我从中看到了一整面的白雪。"

"哦……嗯、嗯！是雪呀！原来如此。"

"我们在信上写着，希望他将吉野之花移至此处，他回答说喝酒不一定要赏花——赏雪更有助于陶冶性情，边饮酒边欣赏雪景也是一种享受——我想这就是回信的意思。"

"哼！这小子竟敢如此！"绍由觉得很懊恼。

"我们绝不能就这么冷冷清清地喝酒，既然对方做此答复，我们可不能坐视不理！想想办法，一定要让吉野太夫过来！"

绍由一下子蹦了起来，还舔了舔嘴唇。虽然他比光悦大上好几岁，但脾气却是如此倔强，想必他年轻时也是个刺头。

光悦劝他少安毋躁，但绍由非让侍女们去把吉野太夫带过来，到后来他已忘了叫吉野太夫过来的真正目的，反而以此作为助兴的由头。侍女们也笑成一团，屋里的热闹景象与屋外的纷纷白雪，交相辉映。

此时，武藏悄悄站起身来。

由于他起身的时机很巧妙，所以谁也没注意到他的座位已经空了。

 雪韵

一

武藏一声不响地离席，来到走廊上，可是扇屋太过宽敞，他一时间不知该往哪儿去，只能独自闲逛。

为了避开喧闹的客房，武藏不知不觉走到了一间光线昏暗的屋子前，这里好像是储藏室，要不就是工具房。想必这里距离厨房很近，因为屋子四周昏暗的墙壁和柱子上都透出一种厨房特有的油烟气。

"——啊！这位客官，您不能来这儿哟！"

就在此时，一位侍女从小屋里走出来，正好迎面碰上武藏，她伸开双手，挡住了武藏的去路。

在席间天真可爱的侍女，这会儿却面带怒色，仿佛自己的地盘被别人侵犯了。

她大声斥责道："您真是会找麻烦！客人不能来这儿！快回去吧。"

本来这些青楼瓦肆之所，总是将美好的一面呈现给客人，现在被客人看到了污秽不堪的一面，这令小侍女非常生气。同时，这个不懂规矩的客人也让她心生轻蔑。

"哦……不能来这儿呀？"武藏问道。

"不可以！当然不可以！"侍女往外推着武藏。

武藏看了一眼这个侍女，说道："啊！你不就是刚才那个摔倒在雪里的灵弥吗？"

"是的。客官，您要是因为上厕所才迷了路，我可以带您去！"

说着，灵弥牵着武藏的手，就要往外走。

"不用！我没喝醉，只是想到那屋里吃一碗茶泡饭。"

"吃饭？"灵弥瞪大着两眼问道。

"如果您要吃饭，我会给您端过去。"

"可是，难得大家喝得那么高兴——"

听武藏这么一说，灵弥歪着头想了一会儿说道："说得有理！那我就给您端到这儿吧！您想吃什么？"

"不要别的，给我两个饭团子就行了——"

"只要饭团子吗？"

于是，灵弥跑到里面，取来了武藏要的食物。而武藏就在那间小黑屋子里，吃完了晚饭。

"从后院能出去吧？"

武藏问了一句，随即站起身，朝着后廊的出口走去。灵弥见状吓了一跳，忙问道："客官，您要去哪儿呀？"

"我马上就回来。"

"您说马上回来，可是从那里出去……"

"从正门走太麻烦了！如果让光悦先生和绍由先生知道，不仅会让他们扫兴，还会啰唆一大堆。"

"那我把那儿的门打开，让您出去。您可要快点回来啊！您要是不回来，我准会挨骂的。"

"好的，我一定尽快……如果光悦先生问起，你就说我去莲华院附近见朋友去了，应该很快就会回来。"

"不是应该，是一定要回来啊！因为您要见的那位太夫，可是我的主人吉野太夫呀！"

说完，灵弥打开了雪掩的柴门，把武藏送出门外。

二

在妓院附近，有一间名为编笠的茶馆，武藏走近询问是否有草鞋。可是，这家店是专门卖斗笠给那些流连花街的男子来遮脸的，并不出售草鞋。

"非常抱歉，能否请您帮我买一双来？"

武藏拜托茶馆的女子帮自己去买鞋，他则坐在板凳上等着，并重新紧了紧腰带。他脱下羽织，仔细地叠好，还跟茶屋伙计借来纸笔写了一封信，放到那件羽织的袖口里。

"老伯！"武藏喊了一声坐在炉旁的老人。

"能否请您帮我保管一下这件衣服——如果我亥时下刻（23点）还没回来，就请您将衣服和里面的信一并交给扇屋的光悦先生。"

"好的。这是小事一桩，我会帮您保管好的。"

"请问现在是酉时下刻（19点），还是戌时（20点）？"

"还没那么晚呢！今天下雪，所以天黑得比较早。"

"我离开扇屋之时，正好听到座钟打点。"

"这么说来，现在应是酉时下刻了吧！"

"还这么早啊！"

"太阳才刚下山呢——看看街上的人流，就知道了。"

不一会儿，茶馆的女子带回了草鞋。武藏仔细调整好鞋带的长度，然后套在了皮袜上。

为了表示感谢，他付了很多茶钱，店家还送了他一顶斗笠。武藏只是把斗笠拿在手中，高举过头顶为自己挡着雪。那比花瓣还要柔软的雪花，洋洋洒洒地飘落，不一会儿，他的身影就消失在茫茫的白雪中。

在四条河岸附近，住家的灯火稀稀落落。祇园树林里也是雪迹斑驳，难辨道路。

林子里时不时能看见点点灯火，那是祇园树林里的灯笼或御灯（供奉在神佛前的灯）。神社的正殿、厢房都是一片死寂，只是偶尔能听到雪落在树枝上发出的轻微声响，随后一切又归于平静。

"走吧！"

一群人在祇园神社前稽首叩拜，随后蜂拥走入了正殿。

此时，从花顶山的寺庙传来五声钟响——正好是戌时。也许是因为下雪，今夜的钟声听起来格外动人心魄。

"二少爷，草鞋的带子是不是太紧了——天太冷，鞋带绑得太紧会崩断的。"

"不用担心！"

答话的人正是吉冈门传七郎。

在他周围的十七八个人，都是吉冈家的至亲和弟子。不知是不是因为天气太过寒冷，众人不住地打哆嗦。随后，大家簇拥着传七郎，朝着莲华院的方向走去。

在抵达祇园神社之前，传七郎就已做好了决斗的准备。他用毛巾把头发束紧，还用束衣带将衣袖固定好。

"草鞋……在这种天气，绑草鞋只能用布带呀！你们都给我记住了！"

传七郎口中不断呼出阵阵白雾，和众人一起踏雪前行。

三

日落之前，太田黑兵助等三名弟子已亲手将挑战书交给了武藏，上面写明了比武的时间和地点。

地点：莲华院后身

时间：当日戌时下刻（21点）

不等到次日——而是今晚戌时下刻，这个时间是传七郎经深思熟虑之后决定的，而且吉冈门的众亲戚和弟子们也都认可。

他们认为，不能再犹豫了，如果让武藏跑掉，恐怕今后再也没机会在京都抓住他了。此时，这群人中唯独不见太田黑兵助，原来他一直在堀河船桥的灰屋绍由家附近监视着武藏的行踪，之后又尾随他去了扇屋。

"是谁？好像有人过来了！"

传七郎嘀咕了一句，起身走到莲华院后面的厢房，看见远处有一堆篝火映着雪光熊熊燃烧。

"大概是御池十郎左卫门和植田良平。"

"什么，御池和植田良平也来了？"

传七郎觉得，这两个人来了反而会碍手碍脚。

"只是对付一个武藏，却来了这么多人。即使我们报了仇，世人也会说我们以多欺少呀！"

"不会的。等比武一开始，我们就立刻躲到一旁。"

莲华院的佛堂外有一条长长的走廊，俗称三十三间堂。有人说这段走廊的长度正好是箭能飞到的距离，因此有人在这里安上箭靶，把这里当作练习弓箭的绝佳场所。于是，越来越多的人身背弓箭，独自来到此地练习。

——传七郎对此地早有耳闻，因此才约武藏在此比武。他亲自到过莲华院，发现这里不但是练射箭的好地方，而且是比武的绝佳场所。

莲华院内地势辽阔而平坦，几乎很少见到杂草和千里竹，地面上积着一层薄雪，周围几棵孤零零的松树，更平添了院内肃穆、庄严的气氛。

"哦！"

先行抵达的弟子正在生火取暖，看到传七郎走过来，他们立刻起身迎接。

"很冷吧？现在距比武还有一段时间，您先坐下烤烤火吧！一会儿再准备也不迟。"

他们正是御池十郎左卫门和植田良平。

说完，植田良平就坐了下来，传七郎也一语不发地坐在火堆旁。其实，一切准备工作早在抵达祇园神社之前就做好了。此时，传七郎双手煨着火，活动着手指关节，时不时发出嘎巴嘎巴的响声。

"——我们来得太早了。"

传七郎那张映着火光的脸上，渐渐露出杀气。

"刚才，我们在路上看到一家茶馆。"

"这么个大雪天，店家早就关门了吧。"

"如果去敲门，他们会开门吧——谁去那儿打点酒来？"

"啊？打酒？"

"没错！没有酒可不行……太冷了！"

说着，传七郎又凑近火堆，蹲了下来。

无论何时何地，传七郎身上总带着酒味。今晚的比武关系着一个家族，甚至是一个门派的生死存亡，在比武即将开始之际，喝酒到底是有助于他增加战斗力，还是削弱战斗力？弟子们犹豫不决。因为此时饮酒与往日大不相同，他们不得不慎重从事。

四

很多弟子认为，在这冰天雪地里，喝点酒能舒筋活血，有利于比武。

"二少爷都已经这么说了，恐怕不好违拗他吧！"

于是，两三个弟子急忙跑去买酒。不一会儿，酒就买回来了。

"哦，酒来了！任何东西都比不上酒呀！"

传七郎把酒放到燃尽的火堆里温着，然后倒进碗里，畅快地喝了一大口，随后心满意足地吐出一口气。

一旁的弟子非常担心他又像往常一样，喝过了量，从而耽误正事。不过，这种担心是多余的，传七郎喝得很少，毕竟生死攸关的大事近在眼前，虽然他表面装作若无其事，心里却比任何人都紧张。

此时，突然有人喊了一声："——喂！是武藏吗？"

"他来了吗？"

那些围在火堆周围的人，好像同时被人踢了一脚似的，齐刷刷地站了起来。那衣袖带起的红色火星，随着夜风飘散在漫天飞雪的夜空。

同时，在三十三间堂另一头出现的黑色身影，扬起手答道："是我！"

说着，那黑影靠了过来。

原来，来人是一位身背弓箭的年老武士，他把裤腿撩起，塞在腰间，周身干净利落。此人是源左卫门，为壬生（京都市中京区）一带颇具威望的老人。弟子们看到他，都低声议论起来。

壬生源左卫门是吉冈拳法的亲弟弟，也就是清十郎和传七郎的亲叔叔。

"哦！原来是壬生叔叔，您怎么来了？"

传七郎万万没想到，他会连夜赶到这儿，脸上现出惊愕之色。源左卫门走到火堆旁，说道："传七郎，您真的要和武藏比武吗……见到你之后，我放心多了。"

"我也想和叔叔商量一下。"

"商量什么？吉冈门的名声已危在旦夕，你哥哥也成了残废，如果你再不采取行动，我都不答应啊！"

"请您放心！我不会像哥哥那么软弱！"

"这点我相信。我知道你不会输的。我特地从壬生赶来，就是为了给你打气的——传七郎,你不可太过轻敌,很多人都说,那个武藏是个极其凶悍的人。"

"我知道。"

"不要急于取胜,一切都交给老天吧!万一有什么意外,我源左卫门也会给你收尸的。"

"哈哈哈!"传七郎大笑起来。

"叔叔,喝杯酒暖暖身子吧!"

说着,传七郎拿出酒碗。

源左卫门没吭声,喝了一碗之后,看了看周围的弟子。

"你们到这儿来干什么?该不会想帮太田黑兵助阵吧——如果不是,就赶快离开。这是一场一对一的比试,一堆人守在这儿倒显得我们未战先惧了。即使赢了,也会被人说闲话……时间快到了,你们跟我一起退到别处吧!"

五

此时,远处的钟声又在众人耳边响起。

已经是戌时了,距离约定的时间越来越近。

(武藏是不是出门晚了?)

传七郎环视着光亮如昼的四野,独自坐在快燃尽的火堆旁。

在壬生叔父的提醒下,弟子们都走开了,雪地上只留下几行斑驳的脚印。

——偶尔会听到扑哧一声,那是三十三间堂房檐上的冰柱落地的声音。每一次声响,都让传七郎更加警觉。

忽然,一个男子从对面的树林飞奔过来,那动作就像鹰一般敏捷,他快步来到传七郎身边。

此人正是一直监视武藏的太田黑兵助,他负责联络弟子、汇报武藏的行踪。他是最后一个返回的弟子。

今晚的大事已迫在眉睫,这一点单从太田黑兵助的脸色就能知道。

他还没站稳脚跟,就上气不接下气地说道:"来了!"

此刻,传七郎已起身站在火堆旁——听到这儿,他又问了一遍:"他来了?"同时,他下意识地将火堆踩灭。

"——武藏那小子离开六条柳町的编笠茶馆后,就冒雪上山来了。他走得很慢,这会儿才翻过祇园神社的外墙,进到院里来了——所以我先抄近路赶过来,那个磨磨叽叽的家伙应该也快到了!您要做好准备!"

"好的……太田黑兵助!"

"是。"

"你也到那边去吧!"

"其他人呢?"

"不知道。你在这儿很碍眼,退到一旁吧!"

"哦……"

太田黑兵助虽然答应一声,但无法就此离去。传七郎利落地踩灭余烬,走出厢房。太田黑兵助目送他离开,随后缩身躲到了正殿的地板下。

寒风顺着地板的缝隙刮进来,那风出奇的冷。太田黑兵助紧紧抱着膝盖,刺骨的寒冷让他的牙齿不住打战。他极力告诉自己,这都是寒冷所致,但全身仍抖个不停,仿佛憋着尿一样。

(真奇怪!)

此时,外面的光线比白天还亮,传七郎站在一棵距三十三间堂百步远的松树下,急切地等待着武藏的到来。

——太田黑兵助算了算时间,武藏早该到了,怎么还不见人影?雪势虽然减弱了一些,但仍纷纷扬扬地下着,寒冷刺骨。篝火彻底熄灭了,传七郎的酒也醒了,远远可见他焦躁不安的眼神。

——啊!传七郎突然被什么东西吓了一跳,原来从那棵松树上落下一大堆积雪,仿佛倾泻而下的瀑布。

六

在这种情形下,哪怕是一秒的等待也很难熬,传七郎的焦虑不言而喻。

太田黑兵助也是同样的心情,他必须要为自己说的话负责,所以一直忍受着彻骨的严寒,强压心底的焦虑,暗暗想着"再等一会、再等一会"。可是,依然不见武藏的身影。

他实在按捺不住了,从地板下出来,朝着对面的传七郎喊了一句:"武藏到底怎么回事啊?"

"太田黑兵助,你还在呀!"

传七郎也感到事有蹊跷,他们走到了一起,环视着四周白茫茫的世界。

"没有人哪!"

传七郎暗自纳罕。

"他不会跑了吧?"他又嘀咕了一句。

"不!绝不可能……"

太田黑兵助立刻否定了这种推测,并极力向传七郎证明自己所言不虚。

"啊!"

正听太田黑兵助说话的传七郎,突然看向一侧,只见两个人从莲华院的厨房走了出来。他们手里的烛光随风摇曳,拿着烛灯的是一个和尚,他身后还跟着一个人。

那两人打开院门,站在三十三间堂长廊的一头,低声交谈着。

只听那个和尚说道:"——入夜之后,寺里各处都是门窗紧闭,所以我不太清楚。不过,傍晚的时候,确实有几个武士在这儿生火取暖,也许他们就是您想要找的人。可是，这些人现在却不见踪影了。"

另一个人很有礼貌地道了谢："多谢您带我来，打扰您休息了，实在抱歉……那边树下站着两个人，可能就是在莲华院等我的人。"

"那么，您就过去问问吧！"

"您带我到这儿就可以了，请回吧！"

"你们是相约在此赏雪的吗？"

那人笑笑答道："嗯，是的。"

和尚吹熄了手上的蜡烛，说道："恕我多言，如果您要在厢房附近生火取暖，请留意余火是否完全熄灭了。"

"我知道了。"

"那我告辞了。"

说完，和尚关上门，径自走回厨房。

留下来的那个人，站在原地没有动，目不转睛地看着传七郎。由于他站在厢房的廊檐下，再加上雪地反光，所以传七郎和太田黑兵助并未看清来人是谁。

"太田黑兵助，那是谁？"

"是从厨房走出来的。"

"好像不是寺里的人。"

"奇怪！"

于是，传七郎和太田黑兵助同时往三十三间堂的方向走了二十几步。

而站在正殿一端的黑影，也移动着脚步，来到长廊中间才停下。他用束衣带勒紧衣袖，绳结打在左臂腋下。传七郎在没看清对方之前，毫无警觉地向前移动着。突然，两人脚步变得僵硬，立在雪地里一动不动。

传七郎大口喘着气，大喊了一声："——啊！武藏！"

七

双方相对而视。

武藏！

当传七郎发出这声喊叫之时才发现，武藏所处位置已占据了绝对优势：

首先，武藏站在走廊上，这里要高出外面好几尺，而传七郎所处位置正好完全暴露在敌人面前。

其次，武藏身后是三十三间堂的墙壁，绝对安全。如果敌人左右夹击，走廊的墙壁可以成为一道天然屏障，使武藏没有后顾之忧，专心对付正面的敌人。

相反，传七郎的背后却是一望无际的雪地，即便知道武藏没带帮手，但背朝空地，还是让他有所顾忌。

所幸，太田黑兵助还在他身边。

"退走！退到一边去！太田黑兵助——"传七郎挥着袖子说道。与其让他在一旁碍手碍脚，不如叫他退到一边去把风，以确保自己能和武藏一对一地进行比试。

"可以开始了吗？"武藏问了一句。

他的语气平静如水。

传七郎见到武藏的同时，不由恨得咬牙切齿，暗暗骂道："就是你这家伙！"他一来是因为手足受到武藏的羞辱；二来是因为人们经常拿武藏来跟自己比较，这令他十分气恼。在他心里，武藏不过是一个乡下武士罢了，哪有资格跟自己相提并论。

"住口！"

传七郎大吼一声，他有如此反应也不奇怪。

"——你凭什么问这句话？武藏，你已经迟到了！"

"你并没有说一定要在戌时下刻钟声敲响的时候呀？"

"少狡辩！我早在此地等候你多时了——你快下来！"

传七郎所处位置不利，无法全力出击，所以他不敢轻举妄动，只是一味引诱对方出击。

"现在——"

武藏轻轻答了一句，那鹰一般锐利的双眼一直在寻找适当的战机。

传七郎在见到武藏之后，全身的细胞才活跃起来。而武藏见到他之前，就已做好了战斗准备，可以说武藏做到了先声夺人。

这一点，从他的战术布置上就可以看出来。首先，他故意没按常规路径穿过寺院，而是叫醒了值班和尚给自己引路，不经院内，沿着寺里的建筑来到正殿的走廊。

之前，他走上祇园的石阶时，看到了雪地里的杂乱的脚印，于是灵机一动，待身后跟踪之人离开后，没直接来到莲华院的后院，而是故意从正门进入。

他向僧人打听了入夜后的情况，并喝了些茶取暖，待比武时间稍过，才突然出现在敌人面前。

这是武藏战术中的第一步，而下一步就是如何面对传七郎的挑衅。他可以按照对方的要求直接出击，也可以自己制造战机。总之，胜败仅一线之隔，如果过分相信自己的智慧与体力，反而更容易身败名裂。

八

"你已经迟到了！还没准备好吗？这儿并不适合比武。"

面对焦躁的传七郎，武藏显得格外沉着。

"我这就过去！"他答了一句。

怒则必败！传七郎并非不晓得这个简单的道理。但一看到武藏傲慢的神情,他平时的警觉与理智便消失得无影无踪了。

"过来!到这边宽敞的地方来!互相通报姓名后,光明正大地比试一番!我传七郎最瞧不起狡诈、胆怯之徒——如果你比武之前就怕了,就根本没资格站在我传七郎面前。"

他高声怒骂着,武藏只是含笑不语。

"传七郎,早在去年春天,你就已是我的手下败将了。今天,我会再次将你砍倒。"

"胡说!你何时何地将我打败了?"

"大和国的柳生庄。"

"大和?"

"是在一间名叫绵屋的澡堂里。"

"啊!是那次!"

"当时在澡堂里,你我都没拿武器,但我在心里估算着你我的实力。后来,我用目光将你斩为两段,但你却什么反应也没有。如果你在别人面前夸口说自己凭一把剑闯荡江湖,他们可能会相信。在我武藏面前,你这番言论无异于滑稽之谈!"

"我还以为你要说什么呢!原来是这些愚不可及的话。哼!听起来很有趣嘛!你的自我感觉也太良好了吧!过来,站到我的对面!"

"传七郎,你用的是木剑还是真剑?"

"谁会用木剑,当然是要真刀真枪地比试!"

"如果你用木剑,我会从你手中抢过来,然后把你砍倒。"

"别吹牛皮了!"

"那么……"

"喂!"

——接着,传七郎用脚跟在雪地上划出一条两米长的斜线,示意武藏站在另一侧——可是,武藏却沿着走廊走了四五米之后,才来到雪地里。

然后,两人同时向后退了二十多米。此时,传七郎再也等不下去了,他大喝一声,同时"咻"的一声轻响,那把为他量身定制的长刀朝武藏横扫过去。

刀的落点十分精准,但并未将对方砍为两段。因为武藏移动的速度,要快过那把刀——不!是远远快过刀的速度。同时,武藏从腋下抽出了兵刃。

九

只见两道白光在黑夜中交错闪动,对比之下,那从空中飘落的白雪倒显得慢吞吞的。

二人一招一式,就像变幻无穷的音阶一样,有慢、有变,也有快。快若风卷残云,变似残雪狂舞,慢如鹅毛纷飞。

"……"

"……"

就在武藏和传七郎抽刀出鞘的一瞬间，两人就打斗在一起。一时间，只见刀影晃动、刀光灼人，地上的雪花随二人的脚步四散飞扬，形成一团雪雾。几个回合过后，两人同时后退，定睛一看——居然哪一方都没有受伤，白森森的地面上没有一滴血迹，这真是不可思议啊！

"……"

"……"

此时，两把刀尖仅相距九尺左右，可任何一方都没再次逼近，那段距离似乎凝固住了。

挂在传七郎眉毛上的雪花化成了水，顺着眉毛流入了眼中，他皱着眉头，脸上的肌肉拧在了一起，然后又重新瞪大了双眼。两个瞳仁似乎要从眼眶中飞进出来，就像熔炉那两扇炽热难当的铁窗。同时，他极力调整着呼吸，就连呼出的气体也像熔炉风箱抽出的风一样滚烫。

（——糟糕！）

传七郎和对方刚一交手就感到后悔。

"为何今天要采取正面进攻的架势？应该像往常一样以上示下用力劈过去！"

传七郎后悔不已，无法像平时一样做出正确的判断，他只听见体内血液汩汩的流动声。他全身的毛发竖起，肌肉紧绷，处于紧张的迎敌状态。

他很清楚，自己并不擅于持刀正面进攻，每当他要抬肘举刀刺向对方时，武藏就已经判断出自己的动向，所以只得作罢。

此时，武藏也用刀对着敌人，不过他的手肘十分放松。传七郎弯曲手肘时，关节会发出咔咔的声响，而武藏的肘部却十分柔软，移动灵活。而且，传七郎的刀不时改变着位置，时动时静，而武藏手里的刀却纹丝不动，以至于在刀背与护手牌之间积起了一小堆雪。

十

武藏知道，这是一场你死我活的战斗，他暗自祈祷八幡神能帮自己寻得对方的破绽、找到进攻的时机，他计算着对方呼吸的频率，誓死要战胜对方。

这个念头在脑中一闪而过，而传七郎依然如巨石般立在眼前。

（这个……）

看着对方魁梧的身影，武藏生平第一次感到了压力。

（敌人更胜一筹啊！）

武藏心底这样想着。

当初在小柳生城，被四高徒围攻之时，他也有过类似的自卑感。每当他面对柳生派、吉冈门这些武林正宗时，就会明显感到自己所创的剑法既无剑势，又不通剑理。

现在——传七郎的这套剑法，不愧是武林魁首吉冈拳法平生之杰作。它简单中蕴含复杂、豪放中更显严谨，堪称无懈可击。若单从对方的气力和注意力下手，实难找出破绽。

比较而言，武藏的剑法就显得半生不熟，如果匆忙出招，反而会先暴露自己的弱点。

武藏并非有勇无谋之人。他无法充分施展引以为傲的自创剑法，又不能一直僵持下去，仅是简单的防御就已让他喘不过气了。

他不停思考着，如何能找出对方的破绽。

渐渐地，他双眼充血。

（八幡大神！）

他祈求着胜利的降临。

（一定要赢！）

一种焦躁不安的情绪，顿时涌上心头。

一般人遇到这种情况，往往会陷入混乱的漩涡而无法自拔，最终一败涂地。武藏并没想这么多，他突然意识到，如此心急只会让自己更加危险，这也是他数次濒临死之总结出的经验——他立时清醒过来。

"……"

"……"

双方依然对峙着。白雪落在武藏的头发上，也落到了传七郎的肩上。

"……"

"……"

此时，武藏的眼中已不见巨石般强悍的敌人，也看不到自己。他知道，要想达到物我两忘之境，必须先从脑中除去好胜的念头。

传七郎距自己大约有九尺远，刀尖与刀尖之间，只有雪花静静飘落——那雪花就像自己的心一样，轻飘飘的；那刀尖间的距离，就像自己的身体一样无限延展着，已分不清哪里是天地，哪里是自己，他的身心早与天地融为一体。

不知何时，传七郎又向前走了几步，那段飘雪的距离被缩短了。同时，武藏的刀尖分明感到了对方的杀意。

——哇！

突然，武藏用力挥刀向后砍去，太田黑兵助的脑袋应声落地，那声音仿佛是粮食袋子被刀捅破一样。

那宛如酸浆果大小的人头，从武藏身旁一直滚到传七郎眼前。就在尸首倒地的一刹那，武藏猛然高高跃起，对着传七郎的胸口飞踹过去。

十一

"啊——呃！"传七郎一声惨叫，划破了四野的沉寂。那声嘶力竭的喊叫，突然戛然而止，空中只回荡着模糊不清的尾音。传七郎高大的身躯，踉跄着后退几步，"扑通！"一声栽倒在惨白的雪地里。

"等……等一下！"

倒在地上的传七郎蜷缩着身子，万念俱灰，脸埋在雪地里呻吟着。可此时，武藏已从他身边走开了。

只有躲在远处的弟子们回应着他。

"啊！"

"二少爷！"

"不、不得了了！"

"大家快过来呀！"

咚咚咚！一阵脚步声响起，无数黑影如潮水般，踏雪狂奔而来。

他们正是壬生源左卫门和其他吉冈门弟子，这些人一直躲在远处，极为乐观地等待着比武的结果。

"啊！太田黑也死了！"

"二少爷！"

"传七郎！"

无论怎么呼唤、如何施救都为时已晚。

太田黑兵助的右耳到嘴附近被横砍一刀，而传七郎的头部被斜劈了一刀，伤口从头顶一直延伸至颧骨。

这两人都是一刀毙命。

"我早说过，不能太轻敌。传、传七郎，这个、这个，传七——"

壬生源左卫门抱着侄儿的尸体，明知已无力回天，但胸中的悔恨之情实在难以平复。

没一会儿工夫，那满是脚印的雪地就被血染成了桃红色——壬生源左只顾着伤心，这会儿才想起责问众人。

"对手在哪儿？"他怒喝了一声。

其实，其他人一直在寻找武藏，可是怎么找也找不到他的踪影。

"——不在这儿！"

"——他不在了！"

听到如此回答，源左卫门气愤不已。

"怎么会不在？"他咬牙切齿地反问道。

"我们过来之前，明明看到有个人影站在这儿的！难道他长翅膀飞了不成？此仇不报不但吉冈家不答应，就连我也无颜面对世人啊！"

此时，一直沉默不语的弟子中突然有人喊了一声，同时手指着一个方向。

虽然是自己人发出的喊声,大家还是不由得后退了一步,并向那人手指方向看去。

"武藏!"

"哦!是他吗?"

"嗯"

霎时,四周一片死寂,比起天地寰宇的安宁,这种人群中的寂静更让人心悸。每个人脑中都是一片空白,他们呆呆地看着眼前的人影,却不知该如何行动。

原来,武藏将传七郎击倒之后,一直站在最近的厢房下。

——然后。

他背对着墙壁,观察着对方的一举一动。随后,他慢慢向旁边走去,迈步走上三十三间堂西边的走廊,缓步走到中间位置才停下脚步。

他扫视着对面的人,心想他们会不会打过来?

看到对方并无进攻的意图,武藏便迈步向走廊的北角走去,随后消失在莲华院的侧墙。

今样六歌仙

一

"他们竟然用白纸回复我们,那群小子太过分了!如果我们不吭声,那些公子哥就更嚣张了!我去找他们理论,非把吉野太夫叫过来不可!"

吃喝玩乐并无年龄限制,灰屋绍由借着几分酒劲,更不肯善罢甘休。既然已经夸下海口,他就势必要做到,否则就会没完没了地闹下去。

"带我去!"他一边说,一边按着墨菊太夫的肩膀站起来。

"算了!算了!"一旁的光悦急忙阻止。

"不!我一定要把吉野带过来——旗本,你带我去!本将军要亲自出马,不服气的都跟我来!"

虽然担心绍由会借酒闹事,众人也没过多阻拦,因为他喝醉了反而不会有危险。再说,如果事事都没有危险性,这个世界就太无趣了,所以那些略带危险、刺激的事情自有其妙不可言之处,也正是花花世界的韵味所在。

绍由老人阅历丰富,自然非常清楚游戏规则,像他这种借酒撒疯的人,一般人很难摆平。他想寻开心,也想戏弄一下对方,他一边想着,一边喘着粗气跟跄前行。

妓女们急忙搀住他说道:"船桥先生,您这么走路很危险哟!"

绍由听了非常不高兴，说道："别胡说！虽然我的脚步有些不稳，但我的心可是清醒得很哪！"

"那您一个人走吧！"说着，妓女松开了手，绍由一下子就跌坐在走廊上。

"——我走不动了！过来背我！"

其实，走廊里很宽敞，他要去的只是另一头的房间而已，却弄得如此大费周章。看来，这对绍由而言也是一种消遣方式。

这位醉客装疯卖傻，还想方设法为难艺妓们。虽然他身材矮小、瘦骨嶙峋，个性却非常倔强，一想到对方以白纸回复自己，还独占着吉野太夫在另一间屋里寻欢作乐，他就禁不住暗骂道："幼稚的公子哥，竟敢如此卖弄——"本身倔强的性格，再加上喝了很多酒，使他更加气愤难平。

提起公卿，连武士都畏惧三分，可现在京都的大商人，根本不把他们放在眼里。说得直白些，这些公卿更在乎的是钱——尽管他们的社会地位很高，却没有薪俸。所以，只要有人肯花钱满足他们、附和他们，再对其地位大大恭维一番，就可以像摆弄木偶一样随意操纵他们——这一点，船桥先生心知肚明。

"寒严先生到底在哪个房间，是这儿吗？"

绍由来到走廊一头的房间，手扶着五光十色的隔扇门，正要拉开，突然迎头碰上一个人。

"咳！我还以为是谁呢？"

原来是宗彭泽庵和尚从里面探出头来，他与这烟花之地可是极不搭调啊！

二

"啊！哦？"

四目相对，两人都又惊又喜。

"和尚，原来你也在这儿呀！"绍由一把搂住宗彭泽庵的脖子。宗彭泽庵也学着他的语气说道："大叔！原来您也来了！"

说着，他也抱住了绍由的头。这两个意外相遇的醉汉，就像久别的恋人一样，脸贴脸地相拥在一起。

"您可真会享受啊！"

"彼此彼此！"

"真想您呀！"

"见到你这个和尚，真让人高兴！"

他们互相拍着对方的头，还舔了舔对方的鼻尖，酒醉后的行为的确让人费解。

宗彭泽庵走出房间之后，走廊上响起一阵隔扇门的吧嗒声，其中还夹杂着一两声猫儿发春似的鼻音。乌丸光广与对面的近卫信尹相视苦笑了一下。

"哈哈！果然不出我所料，那个吵人的家伙跑到这儿来了！"

光广是一位阔绰的公子，年纪并不大，看上去三十上下。他皮肤白皙、浓眉大眼、唇红齿白，尤其是眉宇间洋溢着一种过人的才气，使他显得很年轻。

他最常说的一句话就是："世间武学家无数，为何我偏偏生在了公卿家？"在他俊美的外表下，隐藏着刚烈的个性，他对日本目前武家治国的现状极其忧虑。

"如果那些自以为是的年轻公卿，对时局没有清醒的认识，简直就是白活！"

光广并不害怕发表此类言论，他还经常说："武家是世袭制的，但武器却蒙蔽了政治的权利，所以日本的文官与武官没能实现彼此的制约与融合。而公卿好比是节庆日的装饰品、佩戴冠冕的傀儡。——自己生在这样的环境，是神明的错误。自己明明身为人臣，可当前只有两件事可做——烦恼与饮酒。既然如此，那就醉卧美人膝，观花赏月饮酒而终吧！"

这位公子从藏人头（日本宫廷事务管理机构的负责官职）晋升到右大办（日本律令制时期太政官的右办官署的官职），如今还在朝中担任参议一职。不过，这个贵公子却时常造访六条的柳町。他认为，只有身居此地才能忘记那些令人不快的事。

他的伙伴也都是一些苦闷的年轻人，其中飞鸟井雅贤、德大寺实久、花山院忠长这几人尤为爽朗，他们并非武家出身，个个一贫如洗，真不知道他们来扇屋的钱是如何筹来的！

（也许只有来到这里，才能感觉到自己还是个人！）

他们来到这儿，只会喝酒闹事，不过光广今晚带来的人却不是那些人，而是一位品格高洁之人。

此人名为近卫信尹，约比光广年长十岁，他大方稳重、眉宇清秀，唯一美中不足的是，在他丰腴而微黑的脸上长了一层麻子。

说起麻子，镰仓一之男、源实朝这两人也都是麻子脸，所以这并非近卫信尹独有的缺点。尤其值得一提的是，他虽然具有前关白氏族长者这样高贵的身份，却很少对人提及，只是以书法中的"近卫三藐院"一名示人。尽管此刻坐在吉野太夫身边，他仍不失温文尔雅，真是一个举止高雅的麻子脸。

三

近卫信尹微笑时，麻子脸上露出两个酒窝，他转头对吉野太夫说道："那是绍由先生的声音吧？"

吉野轻咬红唇，为难地说道："啊！要是他来了，可怎么办哪？"

此时，乌丸光广摁住吉野的裙摆说道："不用起来！"随后，他穿过隔壁的房间，来到走廊，故意大声说道："宗彭泽庵和尚！宗彭泽庵和尚！你在那儿干什么？门开着很冷哟！你要是出去，就把门拉上，要不就快点进来！"

于是，宗彭泽庵答道："哦！我要进来。"

说着，他拉着绍由一起进了屋，还让他坐到了光广和信尹对面。

"哦！没想到会碰到你们，真是越来越有趣了！"

灰屋绍由一边说着，一边摇摇晃晃地来到正襟危坐的信尹面前，同时举起酒杯说道："——敬您！"

信尹微笑着说道："船桥老丈，您一直都这么硬朗啊！"

"我可真没想到，寒严先生的同伴是您呀！"

他把酒杯放回原处，故意乘着酒劲儿倚老卖老地说道："虽然你我平常没什么交往，但既然在这儿遇到，就是有缘，您就把什么关白、参议放到一边吧！哈哈哈！宗彭泽庵和尚，你说对不对！"

说着，绍由一把搂住了宗彭泽庵的头，并指着信尹和光广说道："——世间最可怜的就是这些公卿！什么关白、左大臣，全是徒有虚名，根本没有实权。他们可远远比不上我们这些商人呀，和尚，我说的对吗？"

对这位借酒撒疯的老人，宗彭泽庵也有几分畏惧，于是他急忙答道："是啊！是啊！"他好不容易从绍由胳膊里挣脱出来。

"来！我还没敬和尚呢！"

于是，他又要了个杯子。

绍由手中的杯子几乎要碰到了脸，他接着说道："你们这些和尚最狡猾了——简直是当今世上最狡猾的一群人！最聪明的要属商人；最强悍的是武家；而最愚蠢的就是在座两位了。哈哈哈！难道不是吗？"

"没错！没错！"

"公卿不能做自己喜欢的事，在政治上又总吃闭门羹，平时只能吟吟诗、写写书法，除此之外什么用处也没有。哈哈哈！和尚，我说的没错吧！"

论起饮酒作乐，光广不输给任何人；而谈到吟诗作对，信尹则不甘落于人后。可是，被这个突如其来的闯入者一闹，二人都没了兴致，只是沉默不语。

见此情形，绍由更是得意忘形。

"太夫……你是喜欢公卿呢，还是喜欢商人？"

"呵呵呵，船桥先生也太难为人了……"

"不要笑！我是想知道你们女人的想法。哦，我懂了！太夫还是觉得商人比较好吧——那就到我的房间来吧！那么，太夫我就带走了！"

说着，这个好胜的老人一把拉过吉野太夫的手摁在自己胸前，然后站起身就往外走。

四

光广见状，吓了一跳，连手里的酒都洒了一地。

"您开玩笑也该有个限度啊！"

说着，他扳开绍由的手腕，把吉野太夫揽回自己身旁。

"干什么！你干什么！"

绍由一下子蹦起来。

"并非我强迫她过去，而是太夫自己想跟我走！太夫，是不是这样？"

夹在两人中间的太夫只能含笑不语，被光广和绍由两人左拉右扯，她是一脸为难。

"哎呀！这可怎么办好呢？"

其实，这两人并非真要争夺太夫，也没有在争风吃醋，他们这样做只是为了难为太夫。这也是游戏的一种。光广不肯让步，绍由也不肯让步，同时对吉野施压，让她左右为难。

"太夫，你到底要侍候哪一位呀？我们在这儿拉拉扯扯的也不是办法呀！总之，我们会依太夫的意思办！"

双方进一步给吉野施压。

"这可太有意思了！"

宗彭泽庵一脸幸灾乐祸，看着事情如何收场。同时，他还不忘在一旁煽风点火，简直将这出戏当成了下酒菜。

此时，方显出近卫信尹性格敦厚，人品素常，他打圆场道："哎呀！你们这些人可真可恶呀！这不是为难吉野太夫吗？不要再闹了，大家一起坐下喝酒吧！"

随后，他又对侍女说道："这样一来，那边只剩光悦一个人了，谁去把他也叫过来！"

信尹一心想扰乱那两人的注意力，尽快结束这场纷争。

绍由一直坐在吉野身边，听完信尹的话，他摆了摆手说道："不必去叫，我这就将吉野带走！"

"你想干什么？"光广也抱着吉野不放。

"自以为是的公子哥！"绍由突然正色说道。他那迷迷瞪瞪的两眼差点撞到杯子上，接着又向光广说道："我们来赌酒如何？谁赢了谁就把这朵鲜花带走！"

"比酒量？真是可笑！"说着，光广拿来一个大杯，放到高脚木盘之上，然后又将木盘放到两人中间。

"实盛大人（平安时代末期的武将，习惯染发），您的黑头发是不是染的呀？"

"你胡说什么！像你这种弱不禁风的公卿，怎么会是我的对手？——来吧！让我们比个高低！"

"怎么比试呢？如果是你喝一杯、我喝一杯，也太没意思了！"

"那我们来玩双瞪眼（面对面做鬼脸，先笑者输），谁输了谁喝！"

"没意思！"

"那我们来玩赛贝壳（日本赛物活动之一）。"

"谁愿意和糟老头玩这个呀！"

"你不喜欢？那我们来猜拳！"

"好吧！来啊！"

"宗彭泽庵，你当裁判。"

"好的。"

说着，两人就煞有介事地猜起拳来，每当一方获胜时，另一方就懊恼地举起酒杯，众人都笑得前仰后合。

这时，吉野太夫轻轻站起身，拖着长裙，款步走了出去，随后就消失在雪光掩映的走廊尽头。

五

这是一场势均力敌的比赛，就酒量而言，一位是强者，另一位是巧者，这样的比赛很难分出胜负。

吉野走后没多久，近卫信尹也起身回府了，就连充当裁判的宗彭泽庵也打起了哈欠。

唯独两个当事人依然酣战正欢，宗彭泽庵随他们怎么划拳，自己随意地枕着墨菊太夫的膝盖，躺下来休息。

迷迷糊糊之间，宗彭泽庵感到心情非常舒畅，可突然又一想：他们一定很寂寞，我应该快点回去陪他们！

原来，他想起了城太郎和阿通。

现在，他们都住在乌丸光广的府上。去年年底，城太郎受伊势的荒木田神官所托，送东西到乌丸府邸——而阿通则是前几天才又回到那里的。

之前在清水观音寺音羽谷的那个夜晚，阿通被阿杉婆穷追不舍，正好碰上宗彭泽庵去那里找阿通。其实在此之前，他就知道事情不妙，所以才会赶往那里。

宗彭泽庵和乌丸光广是多年挚友，两人经常在一起讨论和歌、禅理，喝酒聊天，彼此倾诉烦恼。

前一阵子，光广给宗彭泽庵的信上写道："新年就快到了！你甘心回到家乡的庙里，过那种无聊的日子吗？难道你不怀念滩市（日本兵库县神户市东部）的美酒、京都的美女和加茂河上的飞鸟吗？你若是想睡觉，可以回到乡下去坐禅；如果想体味禅理，还是到人群中来吧！如果想念这座城市，就请来这里吧！不知阁下意下如何？"

收到信后，宗彭泽庵初春就来到了京都。

很偶然，他在光广家里见到了城太郎。城太郎每天都在府内尽情玩耍，丝毫不觉厌倦。宗彭泽庵问过光广之后，才知道城太郎在此逗留的原因。于是，他叫来城太郎问明了详情，这才知道阿通从元旦那天早晨就跟阿杉婆走了，此后便音信全无。

（怎么会发生这种事！）

宗彭泽庵听后非常担心，当天就出门寻找阿杉婆的住处。当他好不容易找到三年坡那家客栈时，已是深夜。宗彭泽庵越想越不安，便让客栈的伙计提着灯笼，上山里的清水堂去找人。

功夫不负有心人，那天晚上，宗彭泽庵终于将阿通安全地带回乌丸府里。可是，阿通受了极度惊吓，第二天就开始发高烧，至今仍卧病在床。这段日子，城太郎一直守在阿通枕边，又是喂药，又是用冷手巾敷头，照顾得无微不至，实在让人感动。

"他们一定在等着我呢！"

宗彭泽庵虽想尽早回去，但光广仍是一副兴致正浓的样子。

没过多久，这两人也厌倦了猜拳，本以为他们要开始规规矩矩地喝酒了，谁知这两人竟促膝长谈起来。

他们谈论的话题不外乎武家政治、公卿的价值及如何拓展海外生意等等，貌似都是一些关乎大局的问题。

宗彭泽庵也坐起身来，倚着柱子，闭着眼睛听他们高谈阔论。他看上去像是睡着了，可脸上却时不时露出一丝冷笑。

此时，光广突然喊了一声："咦！近卫先生何时走的？"绍由也从玩乐中清醒了过来。

"连吉野太夫也不知所终了！"

"真是岂有此理！"

光广对着角落里打瞌睡的灵弥嚷道："把吉野叫过来！"

灵弥揉了揉眼睛，随后来到了走廊。她来到光悦和绍由的房间，向里面看了看，只见屋里只有一个人。不知武藏是何时回来的，此时，他正静静坐在白晃晃的烛灯旁。

##

"啊！您何时回来的我怎么一点都不知道呀！"

听到灵弥的声音，武藏答道："刚回来。"

"从刚才的那个后门？"

"嗯。"

"您去哪儿了？"

"外面。"

"是去约会吧！我去告诉太夫——"

听到她老成的话语，武藏不由笑起来。

"人怎么都没了？他们都去哪儿了？"

"他们都在那边，和寒严先生、和尚一起玩呢！"

"光悦先生呢？"

"不知道。""大概回去了吧！如果光悦先生走了，我也要回去了。"

"不行！一旦来到这儿，未经太夫同意是不能走的。您要是一声不吭就走了，不但会被大家笑，就连我也要挨骂的。"

武藏竟对灵弥的玩笑之词认真起来。

"反正您不能就这么走了，请在这里等我一会儿。"

灵弥出去没多久，宗彭泽庵就走了进来，估计他是从灵弥口中得知武藏在这儿的。

"武藏，怎么了？"他拍了拍武藏的肩头。

"啊！"这一声惊叫可非同小可，武藏根本没想到灵弥说的和尚就是宗彭泽庵。

"——好久不见了！"

武藏即刻离席，双手伏地行大礼。宗彭泽庵一下握住武藏的手说道："这儿是风月场所，就不必如此多礼了。听说你和光悦一起来的，怎么没见他人哪？"

"也许去了其他地方。"

"找一找吧！然后你们一起过来。等会儿结束了，我还想和你好好聊一聊呢！"

宗彭泽庵一边说着，一边打开了隔壁的纸门，只见有个人躺在被炉里睡着了，周围还围了一圈屏风。在这个雪夜里，能如此尽情享受温暖的人只有光悦。

武藏和宗彭泽庵看他睡得很香，没忍心叫醒他。这时，光悦睁开了眼睛，看到眼前的两个人，显得非常吃惊。

问过原因之后，光悦说道："如果那边只有你和光广公卿，我们就叨扰一下吧！"

随后，三人一起来到了光广的房间。

此时，光广和绍由已经玩得差不多了，每个人脸上都流露出一种欢乐过后的寂寥。

喝到这种地步，就是美酒也变成了苦酒，两人都觉得口干舌燥。一想到喝水，便不由想起了家。再加上吉野太夫也不见踪影，所以他们更不愿在此逗留了。

"该回去了!"

"走吧!"

当一人有此提议时,众人都一致同意。与其说他们对这里毫无留恋,不如说是怕好不容易建立起的心情被破坏掉,于是大家立刻站起身。

——此时,

侍女灵弥走了过来,身后跟着两个吉野太夫身边的婢女,她们快步走上前,双手扶地行了大礼。

"让各位久等了!太夫要我转告各位,她已经准备好了。也许各位想回去了,但今晚下雪,路上还很亮。更何况在这么冷的天气里,至少要等轿子暖和之后再回去呀!所以请各位再稍坐片刻。"

她这番话大大出乎众人的意料。

"真奇怪!"

"让各位久等了!"这句话是什么意思?光广和绍由对视了一眼,眼中满是诧异。

七

众人早已没了兴致,在这种烟花之地,一切都应随自己的意愿,根本无须轻易妥协。

(到底是怎么回事呢?)

两个婢女看到众人一脸狐疑,立刻解释道:"太夫说刚才擅自离席,想必各位大人都把她当成了无情的女子。可是,她实在太为难了。如果顺从了寒严先生,就会得罪船桥先生;如果答应了船桥先生,又会对不起寒严先生。因此,她才悄悄离开了。现在,太夫想在她的住处重新招待各位先生。所以,请各位不要辜负她的美意,稍微晚一些回去好吗?"

听了这一番话后,众人想如果断然拒绝,会显得气量太小。而且,这次是吉野太夫以主人身份招待自己,很是让人兴奋。

"我们去看看吧!"

"既然太夫这么有诚意。"

于是,众人在灵弥与两名婢女的引导下,走出了房间,只见廊下已摆好了五双朴素的草鞋。地上只有一层薄薄的春雪,草鞋踩上去没留下一丝痕迹。

(哈哈!吉野肯定会请我们喝茶!)

除了武藏以外,其他人都是兴致盎然。

很多人都知道,吉野酷爱茶道已不是一两天的事了。在酒后来杯清茶,也颇为惬意,大家一边想一边走着。可是,当众人走到茶室时,只是从旁边穿了过去,随后来到了后院。这里是一片了无生趣的田地。

大家都有些不安。

"到底要带我们去哪儿？这儿不是桑园吗？"光广责问了一句。

其中一位婢女笑着回答："哈哈哈！这儿不是桑园，而是一片牡丹园。每到春末时节，大家都会带着板凳，来这儿游玩。"

可是，光广仍然一脸不悦，再加上天寒地冻，更令他觉得不舒服。

"不管是桑园还是牡丹园，在这样的雪天，不都是一样冷清萧条吗！难道吉野想让我们都感冒吗？"

"非常抱歉！不过太夫说过，会在那边恭候诸位，所以请各位屈尊前往。"

众人又跟着她们走了一段，眼前突然出现了一座小茅屋。这是一间朴素的民宅，在六条还没被开发之时就已经存在了。冬青树环绕在屋后，古朴的庭院完全不同于扇屋那种人造的氛围，不过这里也属扇屋管辖。

"请这边走！"

婢女走进一间被炭熏黑的房屋外间，然后引领众人走进屋。

"贵宾们都到了！"

她向里间通禀了一声。

"欢迎光临——请各位不要客气！"

隔扇门内传来吉野的声音，屋内的炉火将纸门映得通红。

"我们简直是踏凡尘而来哟！"

大家看到外间屋的墙上挂着蓑衣和斗笠，心里猜测着吉野太夫到底要如何招待自己？随后逐个走进房间。

焚牡丹

一

吉野款步走出房间，出现在众人面前。只见她身着淡黄色素底和服，腰间系着一条黑缎腰带，头发梳成家常的发髻，脸上薄施脂粉。

"啊！真漂亮呀！"

"简直貌比天仙！"

每个人都目不转睛地望着吉野。

比起那个被金屏风、银烛台环绕，身穿桃山刺绣和服、浓妆艳抹、巧笑嫣然的待客高手，此时出现在寻常百姓家中、打扮素雅的吉野，更显得清纯美丽、仪态万方。

"哦！一看到你，我的心情一下子就好了！"

就连一向挑剔的绍由，也不由得赞美起来。由于这里故意拿掉了坐垫，所以吉野请众人一起到炉旁围坐。

"大家也都看得出，这座房子在山里，所以没法好好招待各位。不过在这寒冷的雪夜，最好的款待莫过于围在炉旁取暖了，我准备的柴火足够我们聊到天亮。而且，这些木柴连火盆都不会熏黑，所以各位不用担心，请随意坐吧！"

原来如此——

先让众人踏雪而来，再让大家烤火取暖，这大概就是她所谓的款待吧！光悦点头表示认可，绍由、光广和宗彭泽庵也随意盘着腿，坐在炉旁烤火。

"那位先生也请过来吧！"

吉野一边招呼着武藏，一边让出位置。

四方形的火炉，围坐了六个人，难免显得有些挤。

从刚才一进屋，武藏就一直恪守礼节。在当今日本，吉野太夫的知名度仅次于丰臣秀吉和德川家康。她的芳名远扬天下，要比出云的阿国更受民众喜爱。而且，她还比大阪城的淀君更有才气、更亲切，所以也就更为有名。

她所接待的那些客人，不过被称为"买醉之人"，而以才色为生的吉野则被人们尊称为"太夫"。听说，平时会有七个侍女服侍她洗澡，两个婢女为她修剪指甲。——可是，光悦、绍由、光广等买醉之人，以如此有名的女性为玩伴，究竟乐趣何在呢——武藏实在搞不懂。

其实，在看似无聊的游戏中，宾主相处也有着一定的礼仪，对于不谙此道的武藏来说，一切都显得很不自在，特别是第一次涉足脂粉圈，更让他不知所措。每当吉野那双亮如秋水的明眸望向自己时，他就面红耳赤、心跳加速。

"您为什么那么拘谨呢？请来这边坐吧！"吉野连连让座。

"那么我就不客气了。"武藏战战兢兢地坐到了吉野身边，学着众人的样子，笨手笨脚地烤起火来。

当武藏坐好后，吉野瞄了一眼他的袖口，然后趁大家谈笑之时，悄悄取出怀纸，使劲在那袖口上揩了几下。

"啊！真不敢当！"

武藏若不出声，根本没人注意到。他低头看了一眼袖子，向吉野道了声谢，这样一来，所有人的目光都集中在吉野的手上。

她手里折好的怀纸上，满是红色的印记。

光广瞪大眼睛，脱口而出："啊！那不是血迹吗？"

吉野浅笑着答道："不是，只是一片红牡丹花瓣而已。"

二

每个人手上都拿着一个酒杯，随意喝着酒。柔和的炉火跳动着、摇曳着，周围六个人的脸上也是忽明忽暗。尽管屋外冰天雪地，屋内却是温暖如春，望着眼前的火焰，众人都陷入了沉思。

"……"

眼看柴火将燃尽，吉野从身边的炭笼里取出几根木柴，放入了炉中。这些木柴均长约一尺，而且非常纤细。

——众人发现，这些木柴既非松木也非杂木，它极易燃烧，而且火焰的颜色相当美丽。

（咦？这到底是什么柴火呢？）

也许有人会想到这个问题，可此时，众人都陶醉在那绚丽夺目的火焰中，根本无人问及此事。

吉野只不过添了四五根木柴，整个屋子就已被火光照得亮如白昼。

那光亮的火焰，就像随风摇曳的白牡丹一样。有时，紫金色的火光与鲜红的火焰交织在一起，熊熊之势灼人心魄。

"太夫！"

终于有人忍不住开口问道：

"你添的柴火——到底是什么木料的？恐怕不是普通的木柴吧？"

正当光广问话之时，温暖的小屋内弥漫着一种馥郁的芳香，那一定是木柴燃烧产生的香气。

"是牡丹树。"吉野答道。

"啊？牡丹？"

这个回答让所有人都大吃一惊。一提到牡丹，大家都会想到那娇艳、美丽的花朵，牡丹树怎能用来做木柴呢？众人半信半疑，于是吉野将一根烧过的木柴递给光广。

"请各位过目！"

然后，光广将这根木柴拿给绍由、光悦看。

"原来如此，这就是牡丹树啊，难怪呢！"

吉野随后又说道："周围这片牡丹园，早在修建扇屋之前就有了，其中几株牡丹已是上百年的古树。为了让这些古树开花，每到冬天就必须要砍断一些虫蛀的枯枝，以便长出新芽——因此那些枯枝就成了现在的木柴，不过这种柴火可不像那些杂木一样，一次能砍伐很多。"

"当我剪短这些枯枝，放入炉中燃烧时发现，它的火焰美丽极了，而且毫无呛眼的黑烟，同时还发出怡人的香气。牡丹不愧为花中之王，即便枯萎变成了木柴，也是那么与众不同。活着的时候拥有绝世芳容，死后还能化作怡人心脾的柴薪——这才是万物生灵的价值所在，可世间又有几人能像牡丹木柴一样？"

说到这儿，吉野无奈地感叹道："我远远比不上这牡丹哪！一辈子过得浑浑噩噩，年轻时还能以姿色示人，年老色衰之后，不过变成一堆无用的白骨。"

三

牡丹柴薪吐着白色的火舌，熊熊燃烧着，炉边的人早已忘记了此时已是深夜。

吉野又说道："实在没什么招待各位的。不过，滩市的美酒和牡丹木柴还有很多，请尽情享用。"众人感到十分满意，尤其是早已厌倦奢华的灰屋绍由，更是赞不绝口。

"怎么说没东西招待呢！这可是国王般的享受啊！"

"能否请诸位每人留下几个字呢？就当作日后的纪念。"

说着，吉野拿出砚台，研起墨来，侍女走到隔壁房间铺好毛毡，并在上面展开宣纸。

"宗彭泽庵和尚，难得太夫一片诚意，你就写点什么吧！"

光广替吉野央求宗彭泽庵先动笔，宗彭泽庵点头答应，同时说道："还是请光悦先生先来写吧！"

光悦一言不发，跪坐在宣纸前，提笔画了一朵牡丹。而宗彭泽庵则在上方的空白处题了一首和歌：

　　国色天香，
　　须珍惜。
　　爱怜之花，
　　终凋零。

光广见此，便题了一首戴文公的诗：

　　忙里山看我，
　　闲中我看山。
　　相看不相似，
　　忙总不及闲。

随后，吉野在众人的劝说下，也提笔在宗彭泽庵的和歌下写了几个字：

　　纵然怒放，
　　难掩寂寞。
　　芳华散尽，
　　有谁堪怜。

绍由和武藏只是在一旁静静地看着，并没有人强迫他们题字，这对武藏而言，实在求之不得。

此时，绍由看到隔壁房间的墙角处放着一支琵琶，他便提议吉野来弹奏一曲，以为今晚的聚会画上句号。

其他人也附和着："正该如此，太夫一定要弹上一曲哟！"

见众人如此央求，吉野并没推辞，立即抱起琵琶。她的举止十分自然，既非有意夸耀，也非故作谦虚，给人以不卑不亢之感。

随后，她起身离开火炉，怀抱琵琶走到隔壁昏暗的小屋里，坐在了榻榻米上。炉旁的众人也都屏气凝神，静静地听她弹奏起《平家琵琶曲》的一段（《平家物语》中的琵琶曲）。

炉中的火光渐渐弱下来，屋内的光线也变暗了，众人都沉醉在乐曲中，早忘了向炉子里添柴。虽然这种琵琶仅靠四根弦来调整音阶，但弹奏的曲调却是千变万化。即将燃尽的炉火，偶尔腾起一丝微弱的火焰，把人们的注意力又重新唤回到现实。

一曲终了，吉野面带微笑地说道："我献丑了！"随后放下琵琶，重新坐回炉旁。

此刻，众人起身准备回去。武藏见状，就像得到特赦一样，终于松了一口气，抢先跨出房间。

吉野向每位客人道别，唯独没跟武藏打招呼。

正当武藏要跟随众人走出门时，吉野突然轻轻拉住他的衣袖说道："武藏先生，请在这里留宿。无论如何，今晚我是不会让你走的！"

四

听他这么一说，武藏像个大姑娘似的羞得满脸通红。尽管他装作没听见，但那窘迫、不知所措的神情可逃不过众人的眼睛。

随后，吉野又问绍由："先生，我能留这位客人在这儿住一夜吗？"

"好啊！当然行啊！你招待得那么周到，我们怎么能不通情理呢！光悦先生，你说对吗？"

武藏慌忙推开吉野的手说道："不！我要和光悦先生一起回去。"

说着，他就要走出门去。不知为何，光悦也劝武藏道："武藏先生，您别这么说，还是留在这儿过夜明天再走吧——既然太夫如此挽留，你就不要推辞了。"

其他人也都劝武藏留下。

武藏心想：大家把我这个不擅风月、对女人毫无经验的人留在这里，一定是想拿我取笑，这肯定是那些达官贵人的恶作剧。但他抬眼一看，吉野和光悦两人都是一脸认真，丝毫没有戏弄自己的意思。

除了吉野和光悦之外,其他人都忍不住拿满面通红的武藏开玩笑。

有的人说:"你是日本最幸福的男人喽!"还有人说:"我真想替你留下呀!"

他们你一言、我一语地揶揄武藏。突然,从后墙根的角门处跑进一个男子,人们一下子安静下来。

(出了什么事?)

大家发现事有蹊跷。

原来,这个男子是扇屋的用人,他受吉野之托去六条附近打探消息。众人没想到,吉野考虑得如此周到。因为光悦在白天时就跟武藏在一起,再加上刚才在炉旁见到吉野帮他擦拭袖上的血迹,所以他已明白了事情的大概。

"其他各位先生应该很安全,只有武藏先生不可随意离开六条。"

那男子气喘吁吁地说着。随后,他又向吉野太夫和众人报告了自己打探的消息,语气中难免有些夸张。

"——现在,整个花街只留了一个出口,那些全副武装的武士把守在正门。从编笠茶馆到林荫道的附近,也都是武士,他们一组有五人或十人,个个面露凶光,黑压压地聚在那儿。据说他们都是四条武馆的人,附近的酒馆、店铺都吓得关门歇业了,还有更严重的呢!据说从六条到马场一带,有一百多个武士等在那儿呢!"

那男子说着说着,牙齿就禁不住打起战来,听他说到一半,就能推测出事情已是非同小可。

"辛苦了!您可以回去休息了!"

吉野让那男子退下之后,对武藏说道:"也许您听了这番话后,不愿被人称作贪生怕死之人,而更坚持要走。不过,请您少安毋躁!即便今夜被人说成胆小鬼,只要明天再做回好汉,不是一样的吗!更何况,今晚您是来此游玩的,玩的时候就要尽情享乐,这才方显男儿本色呀——现在,对方正张开网等着您送上门,如果您避开这一危机,并不会有损于您的威名。相反,如果您执意闯入他们的圈套,才会被世人讥笑为莽夫之勇,而且还会给六条的花街带来麻烦。如果您与各位先生一同出去,恐怕大家也会受您连累,甚至还会受伤。请您三思,今晚就把自己交给我吧,我吉野一定会好好侍候您的!各位一路保重,请慢走!"

 **断弦**

一

此时已是夜深人静，连花街上的妓院也都安静下来，管瑟之音骤然停歇。由夜晚的钟声可知，现在是丑时三刻，光悦一行人已经走了约一刻钟了。

武藏独自坐在外间门边，似乎打算这样待到天亮。

——现在的他，就像一个俘虏。

客人走后，吉野仍回到原位坐好，并向炉内加了些牡丹柴薪。

"那边很冷，请过来坐吧！"

她已说了好几遍了，可每次武藏都说："别管我，你先去睡吧！天一亮，我就回去。"

他坚持不进屋，而且连看也不看吉野一眼。

孤男寡女共处一室，连吉野也有些羞怯，平时能言善道的她突然变得拙嘴笨舌。如果时刻想到男女有别，那就根本无法从事妓女这个工作——也许，一些低俗的嫖客就是这样想的。可他们不知道，世上还有一种被称为"松位太夫①"的妓女，其教养、礼仪都堪称绝佳。

尽管如此，整日周旋在男人堆里的吉野，还是大大不同于武藏的。就年龄而言，吉野要比武藏大一两岁；就感情和眼界而言，她也比武藏知道得更多——可是，在此夜深时分，对方竟强压悸动之心，不正眼看自己，一动不动地坐在外间。吉野也不由紧张起来，仿佛一下子回到了初恋的时候。

两名侍女不明就里，在隔壁房间铺好被褥后才离去。那被褥十分考究，完全不输于皇家之物。从缎面枕头一角垂下的金色铃铛，闪着耀眼的光芒——使得吉野和武藏更觉得不自在。

偶尔，从屋檐及树枝上掉落的积雪，会发出一声轻微的闷响，两人不由心头一惊。在他们听来，那声响仿佛是人从墙上跳到地上发出的声音，简直震人心魄。

"……"

吉野偷瞄了武藏一眼。——他就像一只全身紧绷的刺猬一样，处于高度戒备状态。那如鹰一样锐利的目光，就连发梢也没有一丝懈怠。此时，如果有什么东西靠近他，肯定会被立刻斩为两断。

"……"

---

① 日本江户时代最高级的妓女。

"……"

吉野想到这儿，不由打了个寒战。人们都说天将破晓时，最为寒冷彻骨，可她却不是因为天气寒冷才战栗。

战栗再加上面对异性时的紧张，这两种情绪在她心底里翻腾着、冲撞着。牡丹柴薪依旧在二人中间静静燃烧着。当炉上架着的锅里，发出咕噜噜的沸水声时，吉野才恢复了往日的沉稳，她静静地沏好了茶。

"天就快亮了吧武藏先生，过来喝杯热茶吧！顺便也烤烤火！"

二

"多谢！"

武藏只答了一句，而后依然背对着吉野。

"请！"

吉野心想再多说也是自讨没趣，只好沉默不语。

本来精心沏的茶，现在已经凉了，那只小茶碗可怜兮兮地摆在绸巾（日本茶道中用来擦拭茶具的方巾）上——不知吉野是真的生气了，还是觉得跟这个乡巴佬儿多说无益，她突然撤掉绸巾，把茶水倒在了一旁的水罐里。

——然后，她用一种怜悯的眼神看着武藏。而武藏依然没改变坐姿，从背后看过去，他全身仿佛披上了铜盔铁甲，毫无可乘之机。

"武藏先生！"

"什么事？"

"您是在防备谁呢？"

"我并没有防备谁，只是不想疏忽大意。"

"要是敌人呢？"

"那就更不能懈怠了。"

"我觉得，如果那些吉冈门弟子找到这儿，您可能还没起身，就被他们杀了。您真是个可怜人！"

"……"

"武藏先生，我身为女子，对武学一窍不通，可是自从入夜后，我就发现您的举止、眼神与死人毫无二致。说得更贴切一些，您的脸上已显露濒死之相。无论是游学武者还是武学家，那些能在江湖上扬名立万之人，无不是面对腥风血雨依然能谈笑自若，只有这样的人，才堪称人中魁首！您说是吗？"

吉野连珠炮似的话语，不仅显出对武藏的怜悯，那含笑的表情更流露出一丝轻蔑。

"什么？"

武藏走近屋内，规规矩矩地坐在了炉前。

"吉野姑娘，你是在嘲笑武藏浅薄？"

"您生气了？"

"因为你是女人，所以我不会生气。你刚才说我会做刀下鬼是什么意思？"

尽管武藏说没生气，可他的眼神却毫不温柔。在这段等待天亮的时间里，他时刻都能感觉到吉冈门弟子的诅咒，以及他们手持利刃、剑拔弩张的气势。即便吉野没有预先派人去打听，他也丝毫不敢懈怠，准备随时应战。

之前，当他击败吉冈门传七郎，离开莲华院之时，也曾想过先躲起来。可是这样一来，对方很可能对光悦下手，并且他已答应灵弥会很快回来。再说，别人也会说他因为害怕吉冈门报复才躲起来。思虑再三，武藏还是回到了扇屋，装作若无其事地继续和众人一起饮酒作乐。其实，他表面从容自若，内心却忍受着极大的煎熬。可是，吉野为什么说自己的行为幼稚，又说自己面露垂死之相呢？

如果那些话只是妓女们随口的玩笑，也就罢了，可如果对方真的这么想，武藏就不能置之不理。即便此刻，这间小屋已被刀山剑海包围，他也要问个究竟。他的目光坦诚而直率，逼视着吉野。

三

武藏的眼神宛如刀锋般犀利，一动不动地盯着吉野白皙的面庞，等待着她的答复。

"——你是在开玩笑吧？"

吉野不轻易开口，所以武藏故意用话激她。此时，吉野原本严肃的脸上，露出两个浅浅的酒窝。

"怎么敢呢——"

她满面笑容，轻轻摇头说道："我为什么要和你这个武学行家开这种玩笑呢？"

"你为什么说我幼稚，还说我马上就会成为别人的刀下鬼——请告诉我原因。"

"如果你真想知道，我就告诉你吧！武藏先生，刚才吉野为各位弹奏的那首琵琶曲，不知您是否用心听了？"

"那个琵琶曲跟我有什么关系？"

"看来，我不该问这个问题。您始终处于高度紧张中，根本没认真听那首曲子中巧妙的音阶变换。"

"不，我听了。只不过没有那么投入。"

"那么我问您——琵琶只有大弦、中弦、清弦和游弦四根琴弦，为何能任意弹奏出轻重缓急各种曲调呢？这些您在听曲时注意到了吗？"

"我有必知道这些吗？我听得出你弹奏的是平曲（即平家琵琶曲）中的《熊野》，这不就足够了？"

"的确如此。如果我将琵琶比作一个生命体,请想想看,仅有四根琴弦和一块木板构成的肌体,竟然可以弹奏出如此变幻多端的音符,这是多么不可思议啊!想必您也知道,中国唐朝诗人白乐天的《琵琶行》吧!他对琵琶的音色描写可谓是淋漓尽致,要比任何乐曲更生动地展现出琵琶那千变万化的音阶特色——我来念给您听吧!"

说着,吉野微蹙娥眉,低声吟诵起来:

> 大弦嘈嘈如急雨,
> 小弦切切如私语。
> 嘈嘈切切错杂弹,
> 大珠小珠落玉盘。
> 间关莺语花底滑,
> 幽咽泉流水下滩。
> 水泉冷涩弦凝绝,
> 凝绝不通声暂歇。
> 别有幽愁暗恨生,
> 此时无声胜有声。
> 银瓶乍破水浆迸,
> 铁骑突出刀枪鸣。
> 曲终收拨当心画,
> 四弦一声如裂帛。

"——一支小小的琵琶,竟然可以弹奏出如此复杂的旋律。当我还是侍女的时候,就觉得这种乐器十分不可思议,所以我把琵琶剖开后,又重新组合了一遍。虽然我并不聪明,但我仔细研究了琵琶的结构后发现,在其内部有一颗琵琶心。"

说到这儿,吉野轻轻站起身,拿过刚才用过的那把琵琶,坐回原位。她提着琵琶的柄部,放到两人中间,一边看着琵琶,一边说道:"它之所以能具有如此神奇的音色,只要劈开琴板仔细观察一下就会明白。琵琶心的结构一点也不奇特。我想让您看一下!"

说着,吉野手持一把细长而锋利的劈柴刀,灵巧地朝琵琶砍去。"啊!"武藏深吸一口气,说时迟那时快,刀刃已深深嵌入了琵琶的一角。接着,她又对着琵琶背和桑木面板接连砍了三四下。武藏觉得,刀刃仿佛刺入了自己的身体,甚至觉得有血流了出来。

可是,吉野却毫不吝惜地将琵琶纵劈为两半。

四

"请您过目！"

吉野收起刀，面带微笑对武藏说道。

在烛光的照耀下，断为两半的琵琶的内部构造，一览无遗。

"……"

武藏看看眼前的破琵琶，又看了看吉野，心中暗想：一个女人怎会有如此刚毅的性格？刀劈琵琶的声音犹在耳畔，他觉得很心疼，而吉野却面不改色。

"如您所见，琵琶里面是空心的。可是，那千变万化的声音是从哪儿发出来的呢？正是来源于架在琵琶内部的一根横木。这根横木就是支撑整个琵琶的骨架，同时也是它的心脏和大脑——这根结实、笔直的横木，将整个琵琶绷得紧紧的，既不软又不弯。为了产生更多的变化，工匠们特意将横木打磨成高低起伏的波浪状——可是，仅靠这些依然无法发出真正美妙的声音，而好音色的关键就在于如何巧妙控制横木两端的力道——我将琵琶劈开，多少有些暴殄天物，但我想让您明白，我们的人生之路与这琵琶是何其相似呀！"

"……"

武藏默不作声，一直盯着眼前的琵琶。

"这道理似乎谁都明白，可人们却很难拥有琵琶横木一样的修为——四弦齐拨，则如刀枪共鸣、风起云涌，而这种强音正是靠调节横木的松紧力度来实现的。我不禁想到，人们在日常生活中也应像这根横木一样，做到张弛有度。尤其是今晚，一见到你的样子，我觉得更应该把这个道理告诉你。我当时觉得，这是个多么危险的人呀！他只有紧张，丝毫不懂得松弛。如果弹奏这样的琵琶，一定无法自由变换出各种音符。如果勉强弹奏，那它的弦一定会崩断。虽然很失礼，但看到您的样子时，我的确想到了这些。我绝没想戏弄您，总之，请原谅我的狂妄无知，您不要放在心上。"

——此时，远处传来鸡叫。

朝阳映在雪地上发出的刺眼光芒射进门缝里。

武藏始终专注地看着地上的白色木屑和断掉的四根琴弦，他并没有意识到鸡叫，也没有留意射进门缝的阳光。

"哦？天何时亮了？"

吉野似乎很珍惜破晓的短暂时光，又向炉内加了些木柴，但牡丹柴薪已经全部用完了。

远处传来开门声、鸟叫声，而清晨却像是另一个世界的事情。

吉野一直没有打开防雨门，牡丹柴薪虽然烧没了，但她并不觉得冷。

屋内一片寂静，没有吉野的召唤，侍女们绝不敢贸然闯入。

悲春之人

一

在暖阳的照耀下,昨夜的积雪已消失无踪,仿佛根本没下过一样。天气一下子变得艳阳高照,人们不禁想要脱掉厚重的棉衣。伴随着温暖的南风,春天翩然而至,所有草木都鼓出了嫩绿的芽儿。

"请帮帮忙!给我一点东西吧!"

原来一个年轻的行脚僧在化缘,他全身上下被溅满了泥点。

此时,他正站在乌丸府的大门前,高声乞求着,可半天也不见一个人影。于是,他又绕到侧门管家所在的屋子,伸着脖子向里张望。

"原来是个和尚啊!"

突然从和尚身后冒出一个少年。

和尚回头望去,只见面前站着一个打扮奇特的小男孩。

(你又是什么人呀?)

乌丸光广公卿的府邸怎么会有如此奇怪的小孩呢?他的打扮与这座府院极不相称。和尚觉得很奇怪,一语不发地打量着城太郎。

城太郎的腰间依旧插着一把长木剑,他怀中不知藏了什么东西,鼓鼓囊囊的。

"和尚,如果你想要些柴米,必须去厨房哟!你知道后门吗?"

"要米——我并不是来化缘的。"

年轻和尚让城太郎看了看自己挂在胸前的信匣。

"我是泉州南宗寺的和尚,有一封急信要交给宗彭泽庵师父,你是在厨房打杂的小童吗?"

"我和宗彭泽庵师父一样,都是住在这儿的客人哟!"

"哦!原来如此。能否麻烦你告诉宗彭泽庵师父一声——就说故乡但马的南宗寺来人了,还带来一封十万火急的信。"

"请稍等!我这就去喊宗彭泽庵师父。"

说着,城太郎就跳进了大门,台阶上留下一个个脏兮兮的脚印。谁知,他突然被门口的屏风腿绊了一下,几个小蜜橘从怀中滚落下来。

他慌忙捡起橘子,用手擦了擦,就向里院跑去。不多时,他又折了回来。

"宗彭泽庵师父不在!"

他对等在那里的僧人说道。

"我忘了告诉你,他早上就去大德寺了。"

风之卷

"知道他何时回来吗?"

"应该马上就会回来了。"

"那我等他一会儿。这儿有空房间吗?最好不要麻烦府里的人。"

"有啊!"

说着,城太郎走出门外。他脸上一副对此地了如指掌的表情,得意扬扬地带着路。

随后,他把和尚带到了牛棚。

"和尚,你可以在这儿等着。这里可是一点都不会麻烦到府里的人哟!"

牛棚里到处是稻草、车轮,还有牛粪,南宗寺僧人一脸惊愕,可城太郎把他带到那儿之后,就一溜烟儿地跑了。

他穿过宽敞的庭院,一口气跑进了一间日照充足的小屋——"西屋"。

"——阿通姐姐,蜜橘买回来了喽!"他一进屋,就大声喊着。

二

阿通已服过药,医生也仔细诊治过,可烧就是一直不退。

连日的高烧,使她毫无食欲。

每当她用手摸自己的脸时,都吓一跳。

"啊!我怎么瘦成这样!"

她一直觉得自己的病没什么大不了,而且光广家的医生也跟她保证没有大碍。可自己为何会这么消瘦?——她天生敏感,再加上高烧不退,所以总疑心自己得了大病。有一天,她嘴唇干得实在难受,便顺口说了一句:"真想吃蜜橘呀!"由于阿通连日未进食,城太郎一直忧心忡忡,现在听她这么一说,便立刻问道:"想吃蜜橘?"随后,他便立刻跑出去找蜜橘。

他先去问了厨房的用人,可人家说府里也没有蜜橘。于是,城太郎又跑到外面的水果摊找,依旧没找到。

后来,他又听说京极(位于日本京都)郊外有个市场,便又跑去那里找。

(哪里有蜜橘呀?哪里有蜜橘呀?)

无论是绸缎庄、棉花铺、油盐店还是毛皮店,他都找了个遍,结果连一个蜜橘也没找到。

无论如何,城太郎一定要让阿通吃到蜜橘。后来,他在一所房子的墙头看到几个果实,他以为是蜜橘,便想偷几个下来。可走近一看才发现,那些都是酸橙、木瓜之类的不能食用的果实。

他找遍了大半个京都,终于在一家神社的正殿上发现了蜜橘。那些蜜橘与红薯、胡萝卜一起放在神像前的供果盘里。城太郎拿起蜜橘,塞在怀里就一阵风似的跑了。这一路上,他总觉得身后有神明大声喊着:"小偷!小偷！"

他心里很害怕，直到跑进乌丸府里，他心里还在不停地忏悔。

（不是我要吃的，请不要惩罚我！）

可是，城太郎并没告诉阿通蜜橘的来路。他坐在阿通枕旁，掏出怀里的蜜橘，一个个摆放整齐，然后拿起其中的一个对阿通说道："阿通姐姐！这些蜜橘看起来很好吃哟！你尝尝吧！"

随后，他将蜜橘剥好，放到阿通手里。阿通似乎受了极大的感动，把脸撇向一边，并没有吃。

"你怎么了？"

城太郎看着阿通。

阿通不愿城太郎看到自己的眼泪，把脸埋进了枕头里。

"没、没什么。"

城太郎叹了一口气，说道："哭鼻虫又开始抹眼泪了！我是为了让你高兴，才买了蜜橘，你怎么反倒哭起来了——真是莫名其妙！"

"对不起！城太郎。"

"你不吃吗？"

"嗯，待会儿再吃。"

"我都剥好了，你就尝一尝嘛，你一定爱吃！"

"我知道，光是城太郎这份心意就足够了。可是，我一看到吃的，就不想张嘴，这样放着太可惜了！"

"那是因为你在哭，什么事又让你难过了？"

"因为城太郎对我实在太好了！我感动得想哭。"

"我不喜欢你哭，你一哭，我都忍不住要流眼泪了。"

"那我不哭了，不哭了，原谅我！"

"那你就吃一口蜜橘吧！什么都不吃，你会撑不住的。"

"我一会儿再吃。城太郎，你吃吧！"

"我不吃。"城太郎似乎看到了神灵愤怒的目光，他边说边咽了一下口水。

##

"城太郎，你不是很喜欢吃蜜橘吗？"

"嗯，喜欢。"

"那你为什么不吃呢？"

"不为什么。"

"是因为我没吃吗？"

"嗯，是啊！"

"那我吃好了，城太郎也要一起吃哟！"

阿通转过身，用纤细的手指撕去橘瓣上的白丝，城太郎一时间不知如何是好。

"阿通姐姐，跟你说吧，我在路上已吃了好几个了。"

"是这样啊！"

阿通把一个橘瓣轻轻放入口中，然后若有所思地问了一句："宗彭泽庵师父呢？"

"去大德寺了。"

"听说他前两天在别处见过武藏哥哥。"

"啊！你知道了？"

"嗯，不知宗彭泽庵师父有没有告诉武藏哥哥我在这儿？"

"我想他一定说了。"

"前一阵，宗彭泽庵师父还跟我说会带武藏来这儿，他没对你说什么吗？"

"他没跟我提过这件事呀！"

"他是不是忘了？"

"等他回来，我再帮你问问看！"

"嗯。"

此时，阿通第一次展开笑容。

"不过，你可不能当着我的面问他哟！"

"那又是为什么？"

"我会不好意思的。"

"有什么不好意思的？"

"因为宗彭泽庵师父说我得的是'相思病'。"

"啊！你吃得好快呀！"

"什么？你说蜜橘？"

"要不要再吃一个？"

"我已吃了很多了。"

"以后，你什么东西都得吃哟！只有这样，我师父来的时候，你才有力气下床啊！"

"连你也拿我取笑！"

阿通和城太郎一聊起武藏，就把病痛抛到九霄云外了。

这时，乌丸家的仆人在门外问了一句。

"城太郎在吗？"

"嗯，我在。"城太郎答了一句。

"宗彭泽庵师父请你马上过去一趟。"说完仆人就走了。

"咦？宗彭泽庵师父已经回来了？"

"你去看看吧!"

"阿通姐姐,你会觉得寂寞吧!"

"不会的。"

"那我快去快回。"说着,城太郎就要站起身。

"城太郎别忘了帮我问那件事哟!"

"哪件事呀?"

"你忘了?"

"哦!让宗彭泽庵师父把武藏师父快点带到这儿来!"

阿通憔悴的面庞,露出一丝淡淡的红晕。她用棉被遮住半张脸,又嘱咐了一句:"别忘了!一定要问呀!"

四

此时,宗彭泽庵正在光广的卧室,跟他交谈着什么。

城太郎拉门走进来,站到两人身后问了一句:"宗彭泽庵师父,您找我有什么事?"

"你先坐下来。"宗彭泽庵说了一句。

对于城太郎的鲁莽,光广并不在意,一直微笑地看着他。城太郎一坐下,就对宗彭泽庵说道:"有一位从泉州南宗寺来的和尚,说有要事要见宗彭泽庵师父,他一直等着呢,我这就去把他叫来!"

"不用了,这件事我已经知道了。"

"您见到他了。"

"那个信差说你是个可恶的小毛头!"

"为什么?"

"人家大老远赶来,你却把他扔在牛棚就不管了!"

"是他自己说不要麻烦别人的!"

光广听到这儿,笑得前仰后合,膝盖不住地打战。

"哈哈哈!竟然把客人带到了牛棚,你真是过分啊!"

可是,他不一会儿又恢复了往日的严肃,对宗彭泽庵说道:"大师,你是不是不打算回泉州了,想从这儿直接去但马?"

宗彭泽庵点头说道:"我实在很担心信里提到的事,所以才这么决定。我也不需要做什么准备,就不用等到明天了,今天就告辞了!"

听着二人的谈话,城太郎有些吃惊。

"宗彭泽庵师父,您要去旅行吗?"

"家乡有急事,我必须回去一趟!"

"什么事呀?"

"我的母亲生病卧床不起,而且这次病得很重。"

"宗彭泽庵大师也有母亲哪?"

"当然，我又不是从石头里蹦出来的！"

"那您何时能回来呀？"

"不知道，得看母亲的病情而定。"

"您要是一走可就不好办了！"

城太郎一来是替阿通着急，二来也非常担心他们两个的前途。

"这么说来，我们再也见不到宗彭泽庵师父喽？"

"怎么会呢！我们一定还会见面的。我已拜托大人对你们两个多加关照。你要多开导阿通，别让她总闷闷不乐的，这样身体才能早日康复。她最需要的就是精神上的支持。"

"只靠我一个人的力量是没用的，只要武藏师父不来，她的病就不会好。"

"真让人头痛哪！你有这么个麻烦的同伴，也够伤脑筋的了！"

"宗彭泽庵师父，你前天晚上见过武藏师父吧？"

"嗯。"

宗彭泽庵看了一眼光广，脸上露出苦笑。他真怕城太郎会直接问在哪儿见过武藏，还好他并未详加追问。

"师父何时来呢？宗彭泽庵师父，你说过要带师父来这儿的！阿通姐姐每天都在眼巴巴地等着呢！喂，宗彭泽庵师父！我师父到底在哪儿呀？"

城太郎一个劲儿地问着。看他那样子，要是一旦得知武藏的住处，肯定会立刻去见他。

"嗯……武藏的事情嘛……"

虽然宗彭泽庵说得很含糊，但他并未忘记要让武藏和阿通见一面。即使是现在，他也记挂着此事，所以从大德寺回来的路上，他还去光悦家打听武藏是否回来了。光悦一脸无奈地说："自从前天晚上开始，武藏就一直待在扇屋。母亲妙秀也十分担心，刚刚还写了一封信给吉野太夫，让她赶快叫武藏回来。"

五

光广闻听此言，不觉目瞪口呆。

"哦，这么说，武藏自那晚起，就一直住在吉野家喽？"

他的口气十分夸张，一半是惊奇、一半是嫉妒。

宗彭泽庵碍于城太郎，很多事情无法详说。

"他也不过是个凡人，那些少年得志的人，通常难成大器！"

"不过，吉野的口味也变了啊——怎么会看上一个脏兮兮的武士！"

"吉野也好、阿通也罢，我宗彭泽庵是弄不懂这些女人的！在我眼里，她们都是病人。武藏马上要步入人生的春天了。此后，才是真正的人生历练，女人远比剑更危险。这种事情，旁观者也无能为力，只能顺其自然了。"

宗彭泽庵一边自语着，突然想起自己应立刻动身，便再次向光广辞行，并拜托他照顾病中的阿通和城太郎。没过一会儿，他就离开了乌丸府，飘然远去。一般的旅客都习惯清晨出发，可对宗彭泽庵而言，早晚并没有什么区别。此时，太阳已经偏西，路上的行人、慢吞吞的牛车都笼罩在一片绚烂的晚霞中。

突然，他身后传来一阵喊声："宗彭泽庵师父！宗彭泽庵师父！"——原来是城太郎。宗彭泽庵有些纳闷，不由回头望去。城太郎一边大口喘气，一边拉着宗彭泽庵的衣角哀求道："宗彭泽庵师父！您行行好吧！请您回去跟阿通姐姐说一声，要不然她一哭起来，我就没主意了！"

"你跟她说武藏的事了吗？"

"她一直问，我就——"

"所以她才哭的？"

"我真怕她会去寻死。"

"为什么？"

"她一副不想活的样子——而且她还说'再见武藏一面就去死！'"

"那表示她还不想死。你不用管她，放心好了！"

"宗彭泽庵师父，那个叫吉野太夫的女人住在哪儿？"

"你问这个干什么？"

"师父不是在那里吗？刚才，您和公卿大人就是这么说的！"

"你连这件事都告诉阿通了？"

"是啊！"

"她是个爱哭鬼，你把这件事告诉她，她当然会想不开呀！即便我折回去，也无法立刻让她的病好起来啊！你就这么跟她说！"

"说什么？"

"要她吃饭。"

"哎呀！这句话我每天都跟她说上几百遍呢！"

"是吗？对阿通来说，这句话是最有用的。如果她连这个都听不进去，我也无计可施呀！你就把事情原原本本地告诉她吧！"

"该怎么说呢？"

"就说武藏迷上一个名叫吉野的妓女，在扇屋流连忘返，三日未归。可见他心里根本没有阿通，爱慕这种无情无义的男人有什么用？你告诉那个爱哭鬼，说她太笨、太傻了！"

听了宗彭泽庵这番话，城太郎十分生气，他使劲摇着头说道："你胡说！我师父绝不是那种人！如果我真的这么说，阿通姐姐肯定会去寻死。你这个和尚才是大笨蛋！彻头彻尾的大笨蛋！"

六

"哈哈哈！我可被你骂惨了！城太郎，你生气了？"

"你说我师父的坏话，还说阿通姐姐是笨蛋，我当然生气了！"

宗彭泽庵摸摸城太郎的头，说道："你可真可爱！"可城太郎却把宗彭泽庵的手甩开。

"既然如此，我就不再求你了！我自己去找武藏师父，一定要让他见到阿通姐姐！"

"你知道他在哪儿吗？"

"什么？"

"我是说，你知道武藏的住处吗？"

"不知道的话，我可以问，就不劳你费心了！"

"别逗能了！你又不知道吉野太夫的家在哪儿，用不用我告诉你啊？"

"不麻烦你了！"

"好一个有志气的城太郎！我和阿通、武藏一无仇二无恨，更何况我还一直祈祷他们能终成眷属呢！"

"那你为什么还在背后使坏？"

"也许你认为我在使坏，可我是在给武藏和阿通治病。治愈身体的疾病需要医生，可治疗心病就必须用我刚才说的那番话。尤其是阿通，她的心病更重。武藏自己可以慢慢痊愈，可阿通却让我束手无策——只能告诉她'不要单恋武藏那样的男子，应该斩断情丝，重新生活。'"

"够了！你这个臭和尚，我不会再求你了！"

"如果你认为我在说谎，可以到六条柳町的扇屋去看看武藏在干什么。然后再把你看到的事告诉阿通。也许她会痛不欲生，但如果能借此警醒也并非坏事。"

此时，城太郎捂住耳朵喊道："不听！不听！臭和尚！"

"你干吗骂我？明明是你自己追过来的！"

"和尚，和尚，不给你布施！想要布施，你得唱歌！"

宗彭泽庵无奈地笑了笑，随即起程赶路。而城太郎还是一边捂着耳朵，一边唱歌谣骂他。

只见宗彭泽庵的背影越来越小，在远处的路口一拐弯就不见了。城太郎呆呆地站在原地，一时间心头百味杂陈，大颗的泪水扑簌簌地落下来。

他突然想起了什么，慌忙举起胳膊擦了擦眼泪，然后毫无目的地张望着过往行人，就像一只迷路的小狗。

终于，他看到一个披着斗篷的妇女走过来，便叫了一声："大婶！"随后立刻跑了过去。

"您知道六条的柳町在哪儿吗？"城太郎问道。

那女人吓了一跳，说道："你说的是花街吗？"

"什么是花街？"

"唉——"

"那儿是什么地方呀？"

"这个小孩真不懂事！"

说着，那女人瞪了城太郎一眼，就走开了。

城太郎不明白对方为何会生气，但他并没有气馁，一路走一路问，终于来到了六条柳町，随后还打听出了扇屋的位置。

沉香君

一

天刚擦黑，各家妓院已是灯火璀璨，而柳町上的客人并不多。

此时，扇屋的一个年轻用人被门口的一个黑影吓了一跳。只见那人从正门的软帘后探进头来，两只贼溜溜的眼睛不停打量着屋内。用人顺着软帘往下看，看到一双脏兮兮的草鞋和一个木剑的剑尖。他觉得来人很可疑，便要去叫其他人。

"大叔！"城太郎打了声招呼，便走进来，随后问了一句："宫本武藏来过这儿吧？他是我的师父，能否麻烦你转告他，就说城太郎来了，或者把他叫出来也行！"

那年轻用人看到对方是个小孩，这才放下心来。不过，由于刚才受了惊吓，脸上仍有悸色。

"臭小子！你是乞丐还是流浪儿——这儿没什么武藏，我们刚开门，你就把大门的软帘弄脏了。赶快给我出去！快出去！"

那用人不由分说揪住城太郎的衣领，就往外搡，城太郎一下子就火了。

"你干什么？我是来见我师父的！"

"浑蛋！我才不管你师父是谁！这几天，那个叫武藏的人可给我们惹了不少麻烦。就在刚才，吉冈门武馆的人还来过呢！我也跟他们说武藏早走了。"

"要是他不在，你就好好跟我说嘛！干吗扯住我的领子不放！"

"我刚才看见软帘那儿伸进个脑袋，一副贼眉鼠眼的模样，还以为吉冈门武馆的人又来了呢！吓我出了一身冷汗！你这可恶的小子！"

"那是你没胆子！你快告诉我，武藏师父何时走的，去了哪里？"

"你这家伙，说了一大堆难听话，现在又来求我，天下的便宜都让你占尽了！"

"你不知道就算了，把手放开！"

"没那么便宜，我要这样才放手！"

说着，他揪着城太郎的耳朵转了一圈，然后再用力将他推出门外。城太郎疼得大叫："好痛啊！痛死了！"随即一屁股跌坐在地上，他突然拔出木剑，朝年轻人的下巴砍去。

"哼！你这小子！"

只听"哎哟"一声，年轻人的门牙被砍断了，他急忙用手捂住满是血迹的下巴，追了出来。城太郎吓得大叫起来。

"快来人啊！这个大叔要杀我啊！"

他一边大声向路人求救，一边用力挥舞着木剑，就像在小柳生城与那只名叫太郎的恶犬搏斗一样，只听见"当"的一声，他又打中了那人的脑门。

年轻人的鼻子一下子被打出了血，他像蚊子一样哼哼了几声，就栽倒在路旁的柳树下。

——这时，对面一家妓院的女子正坐在门前拉客，见此情景，不禁大喊起来："哎呀！那个手拿木剑的小孩，杀了扇屋的伙计就跑了！"

随后，几个人影从行人稀少的街上慌忙跑过。

"杀人了——"

"有人被杀了！"

那声嘶力竭的喊声，久久回荡在晚风中。

二

在花街，滋事打架是家常便饭，这儿的人早已习惯秘而不宣地处理类似事件。

"跑到哪儿去了？"

"那小子长得什么样儿？"

几个长相凶恶的男人，只是在附近简单搜寻了一遍。没过多久，那些头戴斗笠、衣着华丽的公子哥便相继拥入花街，这些寻欢作乐之人根本不知道半刻钟之前这里曾发生血案。

三岔路口处越来越热闹，而后街却格外昏暗，附近的农田、原野一片寂静。

躲在暗处的城太郎找准时机，飞快地从昏暗的胡同中溜出来，像个小狗似的朝着黑暗处飞奔而去。

城太郎觉得，只要沿着这条路一直跑肯定能离开六条。他跑着跑着，面前突然横出一道一丈多高的栅栏。这道栅栏就像城墙一样，将整个六条围得严严实实。而且栅栏顶部还留有削尖的圆木，即使沿着栅栏一直走，也找不到任何能出去的门或缝隙。

城太郎发现，再往前走就是灯火通明的正街，所以只得又折回暗处。这时，有个女人一直暗中观察着他，还跟着来到这里。

"小孩！小孩！"她招了招手，示意城太郎过去。

起初，城太郎有些怀疑，站在原地没动。过了一会儿，他才一步一挪地走了过去。

"你在叫我吗？"

看着女人白净的面庞，他确定对方并无恶意，于是又向前靠近一步。

"什么事？"

那女人柔声说道："你就是傍晚来扇屋找武藏的那个小孩吧？"

"嗯，是啊！"

"你叫城太郎吧？"

"是啊！"

"我带你去见武藏，别出声！"

"到、到哪儿去？"

城太郎有些犹豫不决。那女人见状，便将前因后果告诉了他。城太郎听后，喜出望外。

"这么说，阿姨您就是吉野太夫的侍女喽？"

他如同在地狱中见到菩萨一般，喜不自胜，老老实实地跟着那女人走了。

那侍女告诉城太郎："吉野太夫听说了傍晚的事，非常担心，她吩咐我们要是那个小孩被抓一定要告诉她，她会去求情。如果有人发现了他，就悄悄从后门把他带进茅屋，让他和武藏见面。"

"所以，你不用担心了！只要吉野姑娘交代下来，这座妓院就没人敢惹你！"

"阿姨，我师父真在这儿吗？"

"如果不在这儿，我为何要费劲找你，还领你过来？"

"这里到底是什么地方啊？"

"你觉得是什么地方呢，你师父就在那间茅屋里，你可以先从门缝看一看，前面正忙着呢，我得先走了！"

说完，那侍女就消失在院子里的花木丛中。

真的吗？

师父真的在里面吗？

城太郎无论如何都无法相信。

自己千辛万苦寻找的师父，竟会待在眼前这间小茅屋里——对他而言，实在难以接受这个事实。

不过，城太郎不甘心就此罢休，他绕着茅屋来回走了好几圈，想找个窗

户一看究竟。

房子侧面有一扇小窗，可是他却够不着，于是他从草丛里搬来几块石头垫脚，鼻子才好不容易够到窗边。

"啊！是师父！"

因为自己正在偷窥，所以他把嘴边的话又咽了回去。日思夜想的人就在眼前，城太郎真想一把抱住武藏。

此时，武藏正枕着手，在火炉旁睡觉。

"——他可真悠闲啊！"

城太郎瞪大眼睛，脸紧贴着窗边，出神地看着武藏。

武藏睡得很惬意，身上还盖着一件桃山刺绣的厚长袍，看得出那不是他的衣服。他身穿的窄袖和服也不是常穿的那件粗布衣，而是那些公子哥经常穿的大花图案的和服。

他身旁铺着一块红毡子，画笔、砚台、画纸散落一地，几张废纸上画着茄子、公鸡等草图。

"他竟然还有心画画，根本不知道阿通姐姐生病了！"

城太郎十分恼火，尤其是那件披在武藏身上的女人衣服，让他气不打一处来。而武藏身上穿的那件华丽和服，更让他作呕。他明显感觉到，整个屋里弥漫着一种妖艳的气息。

看到眼前的情景，城太郎不由想起在元旦那天，武藏和一个年轻姑娘在五条大桥上拉拉扯扯的样子。

（师父最近到底怎么了？）

城太郎很痛心，脸上露出成人才有的无奈表情，那幼小的心灵感到了一种难言的苦涩。

他突然想到：好！我来吓唬吓唬他。

城太郎很快就想到了捉弄武藏的办法，正打算悄悄从石头上跳下来。

"城太郎，你和谁一起来的？"

啊！是武藏的声音。

"咦？"

他再次贴近窗口往里瞧，只见原来熟睡的人半睁着眼睛，正笑眯眯地看着自己。

"……"

城太郎来不及回答，就快步跑进屋里，脚还没沾地就一把抱住了武藏的肩膀。

"师父！"

"哦，你来了！"

仰面躺在地上的武藏伸出手臂，将城太郎那脏兮兮的小脑袋搂到胸前。

"你是怎么知道的?是宗彭泽庵和尚告诉你的吗?一转眼,我们都分开这么长时间了!"

武藏一下子坐起来,手还紧紧搂着城太郎的脖子。城太郎很久没感受到如此温暖的怀抱,他就像一只讨好主人的小哈巴狗一样,久久依偎在武藏膝前。

四

"——现在,阿通姐姐还卧病在床,她多么想见到师父啊!她实在太可怜了!阿通姐姐说过,只要能见师父一面就心满意足了,其他什么都不在乎。元旦那天,她原打算去五条大桥见您,可您却和一个奇怪的女人亲热地谈笑,阿通姐姐气坏了,就像一只缩头蜗牛一样躲了起来,不管我怎么拽她,她就是不出来。这也难怪她生气呢!当时,我也憋了一肚子气呢!不过,过去的事就算了,现在您赶快跟我去乌丸府吧!然后见阿通姐姐,跟她说一声:'我来看你了!'哪怕就这一句话,她的病也能立刻好呀!"

——城太郎滔滔不绝,试图劝说武藏跟他走。

"嗯,嗯。"

武藏不停地点着头。

"是吗?原来如此啊!"

他只是简单地回应了两句,却绝口不提去见阿通的事。

尽管城太郎的嘴皮都要磨破了,可武藏仍像一块石头,始终不答应去乌丸府。城太郎知道,再多说也是徒劳,他一直非常喜欢武藏,可现在突然觉得师父非常令人讨厌。

城太郎心想,难道要跟他大吵一架?

可是面对武藏,他却无法恶语相向。于是,他噘着嘴、鼓着腮帮子,想借此让武藏反省。

他一不开口,武藏又随手拿起画笔,开始照着画帖画起画来。城太郎瞥了一眼武藏画的茄子,心里嘟囔着:"画得真难看!"

过了一会儿,武藏可能是画累了,开始洗笔。城太郎便想趁此机会,进一步说服武藏,可当他正要开口之际,门外却传来了一阵响声,那是木屐踩在踏脚石上发出的响声。

"客官,您的衣服已经干了,我给您送过来了!"

原来是刚才那个侍女,抱来一套叠得整整齐齐的夹和服和羽织,放到了武藏面前。

"多谢!"

武藏仔细看了看袖口和衣角,说了一句:"洗得很干净哟!"

"可是,血迹还是无法完全洗干净。"

"这样就可以了,对了,吉野姑娘呢?"

"大概忙着招呼客人呢，一时半会儿抽不出身来。"

"实在太麻烦她了！我这一来，不但劳烦吉野姑娘费心，还连累扇屋替我保密，真是麻烦各位了。请帮我转告她，今晚我就走了，十分感谢她的款待。"

城太郎听到这儿，脸上立刻露出了笑容。他心想，师父到底还是个好人呀！他一定是想去阿通姐姐那里。

城太郎一边想着，不觉高兴起来。侍女离去之后，武藏将那套洗好的衣服拿到城太郎面前说："你来得正好，这套衣服是我来此游玩时，本阿弥先生的母亲拿给我穿的。现在，你帮我送到光悦先生的府上还给他，再把我原来的衣服拿回来。城太郎！好孩子！帮我跑趟腿吧！"

五

"是，遵命！"城太郎欣然应允。

他心想干完这趟差事，武藏就会离开这里，去看阿通姐姐。于是，他乐滋滋地说道："我这就去！"

随后，他用一个大包袱皮将窄袖和服和羽织包起来，同时将武藏写给光悦的信一并放到里面，随后就背起了包袱。这时，来送晚饭的侍女看到了城太郎。

（咦？他要去哪儿？）

侍女瞪着眼睛，用询问的目光看向武藏。

"啊！这可不行！"侍女坚决制止道。

随后，她跟武藏说道："这个小孩在傍晚时，用木剑打伤了店里的仆人，现在那个伤者还躺在床上哼哼呢！"

"多亏吉野姑娘去跟店里的人说情，大家才把那件事当作普通的斗殴事件，不再追究。不过，有人说这个小孩是武藏的徒弟，所以武藏肯定藏在扇屋。今晚，整个柳町都在疯传此事。想必那些守在花街正门的吉冈门的人，也知道这件事了。"

"哦！"

武藏刚知道这件事，便看了看城太郎。

城太郎自知事情败露，觉得脸上无光，便挠挠头慢慢退到墙角。

"如果他现在背着东西，大摇大摆地从正门走出去——后果简直不可想象！"

然后，侍女继续跟武藏报告外面的情况。

"——自从前天开始，吉冈门的人就一直在找您。吉野姑娘和店老板都很担心。"

"前天晚上，光悦大人回去之前，还一再拜托我们好好照顾您呢！况且，扇屋也决不会不顾安危赶您出去，尤其吉野姑娘还如此细心、周到地保护着您。"

"可是……"

"吉冈门的人都很顽固,他们会一直把守在花街的正门,这是最麻烦的。昨天,他们来店里问了好几次"武藏是不是躲在这儿?"虽然我们斩钉截铁地回答说没有,他们仍不死心。"

"估计这会儿,他们正等着你们主动送上门呢!"

"我真弄不明白,吉冈门为了对付您一个人,竟会如此大动干戈,简直像作战迎敌一样。据说他们不计任何代价,一定要把您置于死地。"

"因此,吉野姑娘和老板都建议您,最好再待四五天。也许过一阵儿,吉冈门的人没了耐性,会主动撤回去的。"

侍女一边侍候武藏师徒用饭,一边将外面的情况详细告知。武藏很感激她的好意,随后说道:"我知道该怎么办。"

原来,他并未打消今晚离开的念头。

不过——唯独去光悦家还衣服这件事,他决定接受对方的忠告。于是,他拜托扇屋的年轻用人去了光悦家。

六

派去的人很快就回来了,而且还带回了光悦的回信。信上写道:

来日方长,有缘再会。人世坎坷,愿君多加珍重。纵然远隔重洋,我也会日夜为您祈祷。

月 日 光悦

武藏 先生

这封信虽然简短,却充分表达出光悦的一片真情,他知道武藏此刻身不由己,无法亲自登门道别。对于武藏的苦衷,光悦十分体谅。

"这是几天前,您在光悦先生家换下的衣服。"

仆人将武藏借用的衣服还了回去,顺便带回了武藏以前穿的旧衣服。

"本阿弥的母亲也问候您!"

男仆交代完,就回到扇屋的正房去了。

武藏打开包袱,看到自己以前的旧衣服,觉得十分亲切。比起妙秀、吉野借给他的崭新而华丽的衣服,他更喜欢这件历经风吹雨打的粗布衣。他觉得,这件衣服最适合自己,也只有这样的衣服才属于游学武者。

武藏知道,这件衣服多处已磨破,还沾有雨水和汗渍。当他穿到身上后才发现,衣服已被熨烫一新,就连上面的几个破洞也被补好了。

"有母亲真幸福啊!我要是也有母亲该多好啊!"

武藏一下子陷入孤独中,他默默思索着自己今后的人生。

双亲早已不在，故乡也容不下自己，现在只剩姐姐一个亲人了。

他凝视着烛火，想着心事。自己已在这儿借宿了三天。

"我们走吧！"

武藏拿起从不离身的木剑，插在腰间，此刻他脸上的孤独、寂寞，已消失无踪。因为他已在心中默默地告诉自己——就把这柄剑当成自己的父母、妻子和兄弟吧！

"要走了吗——师父！"

城太郎一步跳了出去，开心地望着星空。

（虽然现在去乌丸大人府上有些晚了，可无论多晚，阿通姐姐都会等着我的——她一定会吓一大跳，说不定还会高兴得哭起来呢！）

自从下雪那天起，每晚的夜空都很美。城太郎一心想让武藏和阿通快点见面。他仰望着星空，那一颗颗闪烁的星星似乎也在为自己高兴呢。

"城太郎，你是从后门进来的吗？"

"我也不知道是后门还是正门，反正是刚才那个侍女带我从那儿进来的。"

"你先出去，在门外等我。"

"那师父呢？"

"我去和吉野姑娘打个招呼，马上回来！"

"那我先去外面等着。"

虽然只和武藏分开一会儿，他还是有些担心。不过，今晚的城太郎格外听话，无论武藏吩咐什么，他都会照办。

七

连武藏自己都觉得，在此借宿的几天过得十分惬意。

在此之前，自己的内心和肉体简直就像冰块一样又冷又硬。

看到月亮时，他阖上心扉；看到鲜花时，他视而不见；看到太阳时，他无动于衷，他冷冷地将自己与周围的一切隔开。

而且，他一直坚信这种专心的做法是对的。不过，他也担心自己因此而变得气量狭小、一意孤行。

记得宗彭泽庵曾对他说道："你的强悍与野兽没有两样！"

还有，那个奥藏院的日观老僧也曾告诫自己："你应该弱一些！"

想起这些智者的劝导，武藏认为，这几天的悠闲生活对自己是至关重要的。

因此，当自己即将离开扇屋的牡丹园之时，并不觉得虚度了光阴。与其让弦绷得太紧，还不如放开心胸，尽情享受一下难得的休闲时光，无论是饮酒、瞌睡、读书或是画画，哪怕偶尔伸个懒腰，都是畅快无比的，武藏十分庆幸自己能拥有这宝贵的几天。

（——真想当面跟吉野姑娘道谢啊！）

武藏站在扇屋的院子里，望着对面五彩缤纷的灯影，那里依旧充斥着醉客们低俗的歌声和三弦声。于是，他打消了见吉野的念头。

（就在这儿跟你告别吧！）

武藏在心里默默地跟吉野告别，感谢她这几日的周到照顾。随后，武藏离开了院子。

——走出后门，他朝等在那儿的城太郎招了招手。

"我们走吧！"

谁知，突然有一个人从后面追了过来。

原来是侍女灵弥。

灵弥塞给武藏一样东西，说道："这是太夫给您的——"然后，她就跑回去了。

那是一张折好的小纸条，从颜色来看应该是怀纸。武藏一打开纸条，一股淡淡的沉香味沁人心脾。只见上面写着：

　　夜夜揉碎空花无数，怎比林间月影婆娑。
　　正待互诉真情之时，无奈乌云笼罩心头。
　　席间独望酒杯感叹，纵然他人笑我痴迷。

谨此短文话别
吉野

"师父，是谁的信？"

"你不认识。"

"是女人？"

"不要问了！"

"信上写了什么？"

"你就别问那么多了！"

武藏将信折好，城太郎伸长脖子，想看个究竟。

"好香啊！好像是沉香的味道呢！"

看来，城太郎对沉香并不陌生。

门

一

尽管两人离开了扇屋，但仍处在花街中，他们能否平安地突出重围呢？

城太郎说道："师父，那边就是花街的正门。扇屋的人说，那儿有好多吉冈门的人在把守，十分危险。"

"嗯！"

"所以，我们从其他地方出去吧！"

"可一到晚上，除了正门外，其余的门都关上了。"

"我们可以翻栅栏逃走——"

"如果逃走，肯定会有损我的名声。要是能对别人的话不闻不问，我们倒可以逃走，本来离开这儿也并非难事。可是，我却不能那么做，我要找准时机，堂堂正正地从正门走出去！"

"这样啊！"

城太郎虽然有些不安，但他知道在武士的世界里，"耻辱"重于一切，所以也没再反对。

"——不过，城太郎！"

"嗯？什么事？"

"你是小孩，没必要跟我冒险。我从大门出去，你可以先溜出花街，然后找个地方躲起来，等我出去。"

"您倒是大摇大摆地从正门出去了，剩我一个人怎么出去呀？"

"可以从那边的栅栏上翻过去。"

"只有我？"

"是的。"

"不要！"

"为什么？"

"师父刚才不是说过——那样会被别人说成胆小鬼的！"

"谁也不会那么说你。吉冈门是针对我武藏一人，跟你毫无关系。"

"那么，我在哪儿等你呢？"

"柳树马场附近。"

"您一定要来哟！"

"嗯，我一定会去。"

"您不会又一声不响地跑了吧？"

——武藏看了看周围，说道："我不会骗你的。来！趁现在没人，快点

翻过去吧!"

城太郎环视了一圈,快步跑到黑漆漆的栅栏下。可是,那些圆木栅栏的高度足足是他身高的三倍。

(不行啊!这么高,我怎么翻过去啊!)

他仰头看了看栅栏,眼神中流露出无奈。此时,武藏不知从哪儿提来一个木炭包,放到了栅栏下。

城太郎见状心想,即使踩着木炭包,也够不着呀!武藏顺着栅栏缝向外窥视,默默地思考着什么。

"……"

"师父,栅栏外有人吗?"

"外面有一片芦苇地,有芦苇的地方肯定有水坑,你跳的时候要小心点!"

"水坑倒没什么关系!只是栅栏太高,我够不着呀!"

"现在不只是正门,就连栅栏外的一些重要的地方,也有吉冈门的人看守。外面很黑,你跳下去的时候要格外小心!说不定会突然从什么地方飞过来一把刀呢——你踩着我的背上去,先在栅栏上等一等,看清楚下面的状况后再往下跳。"

"知道了。"

"我先把木炭袋子扔过去,你看那边没什么动静,才能跳下去哟!"

说着,武藏让城太郎骑到自己的脖子上。

二

"能够到吗?城太郎!"

"够不到呀!"

"那你站到我的肩膀上试试!"

"可我穿着草鞋呢!"

"没事,你就站上去吧!"

于是,城太郎按武藏所说,两只脚踩到了他的肩膀上。

"这回能够到吗?"

"还是够不到呀!"

"你可真麻烦!不能跳到栅栏上头的横木那儿吗?"

"没办法呀!"

"实在不行的话,我就用双手把你举起来吧!"

"这能行吗?"

"就是再有五个、十个城太郎也没问题!喂,准备好了吗?"

武藏让城太郎的两只脚分别踩在自己的左右手上,然后就像举鼎一样,把他高高举过头顶。

"——啊！够到了！够到了！"

城太郎终于爬到了栅栏上，武藏一只手拿过木炭袋子，朝栅栏另一侧丢了过去。

"砰"的一声，袋子落到了芦苇丛中——城太郎看没有什么异常，就跳了下去。

"什么嘛！这儿哪有水坑呀！根本什么都没有。师父，这边就是一片荒原。"

"总之，你小心点吧！"

"那我们柳树马场见！"

随后，城太郎的脚步声渐渐远去，最终消失在黑夜里。

武藏一直把耳朵紧贴在栅栏缝上，直到那脚步声完全消失。

——见城太郎安全离去，武藏终于放心了，随即快步走开。

他没有去昏暗的后街，而是故意朝着最热闹的街道走去，那条路正通往花街正门。他混迹在来往的人群中，看起来就像一个嫖客。

因为他没戴斗笠，所以刚迈出大门，就有人发现了他。

"啊！武藏！"

武藏此举出人意料，埋伏在周围的无数双眼睛同时望向他。

正门两侧聚集着几个轿夫，两三个武士在一旁烤着火，同时观察着出入的行人。

此外，编笠茶馆的板凳上，以及对面的小饭馆里，各有一组人在盯梢。每隔一会儿，这边的四五个人就会和把守正门的人换班，他们一旦发现戴着头巾或斗笠的人从花街走出来，就会毫不客气地察看对方的长相。如果是轿子，他们也会拦住并仔细检查。

早在三天前，他们就这么做了。

因此吉冈门的人确信，那个雪夜之后，武藏从未走出过这扇大门。他们也曾跟扇屋的人打听武藏的行踪，但对方只说没有这个客人，便不再理睬了。

其实，吉冈门并非没有吉野太夫藏匿武藏的证据，可他们担心一旦得罪了吉野太夫，会引起众怒。因为吉野太夫不仅是六条的名人，现在上至达官贵胄、下至平民百姓，没有一人不喜欢她的。如果事情闹大了，人们一定会说武士成群结党，搅闹扇屋，从而给吉冈门惹来祸端。

所以，他们只好舍近求远，采取持久战的策略。他们整日守在花街正门外，等着武藏自己走出来。为防止武藏乔装打扮，躲在轿子里或是翻栅栏跑掉，他们都做了充分的准备，可谓万无一失。

——然而，谁都没想到武藏会如此堂而皇之地从正门走出来，吉冈门众人见此情景，不禁吓了一跳，甚至都忘了上前阻拦。

三

武藏毫无掩饰，因此吉冈门的人没有任何理由喝令他停下。

他迈开大步走着，不一会儿就走过了编笠茶馆。约莫走出一百步的时候，吉冈门弟子中突然有人大叫一声："杀呀——"

于是，众人也高喊一声："杀呀！"

同时，八九条黑影挡住了武藏的去路。

"——武藏，站住！"

双方终于开始了正面较量。

——武藏问道："什么事？"

他的回答有一种出其不意的强硬，同时他横着退到路旁的一个小木屋前站好。

小木屋旁横放着巨大的枕木，周围堆着一大堆木屑。看来，这是伐木工人休息的小屋。

"是不是有人在吵架呀？"

有个伐木工打开了门，朝外面看了一眼。

"哇！"

那人吓得立刻把门关上，还用门栓把门紧紧顶住。之后，屋里什么声音都没有了，估计那人早已藏到了被窝里。

吉冈门的人就像野狗召唤同伴一样，又是打呼哨、又是大声喊叫，眨眼之间一大群人就聚拢过来。由于夜色太黑，眼前这群人很容易造成声势浩大的假象，不过他们也绝不会少于三十人。

武藏被黑压压的人群团团围住。

不，由于他背靠小木屋，所以应该说小木屋和武藏都被众人包围了。

"……"

武藏目不转睛地注视着敌人，暗暗估算对方的人数以及细微的形势变化。

虽然对方有三十多人，但他们的目的只有一个。对武藏而言，揣摩对方的心理并非难事。

正如武藏所料，没有一个人敢单独出击。当对方以集体形式参战，在多数人的步调达成统一之前，都是站在那儿胡乱吵嚷，还有人辱骂武藏。这些人简直就像市井的无赖，他们骂武藏："浑蛋！"、"臭小子！"这些骂声反而显得自己更加懦弱、滑稽。没过一会儿，吉冈门众人就像铁桶一样，把武藏紧紧围在当中。

武藏早就做好了准备，当对方叫骂之时，他已完全进入了战斗状态。他敏锐地观察出，这些人中谁比较强、谁比较弱，可谓成竹在胸。

他看了众人一眼，问道："是谁叫住我的？我就是武藏！"

"是我们，所有在场的人叫住你的！"

"这么说你们是吉冈门的人喽？"

"废话！"

"不知你们有何贵干？"

"这还用问吗——武藏，你准备好了吗？"

四

"准备？"

武藏轻轻撇了撇嘴。

他从齿间发出的冷笑，顿时激怒了众人，一种令人窒息的杀气扑面而来。

武藏提高声调，继续说道："即使是睡觉，武士也可以随时应战。所以，我随时恭候你们。你们不明是非，挑起争端，还故意装腔作势、假借武士道精神，简直可笑至极——你们容我问一句，各位是想暗杀武藏，还是想正大光明地报仇？"

"……"

"我问你们，是跟我有深仇大恨，还是为了给清十郎和传七郎报仇？"

"……"

如果武藏在言语、眼神及身体上露出一丝破绽，周围无数的利刃肯定会像喷涌的洪水一样将他吞没。可是，并没有人向他攻击，众人就像一串佛珠一样，呆呆地串联在一起。

此时，突然有人大喝一声："这还用说吗？"

武藏扫了一眼说话人，从年龄、做派上来看，他一定是吉冈门的人。

没错，此人正是吉冈门的高徒御池十郎左卫门。御池十郎左卫门似乎打算率先动手，他蹑着脚往前蹭着。

"你打败了我的师父清十郎，又杀了二少爷传七郎，我吉冈门弟子岂容你再活在世上——而且，吉冈门因你而声名扫地，我们数百弟子发誓要为师父雪耻。我们和你并无私人恩怨，而是要为师父讨回公道！武藏，我们誓要砍下你的首级！"

"哦！你的确很有武士的风骨呢！冲这一点，我也得奉上自己的一条性命啊！不过，你们真的看重师徒情谊、要为吉冈门雪耻的话，为何不像传七郎或清十郎那样，堂堂正正地跟在下比试呢？"

"住口！你居无定所，如果我们不盯住你，你早就跑到其他地方去了。"

"你们是以小人之心度君子之腹！如各位所见，我武藏一没逃、二没躲！"

"那是因为你被我们发现了！"

"什么！如果我想躲起来，即便是六条这个小地方，我也能让你们找不到！"

"你以为，吉冈门弟子会让你就这么出去吗？"

"我知道各位会逐个跟我打招呼，可如果我们像野兽、无赖那样在繁华之地械斗，不仅有损于我个人的名誉，也会给全体武士抹黑。而各位口口声声说的师徒情谊，也会成为世人的笑柄，令师的名下会再添上耻辱的一笔——如果你们不在乎师门灭绝、武馆解散，也不介意世人的耻笑，决心从此弃武，我武藏和身上这两把刀愿意奉陪到底。我会把你们变成一堆尸山！"

"你说什么？"

这次说话的不是御池十郎左卫门，而是御池十郎左卫门身旁的一个正要抽刀的人。突然，有人大喊了一声："——板仓来了！"

五

在当时，板仓可是一个令人望而生畏的差人。

就连很多童谣都经常提到他。

一首童谣这样唱道：

路上有人打架！
谁骑着枣红马来了？
啊！是伊贺四郎左，
打架的人跑了个精光！

还有一首童谣唱道：

伊贺大人既是千手观音又是天目神（日本神话人物），
既有千里眼，又有一百个差役。

这些童谣的主角就是板仓伊贺守胜重。

最近，京都呈现出日益繁华的趋势，各行各业都是一片大好景象。这是因为京都的政治、战略地位在整个日本具有举足轻重的地位。

因此，京都逐步发展成为文化最发达的地区，但在思想领域里，京都也是让政客最头痛的地方。

自室町时代以来，很多土生土长的京都人大多弃武从商，作风也日趋保守。现今，德川和丰臣各据一方，虎视眈眈地期盼着一个新时代的来临。

此外，一些名不见经传的武家，也各自扩展势力，门下都养了一大批浪人。

由于德川和丰臣都在积蓄力量，所以很多浪人都抱着碰运气的想法，像蚂蚁般四处钻营。

随着浪人数量的激增，以赌博、敲诈、行骗、拐卖为生的无赖也日益增多，饭馆和妓女的惊人数量也加剧了此类案件的发生。不知从何时起，世上出现了很多消极主义者和享乐主义者，他们将织田信长所说"——人生五十年，不过化作一场梦！"当作信条。因为担心自己随时会死去，所以一味沉溺于酒色中。

而且，这些虚度光阴的人还对政治、社会发展牢骚满腹，他们表面认为德川和丰臣旗鼓相当，但只要形势稍有变化，他们立刻会见风使舵、趋炎附势，连京都的奉行官也对此无能为力。

到底还是德川家康独具慧眼，请来板仓伊贺守胜重担任京都的所司代。

自庆长六年开始，胜重手下就有三十名捕快、一百名差役。据说胜重上任之时，还发生了一个小故事。

当他收到家康的委任状时，并没有立刻答应。

"我得回家跟我的妻子好好商量一下，再答复您。"

于是，他赶回家中，将此事告诉了妻子。

"很多达官显贵荣耀一时，最终却落得家破人亡，历史上这样的例子比比皆是。思其原因，多半是家族、妻室拖累所致。我之所以先和你商量，就是想让你给我立个誓约，无论我做所司代还是当市长，你绝不过问半个字，这样我才可以上任。"

于是，他的妻子郑重其事地发了誓。

"我一个女人怎么插手你的事呀？"

次日清晨，胜重换好衣服，准备进城。妻子看到他的内衣领子翻了出来，正要帮他整理好时，胜重突然呵斥了一句："难道你忘了自己的誓约？"他要求妻子重新发誓，然后才进城见家康复命。

正因为胜重抱定决心，所以行事公正、执法严明——这样一来，很多手下都十分讨厌他，说他是恐怖的上司，可老百姓却把他当成父母官。只要有胜重在，大家就感到安心。

言归正传，刚才不知谁大喊一声："板仓来了！"此时，双方正是剑拔弩张之时，肯定没人会开这种玩笑。

六

——所谓"板仓来了！"，其实来的是板仓的手下。

如果官吏要来插手此事，可就麻烦了。想必是周围巡逻的差役，看到此处异样，才赶过来看个究竟吧！

可是，刚才大喊一声的人到底是谁呢？如果不是自己人，莫非是过路人的提醒？

——于是,御池十郎左卫门及吉冈门弟子都朝喊声的方向看过去。

"等一等!"

突然,有一个年轻武士分开人群,站到了武藏和吉冈门众人之间。

"啊?"

"你是……"

众人备感意外,大家的目光都集中在眼前这个留着前发的少年身上。

对方显得不可一世,似乎在说"就是我!你们应该记得我这张脸!"然后,佐佐木小次郎说道:"刚才我在花街正门下轿时,听到路人说一伙人在群殴,没想到是这件事,你们不是一直想以多欺少吗?当然,我既不是吉冈门的人,也不是武藏的朋友——可我也是个武士,又身为剑客,为了全体武士的声誉考虑,我想我有资格说几句话。"

这一番慷慨陈词,与他留着前发的外表极不相称。而且,他说话的口吻和环视众人的眼神,也是狂傲至极。

"——在此,我想问各位一句,如果板仓大人的手下来到这里,看到一群人在街上舞刀弄枪,然后抓住你们要求写认罪书,这对你们双方不都是奇耻大辱吗?要是惊动了官吏,他们肯定不会把这次群殴当作简单的事件处理——所以说现在地点不对——时间也不对。各位都身为武士,如果你们扰乱社会治安,就会给全体武士的脸上抹黑。现在,我代表武士们奉劝各位,不要在此动武!若想用武力解决问题,就依照比武的规矩,另选时间和地点吧!"

吉冈门众人被佐佐木小次郎的口才征服了,他们个个沉默不语。御池十郎左卫门等他一说完,便朗声答了一句:"好!"

"您说的没错——不过,佐佐木小次郎阁下,您能保证武藏在比武之前不会逃跑吗?"

"要我担保也可以。"

"我们可不接受这种模棱两可的承诺。"

"可是,武藏是个活生生的人啊!"

"你是不是想让他跑掉?"

"胡说八道!"

佐佐木小次郎怒喝一声。

"万一有闪失,你们尽可以全算到我头上!而且,我也没理由庇护这个人,如果武藏在比武之前,临阵逃脱或是离开京都,你们可以在城中张贴告示,以让他无地自容!"

"不!如果只是这样,我们无法答应!如果你能保证到比武之前,一直看着武藏,我们今晚就立即罢手。"

"——等等,这个我得问一下武藏!"

说着，佐佐木小次郎回过头去。他知道，武藏一直盯着自己的背影，现在四目相对，他一边瞪着武藏，一边慢慢逼近对方。

七

"……"

"……"

尽管双方尚未开口，眼神中已是火药味十足，就像两只角斗前的猛兽。

两人的脾气秉性相差甚远，他们彼此认可，又互相畏惧，同样的年轻自负、性情乖张。

此时，他们就像在五条大桥初见时一样，彼此戒备。无须开口，武藏和佐佐木小次郎仅通过眼神就已充分明白了对方的想法。这完全是一场无声的决斗。

——不过，他们最终还是开了口。

佐佐木小次郎首先说道："武藏，你觉得如何？"

"什么事？"

"刚才，我给吉冈门众人开出的条件。"

"我同意！"

"很好！"

"不过，我还有点不同的看法。"

"你是不是不想让我看管你？"

"无论是跟清十郎比武，还是与传七郎的决斗，我武藏从未退缩。难道我会害怕这些残兵败将？"

"嗯。你的确是光明正大！我会记住你的话——那么，你希望将比武定于哪天？"

"日期和地点都由对方决定吧！"

"真爽快——那在比武之前，你会住在哪儿呢？"

"我居无定所。"

"若是这样，对方的挑战书该如何转交给你呢？"

"可以在这儿定下来。我一定会如期赴约。"

"嗯。"

佐佐木小次郎点头应允，随后退到后面。同时，御池十郎左卫门与其他弟子商量了片刻之后，其中一人上前一步对武藏说道："我们决定将比武时间定在后天早晨——寅时下刻。"

"知道了。"

"地点是睿山道一乘寺村的山脚，薮之乡下松——我们就在下松见面。"

"一乘寺村的下松，好的，知道了。"

"现在能够继承吉冈门的人，只有清十郎、传七郎的叔父壬生源左卫门之子源次郎了。不过，由于他年龄尚小，届时我们会派几名弟子随同前往。在此，先跟你知会一声。"

双方约定好后，佐佐木小次郎敲了敲小木屋的门，走进屋中，对着那两个瑟瑟发抖的伐木工命令道："这里应该有废木板吧？帮我找一块来，然后再钉上一根六尺左右长的木柄，我要做一个告示牌。"

木牌做好后，佐佐木小次郎叫吉冈门的人取来笔墨，自己大笔一挥将双方约定之事写在了木牌上。

然后，他将写好的内容让双方过目，并建议把告示牌立在街边，以将此事公之于世。

吉冈门弟子将告示牌立在了最显眼的路口，武藏对此毫不在意，径自朝着柳树马场的方向走去。

八

此时，城太郎正孤零零地站在马场等武藏，他眼望四周，不停地叹气。

"真慢啊！"

不时有轿子疾驰而去，偶尔还有几个哼着小曲的醉汉，摇摇晃晃地走过去。

"——师父怎么这么慢啊！"

难不成？城太郎有些不安，迈步就往柳町的方向跑去。

此时，迎面走来一人问道："你要去哪儿？"

"啊！师父！我看您一直没来，所以想过去看看！"

"哦？我们差点就走两岔儿去了！"

"正门那儿，有很多吉冈门的人吧？"

"是的。"

"他们没对您怎么样吗？"

"嗯，没有。"

"他们没想抓住您吗？"

"嗯，没有。"

"是吗？"

说着，城太郎抬起头看了看武藏脸上的表情，接着又问道："这么说来，什么事都没发生喽？"

"是的。"

"师父，不是那边，去乌丸大人的官邸应该走这条路。"

"啊！是吗？"

"师父也想尽快见到阿通姐姐吧？"

"是的。"

"阿通姐姐一定会大吃一惊！"

"城太郎！"

"什么事？"

"我们第一次见面的那个小客栈，是在哪个镇子里？"

"是北野吧！"

"对了！是在北野的后街！"

"乌丸大人的府宅可气派了！那种小客栈根本没法比呢！"

"哈哈哈！客栈怎么能比得了呀！"

"现在正门已经关了，我们可以从用人进出的后门进去。如果跟他们说我师父来了，说不定光广大人会亲自迎接呢！师父，那个宗彭泽庵和尚的心可真坏！他故意说话气我，还说师父的事情不管也罢。他明明知道师父在哪儿，却偏偏不告诉我。"

城太郎知道武藏话不多，即便师父默不作声，他仍旧自顾自地说个不停。

不多时，两人便来到了乌丸府的附近。城太郎用手指着后门对武藏说："师父，就是那里！"

武藏也停下了脚步，城太郎接着说道："您看到那边围墙上映出的灯火了吗？阿通姐姐的房间就在北边。灯还亮着，也许阿通姐姐还在等着我呢！"

"……"

"师父，我们快进去吧！我去叫门房开门！"

说着，城太郎就要跑开，武藏一把抓住他的手腕说道："还不到时候啊！"

"为什么？师父！"

"我就不进去了，你帮我给阿通姑娘带几句话！"

"啊？怎么回事？那师父为何要来这儿呢？"

"我是为了送你回来。"

九

城太郎天生敏感，一直担心事情会有什么变化，果然不出所料，他的担心变成了现实。突然，他大声喊道："不行！不行！"

"师父，您不能这样啊——您怎么能不进去呢！"

他抓着武藏的手腕，拼命往里拽，阿通就在门的另一边，无论如何他都要把武藏带到阿通面前。

"别嚷嚷！"

暮色低垂，乌丸府内一片寂静，武藏不想惊扰别人的美梦。

"好了，你好好听我说！"

"不听！不听！师父刚才不是说要跟我一起去的吗？"

"不是已经跟你一起来这儿了？"

"只到门口怎么能行？我不是跟你说要去见阿通姐姐！师父哪能教徒弟撒谎呢？"

"城太郎，不要大喊大叫，你冷静下来听我慢慢说。师父马上又要迎来一场决斗，生死尚不能预料。"

"身为武士，就要时刻准备奔赴死地——这话您不常说吗？而且，这也不是您的第一次决斗呀！"

"没错！我常挂在嘴边的话，由你口中说出，反而让我有一种受教的感觉——可是，只是这次比武，我抱定了九死一生的信念，所以不能去见阿通姑娘。"

"为什么？为什么？师父！"

"即使告诉你，你也理解不了，等你长大后就会明白了。"

"真的吗？师父马上就会有性命之忧？这是真的吗？"

"这件事不要告诉阿通姑娘哟，她现在生病，应该让她好好休养，尽快康复，然后给自己找一个好归宿。城太郎你把这些话告诉她，就说是我说的。其他的一概不要提起。"

"不要！不要！我偏要说！这种事我怎么能不告诉阿通姐姐——无论如何，师父要跟我一起进去！"

"你真倔强！"

武藏甩开了他的手。

"可是师父！"

城太郎大哭起来。

"可是！可是！那样的话，阿通姐姐实在太可怜了。如果我把今天的事告诉她，她的病情一定会加重。"

"——所以，我才让你那么说。现在见阿通，对彼此真的没什么好处。所谓的武学修行，就是要克服自己的脆弱、学会忍受痛苦，用千难万险来磨砺自己，否则你的修行就不会成功！城太郎，如果你经不起这种考验，就无法成为一个顶天立地的武者！"

"……"

看到城太郎低头啜泣的样子，武藏心一软，一把将他拥入怀中。

"身为武士，常常生死难料。我要是死了，你再找一位好师父。对阿通姑娘也是如此，我不能去见她，如果有一天她找到了好归宿，一定能理解武藏这番苦心。喂！那边墙里的灯还亮着呢！那是阿通姑娘的房间吗？她一定很寂寞，你也快点回去吧！"

风之卷

十

武藏说了一大堆，城太郎也终于体谅到了师父的苦衷。虽然他还在哭，但慢慢转过身子背对着武藏，看来他多少听进去了一些。他觉得阿通很可怜，但也无法再勉强师父——这简直让他进退两难，那颗幼小的心灵在颤抖着、呜咽着。

"那这样吧，师父！"

突然，城太郎不再捂着脸哭泣，一下转过身来面对着武藏。他要使出最后一招——死缠烂打。

"——你完成修行后，一定要来见阿通姐姐哟！只要您觉得自己的修行已经可以了，就要来找她呀！"

"那时已经……"

"那是什么时候呢？"

"我也不知道呀！"

"两年？"

"……"

"三年？"

"修行之路是永无止境的。"

"那你打算一辈子都不见阿通姐姐了？"

"如果我天赋异禀，也许有达成的一天；如果天资不够，恐怕花了一辈子时间还是愚钝之人——更何况，我还要去比武呢——即将奔赴死地之人，怎么可以和前程似锦的姑娘约定未来呢？"

武藏没想到自己会脱口而出，而城太郎也没完全弄懂师父的话，他一脸诧异地说道："所以师父，您不需要约定什么，只要跟阿通姐姐见一面就行！"

说完，他显得很得意。

和城太郎说得越多，武藏就越感觉到自身的矛盾、迷惘和痛苦。

"不能这样！阿通是个年轻姑娘，而我也是个年轻男子。跟你实说了吧，要是我去见阿通，她一哭我就没辙了。一看到她的眼泪，我的决心就会崩溃。"

武藏突然想起在柳生庄，眼望阿通离去的情景——当时，自己的心情就像今晚一样矛盾。可是，他的感受已大不相同。

之前他满怀豪情，只知道一味奋勇向前。无论是在花田桥，还是在柳生庄，他都会毫不犹豫地拒绝阿通的感情。而现在的武藏，心智逐渐成熟，内心也有了柔软的一面。

他懂得了生命的可贵，因此也开始恐惧。他知道，世间并非只有学武一条路，每个人都在用自己的方式追寻人生的真谛。天地如此之大，自己的一点小成就根本不值一提。从吉野身上，他感受到了女性的魅力，也多少了解了一些她们的想法——与其说他害怕面对女性，不如说他害怕面对自己的内心——尤其是面对阿通时，他根本无法抑制自己的情感——而且，自己也必须为她的今后打算。

此时，城太郎仍在一旁默默抽泣，他似乎听到武藏说了一句："你能理解我吗？"一直用胳膊捂着脸的城太郎，猛然抬起头来，然而眼前只剩下一片无尽的黑暗。

"——啊！师父！"

城太郎一直跑到围墙的转角，但武藏已不见踪影。

十一

他大喊一声，但此时已于事无补了。城太郎把脸靠在围墙上，放声大哭。

"……"

他一心一意地信任大人，到头来却不得不违拗自己的意愿。即便他理解师父的苦衷、服从师父的决定，但内心仍懊悔不已。

他不停地哭泣着，连嗓子都哭哑了，肩膀一个劲儿地颤抖，大声的抽泣让他禁不住打了几个嗝。

此时——

后门外也站着一个人，也许是府宅的侍女刚刚回来。那人披着斗篷，听到暗处传来哭声，便慢慢走近城太郎。

"城太郎？"

对方满腹狐疑地问了一声。

"这不是城太郎吗？"

随着第二次问话，城太郎抬起头来。

"啊！阿通姐姐！"

"你怎么哭了——还在大门口？"

"阿通姐姐，你的病还没好，怎么跑到外面去了？"

"你还问呢！你也太不让人省心了！出去也不打声招呼，你到底去哪儿了？眼见天都黑了，你也没回来。最后大门都要关了，还不见你的影子。你不知道我多担心哪！"

"所以你就跑出来找我？"

"万一你出了什么事，我怎么睡得着呀！"

"真是大傻瓜！你自己的病还没好呢！要是再发烧怎么办？赶快回房休息吧！"

"你到底为什么哭呀？"

"一会儿告诉你。"

"不,一定是出了什么事,快点告诉我!"

"你先回房躺下,我再告诉你。阿通姐姐,快点去休息吧!如果明天你的头又疼了,我可不管了!"

"好,我马上回房躺下,你能不能先透露一点儿,你是去追宗彭泽庵师父了吧?"

"嗯。"

"你问他武藏在哪儿了吗?"

"我讨厌那个没感情的和尚!"

"那么,你知道武藏在哪儿吗?"

"嗯。"

"你已经知道了?"

"别再问了!快点回去休息,好好休息——一会儿再说了!"

"为什么不告诉我?如果你不说,我就一直站在这儿,不回去了!"

"哎呀!"

城太郎的眼泪夺眶而出,他皱皱眉头,拉着阿通的手说道:"——你和师父为什么要这样为难我呀?阿通姐姐,如果你不躺下,好好用冷毛巾降温,我就不说!快进去吧!要不我扛也要把你扛回床上。"

于是,他一手抓着阿通,一手用力敲门,大声嚷道:"值班的!值班的!病人从屋里跑出来你们也不管——赶快开门,要不然她又要着凉了!"

今朝有酒今朝醉

一

本位田又八一口气从五条跑到三年坡,已是满头大汗,也许是喝了酒的关系,他的脸显得红扑扑的。

他走过满是石块的坡路,又穿过污秽不堪的长屋门(由武士宅邸的一部分改建而成的门),来到菜地一头的小屋。这里正是阿杉婆常住的那家客栈。

"母亲!"

他向屋内望了一眼。

"——怎么还在睡觉啊!"

他咂咂嘴巴,嘀咕了一句。

随后,本位田又八坐到井边歇了一会儿,又用井水洗了洗手和脚。此刻,阿杉婆头枕着手睡得正香,屋内鼾声大作。

"简直就是一只懒猫,一有空就睡觉。"

本位田又八抱怨了一句。看似熟睡的母亲，好像听到了本位田又八的声音，微微睁开眼睛。

"你说什么？"

阿杉婆猛地坐起身。

"啊！您听到了？"

"你瞎唠叨什么！睡眠可是我的养生之道。"

"您睡觉就是养生，我稍微休息一下，您就呵斥我'年纪轻轻的怎么这么没精神！还不快去找线索。'可您自己却在这儿睡午觉，这未免太过分了！"

"唉！你就体谅体谅我吧！尽管我心里不服老，但毕竟岁月不饶人啊——那晚我们联手都没能杀死阿通，已经让我精疲力竭了。宗彭泽庵那和尚还扭伤了我的手腕，现在还疼呢！"

"我有精神的时候，您就嚷嚷累了；等您不累的时候，我又没那股劲头了！说到底都是白费力气！"

"我不过休息一天而已，还没老到不中用呢——我说本位田又八，最近可有武藏或阿通的消息？"

"都不用我去打听，外面早就传开了——大概只有像您这种关在家里睡大觉的人，不知道吧！"

"什么？外面传开了？"

阿杉婆凑过来问道。

"到底是什么事？本位田又八！"

"武藏和吉冈门的人要举行第三次比武。"

"哦，时间和地点呢？"

"花街的正门前立了一块告示牌，地点并未详述，只写着一乘寺村，时间是明天凌晨。"

"本位田又八！"

"干吗？"

"你是在花街正门附近看到告示牌的吗？"

"嗯。那儿围了一大群人呢！"

"这么说来，你白天经常去那种地方闲逛喽？"

"哪、哪有这回事？"

本位田又八急忙摆手说道："我除了偶尔喝点小酒之外，早就改邪归正了，最近我一直忙着四处打探武藏和阿通的消息。母亲这样猜忌我，真让人伤心！"

阿杉婆突然有些心软。

"本位田又八，别生气！我刚才是开玩笑的，别放在心上！我看得出，

你已决定痛改前非了——你刚才说，武藏和吉冈门的决斗定在明天凌晨，这也太仓促了！"

"据说是寅时下刻，那时天还没亮呢！"

"吉冈门中，有你认识的人吧？"

"认识是认识，可是，那也不是什么光彩的事，您有什么事吗？"

"我想让你带我去吉冈门的四条武馆——现在就去，我们先准备一下！"

二

有时，上年纪的人很任性。明明自己刚才还在睡午觉，现在看到本位田又八刚坐下，就皱着眉头大声喊道："本位田又八，快点啊！"

本位田又八根本没准备要走，他漫不经心地说道："您干吗这么着急呀！又不是去救火！——况且，您去吉冈门武馆做什么呀？"

"当然是去求他们帮忙呀！"

"帮什么忙？"

"明天凌晨，吉冈门众弟子不是要跟武藏决斗吗？我们可以加入其中，助他们一臂之力，哪怕只砍武藏一刀，我也能解气呀！"

"啊哈哈哈、啊哈哈哈，母亲，您在开玩笑吧？"

"你笑什么？"

"因为您说得太轻松了！"

"我看就你不着急！"

"到底是我不在乎，还是您想得太简单，只要去街上打听一下就知道了——吉冈门那边，先是清十郎败北，后来是传七郎被杀，这次的决斗是关乎吉冈门生死存亡的最后一战。现在的吉冈门已名存实亡，剩下的弟子都是一些亡命之徒，他们不在乎外界如何评价，已经公然表示要用尽一切手段把武藏杀死，为师父报仇——也就是说，他们这次要多个人打一个人。"

"哦，原来如此。"

阿杉婆听到这儿，很兴奋，眼睛也眯成了一条缝。

"这么说来，武藏这次是必死无疑喽？"

"现在下结论还为时过早。武藏那边肯定也会找一些帮手，如果吉冈门派出多人应战，武藏也应该带一些人去。今天，京都的人都在说'这样一来不就变成群殴，而不是比武了吗？'——在那种乱哄哄的场合，谁会理你这个摇摇晃晃的老太婆呢！"

"嗯，说的也是。难道我们母子只能眼睁睁地看着一路追杀的仇敌倒在别人的刀下？"

"所以，我决定明天天亮之前赶到一乘寺村看个究竟——等到吉冈门的人杀死武藏之后，我们母子再上前跟他们讲明武藏和我们之间的恩怨，然后再在尸体上砍下一刀以给自己报仇,最后再拿走武藏的头发或衣服等物。回到家乡后,我们就说已把武藏杀了,如此一来我们就能扬眉吐气了!"

"原来如此,你考虑得很周全,看来没有其他的办法了。"

阿杉婆坐直身子,说道:"这样一来,我们就可以堂堂正正地回家乡了。武藏一死,阿通就失去了依靠,只要发现她,就可以毫不费力地把她杀掉。"

她一边自言自语,一边不住地点头。看来,这个急躁的老人终于安静下来了。

此时,本位田又八好像突然想到什么似的,对母亲说道:"既然已经决定了,我们就好好休息一下吧!丑时三刻起来就来得及。母亲,虽然还没到晚饭时间,能让我先喝杯酒吗?"

"喝酒?嗯,你去柜台要些酒来,我也少喝一点,当作提前庆祝!"

"好吧!"

本位田又八有些懒得动弹,他手扶着膝盖正要起身时,却被窗边的什么东西吓了一跳。

三

他看到一张白皙的脸从窗口一闪而过。他之所以吃了一惊,并不仅仅因为对方是个年轻的女性。

"啊!是朱实吧?"

他跑到窗边。

朱实就像一只无处可逃的小猫,惊慌地躲在树荫下。

"啊,是本位田又八哥哥吗?"

她一脸惊恐,望向本位田又八。

从伊吹山遇到朱实时,她的身上就一直带着铃铛,有时系在腰带,有时别在袖口。此时,那铃铛也随着她不住的颤抖而叮铃作响。

"你怎么了?为什么会在这儿呢?"

"我早就住在这家客栈了。"

"哦,我真没想到。是跟阿甲一起来的吗?"

"不是。"

"你一个人?"

"是的。"

"你不和阿甲一起生活了?"

"你知道祇园藤次吧?"

"嗯。"

"去年年底,她和祇园藤次一起私奔了。在那之前,我就离开了养母。"

铃铛微微作响,朱实用袖子掩面哭了起来。也许是树下光线较暗,朱

实的脖颈和手指已不是本位田又八记忆中的模样了。在伊吹山的艾草屋时,她浑身都洋溢着一种少女特有的光彩,而现在,那种清纯的气息已无处寻觅。

"——是谁呀?本位田又八!"

身后的阿杉婆一脸狐疑地问道。

本位田又八回头答道:"我以前跟您提过的,那个阿甲的养女。"

"那女孩为何站在窗外偷听我们谈话?"

"您别把她想得那么坏。她也住在这家客栈,只是恰巧路过,并没偷听我们说话。对吧?朱实!"

"嗯,是的。我做梦也没想到,本位田又八哥哥也住在这儿,不过,前几天,我在这儿迷路的时候,见过一个叫阿通的姑娘。"

"阿通已经不住在这儿了。你跟她说什么了吗?"

"我们根本没说话,不过后来我想起来了——她就是本位田又八哥哥留在家乡的那个未婚妻吧?"

"嗯,我们以前是订过婚。"

"那本位田又八哥哥是因为养母才——"

"从那儿以后,你就一直一个人吗?你变了不少啊!"

"就因为养母,我才吃了这么多苦。因为感念她的养育之恩,我一直忍耐着。去年年底发生了一件事,我实在无法再容忍下去,就一个人从住吉逃走了。"

"那个阿甲,竟把你我这样的有为青年迫害到如此地步。畜生!等着瞧吧,她一定不得好死!"

"可是,今后我该怎么办呀?"

"我的前途也是一片灰暗啊,我曾对那个女人说过,一定要做出一番事业给她瞧瞧,唉!如今我也是一事无成啊!"

两人隔着窗户,互诉衷肠。阿杉婆一直在整理行李,此时,她咂咂嘴说了一句:"本位田又八!本位田又八!干吗跟别人唠唠叨叨地说个没完!今晚我们不是要离开这里吗?你快点过来帮忙吧!"

四

朱实本来还想说些什么,但又怕阿杉婆不高兴,便说道:"本位田又八哥哥,我先走了!"

随后,她就悄悄地离开了。

不一会儿——

这间厢房就亮起了灯。

晚饭时,伙计送来了酒菜,还把账单放在小盘里拿了过来。客栈的掌柜、老板都一一前来与本位田又八母子道别。

"今晚您就要离开了,在此期间,我们招待不周,还望海涵,下次来京都时,请一定再来光临啊!"

"好、好!说不定我们还会来的。从去年年底到现在,没想到,在这儿一住就是三个多月。"

"我们真是舍不得您啊!"

"老板,我们马上就要走了,我来敬您一杯!"

"不敢当,老夫人,您是要回故乡吗?"

"不是。不过,总有一天我们会回去的。"

"听说您要半夜出发,为什么选那个时间呢?"

"是临时有急事,对了,您这里有没有一乘寺村的地图呀?"

"一乘寺村?!不就是在白河那头,靠近睿山的那个小山村吗?你们为何半夜三更赶去那里?"

本位田又八急忙打断老板的问话:"你就别问那么多了!只要给我们画一张路线图就行了。"

"知道了。正好我们这里有个伙计是从一乘寺村来的,我去叫他画一张详细的地图。不过,话说回来,那里可是个地广人稀的村子哟!"

此时,本位田又八已经有些醉意,见老板如此认真,他有些不耐烦。

"你就不要替我们担心了!我们只是随便问问而已。"

"抱歉——那么请您二位慢慢准备吧!"

随后,老板搓着手,退了出去。

此时,在客栈正屋和这间厢房周围,突然响起一阵急促的脚步声。有个掌柜一眼看到老板,便慌忙开口道:"老板,有没有看到一个人跑过来?"

"什么人?出什么事了?"

"就是那个——前几天独自住进上房的姑娘。"

"哦?她跑了?"

"傍晚时我们还见过她呢,可现在,房间里却——"

"人不见了?"

"是的。"

"真是一群废物!"

店老板仿佛被热汤烫到一样,脸色骤变,跟刚才在客人面前卑躬屈膝的样子完全判若两人。他厉声骂道:"人都已经跑了,现在说什么都晚了——我第一眼看见那个姑娘,就觉得有问题——可你们竟让她住了七八天之后,才发现她身无分文——客栈岂不要赔光了!"

"实在对不起。当初,我看她是个姑娘家——没想到竟被她骗了!"

"要是光赔点食宿钱也就算了。你们快去看看客人们丢什么东西没有。唉!真是气死人了!"

说着,老板无奈地咂着嘴,向黑漆漆的门外张望着。

五

母子俩一边喝着酒,一边等待深夜的到来,他们面前已堆了好几个酒壶。

此时,阿杉婆先拿起饭碗说道:"本位田又八,你也喝得差不多了吧?"

"喝完这杯就好了!"

他一边自斟自饮,一边说道:"我不吃饭了。"

"至少也得吃点泡饭啊!要不身体会受不了的。"

此时,在菜地和胡同口周围,依然能看见提着灯笼的伙计进进出出。阿杉婆嘀咕了一句:"好像还没抓到呢!"

"刚才在店老板面前,我怕受牵连,所以什么都没说。那个没付账就逃走的姑娘,不就是白天跟你在窗口说话的朱实吗?"

"估计是她。"

"阿甲教出来的女儿,一定不是什么正经人。以后即使碰见,你也不要搭理她。"

"可是仔细想想,那姑娘也挺可怜的。"

"你可以同情别人,但不能凭白无故地帮她付账。离开这儿之前,我们就装作不认识她,知道吗?"

"……"

本位田又八好像想起了什么事,他挠挠头,随即躺了下来。

"那个可恶的女人!一想到她,那张脸仿佛就浮现在天花板上,事实上,误我一生的人既不是武藏也不是阿通,而是那个阿甲!"

阿杉婆听到这儿,不由嗔怪道:"你胡说什么!如果你去找阿甲报仇,不但无法赢得家乡人的尊敬,反而会使家族声誉受损。"

"唉!世上的事真让人烦心哪!"

此时,店老板提着灯笼来到走廊。

"老夫人,现在已是丑时了。"

"哦,我们该出发了!"

"现在就要走吗?"

本位田又八伸着懒腰问道:"老板,刚才那个没付钱的姑娘抓到没有?"

"没有。连个人影也没找着!本来我看她长得标致,心想即便她没钱也会有人替她付账,所以就让她住了进来,没想到却上了她的当。"

本位田又八走出房外,一边系鞋带一边回头问道:"喂!母亲,您干吗呢?平时总是催我,这会儿自己却磨磨叽叽的!"

"你等得不耐烦了?别着急嘛!喂!本位田又八,那个东西在你身上吗?"

"什么东西啊?"

"就是我放在行李旁的钱包呀——住宿费是用腰兜里的钱付的,而所有盘缠可都放在钱包里了!"

"我没看到什么钱包呀!"

"咦?本位田又八,快过来!行李上系着一个纸条,上面写着'本位田又八哥哥'呢!……什么……她可真不要脸,纸上写着:看在我们相识的情分上,请恕我不问自取之罪。"

"啊———一定是朱实偷的!"

"偷盗是不可原谅的。老板,客人遭到偷窃,客栈应该负责吧!请帮我们想想办法!"

"哦,如此说来,老夫人认识那个逃走的姑娘喽——要是那样,您就把她的欠账一并付清吧!"

听老板这么一说,阿杉婆瞪圆两眼,急忙摇头否认。

"你、你说什么呢!我才不认识那个小偷呢!本位田又八,你再磨叽下去,鸡都要打鸣了!快走!我们赶快走吧!"

必杀之地

一

夜空中依然能看见月亮。

天还没亮,周围一片阴森。一群黑影在白茫茫的街上移动着,看起来十分诡异。

"真没想到啊!"

"嗯。大多都是生面孔哟!估计有一百五十人吧!"

"他们是不是只来了一半啊?"

"壬生源左卫门和他的儿子,还有吉冈门的那些亲戚稍后才会露面,估计还会来六七十人呢!"

"吉冈门算是彻底完了!清十郎和传七郎这两个顶梁柱一倒,真好比大厦将倾啊!"

黑影中的一群人,轻声议论着。另外,还有一群人坐在断墙处,他们听到对面人的议论,大声呵斥道:"别说丧气话!家族盛衰乃是世间常事!"与此同时,还有一群人说道:"不想来的人可以不来!武馆一关门,很多人都在考虑自己今后的出路,这也无可非议——现在能来到这儿的人,都是意志坚定、有情有义的弟子。"

"人太多反而碍手碍脚。我们的仇人不就是一个人吗？"

"哈哈哈！谁敢保证我们一定会赢！还记得莲华院发生的事儿吗？当时，在场的人还不是眼睁睁地看着武藏离开。"

远处，睿山、一乘寺村、如意山等群山依然安睡在云海之中。

这里是一个三岔路口，一边是被称为薮之乡的下松，另一边是通往一乘寺村遗址的乡间小路，还有一边是山路。

路边有一棵细高的松树，那向四周伸展的伞状树冠，几乎能碰到月亮。这里位于一乘寺村的山脚地带，道路陡滑、遍地石块，雨水冲刷而成的条条沟壑，清晰可见。

吉冈门武馆的人以下松为中心，占据了各处的有利位置。熟悉当地地形的人告诉他们："这里有三条路，不知武藏会从哪条路赶来，所以我们要兵分三路，埋伏在各个路段。下松就交给掌门壬生源次郎、壬生源左叔父，以及御池十郎左卫门、植田良平等资深弟子把守就可以了。"

对此，有人提出异议："不行！这个据点过于狭小，在这儿留太多人反而不利。倒不如让他们埋伏在下松附近，当武藏经过时，将他团团围住。这样才能确保万无一失。"

人数一多，声势自然显得浩大。远远看去，人影时而聚拢、时而分散，他们手中的长枪、长刀似乎将那些影子串在了一起。当然，他们中没有一人胆怯。

"——来了！来了！"

虽然时间还早，但听到对面的人这么一喊，大家立刻紧张起来，所有人影都安静下来。

"是源次郎大人。"

"他是坐轿来的。"

"毕竟年龄还小呀！"

众人抬眼望去——只见远处出现了三四盏灯笼，在月光的映照下，那灯笼的亮光显得格外微弱，迎着睿山的落山风，灯笼忽明忽暗，慢慢靠近众人。

二

"啊！大家都到齐了。"

先下轿的是一位老者，随后走下来的是一个十三四岁的少年。

两人头上都系着白布条，和服裤子的下摆掖进腰带里。他们正是壬生源左卫门父子。

"喂！源次郎！"

老者对他的儿子说道："你只要站在那棵松树下就行了，可不要随意走动哟!"

源次郎没回答,只是点了点头。

老者抚着他的头说道:"今天的比武,你虽是名义上的掌门,但具体事情就交给那些弟子吧!你还小,只要待在一旁看就行了。"

源次郎点点头,听话地走到松树下,像个木偶一样直挺挺地站在那里。

"我们来得很早,离天亮还有一段时间。"

老人故作镇静,伸手从腰间取出一个大烟袋锅。

"有火吗?"

御池十郎左卫门上前一步答道:"壬生老前辈,这儿有打火石。不过,我们是不是应该先分派一下人手?"

"说得有理!"

这位老人十分通情达理,为帮助吉冈门渡过难关,他不顾危险将幼子立为掌门,并携带他出战。此时,他听到御池十郎左卫门出此言,即刻点头同意。

"——那么,我们赶紧准备迎敌吧!该如何布置这些人呢?"

"我们以下松为中心,在三条路的两侧分别设下埋伏,每伙人相距三十五米左右。"

"那么,这里怎么办?"

"我和您以及其他十名手下,负责保护源次郎。无论武藏从哪条路来,只要暗号一响,我们就立刻把他包围,然后乱刃分尸。"

"等等!"

壬生源左卫门到底是经验丰富,他沉思片刻说道:"——即便让人手分别埋伏在各处,我们还是不能确定武藏会从哪条路过来。这样一来,与他直接交手的人不过二十几个人。"

"等他现身后,众人会一起把他围住。"

"不,绝没那么简单。武藏一定也会带帮手来。而且,从他跟传七郎的那次比武来看,他不仅剑法高明,撤退也很有一套。可以说,他是一个深谙进退之道的武士。也许他会因为人手不足,砍倒几个人后就逃跑,然后再到处散播谣言,说自己在一乘寺村打败了七十多个吉冈门弟子。"

"不!我们决不会让他得逞!"

"——如此一来,这场恩怨就会变成永无休止的口水战。无论武藏带来多少帮手,别人也会说他单枪匹马来应战。只要是以寡敌众的战斗,舆论一定会谴责人多势众的一方。"

"我明白了。总之,这次决不能让武藏活着离开。"

"正是如此!"

"我们知道,万一这次再让他跑掉,吉冈门的名声就彻底毁了。所以,

今早的目的只有一个，就是一定要把武藏置于死地，为此我们不惜任何手段！只要人一死，外界就只能听信我们的说法了。"

说完，御池十郎左卫门环视左右，喊出了四五个人。

三

这几个弟子中，三个人手持弩箭，一个人手里端着火枪。

"您叫我们吗？"

弟子们上前问道。

"嗯！"御池十郎左卫门点点头，随后跟壬生源左老人说道："老前辈，其实我们还准备了这些家伙。所以您大可放心！"

"哦！是一些会飞的玩意儿啊！"

"这些东西可以埋伏在高地，或是树上。"

"你不怕别人说这种手段过于卑鄙吗？"

"不管别人怎么说，我们一定要杀死武藏！所谓胜者王侯败者贼，即便失败者说的是实话，恐怕也没人愿意去听呢！"

"好！既然你已做好破釜沉舟的准备，我没有异议。即便武藏带来五六个帮手，这些弩箭、长枪照样可以打败他们。不过，我们在这儿商量也得提防对方偷袭啊！具体部署就由你负责，快去准备吧！"

获得老人同意之后，御池十郎左卫门一声令下："准备！"

为了挫伤敌方士气，他们采取了前后夹击的战术。埋伏在三条路旁的弟子作为先遣队，下松作为大本营，有十余名弟子在此据守。

芦苇丛中也布置了人手，无数黑影像大雁般各自散开，有的藏在茅草丛里，有的躲到树荫下，还有的趴在田埂里。

此外，还有几条黑影身背弩箭，爬上了树。

而那个手握火枪的男子，则爬到了那棵松树上。为了避免月光暴露自己的影子，他费尽心机找了一个妥善的藏身之处。

枯萎的松叶和树皮噼里啪啦地剥落下来，一直站在树下如木偶般的源次郎，不停地打着哆嗦，还一直用手摸着后颈。

壬生源左老人见状，不由瞪了儿子一眼。

"怎么了？你在发抖吗？真是个胆小鬼！"

"我才没害怕呢！是松叶落到我后背上了。"

"那就好！对你而言，这次比武是一次难得的历练，一会儿战斗就要开始了，你要睁大眼睛看仔细呀！"

此时，三岔路最东边的修学院路方向，突然传来一阵喊声。

"浑蛋！"

紧接着，那边的草丛里也响起一阵骚动。

很明显，那是埋伏的人群在移动。源次郎紧紧抱住壬生源左老人的腰，颤声说道:"好可怕呀!"

"来了啊!"

御池十郎左卫门立刻提高警觉,朝那边跑去——可是,来人好像有点奇怪呀!

原来,来人并非武藏,而是前几天在六条柳町的正门前,为双方调停的年轻武士——佐佐木小次郎。

他依旧显得很傲慢,大声训斥着吉冈门众人。

"你们眼睛瞎了?开战在即还如此粗心大意!竟把我当成武藏,慌里慌张地就扑过来。我是今天比武的见证人。怎么有人用棒子对着我——不对!是隐藏在草丛里的枪口,真是岂有此理!"

四

同时,吉冈门众人也非常气愤,有人对佐佐木小次郎的举动十分怀疑。

(这家伙可真讨厌!)

(也许是帮武藏前来刺探军情呢!)

吉冈门众人低声议论着,虽然没人出手,但大家谁也没有从他周围撤开。

此时,御池十郎左卫门跑了过来,于是佐佐木小次郎不再理会众人,跟御池十郎左卫门大发牢骚:

"我今天是来当见证人的,吉冈门的人却把我当成敌人,难道这是受你的指使?果真如此的话,在下可要失礼了!我已经好久没用鲜血来研磨这把家传宝刀了——我将不胜荣幸!虽然我没有理由给武藏当帮手,但为了自己的面子,我会跟你们一较高下的。现在,我要听听你怎么说!"

他就像一头咆哮的雄狮。

佐佐木小次郎一向出口不逊、态度傲慢,在场不少人都被他的言辞和表情震慑住了。

——不过,御池十郎左卫门可不吃这套。

"哈哈哈!看来您火气不小啊!可是,有谁请你来当见证人吗——我不记得吉冈门中有谁拜托过你,是武藏让你来的吗?"

"住口!前几天在六条街上立告示牌的时候,我曾对双方言明。"

"哦——当时你是说过——不过,我们双方都没有主动邀请你呀!是你自己愿意唱独角戏。世上竟有这么多吃饱了没事干的人!"

"你敢这么说我!"

佐佐木小次郎被激怒了,这回可不是虚张声势。

"——滚回去!"

御池十郎左卫门厉声骂道。

"这儿可不是看热闹的地方!"

"哼！"

佐佐木小次郎深吸一口气，一脸铁青地点头说道："——你们给我记住！走着瞧！"说着，他就要转身离去。

就在此时，壬生源左老人赶了过来。

"年轻人！佐佐木小次郎阁下，请留步！"

他赶紧叫住了佐佐木小次郎。

"我什么都不管了。你们等着看吧，我说的话一会儿就能应验！"

"啊！请别这么说。我们好久不见了！"

老人一边寒暄，一边走到气急败坏的佐佐木小次郎跟前。

"我是清十郎的叔叔，以前常听清十郎夸赞你。刚才是个误会，门下弟子对您多有得罪，请看在我的面上，不要放在心上！"

"您这么说，我实在不敢当。之前，我在四条武馆住过一段时间，和清十郎也是好朋友，所以才特意赶来帮忙。谁要再说下去，我又要骂人了！"

"难怪你会生气，别把那些话放在心上。还望你看在清十郎和传七郎的面上，多加担待！"

壬生源左老人毫不费力地就安抚了这个狂妄自大的年轻人。

五

其实，壬生源左卫门这样做并非要请佐佐木小次郎帮忙，而是担心他会将吉冈门的卑劣做法四处张扬。

"把一切都忘了吧！"

看到老人家一直诚恳地道歉，佐佐木小次郎怒气全消，他说道："老前辈，您一大把年纪还一直给我低头赔礼，实在让我无地自容啊！您不要这样客气了！"

众人没想到，佐佐木小次郎很快就平息了怒气。他又开始慷慨陈词，并大骂武藏。

"其实，我和清十郎交情匪浅，和武藏一不沾亲、二不带故——所以，从人情方面而言，我也希望吉冈门能赢——可是，你们却两度败北，如今四条武馆解散，吉冈家土崩瓦解。唉！实在是惨不忍睹啊！自古以来，比武之事屡见不鲜，但如此惨败者还闻所未闻——身为室町家御用武师的武学大家，竟被一个籍籍无名的乡下武士弄得如此悲惨！"

佐佐木小次郎滔滔不绝，说得热血沸腾。包括壬生源左老人在内，在场所有人都被他的演讲迷住了。同时，御池十郎左卫门等人面露愧色，他们十分后悔刚才的出言不逊。

见此情景，佐佐木小次郎更加得意，他非常享受这种受人关注的感觉，于是更加卖弄起来。

"将来我也想成为一个武学大家，所以我来这儿并非只因好奇。每逢高手决斗，我一定前往观战，这对增进武艺是非常有好处的——可是，从没有哪场比武像贵方与武藏的比武那样，让我心急如焚——无论是在莲华院，还是在莲台寺郊外，你们的人手都不少，可每次都让武藏安然逃脱。你们口口声声说要杀掉武藏，为师报仇，却眼睁睁看着他横行在京都城内。这实在令人费解！"

他舔舔嘴唇继续说道："作为一个浪人，武藏的确很有实力，既强悍又凶残。我曾见过他一两次，所以十分清楚这一点——也许是我太爱管闲事，实话告诉你们，来此之前，我已将他的姓名、籍贯等背景资料都调查清楚了。我遇到了一个年轻姑娘，她是武藏的旧相识，从她那儿我得到了一些线索。"

——佐佐木小次郎并未说出朱实的名字。

"除此之外，我还多方打听，才知道那小子出生在作州乡下，关原之战后他回到老家，在村里胡作非为，最终被赶出了故乡，开始四处流浪。由此看来，他原本就是一个不值得称道的人。不过，他的剑法却是天性使然，虽然毫无章法，却有一种野兽般的强悍。因为他不怕死，所以正统剑法根本奈何不了他，最终败在他的剑下——因此，一些常规手段根本杀不了武藏，必须要像抓捕野兽那样设下陷阱，才能出奇制胜，所以你们一定要做到知己知彼。"

壬生源左老人谢过了他的好意，并跟他说明了吉冈门的周密布置。佐佐木小次郎听后，点头说道："如此周全的准备，应该是万无一失了。不过为了慎重起见，还应该准备一些奇招！"

六

"——奇招？"

壬生源左老人看了看佐佐木小次郎故作聪明的表情。

"什么？我觉得准备得已经足够了。不过还是谢谢你的好意。"

佐佐木小次郎仍然固执己见，他说道："老人家，事情可没那么简单。如果武藏自不量力，来此应战，当然插翅难逃。万一他事先知道各位的布置，可能会绕过这几条路。"

"若真是那样，他一定会被世人耻笑——到时我们会在京都的各处路口张贴告示，让天下人都知道这个贪生怕死的鼠辈！"

"如此一来，贵门派的名望也只能保住一半。同时，武藏会更加肆无忌惮地宣传你们的卑劣行径。这样一来，你们就很难为师报仇了——总之，必须要在这儿杀死武藏。为达到这个目的，我们必须想个办法，把他引诱到这儿。"

"哦？不知佐佐木小次郎阁下有何高见？"

"当然有！"

接着，他自信满满地说道："办法嘛，倒是有几个。"

他突然一改往日的傲慢，变得十分和气，把嘴凑近壬生源左老人的耳边，轻声说着："如此这般怎么样？"

老人听后频频点头，又将佐佐木小次郎的计划悄悄告诉了御池十郎左卫门。

"嗯，哦，原来如此。"

前天半夜，武藏来到了那间与城太郎相识的小客栈。由于他久未登门，所以客栈的老头吓了一跳。他在那儿住了一晚，第二天天一亮，就去了鞍马寺，然后一整天都不见人影。

老板以为武藏晚上会回来，便做了菜粥等他，结果当晚他并未回客栈，直到次日黄昏才赶回去。

"这是鞍马寺的特产！"

说着，武藏拿出一根用稻草包好的长芋递给店老板。

随后，他又拿出一块在附近店铺买的奈良白布，请老板尽快找人帮他赶制出一件贴身内衣、一条围腰和一根腰带。

于是，老板立刻拿着白布，找到附近的一个会裁剪的女子缝制。回来时，他还买了一些酒。两人一边喝着山芋汤，一边喝酒聊天，直到半夜，做好的衣服终于送来了。

武藏将衣物放在枕下，然后就睡着了。深夜时分，店老板突然被什么声音惊醒，好像有人在后院的井边冲澡。于是，他想爬起来看个究竟，只见武藏已经起来了，此刻他已借着月色洗完了澡，贴身穿着那件刚做好的雪白内衣，身上围着围腰，外面穿的还是那件旧衣服，腰部系着崭新的白色腰带。

月亮尚未西斜——此时，他如此打扮要去哪儿呢？老板感到很奇怪，便询问武藏，武藏回答："这段时间，我已逛遍了京都各处，昨天又去了鞍马寺，对这里我已有些厌倦。现在，我想趁着夜色去攀登睿山，欣赏一下志贺山的日出，然后就离开鹿岛，赶往江户城——一想到这儿，我就睡不着了，真抱歉把您也吵醒了。我已将食宿钱包好放在枕头底下了，虽然钱不多，还望您收下。也许过三四年之后，我还会来京都，到时我一定再来您这儿叨扰。"

——说完，武藏就走出门去。

"老伯，您一定要把后门关好呀！"

然后，他绕过房后的田埂，走向牛粪遍地的北野路。

店老板从小窗目送武藏离开，眼中尽是不舍。武藏走出十多步后突然停下来，弯下身紧了紧草鞋带。

一弯新月

一

小憩之后，武藏觉得神清气爽，自己似乎正一步步地融入清冷的夜空中。

"慢点走吧！"

他突然意识到，自己不该像平时那样快步如飞。

"也许，今晚是最后一次俯瞰这个世界了！"

不是哀叹，不是悲鸣，更不是沉痛的悔悟——这句话只是他心底最真实的写照。

此时，距离一乘寺村的下松还有一段路，时间也还早，所以他尚未真切感受到"死亡"的来临。

昨日，他去鞍马寺后院的松树下静坐，想努力体会到无相无身的境界。可脑中却始终无法摆脱死亡的阴影，最后，他甚至对自己这一举动产生了怀疑。

跟昨天不同，今夜他觉得精神十分舒畅，连他自己都搞不懂这是怎么回事——昨晚，他和客栈的老伯喝了点酒，然后就睡觉了。睡醒之后，他用井水冲了个澡，并换上新衣服、系紧腰带。任谁都想象不到，这具活生生的肉体会与死亡联系在一起。

（——对了，我拖着伤脚去爬伊势神宫后山的那晚，星星也是如此闪亮。那时正值寒冬，山樱树上满是冰挂，如今该是一片含苞待放的景象吧！）

那些不相干的事，偏偏出现在脑海里；而近在眼前的生死大事，他却毫无头绪。

对于死亡，他早就做好了充分的准备，现在根本无须去考虑什么生死大义、死亡痛苦和死后的归宿。即便活到一百岁，这些问题也仍然没有答案。

在如此沉静的夜里，不知何处传来一阵清冷的管乐声。

这条小路应该通往公卿大人的府宅。庄严的曲调中透着一股淡淡的哀伤，这绝不是为公卿大人喝酒助兴而演奏的曲子，武藏似乎看到了一群守灵人，以及在供桌上摇曳的白色烛火。

"——看来有人比我先走一步啊！"

也许明早，我们会在奈何桥上相见呢！想到这儿，武藏笑了笑。

一路走来，他耳边一直回荡着那哀伤的曲调，这使他想起了伊势神宫的稚子馆，也想起了自己拖着伤脚翻越鹫岭的情景。

咦？临近死亡，自己还能如此清醒——武藏觉得很奇怪。自己明明正在一步步逼近死亡，心情却反而如此畅快——莫非这是极度恐惧之下产生的幻觉？

他不停地问着自己。当突然停下脚步时才发现，自己已站在相国寺路的一头，前头五十多米远是一条河，水面宽阔、波光粼粼，就连岸边的房屋外墙都映照着层层波光。

二

武藏停下脚步。

刚才，他就看到有个人影朝这边靠过来，那人影旁边还跟着一个小黑影。等对方走近他才看清楚，原来是一个男人牵着一条狗。

"……"

武藏紧绷的神经这才放松下来，他默默地与对方擦身而过。

那牵狗的男人走过之后，突然回身喊了一声："武士先生！武士先生！"

"叫我吗？"

他们之间相隔七八米远。

"是的。"

对方是个身材矮小的男人，他穿着工人裤，头上还戴着一顶黑帽子。

"什么事？"

"请问您过来时，有没有看到一户灯火通明的人家？"

"啊！我没留意，好像没有啊！"

"哦？那就不是这条路了。"

"你在找什么？"

"找一户人家，他家刚有人去世了。"

"好像有这样一户人家。"

"您看到了？"

"刚才我路过时，听到了丧乐声，估计那儿就是您要找的地方，就在前面五十多米远的地方。"

"应该不会错。神官一定先去守灵了。"

"您也要去守灵吗？"

"我是鸟部山的棺材匠，本来要去吉田山找松尾先生，却听说他在两个月前搬到了这里，这三更半夜的，连个问路的人都找不到，这儿的路又不好找。"

"吉田山的松尾——这么说他一直住在吉田山，最近才搬到这儿？"

"我也不太清楚。我不能再浪费时间了，多谢您！"

"等一下！"

武藏向前走了几步,问道:"是不是在近卫府里做事的松尾要人?"

"是的。松尾先生大概在十天前亡故了。"

"他过世了?"

"是啊!"

"……"

——原来是这样!武藏喃喃自语,同时继续赶路。而那个棺材匠则朝着反方向走去,落在后面的小狗也紧跟在主人身后。

"他死了。"

武藏不停嘀咕着。

不过,他并不感到格外悲伤——死了啊!他心中只有这个念头。对自己的死亡都毫无伤感的人,对别人也不会在乎。尤其是对这个刻薄一生却碌碌无为的吝啬姨父,他更不觉得难过。

武藏突然想起了那个饥寒交迫的元旦清晨,自己在加茂河边烤年糕吃的情景,那年糕可真好吃啊!

失去了丈夫,姨妈今后只能独自生活了。

他加快脚步,来到了加茂河的上游。在河对岸,黑漆漆的三十六峰高耸入云。

每座山峰似乎都对武藏充满敌意。

——武藏一动不动地站了很久。

"嗯!"

他对自己点了点头。

随后,他走下河堤朝河滩方向走去,那儿有一座由小舟结成的浮桥。

三

如果要从上京(位于京都市区北部)赶往睿山,必须要翻过志贺山。这是唯一的一条路。

"喂!"

当武藏走到加茂河的浮桥中央时,身后突然传来一阵喊声。

皎洁的月光笼罩着大地,淙淙流水自在地嬉戏、奔涌。从奥丹波吹来的冷风一直蔓延到加茂河下游——在如此辽阔的天地间,根本无法立刻判断出谁在哪儿喊话。

"喂——"

喊声再一次传来。

武藏再次停下脚步,不过他并未多加理会,而是径直越过河滩走上对岸。

在河岸这边,一个人一边招手,一边沿着河滩跑过来。等到武藏看清来人之后,不觉吃了一惊,竟然是佐佐木小次郎。

"嗨！"

佐佐木小次郎走过来，亲切地打着招呼。他目不转睛地看着武藏，又瞧了瞧浮桥附近。

"你一个人来的？"他问了一句。

武藏点头答道："一个人。"表情很坦然。

两人的寒暄让人有些摸不着头脑，于是佐佐木小次郎接着说道："那天晚上，我多有得罪了。如果你能接受我的道歉，我将不胜感激。"

"哪里，那天多谢你了！"

"你现在要去赴约吗？"

"是的。"

"就你一个人？"

他明明知道，却又问了一次。

"就我一个人。"

武藏的回答与之前一模一样，这回佐佐木小次郎听得很清楚。

"嗯，这样啊！不过，武藏先生，前几天我在六条立的告示牌，你是否看清楚了？"

"我没过多留意。"

"上面并没写明这次比武一定要像之前与清十郎比武一样，一对一地比试哟！"

"我知道。"

"——现在，吉冈门的掌门是个有名无实的少年，所有事务全由那些弟子操控。这些弟子的人数可以是几十个、几百个，甚至是上千个，你想过这些吗？"

"什么意思？"

"那些贪生怕死之辈早就逃走了，敢到薮之乡应战的全是一些有骨气的弟子。现在他们以下松为中心，布下天罗地网，正等着你送上门呢！"

"佐佐木小次郎阁下，您已去那边看过了？"

"为了以防万一，而且考虑到这些情况对你很重要，我就急忙从一乘寺村赶来了。我估计你会走浮桥这条路，就在这儿等你——这也是我这个见证人的责任嘛！"

"辛苦你了！"

"没什么。你还是坚持独自赴约吗——或者你已找到其他帮手，他们走的是另一条路？"

"还有一个人跟我一起来。"

"咦？在哪儿？"

武藏指着地上的影子说："在这里！"

说着，他笑了笑，在月光的映衬下，他的牙齿显得格外白。

四

武藏平时很少开玩笑，此时这个不经意的玩笑，却让佐佐木小次郎有些难堪。

"武藏，现在可不是开玩笑的时候！"

他更显得一本正经。

"我没开玩笑呀！"

"可你说你和影子是两个人，这分明是在嘲弄我嘛！"

"如此说来——"

武藏的表情比佐佐木小次郎还要认真，他继续说道："我记得亲鸾法师（日本镰仓初期的僧人）曾说过，佛家修行者都是两人同行。他指的就是阿弥陀和自己，难道圣人也是在开玩笑吗？"

"……"

"从表面看来，吉冈门人多势众，而我这边只有我武藏一人，也许佐佐木小次郎阁下会认为我寡不敌众。不过，请不用为我担心！"

从说话的语气可以看出来，武藏的信念非常坚定。

"如果我看对方有十个人，自己也找来同样多的帮手，他们肯定会再派出二十个人参战。当我再找来二十个帮手的时候，他们还会找来三十个人、四十个人。如此一来，肯定会引起社会恐慌、伤兵损将。这样不仅会扰乱太平盛世，也对剑道的发展毫无益处。"

"原来如此！不过，武藏，兵法中可没有明知送死而只身前往的战术呀！"

"总有一些特殊情况。"

"没有！那不算兵法，只是莽夫之勇！"

"就算兵法中没有，我也打算试一试。"

"你行不通的！"

"哈哈哈！"

武藏大笑几声，并未回答。

可是佐佐木小次郎并不罢休。

"为什么你明知不可为而为之？为什么不给自己留条活路？"

"我现在走的这条路就是活路，对我而言，只有这条路才是活路！"

"我很希望，那不是一条通向死亡的路。"

"我越过了三途河（冥河，人死后归西要渡的河），现在双脚已跨进了一里冢（进入阴间的界碑），也许前面就是刀山火海——可是，只有这条路才是我唯一的活路。"

"按你这说法，你已是死神缠身了！"

风之卷

"随你怎么说！有些人活着也如同行尸走肉，而有些人却虽死犹生。"

"真可怜！"

佐佐木小次郎半带嘲笑，喃喃自语。武藏问他："佐佐木小次郎阁下——这条路通向哪里？"

"从花木村一直通往薮之乡。也可以说，这条路会途经你的丧命地——下松。从这儿往前走，可以到达睿山的云母坡，所以这条路被称为云母坡路，是一条近道。"

"从这儿到下松还有多远？"

"大约还有半里多地，你慢慢走也来得及。"

"那么，后会有期！"

说完，武藏一闪身拐到旁边那条横路上。

佐佐木小次郎见状，急忙喊道："喂！你走错了！武藏，你弄错方向了！"

五

武藏朝他点了点头，表示听到了他的提醒。

可是，他却依旧沿着那条路走下去，佐佐木小次郎又喊了一声："你走错路了！"

"我知道。"不远处传来武藏的回答。

在成排的树木后面是一片斜洼地，远处是一块旱田，隐约可见几个茅草房。武藏走到低洼处，佐佐木小次郎只能从树缝中看到他的背影——只见武藏一动不动地站在那儿，仰望着夜空。

佐佐木小次郎苦笑了一声："什么呀！原来去小解。"

随后，他也仰头看着月亮。

"月亮越来越偏西了，当它完全隐没之时，不知会有多少人命丧黄泉呢！"

好奇心驱使小次郎不断地做着各种猜想。

武藏是必死无疑的了，在这个男人倒下去之前，他又会砍死多少人呢？

这正是自己最关心的事情。光是想象那个血肉横飞的场景，佐佐木小次郎就觉得全身亢奋、热血沸腾，他一分钟也不愿多等。

"这是一场难得一见的厮杀。莲台寺郊外和莲华院的那两次决斗，我没能亲眼目睹，这次我终于如愿了。咦？武藏还没完事吗？"

他看看洼地那边，依旧不见人影回来。佐佐木小次郎觉得站着等实在无聊，便坐到身旁的木桩上。

他再次沉醉在天马行空的幻想中。

"看他那副沉稳的样子，已然将生死置之度外了，大概会奋战到底吧！他们杀得越激烈，就越有可看性。可是，吉冈门的人说他们还准备了射杀工具,万一武藏被弩箭射到或是挨了枪子儿,肯定必死无疑,这样一来,就没意思了呀!对了,最好先将此事告诉武藏。"

他又等了很长时间。

浓重的雾气使佐佐木小次郎身上发冷,他起身喊了一声:"武藏!"

有些不对呀——直到此时,佐佐木小次郎才感到一丝不安——他快步跑向那片洼地。

"武藏!"

只见山崖下有一片黑漆漆的竹林,竹林中有几户农家。虽然能听到水车转动的声音,却看不清水流在哪儿。

"糟了!"

佐佐木小次郎急忙蹚过河,攀上对面的山崖上察看,可是连半个人影都没有。眼前只看到白河一带的寺院、树林以及沉睡中的大文字山、如意山、一乘寺村和睿山,还有一大片萝卜地。

除此之外,就剩下空中的一轮明月。

"糟了!这个胆小鬼!"

佐佐木小次郎的直觉告诉他,武藏已经逃走了。现在他才恍然大悟,武藏为何表现得那么满不在乎。他很后悔,自己说得太多了。

"对了!我得快点回去!"

佐佐木小次郎转身折回原路,那里也没看见武藏。于是,他朝一乘寺村的下松方向快步跑去。

山神

一

——看着佐佐木小次郎的背影越来越远,武藏不由笑出了声。

其实,他就站在佐佐木小次郎刚才站的那棵树下。他怎么就没发现自己呢?因为他离开此处,跑到对面寻找武藏,而武藏恰恰躲到了他附近的树荫下。

——武藏心想,他走了最好。这个人对别人的死亡很感兴趣,喜欢袖手旁观他人的流血、争斗——还以此作为自己学武的教材。这个自私透顶的旁观者,表面对双方广施仁义,让别人对他感恩戴德,说穿了就是一个极其厚颜无耻的家伙!

(我才不吃他那一套呢!)

武藏心里觉得好笑。

佐佐木小次郎不断告诉自己对方有多厉害,还多次打听自己是否带来帮

手，其目的无外乎要武藏低声下气地请求他拔刀相助——也许他就是这么想的，可武藏并没给他这个机会。

（我要活下去！我要胜利！）

如果他真是抱着这种想法，也许会找人帮忙。可是，武藏并没想过取胜，也不认为自己还能活到明天——不！应该说他不是不想，而是没有那种自信。

在此之前，他曾偷偷打听过对方的情况，得知敌人会派出一百多个杀手，而且会想尽一切办法置自己于死地——如此看来，自己没必要再为如何活命而心焦了。

他记得宗彭泽庵曾说过："只有珍爱生命的人，才是真正的勇者。"

他从没忘记过这句话。

（生命诚可贵！）

宗彭泽庵还告诉他："人生不会重来！"

即使是现在，武藏仍坚信这些道理。

可是，所谓热爱生命并非饱食终日，也非图个长命百岁。正因为生命只有一次，人们才要充分发掘生命的意义、价值，要让生命尽情迸发出光彩。

在几千几万年的历史长河中，人的一生不过短短七八十年，可谓沧海一粟。即便有些人韶华早逝，如果他能在漫长的人类历史中留下光辉的一笔，就会永垂不朽，只有这样的人才是真正热爱生命的人。

很多人都认为，创业的时候最为艰难，其实一个人在走向死亡的时候，才是最困难的——因为他的一生将就此盖棺定论，是化为泡影，还是绽放出永恒的光芒，生命的长短就取决于这一瞬间。

不过，人们热爱生命的方式各不相同。商人有商人的做法，武士有武士的理论。此刻，武藏选择的正是武士该走的路，他抱着必死的决心，慨然上路。

二

言归正传——

他的目的地是一乘寺村的薮之乡的下松，此时在他面前出现了一个三岔路口。

其中一条是翻越云母山通往睿山的山路，刚才佐佐木小次郎走的就是这条路。

这也是最近的一条路，而且路面平坦，是前往一乘寺村的最佳选择。

另一条路有些曲折，需要绕过田中村，沿着高野河一直走到大宫大原，过了修学院之后就可抵达下松。

还有一条路就是从此地一直向东走，抄小路翻过志贺山，再沿着白河上游的瓜生山山脚一直走，途经药师堂即可抵达目的地。

因为下松正好位于三条路的交叉点，所以单从距离而言，并没多大差异。

不过，武藏是单枪匹马去应战——就兵法而言，这几条路就有很大区别。也许即将迈出的一步，就会决定自己的生死。

——道路有三条。

——要选哪一条呢？

这是一个需要武藏慎重考虑的问题，可他很快就轻松上路了，看不出丝毫的犹豫。

他脚步轻快，一路穿过树林，越过小溪，翻过山崖，走过田野，那在月光下时隐时现的身影，直奔目的地而去。

那么，武藏到底选择了哪条路呢？事实上，他并未选择任何一条路，而是朝着一乘寺村的相反方向走去。周围人烟稀少，狭窄的小路横亘在农田中，他到底要去哪儿呢？

武藏越过神乐冈的山脚，来到后一条天皇的皇陵后身——这一带是浓密的竹林，他穿过竹林后，只见一条透着寒气的河流劈开月光直向那片村落流去——抬头一看，大文字山的北山脊已近在眼前。

"……"

武藏默默走向山脚的暗处，开始爬山。

刚才一路走来，透过右手边的密林隐约可见围墙和屋顶，那里大概就是东山殿的银阁寺吧！再次回头张望，东山殿的山泉尽收眼底，仿佛一面枣形铜镜。

他沿着山路继续攀登，刚才望见的泉水已隐没在脚下的树荫里，蜿蜒流淌的加茂河映入眼帘。

站在山顶鸟瞰大地，下京至上京的全景仿佛触手可及。而且，从这儿可以清楚地看见一乘寺村下松周边的情况。

如果横穿过包括大文字山、志贺山、瓜生山、一乘寺村在内的三十六峰，赶往睿山方向，不一会儿就能抵达比武地点——一乘寺村下松的正后面。此时，武藏正站在山顶，俯视着那里。

其实，他早就制订好了作战方案。他想起了织田信长在桶狭间一战时，所采取的声东击西的战术，所以他没有选择任何一条路，而是故意往相反方向走，沿着险峻的山路攀上山腰。

"咦？武士先生！"

武藏万万没想到，此处还会听到人声。一阵脚步声之后，眼前突然出现了一个身着猎装、手持火把的男仆，好像是公卿府里的用人。那人将火把贴近武藏，几乎都要烧到他的脸了。

三

男仆的脸被火把的油烟熏得乌黑，连鼻孔里也黑黢黢的，他的衣服沾满了露水和泥巴。

"啊？"

双方一照面，那人不禁惊叫一声。武藏觉得他很可疑，一直盯着他看，这使对方有些慌张。

"请问，先生！"

男仆低着头，恭敬地问道："您是宫本武藏先生吗？"

在火光的映照下，武藏的双眼炯炯有神——很显然，那眼神里充满戒备。

"您是宫本先生吧？"

对方又问了一次。武藏的沉默有一种常人所没有的震慑力，那男子只是问了几句话，就已吓得体如筛糠了。

"是的，你是谁？你是什么人？"

"啊！我是乌丸家的人。"

"什么？乌丸家的人，我是武藏，你来这儿干吗？"

"啊！您果然是宫本先生。"

那男子说完，头也不回地就往山下跑。他手中的火把拖着一道长长的红光，不一会儿就消失在山脚下了。

武藏好像突然想到了什么，立刻快步走开。他顺着山路，横跨志贺山，紧接着又飞快地越过一个又一个山包。

——此时。

那个手持火把的男仆，一口气跑到了银阁寺附近。

他把两只手围在嘴边，大声喊着同伴："喂！内藏先生！内藏先生！"对方没有回答，倒是那个长期借宿在府内的少年听到了这声呼喊。

"什么事——大叔——"

在距此二百多米远的西方寺门前，传来了城太郎的喊声。

"是城太郎吗？"

"是啊！"

"你快点过来——"

于是，又听城太郎喊道："我没法过去呀，阿通姐姐，好不容易走到这儿，已经走不动了，她倒在地上了。"

乌丸府的男仆咂咂嘴，提高嗓门说道："你们再不过来，武藏就要跑远了！——快点过来呀！我刚才见到他了！"

"……"

这回没听到任何回答。

——男人正在纳闷，只见对面跟跟跄跄地走来两个人影，原来是城太郎和生病的阿通。

"喂!"

男人挥舞着火把,示意他们快一点。他老远就听到了病人急促的喘息声,心里很不是滋味。

待他们走到眼前,男人发现阿通的脸色惨白至极,不见一丝血色。那瘦弱的身体似乎负荷不了衣服的重量。她走到火把前,脸上突然泛起一丝红晕。

"是、是真的吗?您说的是真的吗?"阿通急切地问道。

"当然是真的,就在刚才。"男人回答得斩钉截铁。

"快点!现在追过去还来得及!快啊!"

城太郎站在男仆和阿通中间,急得不知如何是好,他大喊一声:"你光说快追,可到底要往哪儿追呀?"

四

阿通的身体不可能在短时间内痊愈,她之所以步行至此,是下了孤注一掷的决心。

那天晚上,她躺在病榻上,听城太郎讲述了事情的经过后说道:"既然武藏决定要拼死一战,我也不必养病求得什么长寿了!"

"只要能在死前见他一面!"

这是病人唯一的愿望。说完,她拿掉凉毛巾,起身梳理好头发,穿上草鞋,完全不听任何人的劝阻,跌跌撞撞地走出乌丸府。

本来府里人还想继续阻止,但看到她心意已决,只能由着她了。

也许,见到武藏就是这个病人活在世上的最后希望,每个人都想帮她达成愿望——不难想象,当时的乌丸府是怎样的乱作一团。

后来,连乌丸光广大人都听说了此事,深为阿通的痴情所感动,便吩咐众人照她的意思做。

总之,在阿通走到银阁寺下方的佛眼寺之前,乌丸府的用人已开始四处打探武藏的行踪了。

大家只知道比武的地点是一乘寺村,可具体地点在哪儿,众人无从知晓。为抢在比武开始之前找到他,大家分成好几组,从不同方向赶往一乘寺村。每个人的脚下都像踩着风火轮一样,拼命往前赶。

真是功夫不负有心人,终于让他们发现了武藏的行踪。之后,就看阿通的了。任何人的力量,也比不上她的痴情。

听说,武藏刚才跨过如意峰、志贺山的山腰,往北泽方向去了——仅是这个消息,就让阿通精神倍增,她已不需要别人的搀扶。

"阿通姐姐!撑得住吗?没关系吗?"

跟在身旁的城太郎,关切地问着。可阿通并未回答。

不!她根本没听到城太郎的问话。

阿通下定必死的决心,勉强拖着病体前行。她走得口干舌燥、上气不接

风之卷

下气,苍白的额角挂满冷汗。

"阿通姐姐,就是这条路。从这儿横穿过几座山,就到睿山了?不用再爬坡了,会比较轻松。我们先找个地方休息一下吧?"

阿通默默地摇摇头,两人各握着拐杖的一头——一辈子的艰辛都凝聚在这段山路中。她大口喘着气,又走了四里多的距离。

"师父!武藏师父"

城太郎一边走,一边大喊。对阿通而言,这喊声仿佛给自己注入了一股超人的力量。

可是,她已用尽了最后的力气。

"城、城太郎!"

她似乎有话要说,随即放开了手杖,一头栽倒在草丛里,然后就没了声音。

阿通那瘦削的双手捂住口鼻,双肩不停地颤抖。

"啊!血!怎么吐血了?阿通姐姐!阿通姐姐!"

城太郎一下子哭出了声,一把抱住她单薄的身子。

五

阿通轻轻摇了摇头,趴在地上无法起身。

"怎么了?怎么了?"城太郎一边抚摸着她的背,一边问着。

"很难受吧?"

"……"

"对了!是水!阿通姐姐想喝水吧?"

"……"

阿通点点头。

"你等一下,我这就去找水!"

城太郎环顾四周,一下子站起身。这里山谷间就有沼泽地,隔着树丛能听见潺潺的水声,仿佛在告诉他"这里有水!这里有水!"

其实,在他们身后就有一道山泉,城太郎越过草丛,来到泉边蹲下身,双手捧了一下水。

"……"

泉水清澈见底,连水底的河蟹都看得一清二楚。此时,月亮已经偏西,水面上倒映着点点云彩,看上去比空中的白云还要美丽。

城太郎也觉得十分口渴,他想先喝点水,然后再拿给病人喝。于是,他往泉中走了几步,让水没过膝盖,像只鸭子一样低头喝起水来。

"啊?"

突然,他大叫一声,似乎被什么东西吸引住了。头发几乎竖起来,全身都僵住了。

"……"

对岸的几棵树倒映在水中,就像一道道条纹,而树影中竟有个人影,那不是别人,正是武藏!

"……"

城太郎吓了一大跳,虽然映在水中的只是武藏的影子,但他却觉得自己真的看见了武藏。

他心想,这一定是妖怪的恶作剧,知道自己一心要见武藏,便用师父的影子来吓唬他。

于是,他战战兢兢地望向对岸的树上,这一看非同小可。

原来武藏真的站在那里。

"啊!师父!"

原本倒映着月光的平静水面,突然变得破碎、凌乱。其实,城太郎只要沿着水边走过去就行了,可他却突然跳入水中,淌着水直奔武藏跑去,满身满脸全都溅满了水。

"找到了!找到了!"

他就像抓逃犯一样,死抓着武藏的手不放。

"等一下!"

武藏扭过头,轻轻擦了擦眼睛。

"危险!城太郎,等一下!"

"不要!我绝不放手!"

"放心!我老远就听到你的喊声,所以才在这儿等你啊!你应该先拿水给阿通姑娘喝!"

"啊!水都被我弄浑了!"

"那边还有清泉,用这个去装吧!"

说着,武藏将系在腰间的竹筒递给他,城太郎若有所思,仍抓着武藏的手不放,他目不转睛地看着师父说道:"师父,我要您亲手拿水给她喝!"

六

"这样啊!"

武藏顺从地点了点头,用竹筒盛满水,拿到了阿通的身边。

他扶着阿通,亲手喂她喝水,城太郎在一旁劝慰道:"阿通姐姐!是武藏师父呀!是武藏师父呀!你知道吗?知道吗?"

清泉滑过喉咙,阿通看上去舒服了一些,她呼出一大口气,渐渐恢复了意识。此时,她倚在武藏的臂弯里,眼睛却凝视着远方。

"阿通姐姐,抱着你的人不是我,是师父哟!"

城太郎如此反复地说着,阿通的双眸闪动着泪光,刹那间,那钻石般晶莹的泪珠顺着双颊滚落下来。

她轻轻点了点头，好像在说："我知道了。"

"啊！太好了！"

城太郎欣喜万分，心中涌起一种无法言明的满足感。

"阿通姐姐，现在好了，你终于如愿以偿了。师父，阿通姐姐一直说，无论如何要再见你一面。明明身染重病，却不听别人的劝告，这样下去她会撑不住的。师父，您好好劝劝她吧！我们的话她根本不听啊！"

"是吗？"

武藏仍抱着阿通，说道："都是我不好，我道歉。一会儿，我会劝她好好养病。城太郎！"

"什么事？"

"你稍微走开一下好吗？"

听到此语，城太郎撅起嘴问道："为什么？为什么我不能待在这儿？"

他感到很不满，又有些奇怪，所以站在原地动也没动。

武藏不知如何是好，于是，阿通也央求道："城太郎，别这样，你先到那边去吧，听话！求你了！"

本来城太郎一直嘟着嘴，听到阿通这么说，他便乖乖地同意了。

"真没办法，我先爬到上面去了，你们谈完，叫我一声！"

随后，他沿着山路轻快地爬上山崖。

此时，阿通终于恢复了一些体力，她站起身，看着小鹿一样灵巧的城太郎，喊了一句："——城太郎，别走得太远呀！"

城太郎没有回答，也不知道他听没听见。

阿通无心要城太郎走开，也没必要背对着武藏——但一想到城太郎走了之后，只剩下他们二人，突然觉得胸口像塞了什么东西，不知如何开口。她甚至觉得，自己都是多余的。

也许，病中的阿通比平时更加害羞。

七

不仅阿通感到害羞，武藏也把脸瞥向一边。

这两人一个低头背对着对方，一个转过脸看着天空。历尽千难万险、无数次擦肩而过的两个人，终于迎来了这次难得的相聚。

"……"

他们欲言又止。

武藏不知该从何谈起。

怎样的言语都无法形容自己此刻的心境。

他突然想起，自己被吊在千年杉上的那个风雨之夜。虽然没亲眼目睹，但武藏能充分体会到，这五年来阿通所经历的痛苦和那份从未改变的纯情。

这几年来，她四处奔波、饱尝艰辛，但对武藏的爱始终是真挚而热烈的。然而，武藏却将自己的感情隐藏在冰冷、木讷的外表下。若问谁的感情更强烈？更痛苦？武藏心里常想：我也是如此啊！

即使是现在，他也是这种感受。

——可是，跟自己相比，阿通实在太可怜了。她独自背负着连男人都难以承受的重压，为追求生命中的真爱，尝遍世间的各种辛酸——可见她是多么坚强而富有活力！

（距比武还有不多的时间了。）

武藏看了看月亮的位置，知道所剩的时间不多了。此时，空中一轮残月已经西斜，月光有些微微泛白，天就要亮了。

而自己也将和这月亮一起，坠入死亡的山谷。此时此刻面对着阿通，武藏心想：即便一句真心话，对她也是极大的安慰。

要说心里话。

可是，他却无法开口。

心中纵有千言万语，却不知从何说起，他只能徒然地望着天空。

"……"

此时，阿通也同样沉默不语，她只能望着地面，暗自垂泪——来这儿之前，她的脑中只有爱情，什么真理、佛法、利益早已置之度外，她不在乎这个男人主宰的世界如何评价她，一心想用自己炽热的感情打动武藏、用眼泪融化武藏，最终与他结成百年之好。在阿通心中，这个信念从未动摇过。

可是，一见到武藏，她却什么都说不出来。那些热烈的盼望、痛苦的等待、迷失时的彷徨，以及武藏的绝情——过往的种种，她一样也说不出来。虽然她想将心中压抑的感情一吐为快，可颤抖的嘴唇却说不出一句话，各种情绪一起涌上她的心头，泪水渐渐模糊了双眼。如果武藏没出现在这个樱花摇曳的月夜里，她会像婴儿一样放声大哭，就像对过世的母亲哭诉一样，一直哭到天明。

"……"

这到底是怎么回事？阿通一直没说话，武藏也没开口，两人只是任时间白白地流逝。

——此时，天色已近破晓，六七只归雁飞过山脊，雁啼声划破天际。

八

"大雁。"

武藏喃喃地说道。在这种场合，这个开头并不合适，他只是在找机会开口。

"阿通姑娘，大雁在叫呢！"

趁此机会，阿通也叫了一声："武藏哥哥！"

于是，两对眼眸终于相对在一起。他们同时想起在故乡宫本村的山上，看到大雁南归北回的情景。

那是，他们都很单纯。

阿通和本位田又八比较要好，总是嫌弃武藏粗鲁。如果武藏说她坏话，她会不服输地骂回去——他们还想起了儿时在七宝寺山上游玩的情景，也想起了吉野河的河滩。

可是，一味沉湎于回忆，只会让这宝贵的时间白白溜走。不一会儿，武藏又开口说道："阿通姑娘，听说你身体不太好，现在怎么样了？"

"没什么大碍。"

"已经好了吗？"

"我的身体是小事。听说你马上就要赶赴一乘寺村决斗，你已做了最坏的打算吧？"

"嗯。"

"如果你死了，我也不打算再活下去。所以，身体好坏也无所谓了。"

"……"

武藏看着阿通，顿时感到自己还不如眼前这个女子的意志坚强。

长久以来，自己一直在为生死问题苦恼，正是多年的游学生活让自己积累了很多经验，才得以有今天这样的修为——可是，眼前这个女子并未经过如此历练，竟能毫不犹豫地说出："——我也不打算再活下去！"

武藏凝视着阿通的眼睛，知道这绝非是一时兴起之词或是搪塞之语。她心甘情愿与自己共赴死地，如此安详平静的眼神，任何一个武士都望尘莫及。

武藏既羞愧又好奇。

（为何一个女人能做到如此视死如归！）

他感到迷惑，同时也为她的将来担心，一下子乱了方寸。

突然，武藏大叫了一声："笨、笨蛋！"他情绪异常激动，连自己都被喊声吓了一跳。"我的死是有意义的。以剑为生的人，理应死在剑下。为了弘扬武士的正气，我必须去面对那些卑劣的敌人。你说会与我一同赴死——这让我很高兴。但这又有什么意义呢？不过像蚂蚁一样无声无息地结束生命。"

——此时，阿通又伏在地上哭了起来。武藏觉得自己的话有些重了，于是蹲下身，轻声说道："阿通，回想从前，我总是不经意间对你说了谎。无论是在千年杉上，还是在花田桥畔，虽然我无心欺骗你，但事实却是如此。我总是强装冷漠，惹你伤心。再过一刻钟，我就要走向死亡了。阿通，现在我说的话句句为真。我喜欢你！没有一天不想你，我多想抛开一切，与你相守到老——如果没有手中这把剑，我真的愿意这么做！"

九

他稍微停顿了一会儿，接着说道："阿通！"

那语气中多了一份坚定。

一向沉默寡言的武藏，很少如此真情流露。

"所谓人之将死其言也善，鸟之将亡其鸣也哀。阿通，我的话句句出自真心，请你相信我——不瞒你说，我日日夜夜都在思念着你，夜里无法成眠，脑海里都是你的影子。无论是在寺庙还是郊外，我总能梦到你，只能将薄薄的草垫子当成你，一直抱着挨到天明。我深深为你着迷，一心一意地爱着你——可是——可是，每当我想你几欲发狂时，就会拔出宝剑，狂躁的心绪顿时变得澄净如水，你的影子也像雾气一样，从脑海中慢慢消失了。"

"……"

此时的阿通就像蔓草中一朵柔弱的白色小花，她呜咽着抬起脸，想要说什么，可一看到武藏那令人畏惧的认真表情，到嘴边的话又咽了回去。她再次把脸伏在了地上。

"——可以说，我的身心早与剑道融为一体了。阿通，剑道的至高境界才是我真心要追求的。虽然我曾在爱情与武学这两条路上犹豫过、徘徊过、挣扎过，但我已下定决心，要在学武这条路上全力以赴地走下去。——没有人比我更了解自己，我不是什么了不起的人，更不是天才，只是一个爱剑胜于爱你的普通武士。我无法因爱殉情，却可以为了剑道而随时赴死。"

武藏打算将心里所想的一切，都原原本本地告诉阿通，可是由于感情太过激动，他一时竟不知如何组织语言，有些话梗在心中无法诉说。

"也许你不太了解，不过，阿通姑娘，我武藏就是这样的男人。坦白说，想到你会让我热血沸腾，但一想到剑道，阿通姑娘就从我脑中彻底消失了。不！应该说我心里已没有丝毫的角落留给你。我的身心已全部融入剑道中，你没有一丁点的分量。——而这时，正是我武藏感到最快乐、最有意义的时刻——阿通，你明白吗？你将整个身心赌在我这种人的身上，必定要饱受痛苦。我由衷感到抱歉，可是我也左右不了自己，我就是这样的一个人啊！"

——出乎意料，阿通那双瘦弱的手一下子抓住了武藏的手腕。

她已经停止哭泣了。

"我知道！我明白你的意思正因为我知道你是什么样的人，才会爱上你。"

"那么，你应该知道，跟我一起同生共死是一件多么愚蠢的事！现在我和你在一起，会把全部心思暂时放到你身上，可只要我一离开，就会把你忘得一干二净——你和我这种男人共赴死地，就像秋虫一样死得毫无意义呀？女人有女人的路要走，其生命意义也与男人不同——阿通，这就是我最后要对你说的话。我要走了，时间已经不多了——"

武藏轻轻拿开她的手，站起身来。

十

可是，阿通马上又抓住了他的袖子。

"武藏！请等一等！"

其实，她心里有很多话要对武藏说。

武藏跟她说的"死得像蚂蚁一样毫无意义"、"一离开后就会把你忘得一干二净"等语，阿通并不相信。她想跟武藏说"你不是那样的男人，自己也不后悔付出这段感情"。可是，一想到这次见面可能就是永别，她便难掩内心的悸动，久久无法开口。

"等一下！"

虽然她紧紧抓着武藏的袖子，可此时的阿通不过是一个情意绵绵、泪眼婆娑的多情女子。

武藏看她欲言又止、楚楚可怜的模样，不禁意乱情迷。这正是他性格中的最大弱点，也是他最为恐惧的。长久以来，自己一直秉承的"剑道精神"就要在阿通的眼泪中瞬间崩塌，他的决心就像在暴风雨中挣扎的树木一样，摇摇欲坠。他害怕这样的自己。

"你明白吗？"

武藏只是为了问话而问了一句。

"明白。"

阿通点头回答。

"可是，如果你死了，我也会跟你一起死。既然身为男人的你，愿为成就剑道而欣然赴死，身为女人的我也有自己生命的意义。我的死绝不像蚂蚁那样毫无意义——更不是因为一时伤心而寻死。所以，这件事就让我自己决定吧！"

她的话有些语无伦次。

随后，阿通又说道："在你心中，是否已把我当成了妻子。若是这样，我就心满意足了。我非常高兴，这才是我想要的幸福。你刚才说，不想让我遭受到不幸，可我绝不是因为感到不幸才去寻死的——也许很多人会说我不幸，可我却丝毫不这样认为——可以说，我现在的心情就像一个等待出嫁的新娘，满心欢喜地等待着天亮，等待着在清晨的第一声鸟鸣中死去。"

阿通一口气说了很多，以致呼吸都有些急促。她抱着胸口，陶醉在梦一般的幸福里。

空中的残月还有些发白，林间弥漫起雾气，天马上就要亮了。

——此刻。

阿通抬眼望向山崖。

"啊——"

山崖上突然传来一声女人的惨叫，那声音恐怖至极，惊醒了沉睡中的山林。

那确实是一声女人的惨叫。

刚才，城太郎爬上的就是那个山崖，可那绝不是城太郎的声音。

十一

一定是出了什么事。

是谁在叫？到底出了什么事？

阿通一下回过神来，抬头望向雾气蔼蔼的山顶，而武藏却趁此机会悄悄地离开了。

（再见了！）

他在心底默默地跟阿通道别，随后大步走向了不归之路。

"啊！他走了。"

阿通急忙追了过去，武藏跑出十步后，回过身说道："阿通，我完全明白你的心意——你不能这么白白送死！更不能让不幸把你拖入死亡的深渊！你应该先把身体养好，然后冷静地想一想。我并非随意舍弃性命，而是以短暂的死亡换取永恒的生命。阿通，与其追随我赴死，不如好好活下来，见证我的永生！我的肉体虽然化为尘埃，但精神一定会永存！"

他喘了一口气，接着说道："好吗？阿通！如果你盲目地跟随我，会走错人生的方向。不要以为我死之后，会在阴间找到我，我武藏是不会去阴曹地府的！即使千百年之后，我仍会活在人们的心中，活在剑道的世界里！"

说完，他丢下阿通就走了，转眼已不见踪影。

"……"

阿通呆呆地站在原地，她觉得自己的心也跟着武藏一起走了——此时，她并未感到离别的悲哀，因为那是分手之人才会有的感情。她没有丝毫的恐惧，只觉得两个灵魂已合为一体，将要共同迎接生命的惊涛骇浪。

突然，一些土块从崖上掉落下来，滚到阿通的脚边。紧接着，城太郎大叫一声，拨开树丛飞奔下来。

"啊！"阿通也吓了一跳。

原来，城太郎头上戴着从奈良观世寡妇那儿得来的女鬼面具。他想到可能不会再回乌丸府，就随身带了出来。此刻，他头戴面具出现在阿通面前。

"啊！吓我一跳！"城太郎举着手说道。

"怎么了？城太郎！"阿通问了一句。

"我也不知道怎么回事。阿通姐姐，你也听到了吧？刚才那一声女人的惨叫。"

"城太郎，你戴着面具去哪儿了？"

"我爬上那个山崖后,看到上面还有路,就又往上爬了一段,然后就坐在一块巨石上休息,看着月亮渐渐西下。"

"你一直戴着面具?"

"是啊,附近有狐狸的叫声,我戴上面具是为了吓唬那些野兽——可是,不知从何处突然传来一声惨叫,简直就像刀山的山神爷在怒吼呀!"

 离散之雁

一

两人沿着东山走到大文字山附近,他们确信没走错方向,可后来竟不知不觉走错了路,以致误入了邻近的一座大山,没能及时赶往一乘寺村。

"真是的!干吗走那么快!本位田又八、本位田又八,等等我呀!"

阿杉婆跟不上儿子的脚步,在后面气急败坏地说道。

本位田又八咂咂嘴,故意大声说道:"您只会逞口舌之功!刚才离开客栈的时候,你是怎么骂我的?"

不过,本位田又八又不能不等她,只能走走停停,不时对着身后的母亲唠叨几句。

"你怎么能这么对我!哪有人会像你似的跟亲娘斤斤计较。"

她擦了一把脸上的汗水,想要休息一下,可又八迈开大步朝前走去。

"等一下啊!休息一下再走嘛!"

"再休息天就要亮了。"

"离天亮还有一段时间呢!要在平时,这样的山路根本难不倒我,可最近我有些感冒,全身没劲儿,一走起路来就气喘吁吁,有几次差点摔倒呢!"

"这回你该服输了吧!刚才路过那个酒馆,店家好意让我们进去休息一下,可你却说'时间来不及了,快点出发吧!'害得我连一滴酒都没喝上。世人的任何一位母亲也没有你刻薄!"

"哈哈!原来你是因为没喝到酒而生气啊!"

"好了!别说了!"

"任性也要适可而止哟!我们现在可是去办大事。"

"即使那样,我们母子也无须卷入其中,只要在他们分出胜负以后,央求吉冈门众人让我们也在武藏身上砍一刀就行了。然后,再从他身上取走一些头发,带回家乡就大功告成了!根本没什么大不的!"

"算了!我不想和你在这儿吵架。"

两人重新上路——本位田又八仍嘀咕着:"唉!真丢脸啊!我们竟要

从死人身上拿证物来为自己雪耻。宫本村的那些乡巴佬儿根本没见过什么世面,一定会相信我们的话,唉!一想到又要回到那个小地方就倍感无聊呀!"

本位田又八对城市生活仍充满留恋,滩市的美酒、时髦的城里姑娘,这些都让他难以割舍。况且,他对城市还怀着一份强烈的期盼,希望能找到一条不同于武藏的发迹之路,得以出人头地、安享富贵——这就是自己的理想,而且他从没放弃过这个念头。

(唉!真是的!一想起这些,就不愿离开城市啊!)

不知不觉,他又把阿杉婆丢在了身后。离开客栈之前,她就一直说身体没劲儿,也许真的是生病了,此时她终于忍不住喊了一声:"本位田又八!能背我一段吗?你是年轻人,就背我走一段吧!"

本位田又八皱了皱眉,噘着嘴没回答,只是站在原地等着母亲。突然,他们听到了一声女人的尖叫——与此同时,城太郎与阿通也听到了这个诡异的叫声。

二

不知那声音从何处传来,如果再有一声,他们就能确定声源的大概方向——本位田又八和阿杉婆站在原地面面相觑,像是在等待下一声喊叫。

"啊?"

阿杉婆大叫一声,并不是因为又听到了那可疑的喊声,而是突然发现本位田又八正抓着山石,慢慢向谷底走去。

"你、你要去哪儿?"阿杉婆的语气中略带责备。

"到下边的沼泽地。"本位田又八答了一句,此时他的身影已隐没在山崖下。

"母亲,你在这儿等我一下——我去看看就来!"

"笨蛋!"

阿杉婆这句口头禅不禁脱口而出。

"你去找什么呀?到底去找什么?"

"这还用问!刚才您没听到有一声尖叫吗!是一个女人的叫声!"

"你还有心管闲事——喂!笨蛋!别去了!快回来!"

本位田又八对母亲的呼唤充耳不闻,径自沿着树根滑向深谷。

"笨、笨蛋!"

此时,本位田又八已站在谷底,他透过树林依稀能看到母亲喋喋不休的样子。

"——在那里等着我哟!"

虽然本位田又八的喊声很响,却没能传入阿杉婆的耳中,因为他已下到距离山崖很远的地方了。

"奇怪呀？"

本位田又八有些后悔下来，可是刚才的喊声的确是从这片沼泽地传来的呀！如果不是这里，他就白费功夫了。

——连月光都照不到这片沼泽地，他定睛一看，只见近处有一条小路，虽然是条山路，但比起附近几座大山，这儿的山并不高。而且，这条路是京都通往志贺山的坂本或是大津的捷径，所以地上有很多路人的脚印。

本位田又八沿着一小股瀑布的水流继续前行，他发现水流被一条通往山腰的小路横向截住。路边的小溪旁有一间小屋，最多只能住下一个人，也许是渔夫休息的小屋。——此时，一个人正蹲在小屋后面，隐隐可见她白皙的脸庞。

"那是个女人吧！"

本位田又八赶紧躲到岩石后。刚才那声惨叫是女人发出的，所以他才会如此好奇地下山看个究竟。如果是男人的叫声，他才不会在意呢！——现在，眼前这个人的确是个女人，而且还很年轻。

——她在干什么呢？

本位田又八最初感到很奇怪，待看清楚之后，他的疑虑才解开。原来，那女子蹲在流水旁，正用手掬水喝呢！

三

对方立刻察觉到本位田又八的脚步声，警戒地朝这边望了望，然后欲起身离开。

"——啊！"

本位田又八叫了一声。

"咦？"

那女子也吓了一跳，不过随即放下心来。

"你不是朱实吗？"

"啊、啊！"

刚才送入口中的泉水，这会儿才下肚，朱实喘了一大口气。

她的肩膀因惊吓而不停颤抖，本位田又八抓住她的双肩问道："你怎么了？朱实！"同时，上下打量着她。

"你怎么也是一身外出的打扮，而且在这个时候——你为什么来这儿？"

"本位田又八哥哥，你母亲在吗？"

"母亲？她在山崖上面等着呢！"

"她一定很生气吧！"

"啊！你说盘缠的事儿吗？"

"我急着赶路，一时付不出住宿钱，又没有盘缠上路。虽然明知不对，但我实在没有办法，就偷偷把阿婆系在行李上的钱包拿走了，本位田又八哥哥，请原谅我！放我走吧，我以后一定归还！"

朱实一边啜泣一边道歉，本位田又八却有些惊讶。

"喂！你别急着道歉啊！我明白了，你一定是误会了，我们不是为了抓你才追到这儿的。"

"我一时糊涂偷了别人的钱，如果被抓就真的变成小偷了！"

"那是我母亲的想法，我才不会那么做呢！如果你真的很困难，我会把那些钱送给你，所以不用太在意——你到底急着去哪儿？为什么走到这儿来？"

"我在客栈那头的树荫下，无意中听到了你们的谈话。"

"哦——你是指武藏和吉冈门众人比武一事？"

"是的。"

"于是，你就急着赶到一乘寺村？"

"……"

朱实并未回答。

两人曾在一个屋檐下生活多年，所以本位田又八很清楚朱实的心思。此刻，他也不想多问，便改变了话题："对了！刚才我听到这附近有一声惨叫，是你吗？"

这才是本位田又八走下沼泽的真正目的。

"嗯，是我。"

朱实点头回答。

然后，她又仰头看向那座突兀在空中的黑色山岭，脸上的表情仿佛又做了噩梦一样。

四

随后，朱实将事情的经过告诉了本位田又八。

——事情就发生在刚才。

她越过溪流，走到眼前这座山的山腰时，突然看到一个妖怪正坐在山崖上仰望明月。

本位田又八有一搭无一搭地听着，可朱实却说得很认真。

"远远看去，那个妖怪像个侏儒，却有着大人一样的脸孔，而且还是女人。她的脸惨白至极，嘴巴一直咧到耳边，笑嘻嘻地看着我——我吓得大叫一声就晕过去了，等我醒来后，发现自己倒在这片沼泽地里。"

朱实仍心有余悸，可本位田又八却一直强忍着笑，最终他还是笑出了声。

"哈哈哈！我还以为是什么事呢！"

他继续挪揄道："你从小在伊吹山长大，那些妖怪应该怕你才对！你以前不是常去闪着鬼火的战场上，从死人身上剥掉铠甲、偷走大刀吗？"

"那时我还是个小孩，根本不知道害怕！"

"那时你也不小了哟！现在回想起来，那段时光真让人难忘啊！"

"我第一次懂得了爱情，不过，我对他已经彻底死心了。"

"那你为何还要去一乘寺村？"

"我也不知道自己怎么想的。只是觉得，也许还能见武藏一面。"

"真是无可救药！"

本位田又八显得痛心疾首，随后对朱实说出了武藏面临的不利处境和对方的实力。

从清十郎到佐佐木小次郎——朱实已经历了好几个男人，往昔的清纯早已变成回忆，对武藏也不再心存幻想。经过几度生死挣扎，现在的她就像一只迷途孤雁，奋力寻找着今后的人生方向。

此时，她听到本位田又八讲述武藏即将只身赶赴死地，却并未感到悲伤——自己为何要到这儿来？是不是还对武藏旧情难舍？她无法道明这种矛盾的心情。

"……"

朱实的眼神有些迷离，如做梦般听着本位田又八说话。本位田又八偷瞥了一眼朱实，发现她的彷徨、犹豫与自己是何等相似啊！

（这姑娘是在寻找同路之人呢！）

看着朱实白皙的侧脸，本位田又八想着。

突然，本位田又八抱住朱实的双肩，并将脸贴近她轻声说道："朱实，我们一起跑到江户城去吧！"

五

朱实倒吸一口凉气，用怀疑的眼神盯着本位田又八。

"啊？去江户城？"

她反问了一句，意识也被拉回到现实。

"不一定限于江户城，但我听说关东的江户城会成为日本的首府，现在的大阪和京都会变成古都。而且，在新幕府江户城的周围，不断有新城区兴建。——如果我们趁早赶到那里，一定可以找到一份像样的工作！现在，我们就像两只迷途的雁子，不如去那里闯一闯，你不想去吗？不想去看一看吗？嗯？朱实！"

此时，朱实被本位田又八说得有些心动，见此情景，本位田又八继续夸口道："我们应该生活得更充实，做自己想做的事，否则人生就失去了意义。而且，我们年轻人更要胸怀大志，创出一番事业。那些逆来顺受、善良正直的老实人，反而总遭受命运的捉弄与嘲笑，到头来也只能独尝苦果，碌碌无为地走完一生。喂！朱实，你的命运不正是这样吗？之前，你一直受阿甲和清十郎摆布，才会落到如此下场。这是一个人吃人的社会，如果不能成为强者，就无法在世上立足啊！"

"……"

朱实终于心动了。自从离开艾草屋独自闯荡，她总是遭到别人的欺辱，现在遇到本位田又八，总算有了个依靠。而且，他比以前成熟了很多，也许以后真能出人头地也说不定呢！

可是，她的脑海里依然有一个挥之不去的身影，那就是武藏。这就好比自家的房子被烧毁了，主人仍想回去看看那些灰烬——此刻，朱实就是这种心情，一种类似于愚蠢的执拗。

"你不想去？"

"……"

朱实默默地摇了摇头。

"那我们走吧！如果你不反对——"

"可是，本位田又八哥哥，你母亲怎么办哪？"

"啊！母亲嘛——！"

本位田又八抬头望向崖上。

"我的母亲拿到武藏的遗物之后，就会自己返回家乡。如果她知道我把她一个人留在这荒郊野外，就像那个弃母山（日本关于弃母于山中的民间传说）的故事一样，她肯定会大发雷霆的！只有等我将来出人头地之后，再好好回报她了——既然这么决定了，我们就快点上路吧！"

说完，本位田又八兴冲冲地迈步走去，可朱实仍犹豫不决。

"本位田又八哥哥，我们走另一条路吧！别走这条路。"她好像在害怕什么。

"为什么？"

"因为那条路会通往刚才那个山腰啊！"

"哈哈哈！你怕再碰到那个咧嘴侏儒吗？有我在，不用害怕了……哇！不好了！老太婆在上面喊我呢！她可比侏儒妖怪恐怖多了！朱实，如果被她发现就麻烦了！快点走吧！"

——随后，两个身影快速跑上山坡，消失在山腰处。山崖上的阿杉婆已等得不耐烦，她大声喊着："儿子呀……本位田又八……"一边无目的地走来走去。

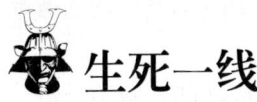

生死一线

一

唧唧！唧唧！唧唧！

风儿拂过田埂间的草丛，鸟儿被惊得四处飞散。此时天还没大亮，鸟群也显得影影绰绰。

因为有前车之鉴，所以这次佐佐木小次郎主动喊了一声："是我！见证人佐佐木小次郎！"

说着，他快步穿过云母坡上二里多长的田埂，一口气跑到下松路口。

对方听到脚步声，便问了一句："咦？是佐佐木小次郎先生吗？"

埋伏在四周的吉冈门众人松了一口气，随后黑压压的人群围住了佐佐木小次郎，每张脸都是一副木然的表情。

"还没看到武藏那家伙吗？"壬生源左老人问道。

"我见到他了。"佐佐木小次郎故意提高声调，此语一出，众人的注意力立刻集中在他身上，他冷冷地环视了一周，继续说道："我见到他了，我们沿着高野河一起走了五六百米远，他却趁着小便的时候溜走了，不知道打什么鬼主意。"

没等佐佐木小次郎说完，御池十郎左卫门就说："他是不是逃走了？"

"绝不可能！"

为了打消众人的怀疑，他接着说道："他的样子相当沉稳，从说话的语气来看，他是不可能逃跑的，只是暂时不见了。——也许他想出奇制胜，不愿让我知道他的计划，所以就故意甩掉我。我们绝不能掉以轻心！"

"奇招？——他会出什么奇招呢？"

众人将佐佐木小次郎团团围住，唯恐漏听半个字。

"也许武藏的帮手正埋伏在某个地方，等着和他一同前来，打我们个措手不及！"

"嗯，嗯。有这种可能。"壬生源左老人嘀咕了一句。

"如果真是那样，他们很快就会到了。"

说完，御池十郎左卫门对那些擅离职守的弟子命令道："回去！快回到各自的岗位上！如果武藏此时来个突然袭击，我们不是不战而败了吗！无论他带多少人，我们仍按原计划行事，只要确保万无一失就行了！"

"有道理！"

每个人都意识到了事态的严重性。

有的人说："如果现在不耐烦，稍微松懈就会酿成大错！"还有的人说："必须马上进入待命状态。""决不能大意！"

众人互相鼓励着、提醒着，重新埋伏到草丛中、树荫下，还有的人携带弓箭、火枪躲进树梢。

佐佐木小次郎看着松树下那个形同稻草人一样的源次郎，问了一句："你困了？"

源次郎使劲摇着头，回答道："没有！"

佐佐木小次郎摸摸他的头，关切地说道："是不是有些冷啊？看你，嘴唇都变紫了。你是吉冈门的代理掌门，也是这次比武的统帅，必须要打起精神来！——再稍微忍耐一下，你就能看好戏了！对了，我也得赶紧找个方便观战的地方呀！"

说完，他就离开了。

二

——同时，在另一边。

武藏正大步走在志贺山与瓜生山之间的沼泽地一带，为弥补和阿通见面所耽搁的时间，他进一步加快了脚程。

比武时间是寅时三刻，地点是下松。初春时节，日出要在卯时以后，现在周围还是一片黑暗。比武地点在睿山山路的三岔路口附近，天一亮，路上的行人就会多起来，所以当初在决定比武的时间时，也考虑到了这点。

（啊！那是北山宝刹的屋顶！）

武藏停下脚步，低头看了一眼山下的寺院，知道马上就要到了。

从那儿下山，再走七八百米远就能到达下松，看来从北野后街抄近路到底还是近一些。刚才赶路时，一直陪伴他的那轮明月已隐入山间。——与此同时，在三十六峰怀中沉睡的朵朵白云突然焕发出生机，慢慢升入天空。在即将迎来破晓的一刹那，天地万物都寂静无声，似乎预示着今天将是一个不同凡响的日子。

伟大的时刻即将来临，武藏深吸几口气，也许自己的生命比白云还要轻薄，马上要消失在无限的宇宙中。——他仰望着白云，这么想着。

在包罗万象的寰宇中，一只蝴蝶的生命和一个人的生命并没有什么差异。——可是，在人类的世界里，一个生命的陨落可能关系着全人类的命运。对于整个人类的延续，每个生命都会产生一些正面或负面的影响。

（死也要死得有意义！）

这正是武藏来此地的目的。

（要如何才能做到死得其所？）

这是武藏最后一个，也是最迫切的心愿。

——此时，耳边突然传来流水声。

他一路走来，没有停歇，此时觉得有些口渴，于是蹲到岩石边，双手捧水喝。泉水十分甘甜，沁人心脾。

武藏知道，自己的头脑非常清醒。对于近在眼前的危机，他并不怯懦，反而觉得十分痛快，仿佛全身上下都充满信心。

——喝完水，他稍微平复了一下心情，突然听到背后有人在喊自己。那是阿通和城太郎的声音。

也许是心理作用吧！——武藏这么想着。

（扰乱心绪的不是紧追不舍的阿通，而是那个萦绕在心头的倩影。）

他十分清楚这点。

一路上,他总觉得阿通在身后呼唤着自己,可他始终没有回头。

好不容易走到这儿,他终于忍不住回头看了一眼,而且停下脚步侧耳听了听。

(会是她吗?)

迟到不仅会给对方留下口实,也不利于作战。武藏知道必须要赶在月亮刚下山,天即将破晓的一刹那发动攻击,这样才最利于自己孤军奋战。正因为考虑到这些,他才一路飞奔至此。同时,他也想把牵绊自己的阿通从脑海中完全剔除掉,因此他一直心无旁骛、拼命赶路。

三

破外敌易,破心中之敌难。——武藏突然想到这句话。

(糟糕!我怎么会想起这些!)

他在心里暗骂自己。

(真没用!)

他试图把阿通抛到一边。

刚才,跟阿通分手时说的那些话,还响彻耳畔,自己为何做不到呢?他深感羞耻。

(当一个男人决定为了完成使命而孤注一掷时,脑中绝不可留有丝毫柔情。)

话虽如此,可自己真的已把阿通彻底忘掉了吗?

(为何我会如此不舍?)

为了从心中剔除阿通,他如逃命般狂奔至此。

——眼前,一大片竹林延伸至山脚,一条白色的小路从树林、农田及田埂间穿过。

"啊!"

快到了!——马上就要到一乘寺村的下松路口了。放眼望去,在两百多米的前方,这条小路与另外两条路会合在一起。乳白色的薄雾静静升腾在空中,那伸展如伞状的松树树冠已近在眼前。

——突然,武藏跪倒在地,身前身后的树木似乎都变成了他的敌人,令他全身斗志高昂。

他像蜥蜴一样,沿着山石树木的阴影,快速移动着身体,来到下松正上方的高地。

(哦!果真有人!)

从这儿可以隐约看到那些聚集在路口的人影。有十几个人手持火枪,围着松树站成一圈,一动不动。

一股邻近破晓的强大气流沿着山顶吹来,打湿了武藏的衣服,转眼间它又穿过松枝和竹林，呼啸着奔向山脚。

雾霭中的下松，不停摇摆着的伞状树冠，似乎预感到将要发生的事情。

眼中看到的敌人虽然有限，但武藏觉得漫山遍野都埋伏着敌人。他知道，自己已走入了死亡世界，连手背上都起了一层鸡皮疙瘩。他的呼吸出奇的平静，全身上下都做好了战斗准备。他沿着山岩攀援而上，每一步都那么踏实、有力，

——此时，一道古城墙出现在眼前，看得出那是一个古城的遗址。武藏沿着石山的山腰，爬到这小片高地之上。

放眼看去，在下松所在的山脚方向，有一个石制的牌坊，周围生长着高大的乔木和防风林。

"哦！那是一个神社。"

武藏走到正殿前，跪了下来。无论在哪儿看见神社，他都会下意识地合掌祈祷。此时此地，就连他的灵魂也禁不住要颤抖啊！——在黑漆漆的正殿里，一盏即将熄灭的佛灯在萧瑟的晨风中轻轻摇曳着。

武藏抬头看了一眼正殿上方的匾额，上面写着"八大神社"几个大字，他突然感到一种莫名的力量。

"对了！"

这是否意味着，即将单枪匹马杀入敌阵的自己会得到神明保佑！——神明一向支持正义。——想当初，织田信长追击敌人至桶狭间时，还不忘参拜热田神宫。这是一个多么令人庆幸的好兆头啊！

于是，武藏在神社的洗手池漱了漱口，又舀起一勺水含在口中，使劲儿喷到刀穗和鞋带上。

他快速套上束衣带，额头上绑好棉布，然后快速回到神像前，双手握住了正殿前鳄口铃铛的绳索。

四

——就在他要摇响的一刹那。

（不！等一下！）

他缩回了手。

那根红白相间的棉绳早已旧得几乎看不出颜色，它顺着鳄口铃铛垂落下来，似乎在对武藏说："依靠我！信赖我！"

可武藏却在扪心自问：我到底应该许一个什么愿望呢？

一时间，他竟不敢伸手拉动那根绳子。

（我不是已和天地融为一体了吗？）

（来此之前，我不是已参透了朝生夕亡的生命境界？）

他暗暗斥责自己。

此时此地，他忘记了平日的修行，一盏如豆的佛灯都会让他喜不自胜，

仿佛在黑夜中见到光明一样，竟情不自禁地想伸手拉响铃铛。

身为武士，不可依靠外力，死亡才是他日夜相随的伙伴。所以，武藏一直抱着平静、虔诚的心学习迎接死亡。可是，无论怎样学习、磨炼，要做到视死如归却并非易事。从昨夜到今早，他一直在心里暗暗夸耀着自己参透的生死大义。——可现在，他却呆站在神像面前，羞愧难当，眼泪似乎要夺眶而出。

（是我错了！）

他在心中暗暗忏悔。

（——即便自己想做到心智澄明、无牵无挂，但体内总能听到一个渴望活下去的声音。阿通、家乡的姐姐，——这些就像一个溺水者手里抓着的救命稻草。——啊！我真是没用啊！竟然情不自禁地想要拉动鳄口的铃铛。——我是在期待神明的帮助呀！）

尽管武藏在阿通面前强忍泪水，此时却泪眼滂沱，他对自己的修行感到一种前所未有的绝望。

（——刚才，自己的动作完全出于无意识，根本没想要祈求什么，只是突然想要拉动那铃铛。——正因为这一切出于无意识，所以才更觉羞愧。）

无论如何自责，他也消除不了心里的惭愧。他为自己感到深深的遗憾，难道以往的修行都白费了？自己还是如此浮浅！

（我太愚蠢了！）

他为自己的愚钝感到悲哀。

自己孑然一身，到底要让神明祈求什么呢？战斗还没开始，自己心里就隐隐产生一种挫败感，这样根本无法成就一个伟大的武士啊！

同时——武藏也觉得很庆幸。

他真切地感受到了神明的存在，更庆幸神明在他踏入战场的前一秒帮他及时醒悟。

他相信神明，可"武士之路"是不能依赖神明的，那是一条超越神明的必由之路。武士信仰神明，并非为求得保佑，也不是向世人夸耀。他们不否定神明的存在，但绝不会祈求神明庇佑，只是下意识地觉得，在这无限的天地间，人类是多么渺小而可怜。

"……"

武藏后退一步，双掌合十。——此时，他的心情与刚才已完全不同。

随后，他快步走出八大神社，顺着狭长的陡坡疾驰而下。走下这个山坡，就能看到位于山脚缓坡处的下松路口了。

五

这个斜坡非常陡峭，如果遇上暴雨，整个路面肯定会像瀑布一样激流不止，同时路面上还满是石子和泥巴。

武藏一口气直奔坡下，石子和土块随着他的脚步滑向山底，打破了寂静的晨曦。

"啊！"

前面好像有什么动静，武藏赶紧缩成一团，滚到路边的草丛里。

草丛里的露水打湿了他的膝盖和前襟，他就像一只野兔匍匐在那里，一动不动地观察着下松周围的状况。

根据目测，这里距下松有几十步远。由于下松路口的地势较低，所以那棵松树的位置也显得比较低。

——武藏看到了。

他看到了藏在树上的人影。

而且，那些人手里还拿着武器，似乎是弩箭、火枪之类的东西。

真卑鄙！——武藏暗骂一声。

（对付一个人竟然还用如此手段！）

虽然很气愤，但他并不感到意外。他早知道对方会布好天罗地网等着自己，吉冈门的人一定没想到自己会单枪匹马来应战，所以才准备那些射杀工具。看样子，他们准备的工具绝不止一两件而已。

从这里望过去，武藏只能看到下松的树梢。如果就此判断所有携带枪炮之人都躲在这棵树上，未免太过轻率。那些手持弩箭的人还可能躲在岩石后或洼地里，而火枪手则有可能从半山腰突然发动攻击。

不过，有一件事对武藏十分有利，那就是无论树上、树下之人此刻都是背对着他。他们只想到在三岔路口设伏，却忘了身后这座山。

武藏慢慢地匍匐前行，头低得比刀鞘尾还接近地面。突然，他快步跑起来，唰、唰、唰、唰、唰！——一转眼，他就跑到了距离下松四十多米远的地方。

"——啊！"

树上的人发现了武藏。

"是武藏！"他大声喊叫起来。

这喊声响彻云霄，武藏根本没理会，仍以同样姿势又向前跑了二十多米。

他知道，在这短短几秒，树上的人根本来不及开枪。因为那些骑在树枝上的枪手，一直把枪口对着三岔路的方向。要重新瞄准，必须先转身再调整距离，加上枝叶的阻挡，枪口根本不可能瞬间对准目标。

——所以，只有这短短几秒是非常安全的。

"什么？"

"在哪儿？"树下严阵以待的十几个人同时问道。

"在后面！"树上的人立即回答。

树上的人几乎声嘶力竭，同时慌忙转过身，把枪口对准了武藏的脑袋。

透过细密的松叶，隐约可见火线发出的亮光。——与此同时，对面的武藏使劲挥动一下手肘，手中的石块"嗖"的一声朝着那点火光飞去。

——只听见"嘎吱！"一声，是树枝断裂的声音，紧接着一声惨叫，一个物体从晨雾中跌落到地面。很显然，那是一个人。

六

"——喂！"

"是武藏！"

"武藏来了！"

那些全神贯注盯着路口的人，一时间吓得目瞪口呆。

他们在三岔路口一带的布置可谓滴水不漏，可吉冈门众人做梦也没想到，武藏会如此轻易地闯入他们的核心，这令他们猝不及防。

据守在树下的人不到十个，他们一下子乱了阵脚，彼此的刀鞘乱撞一气，有的人还被枪杆绊倒了，还有的人闪身躲到远处，每个人都是一脸惊恐。

"小、小桥！"

"御池！"

他们胡乱呼喊着同伴的名字。

有的人自己惊魂未定，却提醒同伴："不要疏忽！"

"什、什么事？"

"该、该死！"

还有人使尽力气也说不出一句完整的话，最后大家好不容易拔出刀、端好枪，向武藏围拢过来。此时，武藏面不改色，凛然说道："在下生于美作的乡下，父亲名为宫本无二斋，现在我如期赴约来了。代理掌门源次郎来了吗？希望你不要像之前的清十郎、传七郎那样不堪一击！看在你尚年幼的分上，我同意你带几十个帮手，不过我武藏可是单独来应战的。无论是一对一单打，还是群殴，在下悉听尊便！动手吧！"

武藏显得彬彬有礼，吉冈门的人更觉意外。对方如此守规矩，而自己一方却行此卑鄙之事，真令人羞愧难当！不过，这种问候不同于往日，没有充分的准备绝不可能如此沉稳。吉冈门众人有些口干舌燥，费力地吐出一句："武藏！你迟到了"、"是不是怕了！"

不管怎样，他们现在可以确信的是：武藏的确是一个人来的。他们觉得，自己已占了上风。可是壬生源左老人、御池十郎左卫门等久经沙场的人，却认为其中必定有诈。武藏一定另有安排，也许他的帮手就藏在附近。真是疑心生暗鬼，这些人忙不迭地四处张望。

嗖——

突然，不知哪儿响起一阵弓弦之声。

与此同时，光一闪，一阵剑风朝那支飞向自己的羽箭砍去。刹那间，羽箭一分为二，分别落在剑前和武藏的身后。

——武藏没理会众人的目光，像一只愤怒的狮子一步跳到树荫后。

"啊！好可怕！"

按照壬生源左的吩咐，一直站在那儿的源次郎大叫一声，紧抱着树干不放。

听到儿子的惨叫，壬生源左老人仿佛觉得自己被劈成了两半，"啊——"他一边喊叫着，一边跑过来。只见武藏的剑影一晃，两尺长的松树皮被削下来一块，同时落地的还有少年那颗血淋淋的脑袋。

 雾风

一

此时，武藏已如夜叉附身。

从一开始，他就盯住了自己的目标，所以抛下其他人，率先斩落源次郎的首级。

他没有手软，更不觉残忍。只要是敌人，无论对方有多少人、是否成年，他都会出手。

武藏杀死少年，并未使对方的士气得到丝毫减弱，反而更加激怒了全体吉冈门弟子，他们众志成城，誓要将武藏乱刃分尸。

尤其是壬生源左老人，他欲哭无泪，表情都已扭曲。

"——啊！你杀了他！"

他嘶吼着，高举一把分量很重的大刀，朝武藏劈头砍去。

武藏的右脚向后退了一尺左右，身体和双手也顺势向右倾斜，那柄刚斩落源次郎首级的剑，又向壬生源左老人的手肘和面部挥去。

"哇！"

"唔！唔！"

有人痛苦地呻吟着。

原来，一个持枪从武藏身后攻击的人，也跟着向前倒了下去，正好压在壬生源左老人的身上，一时间血流成河。转眼间，第四个人又从正面扑向武藏。——那人刚站稳脚跟，肋骨就被砍成了两截，他的脑袋和双手无力地垂下来，双脚支撑着将死的躯体又走了两三步——

"快出来！"

"在这边！"

随后，六七个吉冈门弟子发出一阵骇人的喊声，企图通知其他人。可是，那些埋伏在三岔路的人离这儿比较远，这短短几秒内发生的一切，他们

自然无从知晓。最终,那几阵凄厉的喊声被阵阵林涛声阻隔,无声无息地消失于天际。

自保元、平治时代,这个下松路口就是交通要道。无论是平家的流亡者逃到近江,还是亲鸾法师上京,或是睿山百姓往来于京城,这个路口都是他们的必经之路。没想到今天,这里竟成了杀戮场,松树发出一阵轻微的啾啾声,不知是因为饮鲜血而感到畅快,还是在暗自啼哭。从树干到树梢都在颤抖着,每当烟尘般的雾风吹来,一阵冰冷的雨滴就落到树下的人影与剑影上。

——气氛一触即发,大家根本没时间关心地上的一个死者和三个伤者。双方都调整着呼吸,武藏紧靠在树干上,这粗大的树干正好形成一个天然的防御。不过武藏知道,长时间的僵持对自己不利。他那狼一般锐利的眼神,顺着剑尖扫视了一下对面那七张面孔,同时思考着下一步的行动计划。

耳边只听到树枝、白云、竹林、草丛发出的沙沙声,天地万物都在风中战栗着、摇曳着。

突然,有人在远处大喊了一声:"快去下松!"

声音从附近的小山丘传来,正是佐佐木小次郎。原来他选择了一个绝佳的观察点坐了下来,并目睹了这边发生的一切。此时,他突然跳起身,朝着埋伏在三岔路口和树荫下的吉冈门弟子喊道:"喂!喂!——是下松!——快去下松!"

二

突然,一声枪响,由于声音太大,众人不禁捂起了耳朵。

人群中,应该有人听到了佐佐木小次郎的声音。

——哇!

那些躲在竹林中、树荫下及岩石后的人蜂拥而出。

"咦?"

"他已经来了?"

"路口、在路口!"

"别让他跑了!"

二十多个弟子从各处埋伏点一起跳了出来,如狂流般直奔下松。

枪响的同时,武藏背贴树干,转到了后面。子弹几乎贴着他的面颊飞过,打到了树上。——随后,他依然与眼前这七个手持利刃的敌人对峙着,那七人也随着武藏的脚步,围着松树移动。

——突然,武藏手中的宝剑向七人中最左边的人直刺过去,那人正是"吉冈十剑"之一的小桥藏人。他被这突如其来的攻势吓了一跳,大叫一声:"——啊!"立即单腿点地,扭过身子避开。武藏趁此时机,快速突出重围。

众人看着武藏的背影,喊道:"哪儿跑!"便快步追过去。当他们举起刀，要同时砍杀过去的时候，阵脚突然大乱，每个人都显得惊慌失措。

原来，跑在前面的武藏突然转过身，朝着身后的御池十郎左卫门猛扑过去。然而，御池十郎左卫门早就有所防范，所以在追赶时特别留意自己与武藏之间的距离。当武藏回身举剑砍向自己时，他立刻纵身一跃，剑尖从他胸前划了过去。

不过，武藏的剑法并不像大多习武者那样，每次挥剑都会用尽全力，然后再调整呼吸出第二招。——这样太浪费时间。

他从未拜师学艺，在练武时吃了不少苦头，但没拜师也有没拜师的好处。

那就是武功招式不受任何流派的限制，他的剑法一无定式，二无套路，三无秘诀，只是将自己对天地万物的理解与天生的勇猛糅合在一起，自创出这种无名无形的剑法。

就像此刻——他在下松决斗时，砍向御池十郎左卫门的一招就是此种剑法。御池十郎左卫门不愧是吉冈门的高徒，当时武藏假意逃跑，再出其不意地回身出招，他竟能躲过去。——看来，无论是京派剑法，还是神阴派等一切既定剑法，他都能应付自如。

不过，武藏这套剑法并没那么简单，他的剑有一种反弹力。例如，向右侧砍下去的同时，身体内会蓄积一种向左反弹的动力。因此，他的剑划过长空的同时会再次反弹到敌人身上，那松针般锋利的剑刃划出了两道长长的光弧。

啊——御池十郎左卫门惨叫一声，折回来的利刃扫过他的面颊，他的脑袋立刻就像一个烂酸浆果一样，血流如注。

三

"吉冈十剑"向来自负于自己所学的正宗京派剑法，可现在，小桥藏人被杀，御池十郎左卫门也被击毙。

此时，死伤者已不在少数，包括代掌门源次郎在内，埋伏在下松周围半数左右的人，已倒在武藏的剑下。虽然决斗的序幕刚刚拉开，可这里已是血流成河、一片狼藉。

——刚才，如果武藏凭借斩杀御池十郎左卫门的余威，趁对方慌乱之际出击，一定又能砍下好几颗脑袋，从而将下松的敌人一并扫除。

然而，他似乎想起了什么，突然朝着三岔路的方向奔去。

众人以为他要逃跑，便紧追不舍，武藏跑着跑着突然转过身，当对方拉开架势准备迎敌时，他又像燕子般贴着地面飞快地溜走了，转眼间就消失无踪了。

"浑蛋！"

剩下那一半人气得咬牙切齿。

"武藏！"

"胆小鬼！"

"卑鄙！"

"还没分出胜负呢！"

他们一边大骂，一边追了过去。

这些人怒不可遏、两眼喷火，看着地上成片的血迹、嗅着空气中的阵阵血腥味，他们早已失去了理智，个个犹如杀神附体。面对如此惨烈的场面，勇敢者会更加冷静，而胆怯者则更加心虚。——他们眼望武藏的背影，盲目追赶的样子活像地狱里的恶鬼。

"他跑了！"

"别让他跑了！"

武藏根本没理睬身后的喊杀声，他放弃了战端初起的丁字路口，选择了三岔路中最狭窄的一条，也就是通往修学院路的方向狂奔而下。

——当然，这条路也有吉冈门的人把守，他们知道下松有变，便急忙赶了过来。武藏跑出不到四十米，就迎头碰上了这些人。现在，真可谓"前有堵截、后有追兵！"

两路人马在山道相遇，这回他们的人手又增加不少，个个显得神气活现。

"喂！武藏那小子呢？"

"没看到啊！"

"怎么可能！"

"可是——"

就在他们交谈之时，武藏突然喊了一声："我在这儿！"

随后，他就从路边的岩石后跳出来，站在吉冈门众人刚走过的山路中间。

——看来，他已做好了再次开战的准备。那些追来的吉冈门弟子表情愕然，在如此狭窄的山路上，很难集中全部兵力实现合围。

这条路很窄，如果以身体为中心，手臂加上刀剑长度正好是路面的宽度。在这种情况下，两人并排进攻十分危险。不仅如此，那些站在武藏身前的人正一步步后退，而队伍后的人却争相往前挤。看来人多更容易造成混乱，反而会误事。

四

——不过，众人之力终究不可小觑。

刚才，他们被武藏敏捷的身手和逼人的气势震慑住了，尽管嘴里喊着："喂！不要怕"，可脚上、身上的动作都略显迟疑。

"他只不过一个人！"

众人意识到自己一方的优势，队伍前头几个胆大的人带头喊道："一起上啊！""让我们来解决他！"随后挺身而出。

后面的人尽管看不到前面的状况，也跟着大喊一声"杀啊！"光是这种气势就可以将武藏压倒。

武藏被眼前这惊涛骇浪般的喊声逼得连连后退，他突然想到，与其主动进攻，不如先采取防守的策略。

敌人一下子冲到武藏近前，他无法出手，只能节节后退。

在这种情况下，斩杀一两个人根本无关痛痒。对方人多势众，自己稍有差池，对方的长枪就会刺过来。——挥剑需要时间，尚可躲避，但对面那密如麦穗的枪尖，却不会给自己留丝毫的机会。

吉冈门的人乘势追击。

他们眼看武藏连连后退，更加穷凶极恶。武藏脸色惨白，几乎要窒息。如果此时他被树根或绳索绊倒，对方肯定会一起出击，把他刺成刺猬。可是，没有人敢靠近这个视死如归的人，谁都不想当第一个垫背的。他们大声喊着"杀啊！"手持刀枪步步紧逼，那些枪尖、刀尖也都对着武藏的前胸、手臂、膝盖等要害之处，可两者之间的距离只缩短了两三寸左右。

"啊！"

一不留神，武藏再次从他们眼前消失了。在这条狭窄的山路上，这么多人对付一个人显然太不明智，最终他们还是自乱了阵脚。

——其实，武藏既没飞奔而逃，也没跳到树上，只不过纵身跃到路边的草丛里罢了。

那是一片孟宗竹林，土质十分松软。武藏就像一只小鸟穿梭在绿色的竹林间，只见一道金光射来，不知何时，火红的朝阳已沿着睿山诸峰冉冉升起。

"站住！武藏！"

"卑鄙的家伙！"

"你在展示你的逃跑绝技吗？"

众人也跟着跑进竹林。此时，武藏已越过竹林边的一条小溪，跳上一座一丈多高的山崖，然后站在那儿大口喘着气休息。

这个山崖位于山脚下，是一片地势平缓的荒原。他站在山崖上，看着天色渐渐变亮，下松路口就在脚下，那里还聚集着四五十个被打散的吉冈门弟子。当他们发现武藏站在山崖上时，一齐叫喊着杀奔过来。

现在，敌方人数又比之前多了两倍，他们黑压压地向山脚拥来。吉冈门的全部兵力都集中在这儿，如果这些人手拉手地站在一起，足可以将整个荒原包围。此时，武藏手中的剑看起来像针一样细小，他冷冷地盯着对方，站在原地等待着。

五

远处传来一阵马的嘶鸣，无论乡村还是山里，行人们都开始上路了。

尤其在这附近，有些和尚一大早就走下睿山，也有的人要上山。每天天刚一亮，总能看到那些脚穿木屐、高耸双肩的僧侣来往于这条山路。

此时，路过的和尚、樵夫及老百姓都在议论着："有人在打架呢！"

还有路人问："在哪儿？""在哪儿？"

人群一开始骚动，连村里的鸡鸭骡马也跟着凑热闹。

八大神社附近立刻聚集了一群看热闹的人。山顶飘下的阵阵雾气，将大山与众人身上都染成一层白色。没过多久，浓雾散去，人们的视野变得清晰起来。

——才这么一转眼的工夫，武藏就完全变了样儿。系在额前的白布条，已被血水染成桃红色；被汗水打湿的乱发，紧紧贴在额角。世上再找不到比他更恐怖的面孔了，简直就像地狱里的恶魔。

"……"

他大口喘着气，铁条般的肋骨上下起伏着。他的裤子被划破了，膝盖处也挨了一刀，从绽开的皮肉下隐约可见雪白的骨头。

此外，他的手臂处也有一道伤口，虽然伤势并不重，但滴滴鲜血已将胸口至腰带处的衣襟染红。他浑身血迹，就像从坟墓里爬出来的人一样，令人目不忍视。

——不！还有比这更凄惨的，那些被武藏砍伤的人，有的倒地呻吟、有的爬着挣扎，还有的已经毙命。当武藏跑到山脚下那片荒原时，七十多个吉冈门弟子一起向他发起了攻击，双方一交手，武藏就砍倒了四五个人。

吉冈门众人的伤亡并非集中在一个位置上，而是东挨一刀、西挨一刀，由此可知，武藏在进攻时不断变换着自己的位置。由于所处地势宽阔，所以他必须占据有利位置，才能做到以寡敌众。一旦对方稍有喘息，就会形成合围之势将他重重包围。

——不过，武藏在行动时也有一定的原则，那就是绝不站到敌阵的侧面。同时，他还要尽量避开敌阵横队的正面攻击。于是，他以闪电般的速度从敌阵的一角攻向另一角——也就是攻击敌阵的队尾。

在武藏看来，敌阵就像刚才在山路上一样，一直呈现一种纵队进攻的阵势。哪怕对方有七十人甚至上百人，按武藏的策略只要专心对付队尾的两三个人就足够了。

虽然武藏的速度惊人，但偶尔也有露出破绽的时候，而且对方也不会一直被他牵着鼻子走。有时，数不清的敌人会突然蜂拥而上，把他围在当中叫嚣不止。

此时才是真正的危机。

对武藏而言，也是他爆发全部能量的时候。

不知何时，他已手持双剑，右手长剑的剑穗已被鲜血染红，左手的短刀仅有刀尖处因蹭上油脂而微微发暗，估计还能砍倒好几个人。

可是，武藏却完全没意识到，自己竟能手持双刃与敌人作战。

六

这场打斗就像燕子与海浪的搏斗。

海浪企图吞噬燕子,燕子却斩断巨浪,翻身一跃去迎接下一个浪头。

双方的打斗没有片刻的停止,双刃交错之际,即刻有人扑倒在地。每当吉冈门弟子见此情景,都不禁倒吸一口凉气。

"啊——!"

"哼——!"

他们一边叹气,一边重新抖擞精神将武藏团团围住,耳边只听到一阵阵草鞋的嗒嗒声。

——趁着这短暂的几秒,武藏也深吸了一口气。

他用左手的短刀挡住对方的视线、右手的长剑伸向旁边,他的肩膀、手腕、剑尖都保持在同一水平线上——这是一种抵御敌人进攻的最佳守势。

他以自己的双眼为中心,左右双刃加上手臂的长度形成了较为开阔的防守视野。

如果敌人不从正面进攻,转而从右侧进攻时,他就会立刻将重心右移,得以牵制敌人。

如果敌人从左侧进攻,他会立即伸出左手的短刀,将敌人钳制在双刃之中。

武藏左手的短刀一直刺向前方,那刀尖上仿佛有种磁铁般的魔力。在刀尖对面的敌人,就像停在竹竿头上的蜻蜓一样,进退两难——眨眼间,右手的长剑突然刺了出去,只听见"咻!"的一声,顿时鲜血四溅。若干年之后,有人称武藏此时所用剑法为"以少打多双刃法"。可是,此时的武藏完全是下意识地使用出这种剑法。如果一个人达到完全忘我的境界,就会发挥出极大的潜能。就连平常很少使用的左手,在紧要关头也能发挥出极大的作用。

不过,以武学家的角度来看,武藏的剑法还是略显稚嫩。直到现在,他的剑法也不成体系,更毫无章法可言。也许这是他的性格使然,他坚信一切武功都要靠实践来检验——至于理论,还是等躺在床上时再想吧!

与之相对,以"吉冈十剑"为首的众弟子,脑子里尽是京八派的武功理论,其武功能自成一格者是少之又少。武藏从未拜师学艺,一直懵懂地接受来自大自然与世间的生死考验,尽管并不知道"剑道"为何物,但数次的生死历练已使他练就了强悍的身心。——吉冈门众人以常人的眼光审视着武藏,只见他气喘吁吁,脸上毫无血色,浑身血迹,左右手各擎一刃。剑锋一触及其他身体,立即鲜血四溅。此时的武藏宛如阿修罗,他的骁勇与强悍简直不可思议!同时,吉冈门众人也累得气喘吁吁,他们感到一丝心虚,某些人的眼角都渗出了一层冷汗。眼见不断有同伴受伤倒地,他们对斩杀武藏越来越没信心,只觉得自己是在与一个红色妖魔作战。

七

——逃吧！

——那个孤军奋战的人！

——快逃命吧！

大山呼喊着，黑压压的树林呼喊着，就连白云也在这样高声呼喊。

那些驻足观战的路人及周边百姓看到重围中的武藏，不禁为他捏了一把汗，有些人还大声提醒着他。

可是，即便此时天崩地裂，武藏也不为所动。

他身体只交由心灵掌控，别人看到的武藏不过是个躯壳罢了。

那几近疯狂的斗志几乎要将他整个身体和灵魂燃烧掉，现在的武藏已脱离了血肉之躯，变成一团熊熊燃烧的火焰。

突然——

传来"哇"的一声喊叫，那喊声犹如晴天响起一个炸雷，似乎连三十六峰的山神都被惊动了。远处围观的人群和近前的吉冈门弟子大吃一惊，不约而同地大喊出来。

——哒、哒、哒！

一阵脚步声响起。原来，武藏突然朝着山脚的村落跑去，此举大大出乎众人的意料，他那敏捷的身影就像一头拼命逃窜的野猪。

那七十多个吉冈门弟子当然不会袖手旁观。

"在那里！"

立刻有五六个人沿着树林追了过去。

"——杀！"

"就是现在！"

身后的人举刀就砍，武藏急忙俯下身。

"去死吧！"

他举起右手的长剑，一下砍在来人的小腿上。另一人喊道："你这家伙！"随后扑了过来，耳中只听"噌啷！"一声，武藏一下子将对方手里的长枪打飞。他怒发冲冠，奋力迎敌。

"——铿！铿！铿！"

武藏手中的双刃上下翻飞，他紧咬牙关、表情狰狞，甚至让人觉得会随时张口把对方撕碎。

——啊！他跑了！

远处围观的人一片哗然，吉冈门的人也一阵惊慌。此时，武藏已从荒原西面的山崖跳到了麦地里。

"回来！"

他身后传来喊声。

"站住!"

几个人也跟着跳了下去。突然,山崖处传来两声惨叫,原来武藏一直躲在山崖下方,待追踪者跑近之后,他突然出招,一击毙命。

——咻!

——噗!

突然,两杆长枪飞向麦地中央,深深地刺入泥土中。那是山腰上的吉冈门弟子掷向武藏的,而武藏就像一个翻滚的土块飞快地越过麦地,一转眼,他和敌人之间就已拉开了五十多米的距离。

"他朝村里跑去了!"

"他沿山路上山了!"

不断有喊声传来,武藏越过地垄,攀上山崖,回头看了看分头追赶自己的人群。

太阳终于升起来了,灿烂的霞光照亮了每一寸土地,一如既往。